FANPRO

Rüdiger Schäfer, Jahrgang 1965, lebt in Leverkusen. Seinen ersten PERRY RHODAN-Roman las er mit zehn und kam so zur Science Fiction. Schon früh fing er an, selbst zu schreiben und publizierte zunächst in Fanzines. Bis heute verfasste Rüdiger Schäfer vier ATLAN-Romane, diverse Veröffentlichungen in Anthologien und bei Kleinverlagen. Neben der Schriftstellerei interessiert sich der Autor für die Naturwissenschaften, allen voran die theoretische Physik. Er ist leidenschaftlicher Filmfan und ein mit Jahreskarte ausgestatteter Anhänger des »ewigen Zweiten« Bayer 04 Leverkusen.

Rüdiger Schäfer

Rhaens Ruf

Erster Band der Höllenwelt-Trilogie

Originalausgabe

FanPro
Band 71022

Titelbild: Arndt Drechsler

Redaktion: Sabine Kropp
Lektorat: Michael Thiesen
Satz und Layout: Ralf Berszuck
Umschlaggestaltung: Ralf Berszuck
Druck und Bindung: CPI Moravia Books s. r. o., Tschechien

Besuchen Sie unsere Website *http://www.fanpro.com*

http://www.atlan.de

Printed in Czech Republic 2009

ISBN 978-389064-197-3

Für »Dr.« Gabi

Ich bin stolz auf dich!

Kleines Who is Who

Abel Staut – der Imarter ist Erster Offizier der QUESTRON

Advos, Mentar und **Syndikus** – drei eigenartige Parthan-Träger

Aramus Akharim – Enerich Tolsoms Widersacher wittert seine Chance

Atlan – der Lordadmiral der USO riskiert einen Drahtseilakt

Captain Rulan Karkeron – der Chef der Abteilung A912 unternimmt Alleingänge

Daniel Pherson, Osmooth Alerin, Taha Kanli und Varen Thorik – die USO-Spezialisten der Abteilung A912 begleiten den Lordadmiral

Decaree Farou – Atlans Partnerin und Stellvertreterin wird einiges an Verständnis abverlangt

Dokkat – der junge Ekhonide steuert einen USO-Kreuzer

Elion Tolsom – Rhaen Tolsoms Bruder hat die falschen Freunde

Enerich Tolsom – der Hohekanzler von Reddeye gerät in Bedrängnis

Errehart von Hartwich – Der oberster Berater des Tolsom-Clans erfüllt eine delikate Aufgabe

Goletta Marl – die Anführerin einer Freiheitsbewegung macht Gefangene

Koronam I. – der Imperiarch von Maramond versteht es zu leben

Lisa Brandstrom – der Kapitän der INANNA hat schreckliche Fracht an Bord

Maria Vajai – die Bordmedizinerin der QUESTRON steht vor einem Rätsel

Mautar Doerk – der Frachterkapitän arbeitet als Menschenschmuggler

Mesut Tornip – der USO-Diplomat verzweifelt schier am Lordadmiral

Mortar – der Schausteller ist entsetzt über Atlan

Oida – der sterbende Parthan-Träger verkündet eine fürchterliche Wahrheit

Orrum Till – der Sicherheitschef des Tolsom-Clans kann nicht für Sicherheit sorgen

Pertar Almoth – der Korporal der Abteilung A912 leidet unter der Vergangenheit

Rhaen Tolsom – Atlans ehemalige Freundin hat eine große Bitte

Kapitel 1

Pertar Almoth

Die Schreie zitterten durch die eisige Luft, wurden von den kahlen Stahlwänden zurückgeworfen und hallten als vielfaches Echo durch den vor ihm liegenden Gang. Pertar Almoth wischte sich mit der behandschuhten Linken über das schweißbedeckte Gesicht. Sein Herz raste. Er versuchte sich an seine Ausbildung zu erinnern, an die diversen Tricks, die man ihm beigebracht hatte, um im Einsatz die Ruhe zu bewahren, doch sein Schädel war leer, so leer, dass sich der Widerhall der grausamen Schreie darin fortsetzte und ihn mit jeder neuen Resonanz näher an den Rand des Wahnsinns trieb.

Wie lange irrte er wohl schon durch dieses Labyrinth? Wo waren die anderen, und was war seit der Katastrophe geschehen? Er wusste es nicht mehr. Die vergangenen Tage vermengten sich in seinem Kopf zu einer monotonen Aneinanderreihung von immer wieder gleichen, undeutlichen Szenen. Helle und dunkle Schatten, flüchtige Bilder, die keinen Sinn ergaben, hektische Bewegung – und dann diese Schreie, grässliche Laute, die nichts Menschliches mehr an sich hatten und wie die geschmacklose Geräuschkulisse eines drittklassigen Horror-Trivids klangen.

Pertar packte seinen Kombistrahler fester und schlich geduckt weiter. Er musste hier raus oder wenigstens die Kameraden finden, zumindest die, die noch lebten. Als die Lage eskaliert war, hatten sie Verstärkung angefordert, doch die war nie eingetroffen, und als sie schließlich hatten begreifen müssen, dass sie auf sich allein gestellt waren, war es bereits zu spät gewesen. Der Hauptmeiler war unter der Wucht des gegnerischen Feuers explodiert und hatte die halbe Station zerfetzt. Captain Karkeron hatte die sofortige Evakuierung befohlen. Zu diesem Zeitpunkt hatten sich die Geiseln zum Glück bereits in einem der unterirdischen Bunker befunden und waren somit unverletzt geblieben.

Da! Hatte sich am Ende des Ganges nicht etwas bewegt? Pertar Almoth kniff die Augen zusammen, doch sein Blick klärte sich nicht. Nach Captain Karkerons Angaben hatte die Explosion nicht nur Radioaktivität freigesetzt, sondern auch große Mengen an fünfdimensionaler Strahlung. Niemand wusste, was das genau bedeutete, aber die hyperdimensionalen Effekte schienen direkte Auswirkungen auf die allgemeinen physikalischen Verhältnisse zu haben.

Der zwei Meter große, stets etwas schlaksig wirkende Terraner erreichte die Gangbiegung und sah sich nach allen Seiten sichernd um. Nichts. Nur blankes, graublaues Metall.

Pertar bog nach links ab und hielt sich parallel zur Wand, die sich zu seiner Rechten befand. Eine einfache und praktisch narrensichere Methode, die bei den meisten Irrgärten funktionierte. Wenn man mit der rechten Hand eine beliebige Wand berührte und dann immer stur an dieser entlanglief und all ihren Abzweigungen folgte, musste man irgendwann zwangsläufig auf den Ausgang stoßen.

In diesem Moment setzten die Schreie wieder ein, und sie klangen um einiges näher als beim letzten Mal. Pertar zuckte zusammen, biss sich vor Schreck auf die Zunge. Der metallische Geschmack des eigenen Blutes ließ in würgen. Angewidert spuckte er aus und trank einen Schluck Wasser aus dem Reservoir seines Kampfanzugs.

Reiß dich zusammen, verdammt, rief er sich selbst zur Ordnung. *Du wirst das hier überleben. Schon um Ikami und der Mädchen willen.*

Der Gedanke an seine Familie, die im Solsystem, genauer auf dem Saturnmond Titan auf ihn wartete, ließ ihn die Verzweiflung und die Angst für den Augenblick zurückdrängen. Furcht war kontrollierbar, war nichts weiter als ein biologischer Schutzmechanismus, den man mit einem starken Willen außer Kraft setzen konnte. Pertar verfiel in einen kräftesparenden Trab und legte so innerhalb weniger Minuten mindestens einen Kilometer zurück.

Die Station hatte von außen so klein ausgesehen. War er womöglich bereits in die subplanetaren Bereiche der Anlage vorgestoßen? Dann konnte er noch Tage ziellos umherirren.

Pertar Almoth überprüfte zum hundertsten Mal seine technische Ausrüstung. Der Kampfanzug, der wie ein schwerer, nasser Sack an ihm hing und jeden Schritt zur Qual machte, war nach wie vor energetisch tot. Dennoch behielt er ihn an. Vielleicht klangen die störenden Einflüsse der Explosion ja mit der Zeit ab. Mit Hilfe des Antigravs, des Funkgeräts und der Ortungseinrichtungen wäre das Verlassen der Station ein Kinderspiel gewesen.

Auch die Implantate funktionierten nicht mehr. Alle Mitglieder des Spezialkommandos trugen sogenannte bioaktive Funktionsmodule aus siganesischer Fertigung im Körper. Zum Standard gehörte unter anderem ein münzgroßes Kommunikationselement, das direkt oberhalb der Halswirbelsäule eingesetzt und durch Mikrofasern aus Pseudogewebe mit dem Schläfenlappen des Großhirns verbunden war. Immer wieder hatte der Terraner versucht, Kontakt mit Rulan Karkeron oder einem anderen Kameraden aufzunehmen, doch bislang vergeblich.

Ein schabendes Geräusch ließ Pertar zusammenzucken. Es klang, als würde direkt neben ihm jemand mit einem spitzen Gegenstand über das Metall der Gangwand kratzen. Hektisch riss der Terraner die Waffe nach oben und drehte sich nach allen Seiten, doch alles, was er sah, war nackter, kalter Stahlplast.

Verlier jetzt nicht die Nerven, ermahnte er sich. *Du hast für so etwas jahrelang trainiert. Also beruhige dich, und tue das, was man dir beigebracht hat ...*

Die nächste Gangbiegung, der nächste Korridor, ein quadratischer Raum mit vier weiteren Durchgängen. Pertar blieb seiner Linie treu und nahm die erste Abzweigung nach rechts, die nach etwa zweihundert Schritten in einer Sackgasse endete.

»Kein Problem«, flüsterte er und erschrak fast vor dem Klang der eigenen Stimme. Sein Nacken schmerzte, und die Muskeln an Oberarmen und Beinen waren völlig verkrampft.

»Kein Problem«, wiederholte er. »Dir kann nichts passieren, solange du nicht durchdrehst. Geh einfach den Weg zurück und versuche es mit einem anderen Gang.«

Die Dunkelheit kam so unerwartet, dass Pertar Almoth aufschrie. Die Angst packte ihn mit solcher Macht, dass seine Beine versagten und er zu Boden stürzte. Irgendetwas schlug hart gegen sein Kinn, vermutlich die Halskrause des Kampfanzugs, und für einige Sekunden drohte er völlig die Orientierung zu verlieren. Wenn wenigstens die verfluchte Mikropositronik der Montur intakt gewesen wäre. Sie hätte ihm ein paar Injektionen gegen die Schmerzen, die Erschöpfung und die Panik verabreichen können. Stattdessen funktionierte nicht einmal die manuelle Notversorgung. Da die Medikamente als mikronisierte Kristalle in spezielle Gelkissen eingelagert waren, um sie vor allen möglichen schädlichen Einflüssen zu schützen, benötigte man für ihre Applikation zumindest ein Minimum an Strom.

Pertar Almoth kämpfte sich stöhnend auf die Füße. Die Finsternis war vollkommen. Er glaubte die Schwärze um sich herum geradezu körperlich zu spüren. Sie nahm Gestalt an, umfloss ihn wie ein feuchter, klebriger Nebel, griff mit klammen, biegsamen Tentakeln nach ihm und drang in ihn ein. Mit beiden Händen tastete er sich den Gang entlang. Direkt vor ihm musste der Raum mit den vier Durchgängen liegen.

Obwohl er nichts sehen konnte, war sich Pertar diesmal sicher: Vor ihm hatte sich etwas bewegt! Etwas Großes, Massiges. Ein sanfter Lufthauch strich über sein erhitztes Gesicht. Gleichzeitig hörte er ein kehliges Knurren. Und dann …

Das rote Augenpaar erschien wie aus dem Nichts. Der Terraner blieb auf der Stelle stehen. Intuitiv brachte er die Waffe in Anschlag und drückte ab. Ein blassroter, nadeldünner Strahl aus gebündelten elektromagnetischen Wellen tauchte die unmittelbare Umgebung in ein düsteres Zwielicht. Für einen Lidschlag war eine monströse Kreatur zu erkennen, die mit ihrem grotesk verformten Körper, den klauenartigen, fast bis zum Boden reichenden Armen und dem riesigen Schädel die gesamte Breite des Korridors ausfüllte. Ein wässriges, pupillenloses Auge starrte Pertar Almoth stumpf entgegen; das andere war von dicken, rotgeäderten Fleischwülsten überwuchert und kaum zu erkennen. Das Maul, das die untere Hälfte des mit Geschwüren und nässenden Wucherungen bedeckten Gesichts beherrschte, war weit aufgerissen. Mit ihm produzierte das Ungeheuer jene furchtbaren Schreie, die Pertar Almoth in den vergangenen Stunden gehört und die ihm einen kalten Schauer nach dem anderen über den Rücken getrieben hatten.

Der Energiestrahl schlug in die Brust des Geschöpfs und warf es mehrere Meter zurück. Erneut wurde es dunkel, doch der Terraner hatte jetzt endgültig die Kontrolle über sich verloren. Immer und immer wieder betätigte er den Abzug seines Kombistrahlers, jagte Salve um Salve in die Finsternis. Die Temperatur innerhalb des engen Ganges stieg sprunghaft an, doch Pertar konnte einfach nicht aufhören. Er schoss und schrie, schoss und schrie, schoss …

… und erwachte.

Pertar Almoth fuhr hoch. Sein Kopf stieß mit Wucht gegen das schmale Regal, das über seiner Pritsche an der Kabinenwand befestigt war. Der Schmerz fuhr wie ein glühendes Messer durch seinen Schädel, doch er half ihm auch, die schrecklichen Bilder des Alptraums schneller zu verdrängen. Stöhnend schwang er sich aus dem schmalen Bett und schleppte sich in die winzige Nasszelle. Er hielt sich gar nicht erst damit auf, seine Unterwäsche abzulegen. Sie war ohnehin vom Schweiß durchtränkt und klebte klamm und unangenehm auf seiner Haut. Das eiskalte Wasser traf ihn wie eine Serie von Faustschlägen und spülte die Müdigkeit und die Beklemmung aus seinem Körper.

Langsam und schwer atmend ließ sich der hochgewachsene Terraner an der Wand der Nasszelle hinabgleiten, umschlang die Beine mit beiden Armen und legte den Kopf auf die Knie. Die Ereignisse auf Denar lagen schon beinahe ein Jahr zurück, und doch zwang ihn ein unerbittliches Schicksal, sie fast jede Nacht aufs Neue zu erleben. Sie hatten sich tief in seinen Verstand gegraben und weder die Psycho-Docs auf Quinto-Center, noch die Medikamente hatten es geschafft, sie von dort zu vertreiben. Vielleicht würden sie ihn für den Rest seines Lebens heimsuchen.

Irgendwann stand Pertar auf, trocknete sich ab und kleidete sich an. Captain Karkeron hatte für neun Uhr Bordzeit ein Treffen anberaumt. Es ging um einen neuen Einsatz, den ersten Ernstfall seit Denar. Angeblich hatte Lordadmiral Atlan persönlich sie angefordert.

Der Terraner musterte sich im neben dem Kabinenschott angebrachten Spiegel und fuhr sich flüchtig durch die kurzen braunen Haare. Sein Spiegelbild kam ihm seltsam fremd vor, doch das verwunderte ihn nicht. Seit Denar war nichts mehr so wie früher.

Kapitel 2

Atlan

»Der ehemalige Imperator von Arkon, Regierender Lordadmiral der United Stars Organisation und hochgeschätzter Ehrengast des edelmütigen Gebieters der vierzehn Sonnen von Maramond: Atlan Mascaren da Gonozal!«

Die erstaunlich kräftige Stimme des kleinwüchsigen Arkoniden, der stocksteif und mit todernster Miene am Eingang des Thronsaals stand, hatte sich im Verlauf der kurzen Ansprache immer weiter gesteigert und drohte sich mit den letzten Worten beinahe zu überschlagen. In der danach für ein, zwei Atemzüge einsetzenden Stille hätte man einen Siganesen flüstern hören können; dann brauste eine Folge schriller Fanfarenstöße wie eine Springflut über die Köpfe der gut achthundert versammelten Gäste im Saal hinweg und ließ nicht wenige von ihnen erschrocken zusammenzucken.

Ich schloss für einen kurzen Moment die Augen, überprüfte zum letzten Mal den perfekten Sitz meiner Galauniform und trat durch das Portal, das aus mattgolden leuchtenden Kristallen bestand und die Ehrenloge mit dem gigantischen Thronsaal verband. Um meine Mundwinkel spielte jenes würdige, jedoch nicht überheblich wirkende Lächeln, das ich nach den gefühlten hunderttausend Staatsempfängen der vergangenen Jahre nach Belieben ein- und ausschalten konnte.

Kurz bevor ich die erste Stufe der nach unten führenden Prunktreppe erreichte, blieb ich stehen und ließ den Blick für lange Sekunden über die bunte Menge schweifen. Mehr als achthundert Augenpaare starrten mich an, die meisten davon offen und neugierig, einige zweifelnd, ein paar wenige ablehnend oder gar unverhohlen feindselig. Unterschwelliges Raunen füllte die Luft. Immer mehr der männlichen und ausschließlich humanoiden Gäste neigten ihren in kostbare Gewänder gehüllten Begleiterinnen die Köpfe zu und gaben ihre Meinung über den *hochgeschätzten Ehrengast des edelmütigen Gebieters der vierzehn Sonnen von Maramond* zum Besten. Als ich weiterging und die ersten der aus schimmerndem Eligor-Marmor gehauenen Treppenstufen hinabschritt, setzte zaghafter Applaus ein. Eine wachsende Zahl der Anwesenden schloss sich an, und kurz darauf war die weitläufige Halle von tosendem Beifall erfüllt.

Mit langen, archaisch anmutenden Speeren bewaffnet, bildete eine Hundertschaft von Naats in schwarzen Kampfmonturen ein Ehrenspalier. Es schien eine halbe Ewigkeit zu dauern, bis ich den Saal durchschritten und die podestartige Erhöhung an seiner Stirnwand erreicht hatte. Auf ihr ruhten drei mächtige, gleichfalls aus Marmor bestehende und mit einem Meer aus Kissen gepolsterte Thronsessel.

Koronam I., Imperiarch der autarken arkonidischen Kolonie Maramond und Herrscher über vierzehn Sonnensysteme mit insgesamt acht besiedelten Planeten, erhob sich vom mittleren der drei Marmorsitze und kam mir die letzten Schritte entgegen. Er trug ein weites, togaähnliches Gewand, das seine enorme Leibesfülle nur unzureichend verbarg. Den langen, roten Umhang mit den eingewebten Symbolen aus der arkonidischen Frühgeschichte zog er wie eine Schleppe hinter sich her. Als der mir kaum bis zu den Schultern reichende Mann sein rund einen Meter langes, aus Kristall gefertigtes Zepter hob, das er in der linken Hand hielt, erstarb der noch immer stürmische Beifall wie abgeschnitten. Ich behielt mein Lächeln bei, trat bis auf zwei Meter an den Imperiarchen heran und kreuzte die Arme so vor der Brust, dass die offenen Handflächen auf meinen Schultern lagen.

»Im Namen der United Stars Organisation und der friedlichen Völker der Milchstraße überbringe ich dem edelmütigen Gebieter der vierzehn Sonnen von Maramond Grüße und die besten Wünsche für eine lange und fruchtbare Regentschaft.«

Koronam I. nickte huldvoll. Auf seiner Stirn standen dicke Schweißperlen. Wie ich von Mesut Tornip, meinem diplomatischen Berater auf dieser Reise, wusste, hielt der Imperiarch von Maramond jede Form körperlicher Anstrengung für ein Zeichen von Atavismus. Gerüchten zufolge rührte er selbst bei intimsten Tätigkeiten wie beispielsweise der Verrichtung der Notdurft nur selten einen Finger. Der Umstand, dass mein Gegenüber nicht nur aufgestanden, sondern mir sogar entgegengegangen war, zeugte somit von höchstem Respekt und war ein überaus seltenes Ereignis.

Die beiden deutlich kleineren Thronsessel links und rechts neben Koronams Platz waren von zwei blutjungen und ausnehmend hübschen Frauen besetzt. Eine davon erhob sich nun behände, eilte zu ihrem Imperiarchen und tupfte ihm den Schweiß mit einem weichen, weißen Tuch von der Stirn. Bei dem mit einem Hauch von Nichts aus hellblauer Mehinda-Seide bekleideten Mädchen handelte es sich um eine der aktuellen Lieblingsfrauen des Herrschers. Mesut Tornip zufolge lebten im Regentenpalast, der sich im Zentrum der planetaren Hauptstadt Korogor als protziger Prachtbau erhob, zu jedem Zeitpunkt mindestens zweihundert Frauen, die den Imperiarchen bei Laune zu halten hatten.

Maramond war eine noch relativ junge Kolonie, die den zunehmenden Verfall des Großen Imperiums genutzt hatte, um ihre Unabhängigkeit durchzusetzen. Auf zwei der sechs Planeten des Systems hatten arkonidische Forscher vor über sechshundert Jahren ein seltenes natürliches Mineral entdeckt, das – entsprechend industriell veredelt und bei regelmäßiger oraler Einnahme – den Alterungsprozess der Haut deutlich verlangsamte. Unter dem Namen *Maraderm* hatte sich das Präparat, das in Form erbsengroßer Gel-Kapseln verkauft wurde, bis heute auf dem Markt gehalten und erfreute sich großer Beliebtheit.

Innerhalb kürzester Zeit war die Kolonie reich geworden, und so verwunderte es niemanden, als nach und nach Stimmen laut wurden, die den seit der Auflösung der Galaktischen Allianz im Jahr 2329 unaufhaltsam fortschreitenden Niedergang des Großen Imperiums beklagten und offen eine Abspaltung von Arkon forderten. Im Laufe der Jahrhunderte hatte sich eine streng hierarchische Monarchie herausgebildet, die sich den alten arkonidischen Traditionen verhaftet fühlte und in der der Imperiarch eine ähnlich überragende Stellung bekleidete wie die ehemaligen Imperatoren auf Arkon.

Mein Besuch auf Maramond war Teil einer mehrmonatigen und minutiös vorbereiteten Goodwill-Tour, die mich als Lordadmiral der USO auf insgesamt 41 verschiedene Kolonialwelten führen sollte. Ein Heer von Spezialisten auf Quinto-Center hatte diese Ziele nach einer Reihe von strengen Kriterien und unter größter Geheimhaltung ausgewählt. Dabei ging es um Dinge wie die strategische Bedeutung des jeweiligen Systems im Falle militärischer Auseinandersetzungen, die Aufnahme von Verhandlungen über Beistands- und Wirtschaftsabkommen, den Austausch wissenschaftlicher Daten oder ganz einfach nur darum, die jeweiligen Regierungsvertreter wohlwollend zu stimmen und sie in ihrer eigenen Wichtigkeit zu bestätigen. Maramond war bereits die 26. Station einer Reise, deren Ende ich mit jedem weiteren Tag inständiger herbeisehnte.

»Es erfüllt mich mit Stolz und Freude, dass der mächtige Lordadmiral der USO das kleine und unbedeutende Sternenreich von Maramond seiner persönlichen Aufmerksamkeit für würdig erachtet.«

Ich seufzte innerlich. Auch wenn der Austausch ritueller Floskeln von jeher als integraler Bestandteil aller diplomatischen Aufwartungen galt, war er mir dennoch stets als Zeitverschwendung erschienen. Insbesondere die Angehörigen meines Volkes hatten sich in Sachen höfischer Etikette schon immer besonders hervorgetan. Die einstigen Prunkempfänge im Kristallpalast auf Arkon I, die ich während meiner fast siebzigjährigen Amtszeit als Gonozal VIII. mehr als einmal abzuhalten gezwungen gewesen war, hatten sich diesbezüglich unauslöschlich in meine Erinnerung gebrannt.

»Verzeiht, wenn ich Euch widerspreche, ehrbarer Koronam«, erwiderte ich artig, »aber die Bedeutung eines Sternenreichs bemisst sich nicht nach der Anzahl seiner bewohnten Welten oder der Größe seiner Verteidigungsflotte, sondern nach der Weisheit seiner Führer.«

»Wie wahr, wie wahr«, stimmte der Imperiarch zu. »Doch wie Ihr sicher wisst, überdeckt der süße Duft offener Schmeichelei viel zu häufig nur den Gestank von Arglist und Bosheit.«

Mein Lächeln wurde eine Spur breiter. Koronam I. war alles andere als ein typischer Vertreter seiner Art. Nach dem Ende des Vereinten Imperiums hatte sich das alte arkonidische Großreich in ein chaotisches Gemenge aus Mikronationen verwandelt. Viele davon bestanden aus kaum mehr als ein paar altersschwachen Raumschiffen und einer provisorischen Ansiedlung auf einer unwichtigen Randwelt. Die dort lebenden Kolonisten waren stolz, doch Stolz machte nicht satt. Nicht nur die USO verzeichnete in den letzten Jahren einen signifikanten Anstieg der Hilfslieferungen an Außenkolonien und lose Staatenbündnisse; auch die von Homer G. Adams geführte GCC musste immer häufiger eingreifen, um all jene vor dem sicheren Hungertod zu retten, die sich mit ihren Autonomiebestrebungen und Großmachtphantasien übernommen hatten.

Politisch war diese Entwicklung ein zweischneidiges Schwert. Zum einen lieferte sie dem nach galaktischem Konsens strebenden Perry Rhodan Argumente gegen die nun schon seit Jahrhunderten anhaltende Erosion allgemeiner moralischer Grundsätze. Zum anderen erlaubte sie den großen Machtblöcken wie dem Imperium Dabrifa, dem Carsualschen Bund oder der Zentralgalaktischen Union, als Sammelbecken der Unzufriedenen zu fungieren und sich als Fürsprecher der angeblich vom solaren Imperialismus Unterdrückten zu profilieren.

Koronam gehörte zweifellos nicht zur Gruppe der Ideologen, Hasardeure und politischen Wirrköpfe, die ihr *Sternenreich* mit wenig mehr als heißer Luft und ein paar guten Vorsätzen errichtet hatten. Er mochte auf den ersten Blick dekadent und eitel wirken, doch das war er keineswegs. Die Maramond-Kolonie präsentierte sich in ihrer gesellschaftlichen Struktur für so manchen überkommen und kulturell erstarrt, aber als Wirtschaftsfaktor und somit potenzieller Geschäftspartner befand sie sich auf der Höhe der Zeit.

»Wie ich sehe, ist der Ruf, der Euch vorauseilt, nicht übertrieben, Imperiarch«, sagte ich. »Ihr habt das Wesentliche im Blick und lasst Euch nicht ablenken. Und ich hoffe, Ihr glaubt mir, wenn ich Euch versichere, dass ich das nicht als Schmeichelei verstanden wissen will.«

»In Sachen Leumund müsst auch Ihr nicht zurückstehen, Lordadmiral«, gab Koronam I. zurück. Dann verzogen sich seine wulstigen Lippen zu einem Grinsen.

»Was dessen Güte anbetrifft … nun, da kommt es wohl darauf an, wen man fragt.«

»Allerdings«, nickte ich. »Aber warum sollte man sich auf das Urteil anderer verlassen, wenn man sich selbst eine Meinung bilden kann?«

Koronam I. neigte den Kopf und trat einen Schritt zurück. Wie auf Kommando setzte getragene Musik ein, in der ich sofort die von Upoc da Gonozal komponierte Interpretation des altarkonidischen Caycon und Raimanja-Themas erkannte. Nach dem Tod Orbanaschols III. hatte Upoc, ein Halbbruder meines Vaters, den Thron als 209. Imperator des Großen Imperiums bestiegen und zu Ehren des ermordeten Gonozal VII. dessen Herrschernamen angenommen. Ich fand das Werk zwar alles andere als gelungen, registrierte jedoch die damit verbundene Geste.

Vier massige Naats schleppten eine gewaltige Sänfte herbei, und die beiden jungen Frauen halfen dem unwillig schnaufenden Imperiarchen hinein. Nachdem Koronam I. nach mehrmaligem Hin- und Herrutschen sowie wiederholter Neuordnung der zwei Dutzend Kissen eine bequeme Sitzposition gefunden hatte, gab er mir mit einem knappen Winken zu verstehen, dass ich neben ihm Platz nehmen sollte. Ich gehorchte, und kurz darauf trugen uns die drei Meter großen Riesen vom fünften Planeten des Arkon-Systems einmal quer durch den Thronsaal zu einer festlich gedeckten Tafel.

Die jahrtausendelange Unterdrückung und Versklavung der Naats gehörte zu jenen Abschnitten arkonidischer Geschichte, auf die ich alles andere als stolz war. Insbesondere die adligen Vertreter meines Volkes hatten die mit ihrem klobigen Körperbau und den kurzen Säulenbeinen plump und unbedarft wirkenden Hünen stets als Lebewesen zweiter Klasse betrachtet und auch so behandelt. Glücklicherweise waren diese Zeiten vorbei. Die auf Maramond anwesenden Naats waren freiwillig hier und wurden für ihre Dienste am Hof des Imperiarchen fürstlich entlohnt.

Koronam I. hatte wahrhaftig weder Kosten noch Mühen gescheut und eine bemerkenswerte Auswahl an Speisen und Getränken aufgeboten. Dominierend war dabei die arkonidische und terranische Küche, doch ich entdeckte auch epsalische, topsidische und bluessche Spezialitäten.

Die Naats setzten unsere Sänfte etwa in der Mitte des mindestens achtzig Meter langen Tisches auf dem Boden ab. Um uns herum ließen sich die übrigen Gäste nach und nach auf gepolsterten, hochlehnigen Stühlen nieder. Natürlich fanden nicht alle achthundert Platz. Ich durfte also davon ausgehen, dass die, die sich zu uns an die Tafel gesellten, allesamt hohe Würdenträger oder anderweitig bedeutende Persönlichkeiten des öffentlichen Lebens auf Maramond waren. Auf jeden Fall legten sie eine merkliche Eile an den Tag. Ob sie dabei einer festgelegten Sitzordnung folgten oder sich einfach willkürlich verteilten, vermochte ich nicht zu sagen.

In dem vorübergehenden Durcheinander fiel mir ein älterer Mann mit schlohweißem, schütterem Haar auf. Sein von tiefen Falten zerfurchtes Gesicht wirkte angespannt, die unter buschigen, ebenfalls weißen Brauen liegenden Augen irrten für einen Moment ziellos umher. Dann schob er seine massige Gestalt durch eine Traube aus festlich gekleideten Arkoniden und ließ sich auf einen Stuhl fallen, der der Sänfte schräg gegenüber stand.

Du irrst dich nicht, hörte ich das Wispern des Extrasinns in meinem Kopf. *Er hat dich beobachtet.*

Während sich die restlichen Stühle nun zügig füllten, behielt ich den geheimnisvollen Mann unauffällig im Auge. Es handelte sich ganz offensichtlich um einen Terraner oder zumindest um einen Kolonialterraner – und im Gegensatz zu so gut wie allen anderen männlichen Gästen war er allein. Seine Kleidung unterschied sich nicht von den farbenfrohen Jacken und Hosen, die die übrigen Gäste trugen, doch ich konnte sehen, dass er sich darin nicht wohl fühlte. Je länger ich ihn betrachtete, desto mehr kam er mir als Fremdkörper vor, als jemand, der einfach nicht in diese bunte Schar passen wollte.

In den folgenden zwei Stunden schob ich die Gedanken an den seltsamen Alten jedoch erst einmal beiseite und konzentrierte mich auf die vor mir ausgebreiteten erlesenen Köstlichkeiten, die ausnahmslos höchsten Ansprüchen genügten. Der Höhepunkt kam allerdings erst am Schluss, denn gegen Ende des Gelages – und als etwas anderes mochte ich es nicht bezeichnen – reichte mir der Imperiarch eine kleine, silberne Schale. Überrascht musterte ich das hauchdünne Täfelchen, das – von einem schwachen Prallschirm geschützt – darauf lag: Tal'gathor, landläufig auch als *Arkons Blut* bezeichnet.

Tal'gathor wurde aus dem farblosen Mark des im Arkon-System unter Naturschutz stehenden Gathor-Strauchs hergestellt. Die in Scheiben geschnittene Rohmasse lag über Monate in einer fein abgeschmeckten Zuckerlösung und erreichte so ihre volle Reife. Dieser Prozess erforderte nicht nur Geduld, sondern vor allem höchste Präzision in der Verarbeitung, denn das empfindliche Mark durfte vor dem endgültigen Verzehr auf keinen Fall mit Sauerstoff in Berührung kommen.

»Bereit, Lordadmiral?«, fragte Koronam I. und ließ sich von einem Naat eine zweite Schale für sich selbst reichen. Der Imperiarch hatte sich die ganze Zeit über von seinen beiden Frauen füttern lassen, ein Schauspiel, das ich mit stiller Erheiterung verfolgt hatte, doch nun scheuchte er die Mädchen ungeduldig beiseite. Dem Genuss Tal'gathors gab man sich ganz und gar hin. Jede Ablenkung kam einem Frevel gleich.

Ich nickte, und mit einem Mal herrschte wieder diese absolute Stille, wie ich sie bereits bei meiner Ankunft kurz nach der Nennung meines Namens erlebt hatte. Jeder der im Thronsaal anwesenden Gäste schien den Atem anzuhalten.

Mit einem Daumendruck desaktivierten Koronam I. und ich gleichzeitig das schützende Prallfeld über unseren Schalen. Das darunter verborgene Vakuum füllte sich leise zischend mit Luft. Vorsichtig nahmen der Imperiarch und ich das dünne, auf fünf Grad Celsius gekühlte Täfelchen zwischen Zeigefinger und Daumen und legten es auf die Rückseiten unserer

Handflächen. Ich versuchte mich zu erinnern, wann ich zum letzten Mal Tal'gathor gegessen hatte. Es musste Ewigkeiten her sein.

Gebannt starrte ich auf das etwa vier mal vier Zentimeter große Konfekt, spürte die Kälte auf der Haut. Dann geschah es. Das geleeartige Mark überschritt – von meiner Körperwärme und dem Luftsauerstoff angeregt – die kritische Temperatur und wechselte abrupt die Farbe. Blitzschnell schob ich mir das nun scharlachrote Täfelchen unter die Zunge und schloss die Augen. Der Geschmack war überwältigend und mit Worten kaum zu beschreiben. Er explodierte geradezu auf meinem Gaumen und breitete sich mit Lichtgeschwindigkeit nach allen Seiten hin aus. Eine unvergleichliche Mischung aus fruchtiger Süße, herber Würze und einem Anflug von pfeffriger Schärfe.

Doch mit dem viel zu früh schwindenden Aroma kam das schlechte Gewissen. Ich wusste selbstverständlich, dass mir der Imperiarch nicht das zwar ebenfalls sündhaft teure, jedoch aus dem Mark von Zuchtsträuchern gewonnene Tal'gathor serviert hatte. O nein! Was ich soeben genossen hatte, war der reine und unverfälschte Geschmack von wild wachsendem Gathor gewesen. Die Sträucher fand man nur in einigen wenigen Bergregionen von Iprasa, dem siebten Planeten des Arkon-Systems. Ihre Ernte war streng verboten. Woher auch immer Koronam I. sein Tal'gathor bezog – er hatte fraglos einen hohen Preis dafür bezahlt.

Nach dem Essen trugen die Naats den Imperiarchen und mich zum Thronsessel zurück. Fleißige Helfer hatten inzwischen eine weitere Sitzgelegenheit direkt neben dem Platz des Herrschers aufgestellt, und in der Folgezeit durfte ich erfahren, dass Koronam nicht nur ein vollendeter Gastgeber, sondern auch ein charmanter Plauderer war. Er zeigte sich über die angespannte politische Situation in der Milchstraße im Detail informiert und vertrat äußerst vernünftige Ansichten bezüglich der zu treffenden Maßnahmen. Je länger der Abend dauerte, desto zuversichtlicher blickte ich den für den kommenden Tag geplanten Verhandlungen entgegen.

Den alten Mann, der mir an der Tafel aufgefallen war, sah ich nicht mehr, obwohl ich immer wieder Ausschau nach ihm hielt. Die Gäste hatten sich über den gesamten Thronsaal verteilt, standen in kleinen und größeren Gruppen zusammen, lachten, tranken oder suchten eine der von dicken Vorhängen verborgenen Logen auf, um sich privateren Vergnügungen hinzugeben. Als ich mich schließlich verabschiedete, war der 4. Februar 3113 schon einige Stunden alt.

Ursprünglich hatte ich beabsichtigt, in meine Kabine an Bord der TULIS zurückzukehren, doch Koronam I. wollte das nicht akzeptieren. Zwei Naats führten mich stattdessen in einen nicht weit vom Thronsaal entfernten Flügel des Regenpalasts, in dem man eine Suite für mich vorbereitet hatte. Mit der unter meiner USO-Galauniform verborgenen Spezialausrüstung überprüfte ich die weitläufigen Räumlichkeiten innerhalb weniger Minuten auf eventuelle Abhöreinrichtungen. Meine Unterkunft war sauber, doch das hatte ich auch nicht anders erwartet.

Ich nahm noch einmal Verbindung mit der TULIS auf und gab dem diensthabenden Offizier in der Zentrale einige letzte Anweisungen. Der Leichte Kreuzer parkte auf dem größten Raumhafen der Stadt. Dann zog ich mich aus und programmierte die Automatik der in den Boden des Badezimmers eingelassenen Riesenwanne, die sich innerhalb von Sekunden mit heißem, leicht parfümiertem Wasser füllte. Eine halbe Stunde später lag ich im Bett, das genug Platz für die komplette Besatzung eines Leichten Kreuzers geboten hätte. Alles in allem hatte ich mich heute wirklich köstlich amüsiert, und das kam auf offiziellen Empfängen nicht gerade häufig vor.

Mit diesem Gedanken schlief ich ein.

Ein leises Geräusch ließ mich aufschrecken. Ich blieb still liegen und lauschte, doch das sanfte Kratzen wiederholte sich nicht. Hatte ich mich getäuscht?

Nein, wisperte der Extrasinn. *Jemand war an der Tür.*

Durch die hohen Fenster des Schlafraums fiel der blasse Glanz der Sterne. Der Himmel war zwar bedeckt, doch es drang ausreichend Helligkeit durch die Wolken, um die Umgebung in ein diffuses Halbdunkel zu tauchen. Lautlos schlug ich die dünne Bettdecke beiseite und stand auf. Mein Blick fiel auf die schwach leuchtende Anzeige meines Armbandchronometers. In Terrania war es jetzt sechs Uhr morgens, und auch in Korogor würde die Sonne in Kürze aufgehen. Ich hatte höchstens zwei Stunden geschlafen.

Langsam ging ich zur Tür hinüber, die mit einem einfachen Kodeschloss gesichert war. Ich kontrollierte den Speicher der Mikropositronik. Niemand hatte sich daran zu schaffen gemacht.

Schau auf den Boden, hörte ich das Flüstern des Extrasinns in meinem Kopf.

Ich tat wie mir geheißen, bückte mich und hob das kaum fingerlange Papierschiffchen auf, das jemand unter der Türritze hindurchgeschoben haben musste. Für lange Sekunden starrte ich es einfach nur an. In meinem fotografischen Gedächtnis regte sich eine Erinnerung.

Ich faltete die dünne weiße Folie behutsam auseinander. Die wenigen Worte, die darauf standen, waren so groß geschrieben, dass ich sie auch im herrschenden Halbdunkel lesen konnte:

Palastgarten, grüner Pavillon. Rhaen braucht Hilfe.

Rhaen! Der Einsatz auf Ferrol im Wega-System! Wie lange war das schon her? Fünfzehn, nein, beinahe zwanzig Jahre.

Während ich mich anzog, rief ich mir die damaligen Ereignisse ins Gedächtnis zurück. Ich hatte Rhaen Tolsom in Thorta, der Hauptstadt des ferronischen Zentralplaneten, kennengelernt.

Die von der terranischen Kolonialwelt Reddeye stammende Agentin der Solaren Abwehr hatte dort den Gataser Üliyt Eyt Trüühl, den Kopf einer milchstraßenweit operierenden Bande von Waffenschiebern, gestellt, war dann jedoch in einen Hinterhalt geraten. Da die USO in diesem Fall eng mit dem solaren Geheimdienst zusammengearbeitet und Üliyt Eyt Trüühl wenige Tage zuvor zwei meiner Spezialisten brutal gefoltert und ermordet hatte, war das Einsatzkommando auf Ferrol von mir persönlich angeführt worden. Leider hatten wir den Gegner unterschätzt, der nicht nur über modernste Ausrüstung verfügt hatte und uns zahlenmäßig überlegen gewesen war, sondern der offenbar auch Verbindungen bis in die höchsten Regierungskreise besessen hatte. Da sich weder die SolAb noch die USO offiziell hatten zu erkennen geben und Hilfe von den örtlichen Behörden erwarten können, waren wir gezwungen gewesen, uns im Verlauf der Kampfhandlungen in die Kanalisation Thortas zurückzuziehen und dort mehrere Tage auszuharren. Um nicht von den ausschwärmenden Suchtrupps des Gatasers geortet zu werden, hatten wir sämtliche Energieerzeuger inklusive der Funkgeräte abgeschaltet und uns in mehrere Gruppen aufgeteilt. Die interne Verständigung war über Papierschiffchen erfolgt, die wir nach einer Idee Rhaen Tolsoms durch die Rohrleitungen und Abwasserkanäle geschickt hatten. Zu meinem nicht geringen Erstaunen hatte die schlanke Frau mit den langen, rotblonden Haaren die entsprechenden Pläne in- und auswendig gekannt.

Der Einsatz war schließlich in zweierlei Hinsicht zu einem guten Ende gebracht worden. Zum einen war es uns gelungen, Üliyt Eyt Trüühl zu finden und in Gewahrsam zu nehmen, zum anderen hatten Rhaen und ich festgestellt, dass wir uns nicht nur unter Einsatzbedingungen hervorragend ergänzten. Auch wenn unsere Beziehung lediglich ein knappes Jahr gehalten hatte, dachte ich gerne an die mit ihr verbrachte Zeit zurück. Soweit ich wusste, hatte Rhaen einige Jahre später den Dienst bei der SolAb quittiert und war auf ihre Heimatwelt Reddeye zurückgekehrt.

Ich verließ meine Suite, ohne das Licht anzuschalten. Mara, die gelbe Sonne des Planeten, schickte sich soeben an aufzugehen und warf ihre ersten zaghaften Strahlen durch die Fenster der Suite. Koronam I. hatte es sich am Vortag nicht nehmen lassen, mich schon kurz nach meiner Ankunft im Palast herumzuführen. Dadurch bereitete mir die Orientierung wenig Mühe, zumal die Flure und Gänge ohne Ausnahme äußerst großzügig gestaltet waren – schließlich wurde ausreichend Platz für eine Sänfte mit vier Trägern benötigt.

Der Garten befand sich im hinteren Teil des Gebäudekomplexes und schloss sich direkt an die Privatgemächer des Imperiarchen an. Auf meinem Weg kam ich mehrfach an den mir bereits bekannten schwarz gekleideten Naats vorbei, die sich in regelmäßigen Abständen an der Wand postiert hatten und offenbar Tag und Nacht Wache hielten. Keiner von ihnen hielt mich auf. Im Gegenteil. Sobald sie mich bemerkten, nahmen sie Haltung an und richteten ihre Blicke starr geradeaus.

Die Stille, die zu dieser Stunde herrschte, war beinahe unheimlich. Erst als ich die Mauern des Palasts hinter mir ließ und durch ein breites Portal in die kühle Morgenluft hinaustrat, drang das ebenso lautstarke wie exotische Konzert der einheimischen Vogelwelt an meine Ohren. Ich fröstelte unwillkürlich. In Korogor, das auf dem südlichen der beiden Kontinente Maramonds lag, herrschte fast ganzjährig ein gemäßigtes Klima. In den Nächten sanken die Temperaturen auf knapp unter zehn Grad; tagsüber wurden Werte zwischen zwanzig und dreißig Grad erreicht. Für Arkoniden fast ein wenig zu kalt.

Der grüne Pavillon war nicht zu übersehen. Er bildete das geometrische Zentrum der kreisförmig gestalteten Anlage und bestand aus mehreren hundert, von einem Blütenmeer überwucherten Stahlplaströhren, die sich in gut fünfzig Metern Höhe zu einer Rundkuppel vereinten. Durch die Röhren, so hatte es mir Koronam I. nicht ohne Stolz erklärt, wurde permanent Wasser gepumpt, das durch Millionen winziger Löcher austrat, sich in den Blättern und Stängeln der Pflanzen fing, an ihnen hinabrann und zu Boden tropfte. Wenn die Sonne im Mittag stand und auf den grünen Pavillon schien, bot dieser dadurch einen atemberaubenden Anblick.

Ich blieb einen Moment stehen und sah mich um. Im Dämmerlicht des beginnenden Tages erschien mir der Palastgarten wie der Vorhof zum Paradies. Der Duft der überall sprießenden Vegetation war betörend. Über den gepflegten Blumenbeeten tanzten Insektenschwärme, und durch das jetzt schnell zunehmende Tageslicht erwachten die vielfältigen Farben und Formen zu prächtigem Leben.

Der Pavillon war etwa einhundertfünfzig Meter von mir entfernt. Ein schnurgerader, von sauber gestutzten Hecken gesäumter Kiesweg führte vom Portal direkt darauf zu. Als ich mich in Bewegung setzte, kam mir das Knirschen unter meinen Stiefelsohlen ungewöhnlich laut vor. Es übertönte selbst den Gesang der Vögel.

Natürlich stellte ich mir Fragen. War Rhaen persönlich gekommen? War sie es gewesen, die mir das Papierschiffchen unter der Tür durchgeschoben hatte? Aber warum hatte sie dann nicht geklopft? Oder mich über Funk angerufen? Natürlich war es nicht gerade einfach, einen Direktkontakt zu dem Regierenden Lordadmiral der USO herzustellen, doch als ehemalige SolAb-Agentin waren ihr die Möglichkeiten dazu bekannt.

Die Nachricht lautete ›Rhaen braucht Hilfe‹, warf der Extrasinn ein. *Es ist nicht anzunehmen, dass sie von sich in der dritten Person spricht.*

Ich kam nicht mehr dazu, etwas zu erwidern, denn in diesem Moment löste sich eine massige Gestalt aus dem Schatten des Pavillons. Sofort erkannte ich den alten Mann mit dem schlohweißen Haar wieder, der mich während des Banketts im Thronsaal beobachtet hatte.

»Lordadmiral«, sagte er mit ruhiger, tiefer Stimme. »Ich danke Ihnen, dass Sie gekommen sind.«

Anstelle der bunten Festkleidung trug mein Gegenüber nun eine schmucklose graue Hose und einen langen, ebenfalls grauen Mantel. Das linke Handgelenk zierte eine schwere, silberne Kette.

»Neugier war schon immer meine größte Schwäche«, gab ich zurück.

Der alte Mann lachte verhalten. Dann trat er an mich heran und streckte mir die Rechte entgegen. Ich ergriff sie; sein Händedruck war fest und bestimmt.

»Ich muss mich für die ungewöhnliche Form der Kontaktaufnahme entschuldigen«, fuhr er fort, »aber die Angelegenheit, in der ich unterwegs bin, ist … nun, sagen wir im besten Fall delikat. Mein Name ist Errehart von Hartwich. Ich bin der Oberste Berater des Clansherren und Hohekanzlers von Reddeye Enerich Tolsom.«

»Ist Rhaen etwas passiert?«, fragte ich sofort. Enerich Tolsom war Rhaens Vater, und auch wenn ich ihn niemals persönlich kennengelernt hatte, so wusste ich aus den Erzählungen meiner einstigen Partnerin doch einiges über ihn. Er galt als besonnener und in seiner Ausrichtung grundsätzlich terrafreundlicher Mann, auch wenn Reddeye auf der galaktopolitischen Bühne keine Rolle spielte.

»O nein«, beeilte sich Errehart von Hartwich zu versichern. »Rhaen geht es ausgezeichnet, und sie richtet Ihnen herzliche Grüße aus. Sie ist es auch, die mich zu Ihnen geschickt hat, Lordadmiral.«

»Tatsächlich.« Etwas Geistreicheres wollte mir in diesem Moment nicht einfallen.

»Ich werde Ihnen natürlich alles im Detail erklären«, sprach der Alte weiter, »aber dazu sollten wir uns vielleicht an einem … passenderen Ort treffen. Auf meiner Heimatwelt gehen … merkwürdige Dinge vor sich. Rhaen fürchtet, dass ihr Vater … nun, dass er womöglich nicht allein mit diesen Dingen fertig wird und dass sich daraus Konsequenzen ergeben könnten, die viele Menschen auf Reddeye in große Gefahr bringen.«

»Dann darf ich also annehmen«, sagte ich bedächtig, »dass ich hier nicht in meiner offiziellen Eigenschaft als Lordadmiral der USO stehe.«

Errehart von Hartwich neigte den Kopf und lächelte. Auf seinem faltigen Gesicht glänzten einige der vom grünen Pavillon versprühten Wassertröpfchen.

»Rhaen wendet sich an Sie, weil Sie ein Freund sind, Sir. Und weil sie Ihnen vertraut.«

Ich schwieg für lange Sekunden, suchte den Blick des alten Mannes. Er wich mir nicht aus, und in seinen Augen vermeinte ich so etwas wie ein stummes Flehen zu lesen.

»Na schön«, seufzte ich schließlich. »Kommen Sie heute Abend an Bord der TULIS. Dann werden wir reden.«

»Ich danke Ihnen, Lordadmiral«, stieß Errehart von Hartwich hervor, und es klang unendlich erleichtert. »Ich danke Ihnen von ganzem Herzen und auch im Namen Rhaens.«

»Danken Sie mir nicht zu früh, mein Freund«, erwiderte ich leise. »Danken Sie mir nicht zu früh.«

Kapitel 3

Atlan

Die Verhandlungen verliefen so, wie ich es erwartet hatte. Koronam I. zeigte zwar wenig Begeisterung für ein militärisches Bündnis und verwies auf die traditionelle Neutralität Maramonds, doch an der Aufnahme von Handelsbeziehungen war er sehr interessiert. Insbesondere das dichte Vertriebsnetz der General Cosmic Company, das bis in die entlegensten Winkel der Milchstraße reichte, war ein nicht zu stechender Trumpf, den ich in den Gesprächen ausspielen konnte. Homer G. Adams, der in die Vorbereitungen meiner Goodwill-Tour einbezogen worden war, hatte vier Unterhändler mit weitreichenden Vollmachten an Bord der TULIS entsandt, und diese hatten sich schon mehr als einmal als der entscheidende Faktor erwiesen.

Viele Kolonien waren zwar reich an Bodenschätzen oder stellten hochwertige Güter her, doch es mangelte ihnen an Möglichkeiten, ihre Erzeugnisse zu exportieren. Raumschiffe waren teuer und Tranportkapazitäten knapp. Die GCC, neben den Springern Marktführer in Sachen intergalaktischer Logistik, kam mit dem Bau neuer Frachter kaum nach. Kein Wunder also, dass viele meiner Verhandlungspartner in den letzten Wochen nur allzu gern zu Konzessionen bereit gewesen waren, sobald ich ihnen ein bestimmtes Ladevolumen auf den Schiffen der GCC-Transportflotte garantiert hatte.

Nichtsdestotrotz fiel es mir den ganzen Tag über schwer, mich zu konzentrieren. Immer wieder wanderten meine Gedanken zu Rhaen Tolsom. Und immer wieder hörte ich die

Stimme Errehart von Hartwichs. *Rhaen wendet sich an Sie, weil Sie ein Freund sind, Sir. Und weil sie Ihnen vertraut.*

Ich hatte bereits kurz nach dem Treffen mit dem Obersten Berater die Datenbanken der TULIS angezapft und mir alle Informationen besorgt, die dort zum Thema Reddeye zu bekommen waren. Wesentlich schlauer war ich dadurch nicht geworden. Die terranische Kolonialwelt war der dritte von sieben Planeten einer gleichnamigen Sonne und lag am Übergang des Scutum-Centaurus-Spiralarmes in die Kernregion der Milchstraße. Die große Sternendichte und die ungewohnt hohe Konzentration interstellarer Staubwolken, sogenannter Reflexionsnebel, sorgten im Zusammenspiel mit hyperphysikalischen Störeffekten dafür, dass die Navigation in diesem Raumabschnitt erheblich erschwert wurde. Die Entfernung zur Erde betrug stattliche 26.269 Lichtjahre. Damit lag Reddeye eindeutig außerhalb des normalerweise üblichen terranischen Siedlungsradius und weit abseits der meisten Verkehrsrouten.

Die Kolonie bestand seit dem Jahr 2390 und hatte sich den vergangenen gut siebenhundert Jahren eher schleppend entwickelt. Heute lebten rund einhundertfünfzig Millionen Menschen auf Reddeye. Der technische Standard hinkte dem, was auf den meisten zivilisierten Welten der Milchstraße üblich war, deutlich hinterher. Die Reddeyer hatten sich nie um die Aufnahme in eines der diversen Bündnisse bemüht, ja nicht einmal die bloße Nähe zu den großen Machtblöcken der Galaxis gesucht, sondern eine Art milder Isolationspolitik betrieben. Viel mehr war aus den Speichern des Leichten Kreuzers nicht herauszuholen, und ich nahm mir vor, bei nächster Gelegenheit eine entsprechende Anfrage nach Quinto-Center zu schicken.

Auf der sich den Verhandlungen mit Koronam I. und seinen Ratgebern anschließenden Pressekonferenz wirkte ich geistesabwesend. Der Extrasinn musste mich mehrfach ermahnen und aus meinen Grübeleien reißen. Eine ungewöhnlich junge und ausnehmend hübsche Journalistin, die sich als Phaedra Tolmin vorstellte, sprach mich sogar direkt darauf an und wollte wissen, was mich denn wohl so offensichtlich beschäftigen würde. Ich gab eine nichtssagende Antwort und war die nächsten Stunden wütend auf mich selbst.

Kaum zurück auf der TULIS, drängte Mesut Tornip auf ein sofortiges Treffen, um mich auf die nächste Station unserer Reise einzustimmen. Der schlanke Terraner mit der antiken Hornbrille auf der Nase wollte gar nicht mehr von meiner Seite weichen und ließ erst von mir ab, als ich ihm mit einigem Nachdruck klarmachte, dass mir im Moment nicht der Sinn nach einem diplomatischen Briefing stand.

Ich wusste selbst nicht genau, was mit mir los war. Seit ich mit Errehart von Hartwich gesprochen hatte, erfüllte mich eine rätselhafte Unruhe, und die Sorge um Rhaen reichte nicht aus, um diese zu erklären. Abgesehen davon, dass die ehemalige SolAb-Agentin den Worten des Obersten Beraters zufolge in keiner unmittelbaren Gefahr schwebte, konnte sie sehr gut auf sich selbst aufpassen. Auch wenn sie sich seit vielen Jahren nicht mehr im aktiven Dienst befand, hatte sie ihre Ausbildung ganz sicher nicht vergessen.

Was also trieb mich um?

Schuldgefühle?, stichelte der Extrasinn spöttisch.

Blödsinn!, dachte ich zornig zurück.

Du kannst dich selbst belügen, Arkonide, ließ sich der Logiksektor nicht beirren, *aber nicht mich. Es ist dir unangenehm, eine deiner abgelegten Gespielinnen wiederzusehen.*

Sprich nicht in diesem Ton von Rhaen!, wies ich mein zweites Ich mental zurecht. *Und bleib bei deiner verdammten Logik. Von Gefühlen verstehst du nichts.*

Das ist wahr, flüsterte es in meinem Kopf. *Und dafür bin ich dankbar.*

Es waren Momente wie diese, in denen ich meinen Extrasinn verfluchte, vor allem, weil er recht hatte. Rhaen und ich waren zwar nicht im Streit auseinandergegangen, aber auch wenn man eine Beziehung in gegenseitigem Einvernehmen beendete, blieb stets ein bitterer Nachgeschmack. Nach unserer Trennung hatten wir noch zwei- oder dreimal per Funk miteinander gesprochen, dann war der Kontakt eingeschlafen.

Wie hatte ich Rhaens Bitte um Hilfe zu interpretieren? Ich war alt genug, um meine Qualitäten als Ritter in schimmernder Rüstung nicht zu unterschätzen, besaß jedoch auch genügend Realitätssinn, um zu wissen, dass ich nicht jeden der zahlreichen in dieser Galaxis lodernden Brände löschen konnte. Meine ehemalige Partnerin würde mich nicht leichtfertig um Unterstützung bitten. Wie hatte es Errehart von Hartwich ausgedrückt? *Auf meiner Heimatwelt gehen merkwürdige Dinge vor sich.* Das konnte alles und nichts bedeuten, aber wenn eine hochqualifizierte Geheimagentin die Lage als so kritisch einschätzte, dass sie den USO-Kommandeur persönlich um Unterstützung anging, dann war das nichts, was ich einfach ignorieren durfte.

Die nächsten zwei Stunden verbrachte ich in meiner Kabine und studierte die neusten Lageberichte. Sie trugen allesamt die Kennung von Decaree Farou, jener Frau, mit der ich nun schon seit über zehn Jahren zusammen war, und die mich während meiner Abwesenheit wieder einmal in Quinto-Center vertrat. Manchmal konnte ich kaum glauben, wie schnell diese Zeit vergangen war. Lagen die Ereignisse um die Tyarez und die CAMOUFLAGE tatsächlich schon wieder so lange zurück?

Das Summen des Interkoms riss mich aus meinen Gedanken. Ich aktivierte den Empfänger.

»Ich habe hier einen Errehart von Hartwich, Sir«, hörte ich die Stimme von Leutnant Rania Kosnow. Die Terranerin war der Erste Offizier an Bord der TULIS.

»Er behauptet, Sie würden ihn erwarten.«

»Das ist richtig, Leutnant«, erwiderte ich. »Führen Sie ihn in Konferenzraum 5 und sorgen Sie dafür, dass er alles hat, was er braucht. Ich komme sofort.«

»Jawohl, Sir«, hörte ich Kosnow noch sagen, dann unterbrach ich die Verbindung und erlaubte mir ein kurzes Grinsen. Die knapp sechzig Jahre alte Frau galt als stolz, jedoch äußerst zurückhaltend und wortkarg. Angeblich stammte sie in direkter Linie von Peter Kosnow ab, jenem Ostblock-Agenten, der sich in den Tagen der Dritten Macht als einer der ersten auf Perry Rhodans Seite geschlagen hatte. Ich hatte den breitschultrigen Blondschopf im Jahr 2045 nach Arkon geholt und ihn dort mit der Reorganisation der imperialen Geheimdienste betraut. Wenn ich ehrlich war, erinnerte mich Rania Kosnow tatsächlich ein wenig an ihn, und sich um einen offiziellen Gast des Lordadmirals der USO zu kümmern, gehörte sicher nicht zu den Pflichten, die sie als angenehm empfand.

Fünf Minuten später verließ ich meine Unterkunft und legte die kurze Strecke zu den Konferenzräumen zurück. Tief im Bauch des Leichten Kreuzers rumorten die Fusionsmeiler auf Halblast und füllten die Speicherbänke mit Energie. Die Luft war von einem sanften Vibrieren erfüllt, das man nur wahrnahm, wenn man sich darauf konzentrierte. Es verriet dem erfahrenen Raumfahrer, dass sich die TULIS auf den bevorstehenden Start vorbereitete.

Errehart von Hartwich saß auf einem der breiten Kontursessel, von denen sich insgesamt zwölf um einen hufeisenförmigen Tisch gruppierten. Im warmen Licht der in die Decke eingelassenen Leuchtplatten wirkte sein faltiges Gesicht mit den rosigen Wangen weicher, die Züge nicht mehr so verkniffen, wie ich sie in Erinnerung hatte, doch nun, da ich ihn zum ersten Mal in aller Ruhe betrachten konnte, wurde mir klar, dass dieser Mann alt sein musste. Sehr alt.

Rania Kosnow stand steif und mit unbewegtem Gesicht neben der Tür. Als ich eintrat, nahm sie sofort Haltung an. Ihr schlanker, durchtrainierter Körper mit den beachtlichen Muskelpaketen an Armen und Beinen erweckte den Eindruck, als hätte sie ihre Uniform mindestens zwei Nummern zu klein gewählt.

»Leutnant Kosnow meldet …«, begann sie, aber ich stoppte sie mit einer raschen Handbewegung.

»Vielen Dank, Leutnant«, nickte ich ihm zu. »Sagen Sie Kommandant Oviolo, dass wir in zwei Stunden aufbrechen.«

»Jawohl, Sir«, schnarrte die Terranerin, grüßte militärisch exakt, vollführte eine perfekte Kehrtwendung und schritt durch die Tür. Bevor sie endgültig verschwinden konnte, hielt ich sie noch einmal auf.

»Leutnant ...«

»Sir?«, sagte sie und drehte sich wieder um.

»Falls Mr. Tornip nach mir fragt: Sie haben mich nicht gesehen.«

»Ich …«, suchte die Frau verwirrt nach Worten. Ich lächelte nur.

»Verstehe, Sir«, nickte sie.

»Ist sie immer so verspannt?«, fragte Errehart von Hartwich amüsiert, nachdem Leutnant Kosnow gegangen war. Ich zuckte mit den Schultern.

»Es gibt eine Menge Menschen, die sich in meiner Gegenwart seltsam benehmen«, antwortete ich dann. »Man gewöhnt sich daran. Davon abgesehen ist Leutnant Kosnow in Ordnung. Ein guter Offizier und eine ausgezeichnete Spezialistin für Risikoeinsätze.«

Ich trat an den in der Wand versenkten Getränkeautomaten heran und zog mir einen Kaffee. Dann hob ich den dampfenden Becher in Richtung meines Gastes und blickte ihn fragend an.

»Terranisch?«, wollte er wissen.

»Selbstverständlich«, grinste ich. »Echte, frisch gemahlene Bohnen.«

»Dann gerne.«

Als wir uns schließlich gegenübersaßen und sich der aromatische Duft des heißen Getränks langsam im Raum verbreitete, schien die Welt für einen kurzen Moment in Ordnung zu sein. Ich war sicher, dass sich das in den nächsten Minuten ändern würde.

»Legen Sie los, Mr. von Hartwich«, forderte ich den alten Mann auf.

»Nennen Sie mich bitte Errehart, Sir«, sagte er. »Das tun alle. Mit 142 Jahren bin ich zu alt, um noch Wert auf Förmlichkeiten zu legen. Ich ...«

Er unterbrach sich, schüttelte den Kopf und ließ ein kurzes, bellendes Lachen hören.

»Verzeihen Sie, Lordadmiral«, fuhr er dann fort. »Im Vergleich zu Ihnen bin ich natürlich ein Jüngling. Allerdings weiß ich nicht, ob ich Sie deshalb bedauern oder beneiden soll.«

»Um ehrlich zu sein, Errehart«, sagte ich ernst, »weiß ich das manchmal selber nicht. Am besten von beidem ein bisschen.«

»Wie auch immer.« Der alte Mann nippte an seinem Kaffee und suchte nach dem richtigen Anfang.

»Sie wissen natürlich, dass Rhaen nach Beendigung ihrer Laufbahn bei der Solaren Abwehr nach Reddeye zurückgekehrt ist. Das war im Jahr 3101, und der Clan, die Tolsom-Familie wie auch ich selbst, waren darüber sehr erfreut. Enerich Tolsom, Rhaens Vater, steht der Clankammer nun schon im 41. Jahr als Hohekanzler vor. Das ist eine lange Zeit, und ebenso wie ich ist Enerich nicht mehr der Jüngste.«

»Ich muss zu meiner Schande gestehen, dass ich wenig bis nichts über die Verhältnisse auf Reddeye weiß«, erwiderte ich. »Ihr Heimatplanet gehört zu den sogenannten Randwelten.

Er steht nicht unbedingt im Fokus galaktopolitischen Interesses.«

»Und so soll es nach Möglichkeit auch bleiben, Sir«, sagte Errehart von Hartwich. »Die Geschichte Reddeyes ist in den ersten hundert Jahren reich an Blut und Tränen, und das, was da draußen in der Galaxis vorgeht, erfüllt keinen von uns mit übermäßig großer Zuversicht. Ihnen muss ich nicht sagen, dass wir in unsicheren Zeiten leben, Lordadmiral. Reddeye ist in dieser Beziehung eine Insel, eine Zuflucht, ein Ort, an dem die Uhren langsamer gehen als auf Terra oder Arkon oder an Bord der Schlachtschiffe des Solaren Imperiums.«

»Und deshalb hat Rhaen *Sie* geschickt, nicht wahr?«, sagte ich. »Kein offizielles Ersuchen über die üblichen Kanäle. Kein Erregen unnötiger Aufmerksamkeit. Nur die harmlose Bitte an einen Freund, der zufällig der größten, unabhängigen Polizeiorganisation der Galaxis vorsteht.«

»Ja«, nickte der Oberste Berater. »Ich denke, das trifft die Sachlage ziemlich präzise.«

»Was sind das für *merkwürdige Dinge*, die angeblich auf Reddeye passieren?«

Errehart von Hartwich holte tief Luft und kratzte sich an seiner dicken, runden Nase.

»Wir Reddeyer sind ein friedliches Volk, Sir«, sagte er dann. »Wir besitzen weder Raumschiffe mit einer nennenswerten Bewaffnung, noch sind wir so vermessen, unsere kleine Gemeinschaft mit Begriffen wie *Sternenreich* oder gar *Imperium* herausputzen zu wollen. Boris Parthan hat einmal gesagt ›*Ein Volk ist glücklich, wenn es den Frieden nicht in den Tiefen des Meeres oder in der Einsamkeit der Wüste suchen muss.*‹«

»Boris Parthan?«, wiederholte ich fragend.

»In gewisser Weise unser Stammvater«, lächelte der Alte. »Ohne ihn und seine unendliche Weisheit hätte Reddeye es niemals geschafft. Wir wären dem Beispiel so vieler anderer gefolgt, hätten uns gegenseitig die Kehlen durchgeschnitten und das Universum um eine Tragödie und ein paar hunderttausend Gräber bereichert. Boris Parthan hat uns gerettet. Er hat uns den Weg gezeigt und auch, wenn er schon seit vielen Jahrhunderten tot ist, so tut er das in gewisser Weise auch heute noch.«

»Das klingt, als wäre er ein Heiliger gewesen«, warf ich ein.

»O nein«, lachte Errehart von Hartwich. »Er war alles andere als das. So würde er es zumindest sehen. Ihm war es lediglich vergönnt, ein paar tiefere Abdrücke im Sand der Zeit zu hinterlassen als die meisten von uns. Ich glaube, Sie und er hätten sich gut verstanden, Lordadmiral.«

»Das mag sein«, sagte ich. »Aber ich weiß immer noch nicht, warum Rhaen meine Hilfe braucht.«

»Sie haben recht«, schüttelte der alte Mann den Kopf. »Ich schweife ab. Und Ihre Zeit ist – Unsterblichkeit hin oder her – kostbar. Sie haben es vielleicht schon erraten, Sir, aber es ist nicht ausgeschlossen, dass Rhaen Tolsom demnächst die neue Hohekanzlerin von Reddeye wird – zumindest, wenn es nach den Wünschen ihres Vaters geht. Ein Großteil der Mitglieder der Clankammer, dem obersten Regierungsgremium meiner Heimat, ist dabei auf seiner Seite. Allerdings haben sich in den letzten Monaten die Anzeichen dafür verdichtet, dass innerhalb einiger Clanfamilien Kräfte am Werk sind, die auf eine gezielte Destabilisierung der herrschenden Verhältnisse hinwirken.«

»Sie reden wie ein geborener Politiker«, warf ich missmutig ein. »Aber selbst wenn es so wäre: Ich werde den Teufel tun und mich in die internen Angelegenheiten einer autarken Kolonie einmischen. Weder als Lordadmiral der USO noch als Privatmann.«

»Um alles in der Welt, Sir«, stieß Errehart von Hartwich erschrocken hervor. »Das rote Himmelsauge möge mich ob meines unverständlichen Geschwätzes verschlingen. So etwas würde

Rhaen nie von Ihnen verlangen. Lassen Sie mich noch einmal versuchen, es Ihnen zu erklären. Ich würde Ihnen gerne konkrete Fakten liefern, klare Beweise und schlüssige Anhaltspunkte, aber ich habe keine. Das ist auch der Grund, warum Rhaen *mich* geschickt hat. Sie wäre nur zu gerne selbst gekommen, doch die Entwicklungen auf Reddeye verlangen ihre Anwesenheit. Ich kenne Rhaen seit ihrer Geburt. Ich war lange Jahre ihr Lehrer und stets ihr Freund. Glauben Sie mir, wenn ich Ihnen sage, dass ihre Bitte um Beistand keinen egoistischen Motiven entspringt. Sie ist in tiefer Sorge um Reddeye und um all das, was ihr Vater und viele andere tapfere Männer und Frauen in den vergangenen Jahrhunderten aufgebaut haben.«

»Übertreiben Sie es nicht, alter Mann«, sagte ich und hatte dabei Mühe, mir ein Lächeln zu verkneifen. »Was hat Rhaen Ihnen über mich erzählt? Das ich besonders gut auf eine kräftige Portion Pathos anspreche? Das ich mich gerne ab und zu Hals über Kopf in ein Abenteuer stürze? Wenn Sie Rhaen von Geburt an kennen, wissen Sie so gut wie ich, was für ein verschlagenes kleines Luder sie sein kann.«

»Sie beschämen mich, Lordadmiral«, entgegnete der Oberste Berater. »Und Sie lesen mich wie ein offenes Buch.«

»Jedenfalls weiß ich jetzt, wem Rhaen ihren Scharfsinn und ihre Durchtriebenheit verdankt.«

Ich nahm einen Schluck aus meinem Becher, stellte ihn dann hart auf den Konferenztisch und beugte mich zu meinem Gast hinüber.

»Was verschweigen Sie mir, Errehart?«, fragte ich mit ruhiger Stimme.

»Es hat wohl keinen Zweck zu leugnen, Sir, nicht wahr?«

Ich schüttelte nur stumm den Kopf.

Errehart von Hartwich langte in die Innentasche seines langen Mantels und förderte einen winzigen Speicherkristall zutage.

»Wenn *ich* Sie nicht überzeugen kann«, sagte er, »dann kann es vielleicht Rhaen.«

Ich nahm den Kristall entgegen und ließ ihn in meiner Kombination verschwinden.

»Kann ich sonst noch irgendetwas für Sie tun, Errehart?«, wollte ich wissen.

»Nein, Sir«, kam die Antwort. »Sie haben schon mehr getan, als ich jemals erhoffen durfte. Ich danke Ihnen, dass Sie mir zugehört haben, und ich würde mich wirklich freuen, Sie bald auf Reddeye begrüßen zu können.«

»Wir werden sehen«, wich ich aus. Dann rief ich per Armbandkom eine der diensthabenden Ordonanzen herbei und befahl ihr, den alten Mann zur Bodenschleuse zu begleiten. Nachdenklich starrte ich auf die beiden halb leeren Kaffeebecher auf dem Tisch. Das Gefühl, dass der Oberste Berater mehr wusste, als er gesagt hatte, ließ mich nicht los, und normalerweise konnte ich mich auf Ahnungen dieser Art verlassen. Andererseits hatte Rhaen Ihren Kurier ausgezeichnet instruiert. Ja, ich liebte ein wenig Pathos – und nach vier Wochen in der Gegenwart von Botschaftern, Bürokraten, Politikern und Staatsoberhäuptern aller Art war ich einem kleinen Abenteuer tatsächlich alles andere als abgeneigt.

»Sir? Sir? Lordadmiral Atlan, Sir?«

Zu spät, wisperte der Extrasinn. *Er hat dich gesehen. Hör auf, dich wie ein kleines Kind zu benehmen.*

Ich blieb stehen und drehte mich um. Mesut Tornip, USO-Diplomat erster Klasse und ausgestattet mit sämtlichen Vollmachten eines intergalaktischen Handelsbotschafters, kam im Laufschritt auf mich zu und hätte mich beinahe umgerannt. Im letzten Moment bremste er ab und kam keuchend zum Stehen. Sein Gesicht war stark gerötet, und das dunkle, an den Seiten bereits angegraute Haar stand nach allen Seiten ab.

»Sir«, sagte er schwer atmend und stemmte beide Arme in die Hüften. »Auch wenn ich Ihnen lästig falle: Wir *müssen* über die Femmina Eternala von Sylphid sprechen. Das Zeremoniell verlangt, dass Sie sie in der Sprache der einheimischen Telmia begrüßen, und wir …«

»Stopp!«, rief ich laut und hob beide Hände. »Ich darf Sie gleich hier unterbrechen, Mr. Tornip, weil uns das beiden eine Menge Zeit spart. Mir ist klar, dass Sie nur Ihre Arbeit machen, aber im Moment bin ich leider unabkömmlich.«

»Laut Ihrem Terminkalender, Sir …«, setzte Mesut Tornip an.

»Vergessen Sie meinen Terminkalender«, ließ ich ihn erneut nicht ausreden. »Ich … ich fühle mich nicht wohl und brauche ein paar Stunden Ruhe.«

Sekundenlang herrschte eine geradezu andächtige Stille. Mesut Tornip hatte die Stirn in Falten gelegt und musterte mich mit dem Blick eines ertrusischen Fleischbeschauers.

»Wollen Sie mich veralbern, Sir?«, fragte er schließlich.

»Wie kommen Sie darauf?«, fragte ich zurück. »Darf sich ein Lordadmiral der USO nicht gelegentlich indisponiert fühlen?«

»Natürlich darf er das, Sir«, erwiderte der Diplomat. »Allerdings habe ich während der Wochen unserer Zusammenarbeit den Eindruck gewonnen, dass Sie hauptsächlich dann … *indisponiert* sind, wenn ich mit Ihnen das Protokoll für den jeweils nächsten Staatsbesuch durchgehen möchte.«

»Unterstellen Sie mir etwa, dass ich meine Unpässlichkeiten nur vortäusche?«

»Das ich würde ich niemals wagen, Sir«, blieb Tornip standhaft. »Ich weise lediglich auf die statistisch ungewöhnliche Häufung dieser Ereignisse im Zusammenhang mit unseren Besprechungen hin – und ich beginne mir ernsthaft Sorgen um Ihre Gesundheit zu machen. Vielleicht sollte unsere Bordärztin …«

»Schon gut. Mr. Tornip«, winkte ich resignierend ab. »Sie haben gewonnen. Kommen Sie in einer Stunde in meine Kabine. Und bringen Sie Ihre Femmina Dingsda gleich mit.«

»Es heißt Femmina Eternala, Sir«, sagte der USO-Diplomat. »Und sehr gern, Sir.«

Mit den letzten Worten hatte er sich bereits umgedreht und war einen Lidschlag später hinter der nächsten Gangbiegung verschwunden.

Zurück in meiner Kabine ließ ich mich in den einzigen vorhandenen Sessel fallen und schob den Speicherkristall in das schmale Lesegerät, das auf einem kleinen Schreibtisch stand. Nachdenklich starrte ich auf den schwarzen, in die Wand integrierten Bildschirm. Ich wurde selten von Selbstzweifeln geplagt, aber es kam vor. In wenig mehr als zwei Jahren beging die USO ihren eintausendsten Geburtstag, und die Vorbereitungen für die Feierlichkeiten liefen bereits auf Hochtouren. Doch was hatte sie in dieser langen Zeit erreicht? Hatten sich die Verhältnisse in der Milchstraße stabilisiert? Lebten die Völker der Galaxis in Frieden und Eintracht miteinander?

Nein! Das Gegenteil war der Fall. Niemals zuvor in der jüngeren Geschichte dieser Sterneninsel hatte es mehr Spannungen, Streitigkeiten und offene Konflikte gegeben. Eine schier unüberschaubare Anzahl von Interessengruppen stand in ständiger Konkurrenz um die immer knapper werdenden Ressourcen. Experten schätzten, dass sich die Menge der allein im Kerngebiet des Solaren Imperiums einsatzbereiten Waffensysteme im vergangenen Jahrhundert verdreifacht hatte. Die Kriegsflotten der großen Machtblöcke wuchsen in geradezu beängstigendem Tempo. Allein im noch relativ jungen Imperium Dabrifa spuckten die Werften jeden Tag zwei neue Schlachtkreuzer aus, fünfhundert Meter durchmessende Kugelgiganten, deren Thermo- und Desintegratorwaffen eine Millionenmetropole innerhalb weniger Stunden dem Erdboden gleichmachen konnten.

Es ging um Macht, um Eitelkeit und um Feindbilder, die sich inzwischen so sehr verfestigt hatten, dass kein Mensch, der noch halbwegs bei Verstand war, ernsthaft an eine friedliche Lösung der verfahrenen Situation glauben konnte. Die Unsterblichen wie Perry Rhodan, Reginald Bull, Homer G. Adams oder ich selbst gaben dem vermeintlichen Gegner ein bleibendes Gesicht, waren zu Sinnbildern eines antiquierten und nach Meinung vieler rückständigen Systems geworden, das es abzulösen galt. Männer wie Shalmon Kirte Dabrifa, Nos Vigeland, Runeme Shilter, Terser Frascati und die Oberhäupter der anderen großen Imperien stellten uns an den Pranger, machten uns für die Kriege der Vergangenheit und damit für Milliarden von Toten verantwortlich.

Um was kämpften wir also? Für den Frieden in der Milchstraße oder gegen jene, die ebenfalls nach Frieden strebten, uns jedoch als Hindernis auf dem Weg dahin betrachteten, das man aus dem Weg räumen musste? Was würde geschehen, wenn wir Unsterblichen uns zurückzogen, wenn wir alle Ämter räumten und die Verantwortung für die Zukunft in die Hände derer legten, die sich als dafür berufen hielten?

Falls du in Tränen ausbrechen willst, tu dir keinen Zwang an, höhnte der Extrasinn. *Wir sind unter uns.*

Dein Verständnis und deine Fähigkeit, mich aufzumuntern, beeindrucken mich jedes Mal aufs Neue, gab ich mental zurück.

Was erwartest du von mir?, wollte der Logiksektor wissen. *Du warst schon immer ein sentimentaler Narr. Dein Lamentieren ändert jedoch nichts. Das Große Imperium hat nicht deshalb Jahrhunderttausende überdauert, weil seine Anführer sich selbst permanent in Frage gestellt haben.*

O ja, erwiderte ich verächtlich. *Sieh es dir nur an, dein Großes Imperium. Es liegt in Trümmern, weil es Moral als Schwäche und Kompromisse als Kapitulation interpretiert hat.*

Und doch hat es zwanzigtausend Jahre existiert, hielt der Extrasinn dagegen. *In seinem Einflussgebiet lagen mehr als fünfzigtausend Planeten, und eine Flotte von über dreihunderttausend Kampfschiffen sorgte dafür, dass niemand an der Macht der Imperatoren zweifelte. Was willst du dagegen ins Feld führen, Arkonide? Deinen Freund Perry Rhodan und seine Barbaren? Das Solare Imperium ist kaum älter als tausend Jahre und steht bereits kurz vor dem Untergang. Hör also damit auf, dich selbst zu bedauern, und tue, was getan werden muss.*

Was schlägst du vor?, dachte ich wütend. *Ein paar Arkonbomben auf Nosmo? Einen Großangriff der USO-Flotte auf Rudyn? Einen Erstschlag gegen Ertrus?*

Warum nicht? Die autarken Kolonien würden dadurch zumindest ein für allemal begreifen, dass die Zeit der Verhandlungen vorbei ist, dass sie sich entscheiden müssen. Eine fragwürdige Unabhängigkeit und somit der Krieg gegen eine überlegene Solare Flotte oder ein auf Gleichberechtigung und Mitsprache basierendes Militärbündnis. Der Frieden in der Milchstraße wäre hergestellt und mit ein paar hundert Millionen Leben billig erkauft.

Du willst mich provozieren, gab ich gereizt zurück. *Was du da vorschlägst, ist purer Wahnsinn und Völkermord.*

Unter anderem ist es meine Aufgabe, dir Handlungsoptionen aufzuzeigen, hörte ich den Logiksektor flüstern. *Sie mögen in ihren Ausprägungen dein begrenztes Weltbild sprengen, doch das bedeutet nicht, dass man sie pauschal von der Hand weisen sollte. Als ehemaliger Admiral des Großen Imperiums weißt du sehr genau, dass der Zweck manchmal die Mittel heiligt.*

Dauerhafter Frieden lässt sich niemals mit Waffengewalt und schon gar nicht mit einem Blutbad erzwingen.

Möglicherweise nicht, schränkte der Extrasinn ein. *Aber wir könnten unsere Ansprüche reduzieren und uns stattdessen mit einem vorläufigen und kurzfristigen Frieden begnügen. Wenn Vernunft und Einsicht nicht mehr wirken, ist die Demonstration militärischer Überlegenheit eine vertretbare Alternative.*

Deine Argumentation mag vielleicht logisch schlüssig sein, schüttelte ich den Kopf, *aber sie ist barbarisch und unethisch zugleich. Wer bestimmt, was vernünftig und gerechtfertigt ist? Ein Menschenleben ist keine Variable, die man in eine Gleichung einsetzen kann. Es hat keinen Wert, den man zu berechnen vermag.*

Zählt am Ende nicht das Ergebnis?, widersprach mein zweites Ich. *Wenn eine Handlung mehr Leben rettet als eine andere Handlung, muss ich sie dann nicht ausführen, auch wenn sie meinen moralischen Prinzipien zuwider läuft?*

Das ist reine Philosophie, dachte ich. *Und die lässt sich nicht einfach auf die Wirklichkeit übertragen. Durch das Ausführen der einen Handlung eliminierst du automatisch ihre Alternative. Insofern kannst du nie sicher sein, ob die zweite Handlung nicht doch die bessere gewesen wäre.*

Du bist ein hoffnungsloser Romantiker, resignierte der Logiksektor.

Und du ein bemitleidenswerter Zyniker, konterte ich.

Durch das kurze Geplänkel hatte sich der Aufruhr in meinem Verstand tatsächlich gelegt. Die Lage in der Milchstraße war ernst, aber alles andere als aussichtslos – und noch hatten Terra und die USO viele Freunde. Entschlossen aktivierte ich das Lesegerät. Der Bildschirm wurde hell, und das so vertraute Gesicht Rhaen Tolsoms erschien in Großaufnahme.

Sie hatte sich kaum verändert, trug die rotblonden Haare, die sie als SolAb-Agentin meist kurz geschnitten hatte, inzwischen halblang. Ihre großen, grünen Augen blickten wach, und der sanfte Schwung ihrer vollen Lippen weckte so manche Erinnerung.

»Es ist lange her, Atlan«, sagte sie. Ihr Lächeln wirkte auf nicht näher definierbare Weise traurig, aber vielleicht bildete ich mir das auch nur ein.

»Wenn du diese Aufzeichnung abspielst, hast du bereits mit Errehart gesprochen. Er wird dir gesagt haben, dass ich gerne persönlich gekommen wäre, aber die Situation auf Reddeye lässt das nicht zu. Meine Abwesenheit würde Aufmerksamkeit erregen. Gleiches gilt natürlich für deine Ankunft. Wenn du also auf das Wort einer alten Freundin vertraust und meiner Bitte entsprichst, setze ich voraus, dass du die nötigen Vorkehrungen triffst.«

Sie atmete tief ein und wieder aus. Dann beugte sie den Oberkörper nach vorn, so dass ihre Nasenspitze fast die Linse der Kamera berührte.

»Auf Reddeye braut sich etwas zusammen, Atlan«, sagte sie. »Mein Vater ignoriert meine Warnungen weitestgehend. Er hält mich für überängstlich, obwohl er es besser wissen müsste, aber ich spüre, dass sich die Dinge verändern. Ich habe überlegt, mich an Galbraith Deighton zu wenden, aber mir fehlen die überzeugenden Argumente, um einen Einsatz der Solaren Abwehr auf einer autonomen terranischen Kolonie zu rechtfertigen. Ich möchte den Solarmarschall nicht unnötig in Gewissensnöte bringen …«

Rhaen Tolsom seufzte und schüttelte den Kopf.

»… und dich natürlich ebenso wenig«, fuhr sie fort. »Ich weiß, es ist viel, was ich von dir verlange, und vielleicht habe ich auch gar nicht das Recht, mich auf unsere Freundschaft zu berufen. Du hast genügend eigene Sorgen, und es ist nicht fair, dass ich dir nun auch noch die meinen aufbürde. Aber ich sehe keine andere Möglichkeit mehr. Fest steht, dass ich mir große Sorgen mache, Atlan. Reddeye ist meine Heimat, und hier leben viele Menschen, die mir etwas bedeuten. Wenn du meine Bitte ablehnst, bin ich dir nicht böse, und das meine ich wirklich ehrlich. Ich möchte nicht, dass du dich wegen unserer gemeinsamen Vergangenheit zu etwas verpflichtet fühlst. Allerdings ...«, sie machte eine kurze Pause und legte den Kopf schief, »würde es mich sehr freuen, dich wiederzusehen. Auf dem Datenspeicher findest du eine Datei mit Informationen über Reddeye. Alles weitere hoffe ich dir in ein paar Tagen selbst erzählen zu können.«

Noch einmal beugte sie sich nach vorne, schaute direkt in die Kamera.

»Auf Wiedersehen, Lordadmiral«, sagte sie leise.

Dann wurde der Bildschirm wieder schwarz, und als wäre das ein Signal gewesen, schalteten die Fusionsmeiler im Bauch der TULIS auf maximale Leistung. In der Zentrale des Leichten Kreuzers arbeitete die diensthabende Crew soeben die letzten Checklisten ab, nahm die Klarmeldungen der einzelnen Abteilungen entgegen und überprüfte die von der Bordpositronik gelieferten Messergebnisse aus allen Teilen des Kugelraumers.

Du solltest Kommandant Oviolo Bescheid geben, riet der Extrasinn.

Du schlägst also vor, dass ich Rhaens Einladung folge und nach Reddeye fliege?, gab ich mental zurück.

Was soll das, Arkonide?, flüsterte der Logiksektor. *Du hast dich doch längst entschieden. Natürlich wirst du nach Reddeye fliegen, und dabei ist es völlig egal, was ich darüber denke.*

»Wie recht du hast«, sagte ich laut und erhob mich aus meinem Sessel. »Ich freue mich schon auf das Gesicht von Mr. Tornip, wenn ich ihm verkünde, dass die Femmina Eternala von Sylphid noch ein bisschen auf mich warten muss.«

Kapitel 4

Atlan

Das gepanzerte Doppelschott der Beobachtungszentrale öffnete sich mit einem leisen Zischen. Ich hielt meinen Blick starr auf den Hauptbildschirm gerichtet, auf dem abwechselnd Aufnahmen der gerade eingeschleusten QUESTRON und Bilder der überall im Asteroidenfeld stationierten Ortungssatelliten zu sehen waren. Die Sekunden verrannen, doch die erwartete Meldung von Oberstleutnant Taha Kanli, dem Kommandanten des USO-Schlachtkreuzers, blieb aus. Ich legte die Stirn in Falten und drehte mich um.

»Ich bin es normalerweise nicht gewohnt, dass man mich einfach ignoriert, Lordadmiral«, hörte ich eine wohlvertraute Stimme sagen.

»Dec!«, rief ich ebenso überrascht wie erfreut. »Du warst an Bord der QUESTRON? Warum hat man mir nicht Bescheid gegeben?«

Der kleine, rundlich wirkende Mann mit den pechschwarzen, glatt zurückgekämmten Haaren, der die Zentrale zusammen mit meiner Stellvertreterin betreten hatte und nun mit auf dem Rücken verschränkten Armen neben ihr stand, fühlte sich offenbar angesprochen, denn er presste die Lippen zusammen und senkte schuldbewusst den Kopf.

»Kommandant Kanli hatte die explizite Anweisung, dich über mein Kommen nicht in Kenntnis zu setzen«, erklärte Decaree Farou und lächelte süffisant.

»So, so«, erwiderte ich und machte einige Schritte in Richtung des ungleichen Pärchens.

»Gibt es sonst noch etwas, das Sie mir verschwiegen haben, Kommandant?«, fragte ich mit gespielter Strenge.

Oberstleutnant Taha Kanli sah mich an. In seinem breiten Gesicht arbeitete es. Anscheinend schien er tatsächlich zu glauben, dass ich ob der von Decaree befohlenen Geheimniskrämerei einen Groll gegen ihn hegte.

»Nein, Sir!«, stieß er hervor. »Die QUESTRON steht nach der Generalüberholung auf Quinto-Center mit achthundert Mann Besatzung und vollständig ausgerüstet zu Ihrer Verfügung.«

»Ausgezeichnet«, sagte ich. »Was ist mit Captain Karkeron und seinem Team?«

»Haben auf dem Mannschaftsdeck Quartier bezogen und erwarten Ihre Befehle, Sir.«

»Gut«, zeigte ich mich zufrieden. »Sorgen Sie dafür, dass die QUESTRON jederzeit startklar ist. Ich werde in Kürze an Bord kommen und Sie und die Kommandooffiziere über unser Ziel und unsere Mission informieren.«

»Verstanden, Sir!«

Oberstleutnant Kanli salutierte und hatte es danach auffällig eilig, die Beobachtungszentrale zu verlassen.

»Du solltest nicht zu streng mit ihm sein«, sagte Decaree Farou, als sich das Doppelschott wieder geschlossen hatte. Sie sprach dabei so leise, dass die übrigen in der Zentrale anwesenden Frauen und Männer sie nicht verstehen konnten.

»Er hat sich während des Fluges rührend um mich bemüht.«

»Und du solltest nicht meine Autorität als Oberkommandierender untergraben«, erwiderte ich.

»Meinem natürlichen Charme kann eben niemand widerstehen«, gab Decaree zurück.

»Das ist allerdings richtig«, nickte ich.

Ich bedeutete ihr, mir zu folgen und führte sie in eines der kleinen Besprechungszimmer, die im hinteren Teil der Beobachtungszentrale lagen. Der geheime USO-Stützpunkt

AR-3003 versteckte sich im Innern eines achtzehn Kilometer durchmessenden Asteroiden, der gemeinsam mit rund einer halben Million weiterer Gesteinsbrocken eine einsame, gelbe Sonne umkreiste. AR-3003 war knapp fünfzehntausend Lichtjahre von Quinto-Center entfernt und gehörte bereits zum sogenannten USO-Außenring, einer Serie von größtenteils robotischen Spähstationen, die sich strategisch in den Randregionen der Milchstraße verteilten und dort passiv Daten über astronomische Phänomene aller Art sammelten, aber auch Schiffsbewegungen erfassten und Funksprüche abhörten.

Einige wenige dieser Stützpunkte waren zu vollwertigen Versorgungslagern und Relaisknoten ausgebaut worden. Die im Turnus von sechs Monaten wechselnden Rumpfbesatzungen aus speziell geschulten Spezialisten hielten dort einen geregelten Dienstbetrieb aufrecht. Es gab komplett ausgerüstete Medostationen, leistungsstarke Fusionsgeneratoren, Miniwerften, in der auch kompliziertere Reparaturen an USO-Schiffen bis zu fünfhundert Meter Durchmesser durchgeführt werden konnten – und natürlich einen hochmodernen Ortungsschutz.

Als wir endlich allein im Besprechungszimmer waren, nahm ich Decaree in die Arme, und wir küssten uns lange und leidenschaftlich. Auch wenn es innerhalb der USO längst als offenes Geheimnis galt, dass die ehemalige Sekretärin und ich ein Paar waren, achteten wir dennoch weiterhin darauf, Dienstliches und Privates so weit wie möglich zu trennen. Decaree war in den vergangenen Jahren immer besser in ihre neue Führungsrolle hineingewachsen. Ihr Talent als Netzwerkerin und ihr ausgeprägtes psychologisches Gespür hatten sie in Quinto-Center zu einer anerkannten und beliebten Vorgesetzten gemacht, und wir wollten beide den Eindruck vermeiden, dass ihre erstaunliche Karriere irgendetwas mit ihrer intimen Beziehung zu mir zu tun hatte.

»Die Dinge auf Quinto-Center müssen in bester Ordnung sein, wenn sich meine Stellvertreterin Lustreisen durch die Galaxis erlauben kann«, sagte ich, als wir uns wieder voneinander gelöst hatten.

»Ich habe den Laden nun einmal im Griff«, erwiderte Decaree Farou und ließ sich auf einen der breiten Konferenzsessel fallen. Ich setzte mich ihr gegenüber.

»Dennoch nehme ich an, dass ich diesen Besuch nicht ausschließlich deiner Sehnsucht nach meiner berauschenden Gegenwart verdanke«, behielt ich den lockeren Tonfall bei.

»So ist es«, gab die Frau zurück und schaute mich mit ihren türkisblau leuchteten Augen an. Einen Lidschlag später hatte sich die Farbe zu einem dunklen Rot verändert. Decaree trug seit vielen Jahren mit Vorliebe spezielle Kontaktlinsen, die ihr in bestimmten Abständen wechselnde Augenfarben verliehen.

»Ich habe die Angaben der dir von Errehart von Hartwich überlassenen Datei durch unsere Fachleute überprüfen lassen«, fuhr sie fort. »Reddeye fällt tatsächlich in die unterste Prioritätsstufe. Die Kolonie gilt als harmlos oder *ungiftig*, wie es unsere Militärstrategen formulieren. Keinerlei Auffälligkeiten in den letzten dreihundert Jahren. Der Planet pflegt keine erwähnenswerten wirtschaftlichen oder politischen Kontakte zu anderen Kolonialsystemen oder Staatenbündnissen. Ein Großteil des Handelsverkehrs wird über die GCC abgewickelt, da Reddeye selbst nur eine sehr übersichtliche Zahl eigener Raumschiffe besitzt. Wir sprechen hier hauptsächlich von gebraucht gekauften uralten Korvetten mit Transitionsantrieb aus dem Bestand der Solaren Flotte und ein paar kleinen Springerwalzen.

Hauptexportartikel ist ein hochwertiges Mineralerz namens Orea, das bislang nur auf wenigen Welten der Milchstraße gefunden wurde und das in der Medizintechnik Verwendung findet. Es gibt acht Kontinente, von denen lediglich die beiden größten, Teppit und Pagora, besiedelt sind. Die Hauptstadt Pallin mit vierzehn Millionen Einwohnern liegt an der Küste Teppits, unweit des planetaren Äquators. Im Norden wird sie vom Al Bhangazzi-Massiv begrenzt, einem rund hundert Kilometer langen Gebirgszug, der die gemäßigte Küstenregion von den riesigen Wüsten und Steppen im Landesinneren trennt.

Der Rest der Bevölkerung verteilt sich auf rund tausend kleinere Städte und Siedlungen, die sich wie eine Perlenkette an der Küstenlinie aufreihen. Der Binnenverkehr wird deshalb auch zum überwiegenden Teil von Schiffen und Gleitern bestimmt. Zwischen den größeren Ansiedlungen bestehen Transmitterstrecken.«

»Das hört sich nicht besonders aufregend an«, warf ich ein.

»Ist es auch nicht«, bestätigte Decaree Farou. »Welten wie Reddeye gibt es zu Hunderten. Und jedes Jahr kommen ein Dutzend neue hinzu.«

Ich schwieg und forderte sie mit einer Handbewegung auf weiterzumachen.

»Regiert wird Reddeye von der sogenannten Clankammer, die aus bis zu zweihundert Vertretern der zwanzig wichtigsten Clanfamilien besteht. Die Kammer tagt im Großen Forum, einem stadionartigen Rundbau im Zentrum der Hauptstadt. Den Vorsitz führt dabei seit über vier Jahrzehnten Hohekanzler Enerich Tolsom. Der Titel wird alle fünf Jahre neu vergeben.

Die Clankammer ernennt außerdem 42 Bürgerräte, von denen jeder einen bestimmten Wahlkreis vertritt. Die Bürgerräte müssen nicht zwangsläufig aus einer der zwanzig in der Kammer sitzenden Clanfamilien stammen, auch wenn sie das in den meisten Fällen tun. Theoretisch kann sich jeder Reddeyer für einen solchen Posten bewerben. Politisch teilen sich die Lager grob in zwei Fraktionen, eine konservativ-aristokratische, die auf Reddeye nach Möglichkeit unter sich bleiben will, und eine liberal-weltoffene, die verstärkt nach Kontakten mit Außenweltlern strebt und sich auch einen Anschluss an das Solare Imperium vorstellen kann. Zu Letzterer gehört unter anderem Enerich Tolsom, der Vater deiner hübschen Freundin.«

»Höre ich da etwa einen Anflug von Eifersucht heraus?«, fragte ich.

»Wir sind nicht verheiratet«, erwiderte Decaree Farou ruhig. »Und ich wusste, worauf ich mich mit dir einlasse.«

»Das ist schön und gut, beantwortet allerdings meine Frage nicht«, schüttelte ich den Kopf, »die im Übrigen nicht wirklich ernst gemeint war. Du solltest mich inzwischen eigentlich besser kennen. Rhaen ist eine Freundin, nicht mehr und nicht weniger.«

Decaree schloss kurz die Augen. Ich spürte, dass sie etwas sagen wollte, es sich dann aber doch anders überlegte. Mit einem leisen Seufzer erhob ich mich aus meinem Sessel, ging vor ihr in die Hocke und nahm ihre Hände in die meinen.

»Was ist los?«, wollte ich wissen. »Ich merke doch, dass dich etwas bedrückt.«

»Es ist … nichts«, wich sie aus.

»Nichts«, wiederholte ich und nickte. »Ja, das kann ich deutlich sehen.«

»Was willst du denn von mir hören?« Meine Partnerin klang mit einem Mal zornig. Sie entzog mir ihre Hände, stand ebenfalls auf und begann mit einer unruhigen Wanderung um den schmalen Konferenztisch herum. Ich war von dem plötzlichen Stimmungsumschwung überrascht.

»Dass ich dich gerne öfter als alle paar Wochen sehen würde? Dass du mir fehlst, wenn ich abends in unserer Kabine auf Quinto-Center langweilige Lageberichte lese und Personallisten durcharbeite? Dass ich dich oft so sehr vermisse, dass ich schreien möchte? Verdammt, Atlan, das weißt du doch längst alles. Wir haben uns nie etwas vorgemacht und sollten jetzt nicht damit anfangen. Du bist der Lordadmiral der USO und wirst niemals mir allein gehören. Damit muss ich nun einmal fertig werden. Ich wünschte manchmal nur, dass ich dich in weniger unruhigen Zeiten kennengelernt hätte.«

Ich sagte nichts, weil Decaree bereits alles gesagt hatte, was zu sagen war. Wenn ich die Tage, die wir in den letzten zehn Jahren gemeinsam verbracht hatten, zusammenzählte, auf wie viele würde ich wohl kommen? Vier, fünf, im besten Fall vielleicht sechs Monate.

»Entschuldige bitte.« Die Stimme der Terranerin hatte ihren wütenden Unterton verloren.

»Ich sollte für das dankbar sein, was wir haben, anstatt mich in Wunschträumen zu verlieren, und du darfst mir glauben, wenn ich dir sage, dass ich es versucht habe. Ich wollte rational bleiben. Ich wollte mich nicht in dich verlieben, Atlan. Zumindest nicht auf diese furchtbar triviale und endgültige Weise. Aber nun ist es doch geschehen. Es tut weh, und ich muss feststellen, dass ich nicht einmal halb so stark bin, wie ich geglaubt habe.«

Ich blickte sie an, sah die Mischung aus Trauer und Wut in ihren Zügen, und für einen viel zu kurzen Moment konnte ich mir tatsächlich vorstellen, für diese Frau alles aufzugeben. Die Verantwortung, die Hoffnung, die Vision von einer geeinten Milchstraße, für die ich schon so viel geopfert hatte. Doch dieser Moment verging. Ich war zu alt, um mich noch zu ändern, war zu tief in einen Kampf verstrickt, den ich vielleicht niemals gewinnen würde, der mich aber letztendlich als Person definierte. Reginald Bull hatte uns Unsterbliche einmal mit Dinosauriern verglichen, die dem großen Aussterben entronnen und in die Gegenwart des 32. Jahrhunderts verschlagen worden waren. Wir waren alt und mächtig und unübersehbar, aber der Fortschritt raste mit einem Tempo an uns vorüber, das wir nicht mehr mitgehen konnten. Unsere einstigen Ideale und Grundsätze hatten sich überlebt, und es fiel uns schwer, neue zu entwickeln. In dieser Hinsicht hatte ich Decaree nie belogen, und vielleicht war es gerade diese Ehrlichkeit, die ihr das Zusammensein mit mir so schwer machte.

Wortlos ging ich zu ihr hinüber und nahm sie in den Arm. Sie ließ es geschehen, und so standen wir fast eine volle Minute einfach nur da, die Arme umeinander geschlungen und den Rest des Universums ausgesperrt.

»Du bist um so viel stärker, als du ahnst, Dec«, sagte ich schließlich. »Aber es gibt Dinge, die auch ich nicht ändern kann. Und bleibt nur, das Beste aus allem zu machen und zu hoffen, dass es am Ende wenigstens ein kleines bisschen Sinn ergibt.«

Ich hielt einen Atemzug inne und lachte dann humorlos auf. »Klingt nicht besonders tröstlich, oder?«, wollte ich wissen.

»Es muss reichen«, sagte Decaree Farou, und das Lächeln kehrte in ihr Gesicht zurück. Wir setzten uns wieder.

»Hast du sonst noch etwas für mich?«, fragte ich die Terranerin.

»Ja«, antwortete sie. »Ich habe natürlich auch Erkundigungen über diesen Errehart von Hartwich eingezogen. Diese *Berater* scheinen auf Reddeye einen erstaunlichen Einfluss auszuüben. Allerdings ist die entsprechende Datenlager äußerst dürftig. Wie gesagt: Das System gilt als unkritisch; insofern hat es noch kein einziger USO-Agent mit offiziellem Auftrag angeflogen.«

»Und es gibt keine Anzeichen einer drohenden Gefahr? Nicht einmal Gerüchte?«

»So ist es«, bestätigte Decaree Farou. »Insofern handelst du einzig und allein aufgrund der vagen Aussagen von Errehart von Hartwich und Rhaen Tolsom. Die SolAb-Akte der Dame ist im Übrigen makellos. Vier Belobigungen, eine Auszeichnung für besondere Tapferkeit. Während ihrer knapp zwanzigjährigen Dienstzeit wurde sie dreimal befördert.«

»Du würdest an meiner Stelle also nicht fliegen?«

»Das habe ich nicht gesagt.« Decaree schlug die Beine übereinander und verschränkte die Arme vor der Brust.

»Nicht mit so vielen Worten ...«, sagte ich.

»Gib es auf«, schüttelte meine Stellvertreterin den Kopf. »Ich werde dir weder zu- noch abraten. Du solltest allerdings bedenken, dass du mit deinem kleinen Abstecher nach Reddeye eine Menge Leute vor den Kopf stößt. Für das Gelingen der diplomatischen Reise, auf der du dich befindest, haben sehr viele USO-Spezialisten sehr hart arbeiten und eine große Zahl von Gefallen einfordern müssen.«

»Das ist mir bewusst«, erwiderte ich.

»Und dennoch bist du bereit, das alles nur auf Basis eines unbestimmten Hilferufs zu ignorieren. Auf deiner Besuchsliste stehen noch fünfzehn Systeme, von denen einige eine Absage oder auch nur eine Verschiebung des zugesagten Termins als offenen Affront interpretieren werden. Du riskierst verdammt viel, und es hat nichts mit Eifersucht zu tun, dass ich den Grund dafür nicht begreife.«

»Würdest du mir eine Vorahnung abnehmen?«

»Nein.«

»Mehr habe ich aber nicht. Halte mich meinetwegen für verrückt, Dec, aber ich *spüre*, dass auf Reddeye etwas nicht stimmt. Und auch wenn du es nicht gerne hörst: Ich kenne Rhaen gut genug, um zu wissen, dass sie mich nicht leichtfertig kontaktiert hätte.«

»Dann tu, was du tun musst«, zuckte Decaree mit den Schultern. »Ich werde versuchen, den dadurch entstehenden Schaden so gering wie möglich zu halten.«

Fünf Minuten später verabschiedete ich mich vom Kommandanten der Beobachtungsstation und ging an Bord der QUESTRON. Decaree blieb auf AR-3003 zurück und würde mit der TULIS nach Quinto-Center zurückkehren. Aufgrund der von mir vorzeitig abgebrochenen Goodwill-Tour wartete eine Menge Arbeit auf sie.

Bis zum ersten Briefing mit Oberstleutnant Kanli und seinen wichtigsten Offizieren blieb mir noch eine knappe Stunde Zeit. Ich legte mich auf das Bett der kleinen Kabine, die ich in der Nähe der Zentrale des USO-Schlachtkreuzers bezogen hatte, verschränkte die Arme hinter dem Kopf und starrte an die schmucklose Decke. Taha Kanli hatte mir seine eigene Unterkunft angeboten, die erheblich geräumiger und komfortabler gewesen wäre, doch ich hatte abgelehnt.

Während ich auf das dumpfe Brummen der in den Tiefen des fünfhundert Meter durchmessenden Kugelraumers rumorenden Meiler lauschte, dachte ich an Decaree und daran, ob ich ihr nicht zu viel zumutete. Wie so viele Male zuvor, fand ich auch diesmal keine Antwort.

Kapitel 5

Rulan Karkeron

Die Offiziersmesse der QUESTRON war nicht einmal zu einem Viertel besetzt. Der bevorstehende allmorgendliche Wachwechsel sorgte dafür, dass die meisten Besatzungsmitglieder entweder auf dem Weg zu ihren Stationen waren oder auf ihre Ablösung warteten und sich auf ein paar Stunden Schlaf freuten. Rulan Karkeron hatte einen Platz in der Ecke des etwa zweihundert Quadratmeter großen Raumes gewählt. Vor ihm auf dem langen Tisch standen vier Schüsseln, jede bis zum Rand mit dem gefüllt, was die Bordküche des Schlachtkreuzers an jenem 8. Februar 3113 zu bieten hatte.

Das Essbesteck verschwand beinahe in den gewaltigen Pranken des Mannes. Offensichtlich war man hier nicht auf Oxtorner eingestellt, denn auch die Bank, auf der Karkeron Platz genommen hatte, knarrte und ächzte bei jeder Bewegung, was bei den über siebenhundert Kilogramm Lebendgewicht des USO-Spezialisten allerdings nicht verwunderte.

Dennoch war der Umweltangepasste weit davon entfernt, sich zu beschweren. Die Verpflegung auf USO-Schiffen genoss seit langem Legendenstatus, denn auf vielen anderen Raumern, allen voran die rund siebzigtausend Einheiten der Solaren Flotte, war Konzentratnahrung die Normalität. Die USO hatte dagegen von Anfang an viel Wert darauf gelegt, ihren Angestellten in Sachen Verköstigung nur das Beste vom Besten zu bieten, und nach Meinung des Oxtorners trug diese Praxis erheblich zur allgemein guten Stimmung innerhalb der Organisation bei.

Rulan Karkeron aß ruhig und konzentriert. Die teils schüchternen, teils bewundernden Blicke einiger anderer Offiziere ignorierte er dabei. Mit seinen 195 Zentimetern Körpergröße und den fast 130 Zentimeter breiten Schultern war er Aufmerksamkeit gewohnt. Der bei seinem Volk übliche, von den Augenbrauen abgesehen völlig haarlose Kopf tat ein Übriges. Schon kurz nach seinem Eintritt in die USO hatte sich der Oxtorner zudem eine Tätowierung in Form zweier sich teilender, rot-schwarzer Blitze auf den blank polierten Schädel setzen lassen, die über die Stirn bis hinunter zum Ansatz der Augen verlief.

Allerdings waren es nicht nur reine Äußerlichkeiten, die das sogenannte Denar-Quintett für die Stammbesatzung der QUESTRON interessant machte. Das *Spezialkommando Atropos*, das im Jahr 3070 gegründet worden war und unter dem direkten Oberfehl des Lordadmirals stand, hatte sich in den nun gut vierzig Jahren seines Bestehens einen geradezu mythischen Ruf erworben. Es wurde ausschließlich zur Infiltration militärisch organisierter Verbrecherkartelle und in Situationen eingesetzt, in denen es um die Befreiung von Geiseln ging. Derzeit existierten elf Teams, die aus jeweils acht bis zwölf Mitgliedern bestanden. Obwohl – oder womöglich gerade weil – deren Einsätze strengster Geheimhaltung unterlagen, galten Männer wie Rulan Karkeron in USO-Kreisen als eine Art Superagenten, eine Einschätzung, die von oben zwar nicht gefördert, aber auch nicht korrigiert wurde.

Der Oxtorner war im Jahr 3108 zum Spezialkommando gestoßen und hatte zwei Jahre später die Abteilung A912 übernommen. Zehn hochqualifizierte Frauen und Männer, die sich durch ungezählte Auswahlverfahren, Prüfungen und Psychotests gekämpft hatten, um zu diesem elitären Kreis zu gehören. Nun waren noch fünf davon übrig – Rulan Karkeron eingeschlossen. Drei Kameraden hatten auf Denar den Tod gefunden, drei weitere lagen mit schwersten Verletzungen im Heilkoma auf Tahun, der Medowelt der USO. Als der Oxtorner mit seinen Gedanken an diesem Punkt angelangt war, verließ ihn plötzlich der Appetit. Angewidert schob er die letzte, noch halb volle Schüssel von sich und ließ das Besteck klirrend auf den Tisch fallen. Einige der Anwesenden schauten neugierig zu ihm herüber, drehten sich dann jedoch schnell wieder weg.

Rulan Karkeron verschränkte seine Finger ineinander, überdehnte die Gelenke und lauschte dem daraus resultierenden Knacken, das es in Sachen Lautstärke durchaus mit einem Schuss aus einer altmodischen terranischen Feuerwaffe hätte aufnehmen können. Amüsiert beobachtete er, wie viele der Offiziere zusammenzuckten.

Als er die Messe verließ und in den kreisförmigen Zentralgang des Kommandodecks einbog, kam ihm Leutnant Abel Staut, der Erste Offizier der QUESTRON, entgegen. Staut stammte vom Planeten Imart im Gator-System, einer terranischen Kolonialwelt mit sehr dünner Sauerstoffatmosphäre. So wie sich die Oxtorner einst durch genetische Manipulation an die extreme Schwerkraft ihrer Heimat angepasst hatten, so waren auch die Imarter mit Hilfe der modernen Medizin biologisch verändert worden, um mit den herrschenden Bedingungen auf Imart fertig zu werden. Mit seiner fast unnatürlich hageren Erscheinung, der grünen Haut, dem tonnenförmigen Oberkörper und dem violetten Haarschopf wirkte Abel Staut beinahe wie eine exotische Zimmerpflanze.

»Gut, dass ich Sie treffe, Captain«, sagte er mit seiner ungewöhnlich tiefen Stimme. »Der Lordadmiral wünscht Sie in seiner Kabine zu sehen. Allein!«

»Danke, Leutnant«, nickte der Oxtorner.

Zwei Minuten später hatte er die Kabine des USO-Chefs erreicht. Sie lag nur einen Steinwurf von der Zentrale des Schlachtkreuzers entfernt, unterschied sich ansonsten aber nicht von den Unterkünften der übrigen Offiziere. Rulan Karkeron lächelte. Es war eines dieser stillen, scheinbar unbedachten Zeichen, die der Arkonide immer wieder setzte und für die ihn viele USO-Angehörige geradezu verehrten.

Karkeron legte seinen breiten Daumen auf den Meldesensor. Fast augenblicklich fuhr das Schott auf.

»Treten Sie ein, Captain«, hörte der Oxtorner die Stimme des Lordadmirals. »Und dann bewegen Sie sich nach Möglichkeit nicht mehr, damit Sie mich nicht zerquetschen. Täusche ich mich, oder werden die Offizierskabinen mit jedem neuen Schiffstyp kleiner?«

»Das weiß ich nicht, Sir«, erwiderte Karkeron. »Was wir allerdings sicher ausschließen können, ist, dass Sie sich noch im Wachstum befinden.«

»Wenn Sie damit auf mein biblisches Alter anspielen, haben Sie recht«, lachte der Arkonide.

Der Oxtorner ließ sich vorsichtig auf den Sessel sinken, den ihm der USO-Chef anbot. Es war der einzige im Raum. Atlan selbst setzte sich auf das Bett.

»Sie haben die Missionsbeschreibung gelesen?«, erkundigte er sich.

»Ja, Sir«, antwortete Rulan Karkeron. »In einer halben Stunde instruiere ich meine Leute. Ich vermute, Sie legen besonderen Wert auf Zurückhaltung. Insbesondere was mich selbst betrifft. Ein Oxtorner würde auf Reddeye früher oder später auffallen.«

»Sie vermuten richtig«, bestätigte der Arkonide. »Sie und ihr Team halten sich bis auf weiteres bedeckt. Wir werden offiziell als GCC-Handelsdelegation einreisen. Bis wir genau wissen, was auf Reddeye vorgeht, möchte ich keinerlei unnötige Aufmerksamkeit erregen.«

»Verstanden, Sir.«

Der Lordadmiral griff nach einem schmalen Plastikordner, der neben ihm auf dem Bett lag, schlug ihn auf und zog ein paar eng bedruckte Folien hervor. Er reichte sie seinem Gast und wartete, bis der ihren Inhalt erfasst hatte.

»Sie wissen, was das ist, Captain?«, fragte er dann.

»Die psychologischen Abschlussprofile von mir und meinen Leuten, Sir. Sie verstoßen nicht nur gegen mindestens ein halbes Dutzend USO-Vorschriften, sondern auch gegen das Gesetz, wenn Sie sie mir zeigen.«

»Lesen Sie sie trotzdem.«

»Warum?«

»Weil ich von Ihnen wissen will, ob Sie den Beurteilungen zustimmen.«

Rulan Karkeron leckte sich nervös über die Lippen. Ohne einen weiteren Blick auf die Unterlagen zu werfen, reichte er sie an den Arkoniden zurück.

»Falls Sie mich fragen, ob mein Team einsatzbereit ist, Lordadmiral«, sagte er dann, »werde ich Ihnen antworten. Dafür muss ich allerdings keine Psycho-Profile lesen. Ich lege für jedes einzelne Mitglied der Abteilung A912 meine Hand ins Feuer.«

Ein paar Sekunden lang herrschte vielsagendes Schweigen. Der Arkonide musterte den Oxtorner, und dieser hielt dem Blick der rötlichen Augen seines Chefs stand.

»Das genügt mir, Captain«, durchbrach Atlan schließlich die Stille, und um seine Mundwinkel spielte ein kaum merkliches Lächeln. Er stand auf und streckte dem Oxtorner die Hand entgegen.

»Ich freue mich darauf, einige meiner besten und teuersten Spezialisten im Einsatz zu erleben«, sagte er.

Vorsichtig ergriff Rulan Karkeron die Rechte des Lordadmirals und drückte sie.

»Sie werden bekommen, wofür Sie bezahlt haben, Sir«, gab er zurück. Dann verließ er die Kabine und schlug die Richtung zu den Besprechungsräumen ein.

Kapitel 6

Atlan

Die QUESTRON war ein terranischer Kugelraumer der SOLAR-Klasse. Der fünfhundert Meter durchmessende Schlachtkreuzer war 3101 in Dienst gestellt worden, unterschied sich jedoch deutlich von den Standardtypen der Solaren Flotte. Die meisten Schiffe der USO basierten auf terranischen Modellen, wurden dann aber in Spezialwerften entsprechend modifiziert und umgebaut. Das betraf sowohl Defensiv- und Offensivbewaffnung als auch die Ausstattung mit Beibooten und sonstiger Ausrüstung.

Selbstverständlich konnte ich nicht mit der QUESTRON auf Reddeye landen. Dafür hätte es zumindest einer offiziellen Einladung der dortigen Regierung bedurft. Doch selbst wenn diese vorgelegen hätte, wäre ich sicher nicht mit einem schwer bewaffneten Schlachtkreuzer in ein neutrales Sonnensystem eingeflogen. Für solche und ähnliche Fälle unterhielt die USO eine umfangreiche Armada von Frachtern, Privatyachten, Containerschiffen und ähnlichen Fahrzeugen. All diesen Raumern gemein war eine vollständige und jederzeit nachprüfbare Legende inklusive der begleitenden Papiere und Registrierungen.

Nach der kurzen Aussprache mit Captain Karkeron hatte ich mich über eine abhörsichere Relaisverbindung mit Homer G. Adams beraten und Glück gehabt. Der Chef der General Cosmic Company, des größten Firmenkonglomerats der Milchstraße, weilte derzeit auf Olymp, um einige wichtige Versorgungsabkommen zu verlängern. Von ihm erfuhr ich, dass für den 17. Februar die Ankunft eines Erzfrachters im Reddeye-System avisiert war. Die STIEGLITZ sollte Orea laden und sechs Stunden später wieder aufbrechen. Das war natürlich noch einmal eine Stufe unauffälliger, als wenn ich eines der USO-Tarnschiffe hätte benutzen müssen.

Der Raumschiffverkehr in und um Reddeye war – um es vorsichtig auszudrücken – überschaubar. Jede Landung und jeder Start waren ein Ereignis, über das die lokalen Medien berichteten. Insofern entschloss ich mich, bis zum 17. Februar zu warten und anstatt mit einem außerplanmäßigen USO-Transporter lieber mit dem lange vorher angekündigten GCC-Frachter zu reisen. Ich vereinbarte mit Homer G. Adams einen knapp fünf Lichtjahre von Reddeye entfernten Koordinatenpunkt im freien Raum. Dort würden Rulan Karkerons Team und ich an Bord des Frachters gehen. Auf diese Weise konnten wir den Planeten praktisch unbemerkt erreichen.

Da wir bis zum Eintreffen der STIEGLITZ noch fast fünf Tage Zeit hatten, nutzte ich die Gelegenheit, um mich ein wenig körperlich zu ertüchtigen. Nach den endlosen Empfängen, Festbanketten und Galadiners der vergangenen Wochen war es geradezu eine Wohltat, die Trainingseinrichtungen der QUESTRON zu benutzen. Dazwischen ging ich die von Rhaen zur Verfügung gestellten und von Decaree ergänzten Informationen noch einmal durch. Irgendwo im hintersten Winkel meines Verstands hatte sich die Befürchtung eingenistet, dass ich etwas übersah, dass sich auf Reddeye Dinge abspielten, die ich noch nicht einmal ansatzweise in ihrer Bedeutung erfasste.

Dabei versuchte ich mir wiederholt darüber klar zu werden, inwieweit meine innere Unruhe etwas mit Rhaen zu tun hatte. Wäre ich auch dann nach Reddeye geflogen, wenn mich nicht eine ehemalige Geliebte, sondern jemand anderes um Hilfe gebeten hätte? Die *logische* Vorgehensweise wäre die Entsendung eines USO-Agenten gewesen, der unauffällig ein paar

Erkundigungen eingezogen und dann einen ausführlichen Bericht verfasst hätte. Stattdessen brach ich eine wichtige diplomatische Reise ab und begab mich höchstpersönlich in den Einsatz. Zu allem Überfluss hatte ich mit Abteilung A912 auch noch ein ausgesuchtes Expertenteam angefordert.

Das Spezialkommando Atropos setzte die lange Tradition geheimdienstinterner Grüppchenbildung fort, die nicht erst mit der einst von Perry Rhodan gegründeten »Abteilung III« der Solaren Abwehr begonnen hatte. Nahezu jede Organisation, deren Aufgabe unter anderem im Beschaffen und Verifizieren von Informationen bestand, brachte irgendwann Frauen und Männer hervor, die bei der Wahl ihrer Mittel über das normalerweise übliche und gesellschaftlich akzeptierte Maß hinausgingen. Sie arbeiteten außerhalb des bekannten Rahmens, und was für sie zählte, war einzig und allein der Erfolg der Mission. Sie waren überzeugt von dem, was sie taten, und glaubten felsenfest daran, dass ihre Handlungen ungeachtet aller möglichen moralischen Konflikte am Ende zu einem positiven Ergebnis führten.

Perry und ich hatten schon oft darüber diskutiert, wie weit man gehen durfte, um ein bestimmtes Ziel zu erreichen. Durfte man zehn Menschenleben bewusst opfern, wenn man damit hundert rettete? Der Terraner hatte diese Frage stets verneint. Für ihn war das, was in der Milchstraße passierte, keine simple Rechenaufgabe, keine Gleichung, in die man Werte einsetzte, um ein gewünschtes Resultat zu erhalten, und ich wusste, dass er seine geliebte Erde lieber kampflos aufgeben würde, als einen Bruderkrieg unter Menschen zuzulassen. Es war eine von Perry Rhodans Grundüberzeugungen, dass die friedliche Koexistenz der Völker eine zwangsläufige Konsequenz der Evolution darstellte. Mit der Entwicklung des Verstands hatte die Natur dem sich selbst bewussten Individuum die Möglichkeit geschenkt, seine Triebe und Begierden zu ignorieren und das eigene Wohl dem der Gemeinschaft unterzuordnen. Der Terraner glaubte fest daran, dass die Sehnsucht nach Harmonie ein Naturgesetz war, dass sie in jedem einzelnen Bewohner der Galaxis schlummerte und lediglich Zeit benötigte, um sich von Generation zu Generation zu verstärken.

Auch wenn ich diesbezüglich teilweise anderer Ansicht war, so respektierte ich doch die Überzeugungen meines Freundes. Als Arkonidenadmiral hatte ich allerdings am eigenen Leib erfahren, wie ein gemeinsamer Feind ein Volk zusammenschweißen konnte. Auch die politischen Blöcke der prästellaren Erde hatten ihre Kräfte erst vereint, als mit Perry Rhodans Dritter Macht scheinbar ein noch größerer und mächtigerer Gegner aufgetaucht war. Bei vielen Völkern galten der Kampf und das Messen der eigenen Fähigkeiten mit den Fähigkeiten anderer als unbedingte Voraussetzungen für den Fortschritt, und wenn mir ein Rivale mit gezogenem Blaster gegenüberstand, erschien es mir nicht besonders vielversprechend, stillzuhalten und auf ein rechtzeitiges Erwachen seines *kosmischen Bewusstseins* zu warten.

Deshalb war ich auch innerhalb der USO ständig auf der Suche nach geistig und körperlich überdurchschnittlich befähigten Spezialisten, die sich für besondere Aufgaben eigneten. Abteilung A912 hatte aus solchen Spezialisten bestanden, aus drei Frauen und acht Männern, die für ihre Überzeugungen lebten und eine klare Vorstellung hatten, wofür sie kämpften. Der Einsatz auf Denar, einem unbedeutenden Mond des im Halo der Milchstraße gelegenen Kugelsternhaufens M 13, hatte das alles verändert.

Die Erinnerung an jene fünf schicksalhaften Tage im März 3112 war noch frisch. Eine Gruppe hervorragend trainierter und ausgerüsteter Piraten hatte eine Wirtschaftskonferenz auf Archetz im Rusuma-System, der Hauptwelt der Springer, gesprengt und insgesamt 116 Geiseln genommen, darunter achtzehn hochrangige Politiker von terranischen Kolonialwelten. Die Entführer hatten ein Lösegeld von zehn Milliarden Solar gefordert, andernfalls, so ihre Drohung, würden sie jede Stunde eine Geisel hinrichten. Bis heute war die Identität der Piraten nicht genau geklärt. Ebenso wenig wusste man, ob es ihnen tatsächlich nur um das Geld gegangen war oder ob vielleicht auch politische Motive eine Rolle gespielt hatten.

Die Kidnapper hatten ihre Gefangenen in eine streng gesicherte Panzerkuppel auf ebenjenem Mond eingesperrt, dem der »Denar-Zwischenfall« seinen Namen verdankte. Es war Captain Rulan Karkeron und seinen Leuten gelungen, die Anlage zu infiltrieren, doch sie waren entdeckt worden, und es war zu einem Feuergefecht gekommen. Die USO-Agenten hatten zwar sämtliche Geiseln in Sicherheit bringen können, doch dann war einer der Fusionsreaktoren der Kuppelstation explodiert. Die angeforderte Verstärkung war von einer Flotte Piratenschiffe angegriffen worden und hatte deshalb nicht zu Hilfe zu eilen vermocht.

Aus den späteren Befragungen hatte sich leider nur eine lückenhafte Rekonstruktion dessen ergeben, was in den achtzehn Stunden geschehen war, in denen die Mitglieder der Abteilung A912 in der Panzerkuppel auf sich gestellt gewesen waren. Drei Spezialisten waren gestorben, drei weitere wurden noch immer auf Tahun behandelt. Captain Karkeron, Sergeant Osmooth Alerin, Sergeant Varen Thorik, Korporal Daniel Pherson und Korporal Pertar Almoth hatte man nur leicht verletzt, aber offenbar mit schweren psychischen Traumata aus der halb zerstörten Station geborgen.

Ich hatte mich seitdem regelmäßig über den Gesundheitszustand der Gruppe informieren lassen, die innerhalb der USO inzwischen als *Denar-Quintett* bezeichnet wurde. Nach Meinung der Psychologen und Ärzte machte die Genesung gute Fortschritte, und die eingesetzte Untersuchungskommission bescheinigte den Spezialisten eine tapfere und umsichtige Handlungsweise. Alle 116 Geiseln waren unversehrt geblieben. Ende Januar 3113 hatte man den Oxtorner, die Arkonidin und die drei Terraner dienstfähig geschrieben. Als klar war, dass ich nach Reddeye fliegen würde, hatte ich es deshalb für eine gute Idee gehalten, die fünf Spezialisten anzufordern. Es sah nicht danach aus, dass der Aufenthalt auf der Kolonialwelt mit allzu großen Risiken verbunden sein würde, und so konnten sich Karkeron und sein Team in einem relativ entspannten Umfeld bewähren.

Schicksale wie das des Denar-Quintetts waren in der USO zwar nicht an der Tagesordnung, aber auch nicht gerade selten. Meine Spezialisten hielten sich sehr oft an den Brennpunkten dieser Galaxis auf und wurden dort mit Dingen konfrontiert, die manchmal selbst mich, der ich schon so viel gesehen und erlebt hatte, schockierten. Wenn man sich bewusst machte, was Menschen bereit und fähig waren, anderen Menschen anzutun, war es nicht leicht, an eine positive Zukunft zu glauben.

Als ich am Morgen des 16. Februar 3113 in der Zentrale der QUESTRON auftauchte, war die Ablösung der Kernbesatzung bereits erfolgt. Kaum jemand nahm meine Anwesenheit bewusst zur Kenntnis, was unter anderem daran lag, dass ich mir das ständige Salutieren, das immer dann einsetzte, wenn ich einen Raum betrat, per Borddurchsage verbeten hatte. Kommandant Kanli war über einen solch laxen Umgangs mit den Dienstvorschriften zwar alles andere als begeistert gewesen, hatte sich jedoch mit Ausnahme eines kritischen Stirnrunzelns jeden Kommentar verkniffen.

Tira Midarka, die Funk- und Ortungschefin des Schlachtkreuzers, hob kurz die Hand und lächelte zu mir herüber. Ich winkte zurück. Die immer gut gelaunte Terranerin mit den Sommersprossen im runden Gesicht war mir auf Anhieb sympathisch gewesen. Wie ich inzwischen wusste, war sie bereits viermal verheiratet gewesen, und jeder ihrer vier Ehemänner war im Dienst für die USO ums Leben gekommen. Die ungebrochene Loyalität, die Menschen wie Tira Midarka der Organisation dennoch weiterhin entgegenbrachten, war auch für mich immer wieder Inspiration und Ansporn.

Auf dem Panoramaschirm stand die positronische Simulation des aktuellen Flugkorridors. Der pulsierende rote Punkt im Zentrum des Erfassungsbereichs war Reddeye. Rechts und links wurden die Namen der wichtigsten Sonnensysteme im Umkreis von tausend Lichtjahren eingeblendet. Die QUESTRON war noch gut zehntausend Lichtjahre von Reddeye entfernt.

Nachdenklich starrte ich auf einen der Nebenschirme, der die Bilder der normaloptischen Außenbeobachtung zeigte und auf dem das für den Halbraum typische graurötliche, von dunklen Streifen und Schlieren durchzogene Wallen zu sehen war. Der menschliche Verstand war nicht in der Lage, die wirkliche Struktur des Hyperraums zu erfassen, und dennoch bewegten sich von Menschenhand geschaffene Raumschiffe mit der vielfachen Geschwindigkeit des Lichts durch das Weltall. Ich hielt es für angebracht, dass man sich solcherlei Ungeheuerlichkeit ab und an bewusst machte, dass man die außerordentlichen technischen Entwicklungen und die aus ihnen resultierenden Möglichkeiten nicht einfach als selbstverständlich hinnahm.

Leutnant Abel Staut saß auf dem Sessel des Kommandanten, als hätte er das Zepter von Koronam I. verschluckt. Ich grinste still in mich hinein, sagte aber nichts. Schließlich hielt es der Imarter nicht mehr länger aus.

»Keine besonderen Vorkommnisse, Sir!«, meldete er.

»Gut zu wissen, Leutnant«, kommentierte ich. »Und bevor Sie mir hier einen Nervenzusammenbruch erleiden: Ja, Sie dürfen mir Ihren Sessel anbieten.«

»Danke, Sir«, rief Abel Staut und sprang so schnell auf die Beine, dass man hätte meinen können, der Sitz stünde unter Hochspannung. Ich nickte ihm zu und nahm Platz.

Der Imarter und Kommandant Kanli waren das perfekte Paar. In den letzten Tagen an Bord der QUESTRON hatte ich natürlich das eine oder andere aufgeschnappt. Der Oberstleutnant galt als Disziplinfanatiker, und man erzählte sich, dass er alle 682 Paragrafen der USO-Charta auswendig kannte. Das mochte zwar auch auf Leutnant Staut zutreffen, doch dieser legte weit mehr Wert darauf, jeden einzelnen im Wortlaut zu befolgen. Der Umstand, dass er bei meiner Ankunft in der Zentrale nicht salutieren, vorschriftsmäßig Meldung machen und mir als Ranghöherem den Kommandantensessel überlassen durfte, weil ich auf derartige Formalien keinen gesteigerten Wert legte, hatte ihn bis in die Tiefen seiner Seele aufgewühlt.

»In fünfzehn Minuten erreichen wir die Koordinaten unseres nächsten Orientierungsaustritts, Sir«, informierte mich der Erste Offizier. Er hatte sich mit auf dem Rücken verschränkten Armen hinter mir aufgebaut und wirkte wie eine altägyptische Statue.

»Tun Sie einfach so, als sei ich nicht da«, erwiderte ich, wohl wissend, dass ich den Leutnant mit einer solchen Anweisung völlig überforderte.

Eine Viertelstunde später fiel die QUESTRON in der Nähe einer blauen Riesensonne aus dem Linearraum. Die Passivortung des Schlachtkreuzers begann augenblicklich damit, die nähere Umgebung abzusuchen. Erst als ihre Ergebnisse ausgewertet waren, wurde auch die Aktivortung zugeschaltet.

»Alles ruhig«, meldete Tira Midarka. »Was kein Wunder ist. In diesem Bereich der Milchstraße gibt es kaum bewohnte Welten.«

Auf dem Panoramaschirm wanderte die Scheibe der blauen Riesensonne, die keinen Eigennamen, sondern lediglich eine Kodebezeichnung trug, langsam aus der Mitte der Bilderfassung. Korporal Dokkat, ein für seine verantwortungsvolle Position als Pilot eines USO-Kampfschiffes noch sehr junger Ekhonide, beschleunigte den Kreuzer auf dreißig Prozent der Lichtgeschwindigkeit.

»Ausgezeichnet«, sagte Abel Staut. Es klang irgendwie enttäuscht. »Halten Sie den Kurs, Korporal. Wir bleiben die veranschlagte Stunde im Normalraum und setzen unseren Flug dann zum nächsten Orientierungspunkt fort. Ich will eine permanente Überwachung der ...«

»Ortung!«, rief Leutnant Midarka in diesem Moment. »Funkimpulse aus dem Sonnenschatten. Sieht aus wie eine ... Nachrichtenboje oder so. Auf jeden Fall ziemlich klein.«

Noch bevor die Terranerin zu Ende gesprochen hatte, heulte der einfache Alarm durch das Schiff. Die vierfach gestaffelten HÜ-Schirme bauten sich auf und hüllten die QUESTRON in einen Kokon aus in sich verwobenen fünfdimensionalen Strukturfeldern. Zwar besaß der Schlachtkreuzer auch einen der wesentlich leistungsfähigeren Paratronschirme, doch da noch kein Gefechtsalarm gegeben worden war und der Paratron immense Energiemengen schluckte, verzichtete man vorerst auf eine Aktivierung.

»Entfernung: Annähernd zwölf Millionen Kilometer«, gab die Ortungsspezialistin bekannt. »Das Ding hängt tief in der Photosphäre. Deshalb wurde es von der Ortung erst erfasst, als wir praktisch direkten Sichtkontakt hatten. Außerdem sind die Funksignale sehr schwach und werden von den Emissionen der Sonne überlagert. Ein, vielleicht zwei Jahre noch, dann stürzt die Boje in den Sonnenkern.«

»Können Sie die Botschaft entziffern?«, wollte der Erste Offizier wissen.

»Da gibt es nichts zu entziffern«, antwortete Tira Midarka. »Es sind immer wieder fünf exakt identische Impulse. Danach folgt eine kurze Pause, und das Spiel beginnt von vorn.«

Die Frau drückte einen Knopf auf ihrer Kontrollkonsole, und ein dünnes Piepsen erfüllte die Zentrale. Es wiederholte sich vier weitere Male, dann herrschte für etwa zwei Sekunden Ruhe, bevor es erneut einsetzte.

»Kommen wir nahe genug heran, um die Boje per Traktorstrahl an Bord zu holen?«, mischte nun auch ich mich ein.

»Das sollte kein Problem sein, Sir«, erwiderte Dokkat.

»Na schön«, sagte ich. »Dann schauen wir uns die Sache doch einfach aus der Nähe an. Mit aller gebotenen Vorsicht, versteht sich. Irgendwelche Einwände, Leutnant Staut?«

»Nein, Sir.«

Die QUESTRON drehte bei und nahm direkten Kurs auf den einsamen Stern, der keine Planeten beherbergte.

»Wo bleiben die Astrodaten?«, bellte Leutnant Staut ungeduldig.

»Wir haben es hier mit einem sogenannten *blauen Nachzügler* zu tun.« Leutnant Midarka ließ sich durch den rauen Ton ihres Vorgesetzten nicht aus der Ruhe bringen.

»Oberflächentemperatur liegt bei fünfzehntausend Grad Celsius. Unser Freund leuchtet außerdem über zweitausend Mal heller als Sol und besitzt eine zehntausendfach größere Masse. Wasserstoff-Helium-Relation normal. Schwerebeschleunigung, Dichte, Rotationsgeschwindigkeit, Eigenbewegung – alles ohne besondere Auffälligkeiten.«

Als blaue Nachzügler, so kramte ich aus meinem fotografischen Gedächtnis hervor, bezeichnete man Sterne, die nicht durch die schwerkraftbedingte Kontraktion einer Molekülwolke im All, sondern durch die Kollision zweier bereits existierender Sonnen, zum Beispiel in einem Doppelsternsystem, entstanden und somit relativ selten waren. Der namenlose Stern vor uns musste trotz seiner vergleichsweise späten Geburt schon sehr alt sein, da er sich bereits zu einem Blauen Riesen entwickelt hatte.

»Verringere auf zehn Prozent Licht«, kündigte Korporal Dokkat an.

»Objekt im Erfassungsbereich der Außenlinsen«, meldete Tira Midarka.

Auf einem Monitor unter dem Panoramabildschirm erschien ein zylinderförmiges, silbern glänzendes Gebilde von einem guten Meter Länge. Der an ein verformtes Ei erinnernde Rumpf wies in der Mitte eine wulstartige Verdickung auf. Oben und unten wuchsen dünne, halbtransparente Antennen aus dem Hauptkörper. Die Oberfläche war glatt und völlig makellos.

»Was zum Teufel ist das?«, stieß der Erste Offizier hervor, nur um sich sofort danach für seinen vermeintlichen Ausbruch bei mir zu entschuldigen.

»Ihre Frage ist berechtigt, Leutnant«, beruhigte ich ihn leise. »So etwas habe auch ich noch nie gesehen. Tira, haben sich die Impulse verändert?«

»Nein«, gab die Terranerin zurück. »Alles wie gehabt. Die Materialanalyse ist abgeschlossen. Die Boje, oder was immer das Ding da draußen auch darstellen soll, besteht aus einer unbekannten Legierung. Es wurden Spuren von Molybdän und Uran entdeckt.«

»Sonst noch etwas?«, fragte ich.

»Die Impulsfolge …«, fuhr Tira Midarka fort. »Die einzelnen Piepstöne sind bis in den Nanosekundenbereich synchron. Gleiches gilt für die Pausen dazwischen.«

»Wir holen das Ding an Bord«, entschied ich. »Ich will, dass die Hangars auf Deck 5 komplett vom Rest des Schiffes isoliert werden. Die angrenzenden Räume werden ebenfalls versiegelt. Leutnant Staut, Sie kommen mit mir.«

Der Imarter beeilte sich, mir zu folgen, als ich die Zentrale verließ und den Hauptantigravschacht ansteuerte. Schweigend schwebten wir elf Decks nach unten. In einer der Ausrüstungskammern legte ich einen leichten USO-Kampfanzug an. Eine Minute später war auch Leutnant Staut entsprechend gekleidet. Da er aufgrund seines Körperbaus eine Spezialanfertigung benötigte, musste er sich seine Montur erst bringen lassen.

Auf Deck 5 lagen die Hangars für die Space-Jets. Die QUESTRON hatte fünfzehn der dreißig Meter durchmessenden und achtzehn Meter hohen Diskusschiffe an Bord. Wir betraten die langgestreckte Halle durch eine Doppelschleuse. Tira Midarka hatte das geheimnisvolle Objekt mit einem Traktorstrahl eingefangen, durch eine der Außenschleusen bugsiert und mitten auf dem Metallplast des Hangarbodens abgelegt. Das unbekannte Material glänzte im Licht der Deckenscheinwerfer. Für einen kurzen Moment fühlte ich eine seltsame Kälte, die direkt von der Boje auszugehen schien. Ich blieb unwillkürlich stehen.

»Ist etwas nicht in Ordnung, Sir?«, fragte Abel Staut. Offensichtlich hatte er nichts bemerkt. Ich bemühte mich, mein Inneres zu sondieren, doch die Kälte war verschwunden.

»Nein, Leutnant«, schüttelte ich den Kopf. »Gehen wir weiter.«

»Lordadmiral!«

Die alarmierende Stimme Tara Midarkas in meinem Helmempfänger ließ mich erneut innehalten.

»Das Ding sendet nicht mehr«, sagte die Funk- und Ortungschefin. »Die Impulse haben vor wenigen Sekunden aufgehört.«

»Hat sich sonst irgendetwas verändert?«, erkundigte ich mich.

»Nein. Ich empfange lediglich nichts mehr. Das Ding ist energetisch vollkommen tot.«

»Da! Sehen Sie, Sir!«

Leutnant Abel Staut packte mich an der Schulter und zeigte mit der rechten Hand überflüssigerweise die Richtung an. Auf den ersten Blick sah es so aus, als ob sich das rätselhafte Fundstück bewegen würde. Bei näherem Hinsehen wurde jedoch schnell deutlich, dass das nicht der Fall war.

Die Boje schmolz!

Zunächst waren es nur einige kleinen Tröpfchen, die an der glatten Wandung des Hauptkörpers hinunterliefen. Sie erinnerten an das Kondenswasser, das sich manchmal auf der Außenhaut eines abkühlenden Reaktorbehälters bildete. Dann brachen die Antennen ein wie vom Wind geknickte Grashalme. Innerhalb weniger Augenblicke sackte das Objekt regelrecht in sich zusammen, und als der Prozess schließlich zum Stillstand kam, war aus der Boje ein breiter, unförmiger Silberfladen geworden, der etwa einen Quadratmeter des Hangarbodens bedeckte.

»Bei Rakal und Tronar Woolver«, rief Leutnant Staut seine beiden berühmtesten Landsleute an. »Was war das, Sir?«

»Wenn ich es herausgefunden habe, lasse ich es Sie wissen«, entgegnete ich trocken und näherte mich dem Fladen.

»Seien Sie vorsichtig, Sir«, warnte mich der Imarter. Ich ignorierte ihn.

Deine Vermutung ist korrekt, wisperte der Extrasinn und bestätigte damit meinen Verdacht. *Wir haben es hier nicht mit einer Nachrichtenboje, sondern mit einem Impulsgeber zu tun. Irgendjemand hat in diesem Bereich der Milchstraße Raumvermessungen durchgeführt und vergessen, seine Spuren zu beseitigen.*

Wozu?, gab ich mental zurück.

Das weiß ich ebenso wenig wie du, lautete die Antwort. *Angesichts des unbekannten Materials, aus dem der Impulsgeber gefertigt war, solltest du diese Sache jedoch nicht ignorieren.*

Das hatte ich auch nicht vor, dachte ich.

»Leutnant Staut«, wandte ich mich an den Ersten Offizier. »Verpacken Sie das, was von dem Ding übrig ist, und versiegeln Sie den entsprechenden Behälter. Ich werde veranlassen, dass er von einem Kurierschiff abgeholt und nach Quinto-Center gebracht wird. Sollen sich unsere Eierköpfe um dieses Rätsel kümmern.«

»Jawohl, Sir«, bestätigte der Imarter und eilte davon. Eine halbe Stunde später ging die QUESTRON in den Linearraum und nahm wieder Kurs auf Reddeye.

Kapitel 7

Atlan

Auf der Erde, genauer in Terrania-City, brachen die Abendstunden des 16. Februar 3113 an, als die QUESTRON mit aktivierten Anti-Ortungssystemen in einen Orbit um die Sonne Reddeye einschwenkte. Bei dem Zentralgestirn des gleichnamigen Planeten handelte es sich um einen sogenannten roten Unterriesen mit der sechsfachen Masse von Sol. Diese Klasse von Sonnen zeichnete sich dadurch aus, dass ihre absolute Helligkeit jene von Zwergsternen des gleichen Spektraltyps überstieg, aber noch deutlich unter der eines regulären Riesensterns lag. Untersuchungen hatten ergeben, dass die Fusion von Wasserstoff zu Helium innerhalb eines Unterriesen nahezu abgeschlossen war. Die Sonne hatte praktisch ihren Treibstoff verbraucht, wodurch sich ihr Kern zusammenzog und die Temperatur anstieg. Die Fusionsreaktion konnte nur noch in einer dünnen, den Stern umgebenden Schale aufrechterhalten werden, was dessen Wachstum zu einem echten Riesen förderte. Sorgen mussten sich die Bewohner Reddeyes allerdings nicht machen, da sich dieser Prozess über Jahrmillionen hinzog und die Veränderungen nur sehr langsam voranschritten.

Oberstleutnant Taha Kanli ließ die QUESTRON in eine stabile Umlaufbahn im unteren Bereich der Korona Reddeyes steuern. Der gewaltige, knapp fünfzigtausend Kilometer durchmessende Sonnenfleck auf der Oberfläche des Sterns zählte zu den in der Milchstraße eher raren astronomischen Phänomenen. Sonnenflecken entstanden durch Störungen im Magnetfeld einer Sonne und waren normalerweise flüchtiger

Natur. Das Prachtexemplar, das sich uns hier auf dem Panoramaschirm präsentierte, resultierte aus einer seltenen dauerhaften Verzerrung der elektrischen Feldlinien. Die Ursache dafür waren vermutlich die in dieser Region der Galaxis herrschenden ungewöhnlichen Gravitationsverhältnisse. Das dunkelrot leuchtende *Auge* des Sonnenflecks – im altterranischen Englisch als »red eye« bezeichnet – hatte sowohl dem Stern als auch dem dritten Planeten des Systems seinen um einen zusätzlichen Buchstaben ergänzten Namen gegeben.

»Sir«, riss mich die gedämpfte Stimme des Kommandanten aus meinen Gedanken. »Sie sollten sich das ansehen.«

Auf dem Hauptbildschirm wechselte die Darstellung und zeigte nun nicht mehr die brodelnde Oberfläche des roten Unterriesen, sondern die Planetenkugel Reddeyes. Über Teppit, dem Kontinent, auf dem unter anderem die Hauptstadt Pallin lag, trieben gewaltige Wolkenfelder. Die Kolonialwelt war noch immer in weiten Teilen unbesiedelt. Viele der ausgedehnten Waldgebiete auf der Nordhalbkugel galten praktisch als unerforscht. Auf der Südhalbkugel dominierten stattdessen große Sand- und Geröllwüsten sowie schroffe Felslandschaften. Dort gruben sich mächtige Fördermaschinen in die Planetenkruste und holten das wertvolle Orea ans Tageslicht.

Doch all das trat augenblicklich in den Hintergrund, als ich erkannte, was mir Kommandant Kanli zeigen wollte. Die Positronik hatte einen kleinen, kreisförmigen Bereich des Bildschirms grün eingefärbt und zoomte diesen jetzt langsam und stufenlos heran. Ein schwarzer Punkt wurde sichtbar, wuchs zu einer dünnen Scheibe und offenbarte mit jeder Sekunde mehr Details.

»Ein Raumfort?«, fragte ich überrascht.

»Eines von insgesamt vier, Sir«, bestätigte der Oberstleutnant. »Die Basisplattform durchmisst eineinhalb Kilometer und ist achtzig Meter dick. Soweit wir das von hier aus feststellen können, wurde nicht die allerneuste Technik verwendet. Die Bewaffnung besteht hauptsächlich aus fünf schweren Thermostrahlern und drei Batterien zum Abschuss von Raumtorpedos. Die Forts sind allesamt im stationären Orbit Reddeyes verankert und decken 75 Prozent der bevorzugten Einflugkorridore ab.«

Diese Information hat deine Freundin Rhaen wohl zu erwähnen vergessen, stichelte der Extrasinn.

Ich verzichtete auf eine Entgegnung. Was hatte die Stationierung von Raumforts in einem weitgehend isolierten und bislang wenig auffälligen Kolonialsystem zu bedeuten? Auch wenn es sich bei den Stationen laut Taha Kanli nicht um besonders fortschrittliche Technologie handelte, so waren sie ganz bestimmt nicht billig gewesen und mussten einen erheblichen Teil der verfügbaren Ressourcen Reddeyes verschlungen haben. Es stellte sich die Frage, wofür die Menschen hier solcherlei Verteidigungsanlagen benötigten. Hatten sie etwas mit der Bedrohung zu tun, von der Rhaen gesprochen hatte?

»Bitte um Erlaubnis, eine Spähsonde zu starten«, sagte Leutnant Abel Staut. »Von unserer Position aus bekommen wir keine verlässlichen Messwerte. Die Störeinflüsse der Sonne sind zu groß.«

»Nein!«, kam ich dem Kommandanten zuvor. »Wir werden kein Risiko eingehen und nichts tun, was unsere Anwesenheit verraten könnte. Setzen Sie die Beobachtung des Planeten mit konventionellen Mitteln fort und sammeln Sie alles, was Sie an Daten kriegen können.«

»Verstanden, Sir!«

»Ihr Rendezvous mit der STIEGLITZ findet in fünf Stunden statt, Lordadmiral«, erinnerte mich Taha Kanli. Seine schwarzen Haare glänzten im gedämpften Licht der Zentrale metallisch.

»Wenn wir in Verbindung bleiben wollen, kommen wir um das Ausschleusen einer Sonde nicht herum.«

Er hatte recht, zumal ich die Verwendung von Hyperfunk vermeiden wollte, damit mögliche Lauscher nicht zu schnell Verdacht schöpften. Eine kodierte Normalfunkverbindung war sicherer und ging im elektromagnetischen Durcheinander, das auf jedem einigermaßen entwickelten Planeten herrschte, unter.

»Der erste Kontakt ist zehn Stunden nach meiner Ankunft auf Reddeye vereinbart, Oberstleutnant«, sagte ich. »Erst dann, und keine Sekunde früher, wird eine Sonde ausgeschleust. Außerdem wird diese Sonde außer einem kurzen Impuls zur Bestätigung nichts aussenden, sondern lediglich empfangen.«

»Ja, Sir.« Der Kommandant der QUESTRON nickte knapp.

Drei Stunden später traf ich mich auf dem unteren Hangardeck mit Captain Karkeron und seinem Team. Ich hatte die Spezialisten bereits während der Einsatzbesprechung näher kennengelernt. Außerdem waren sie mir mit Ausnahme von Pertar Almoth, der erst vor drei Jahren zur Abteilung A912 gestoßen war, von früheren Begegnungen auf Quinto-Center in Erinnerung.

Das Denar-Quintett trug ebenso wie ich leichte USO-Kampfanzüge, die man auf den ersten Blick für normale Raumkombinationen halten konnte. Weder die Waffen noch die Mikroreaktoren für Schutz- und Deflektorfelder waren direkt zu erkennen, sondern geschickt in die Monturen eingearbeitet. Gemeinsam gingen wir an Bord der Space-Jet QU-SJ-1. Rulan Karkeron übernahm wie selbstverständlich den Pilotensessel; ich setzte mich neben ihn. Die übrigen vier Mitglieder der Einsatzgruppe verteilten sich auf die Notsitze in der mit sechs Personen völlig überfüllten Kontrollkuppel. Während der Oxtorner den Start vorbereitete, meldete ich mich zum letzten Mal bei Kommandant Kanli.

»Sie wissen, was zu tun ist, Oberstleutnant«, sagte ich. »Bleiben Sie im Sonnenorbit und beobachten Sie. Funkkontakt nur im äußersten Notfall. Wenn ich Unterstützung brauche, werde ich Mittel und Wege finden, Sie zu informieren.«

»Ich wünsche Ihnen und Ihren Leuten viel Glück, Sir«, drang die Stimme des Terraners aus dem Lautsprecher der Bordkommunikation.

»Danke«, erwiderte ich kurz und schaltete ab.

Auf dem Hauptbildschirm sah ich, wie sich die Außenschleuse öffnete und den Blick auf die rot glühende Sonnenoberfläche freigab. Rulan Karkeron steuerte die von Prallfeldern stabilisierte QU-SJ-1 langsam aus dem Hangar. Von rechts schob sich der gigantische Sonnenfleck Reddeyes in mein Blickfeld. In seiner unmittelbaren Nähe hatte sich eine mehrere hunderttausend Kilometer lange und fünfzigtausend Kilometer hohe Protuberanz gebildet. Sie zeichnete sich wie ein schwarzer Schatten gegen den helleren Sonnenhintergrund ab. Wir hatten sie bereits kurz nach unserer Ankunft bemerkt. Protuberanzen in der Nähe von Sonnenflecken konnten monate-, im Falle Reddeyes sogar jahrelang bestehen bleiben, da sie durch die ungewöhnlich starken Magnetfelder in Form gehalten wurden. Dabei kam es zu einem anhaltenden Materiefluss entlang der magnetischen Feldlinien. Diese Materie kühlte ab und erschien deshalb dunkler als der Rest der Umgebung.

»Bleiben Sie so lange wie möglich in Sonnennähe, Captain«, gab ich Anweisung. »Beschleunigen Sie erst auf der dem Planeten abgewandten Seite.«

»Wird gemacht, Sir«, bestätigte Rulan Karkeron.

Aufgrund der vollverglasten Kuppel der Space-Jet bot sich uns ein phantastischer Ausblick. Ein Sichtflug durch die Korona einer Sonne gehörte noch immer zu den beeindruckendsten Erlebnissen in der modernen Raumfahrt. Der Oxtorner drehte die QU-SJ-1 so, dass sich das wirbelnde Chaos Reddeyes direkt über uns befand. Ich lehnte mich in meinem Sessel zurück und starrte fasziniert in den von starken Filtern in seiner

Leuchtkraft abgeschwächten Ozean aus ungezügelter Energie. Obwohl der rote Unterriese bereits einen Großteil seines Wasserstoffs aufgebraucht hatte, verwandelte er nach wie vor jede Sekunde unglaubliche vierhundert Millionen Tonnen davon in Helium.

Die Space-Jet schien sachte, beinahe majestätisch über das lodernde Feuermeer zu gleiten. In Wirklichkeit raste der Diskus mit über achttausend Sekundenkilometern dahin. Menschen, für die das Reisen an Bord von Raumschiffen nicht zum Alltag gehörte – und das war auch im 32. Jahrhundert noch die überwiegende Mehrheit – fiel es immer wieder schwer, sich die unglaubliche Ausdehnung des Weltraums vorzustellen. Schon die Entfernungen, die innerhalb eines einzelnen Sonnensystems zurückzulegen waren, stellten die Phantasie planetengebundener Lebewesen vor eine so gut wie unlösbare Aufgabe. Die rund 380.000 Kilometer von der Erde bis zum Mond konnte man vielleicht noch halbwegs erfassen, doch schon die über zweihundert Millionen Kilometer, die zwischen Terra und Mars lagen, waren nicht mehr wirklich nachvollziehbar.

Die Linearetappe zum vereinbarten Rendezvouspunkt mit der STIEGLITZ dauerte kaum länger als dreißig Minuten. Schon kurz nachdem wir die Librationszone wieder verlassen hatten, sprach der Funkempfänger an. Die QU-SJ-1 war mit einem Überlichtfaktor von fünf Millionen geflogen, hatte also eine Strecke von gut 270 Lichtjahren zurückgelegt. Das erschien mir eine ausreichende Distanz zum Reddeye-System, um unbemerkt an Bord des GCC-Frachters gehen zu können.

Das Denar-Quintett und ich setzten mit Hilfe eines energetischen Tunnels über. Der Kapitän der STIEGLITZ, ein grauhaariger Terraner namens Mautar Doerk, empfing uns schon im Schleusenraum und brachte uns höchstpersönlich in die Zentrale. Unsere Space-Jet hatte ich positronisch versiegelt. Der Autopilot würde das Beiboot in den Schutz einer nahen

Sonne manövrieren, wo es die QUESTRON nach Abschluss des Einsatzes abholen konnte. Natürlich hätte ich die QU-SJ-1 auch auf einen Rückflug zum Mutterschiff programmieren können, doch ich hielt an meinem Grundsatz fest, jedes noch so geringe Risiko zu vermeiden, solange ich nicht sicher sein war, was auf Reddeye vor sich ging. Die unerwartete Entdeckung der vier Raumforts unterstützte diese Vorgehensweise.

Die STIEGLITZ nahm Fahrt auf und ging nun ihrerseits in den Linearraum. Ich stand mit vor der Brust verschränkten Armen vor dem Hauptbildschirm und fixierte den in seiner Mitte leuchtenden Zielstern. Die in der Zentrale des Frachters arbeitenden Frauen und Männer schauten ab und an in meine Richtung, konzentrierten sich ansonsten aber auf ihre Aufgaben. Captain Karkeron trat neben mich.

»Darf ich Sie etwas fragen, Sir?«

»Besser jetzt als später«, ermutigte ich ihn.

»Ist Reddeye ein Test? Ich meine für mich und meine Leute?«

»Hätten Sie ein Problem damit?«, fragte ich zurück.

»Nein«, schüttelte der Oxtorner den Kopf. »Ich … *Wir* würden es nur gerne wissen.«

Ich atmete tief ein und wieder aus. Dann drehte ich mich um und schaute Rulan Karkeron direkt in die Augen.

»Ich habe Ihre Abteilung angefordert, weil ich möglicherweise ein paar zuverlässige Spezialisten brauche«, erklärte ich. »Spezialisten, die sich schnell auf eine Situation einstellen können und im Notfall die richtigen Entscheidungen treffen. Wenn mir meine Experten auf Quinto-Center sagen, dass diese Spezialisten voll einsatzfähig und belastbar sind, benötige ich keinen Test, um mich dessen zu vergewissern. Deshalb schlage ich vor, Captain, dass Sie aufhören, unnötige Gedanken auf meine Intentionen zu verschwenden und sich besser auf das fokussieren, was vor uns liegt.«

Für einen Moment wirkte Rulan Karkeron verwirrt. Dann aber fasste er sich und neigte den kahlen Schädel in meine Richtung.

»Danke, Sir«, sagte er nur.

Wenige Millionen Kilometer von Reddeye entfernt fiel die STIEGLITZ ins Normaluniversum zurück und nahm Verbindung zur Funkleitstelle in Pallin auf. Die Landeerlaubnis auf dem einzigen Raumhafen der Hauptstadt wurde anstandslos erteilt.

»Meine Crew wird die STIEGLITZ beziehungsweise das Gebiet des Raumhafens nicht verlassen, Mr. Atlan«, wandte sich Kapitän Doerk an mich, als der Frachter in die äußere Lufthülle des Planeten eindrang.

»Die Beladung wird nur einige Stunden in Anspruch nehmen, also sehen wir lieber zu, dass wir vor dem Start noch eine Mütze Schlaf kriegen. Wissen Sie schon, wie Sie in die Stadt kommen? Ich könnte Ihnen und Ihren Leuten einen Gleiter zur Verfügung stellen.«

»Ich habe das Gefühl«, erwiderte ich und lächelte, »dass ich mir diesbezüglich keine Sorgen zu machen brauche. Und sparen Sie sich das *Mister*. Atlan genügt völlig.«

In den kommenden Minuten verfolgte ich gespannt die von der Bordpositronik aufbereiteten Bilder der Sensoren und Außenkameras. Pallin war eine natürlich gewachsene Stadt, wie es sie in dieser Form auf vielen aufstrebenden Kolonialwelten gab. Das Zentrum lag kaum mehr als einen Kilometer vom Ozean entfernt. Beeindruckt betrachtete ich die langen, violetten Sandstrände, die sich entlang des dunkelroten, fast schwarzen Wassers erstreckten. Eine breite, von palmenähnlichen Bäumen gesäumte Straße führte über mehr als zwanzig Kilometer und in zahlreichen Kurven von Süden nach Norden und folgte dabei der Küstenlinie. Obwohl es nach Ortszeit früher Nachmittag war, wirkte der Himmel dunkler als auf der Erde oder den Planeten des Arkon-Systems, doch dieses Phänomen war mir bekannt. Sowohl Arkon als auch Sol gehörten Spektralklassen an, die einen größeren Anteil an hochfrequentem Licht aufwiesen als Reddeye, und die Evolution hatte die Augen der Bewohner ihrer Planeten an die entsprechenden Wellenlängen angepasst. Deshalb nahm ich den Himmel unter einer roten Sonne als einen dauerhaften Sonnenuntergang wahr, da die erdähnliche Atmosphäre rotes Licht kaum streute.

Um das Stadtzentrum Pallins und das dort gelegene Große Forum gruppierten sich Wohn- und Geschäftsviertel, kleine Parks, zwei größere Seen sowie diverse Gebäudekomplexe, deren Funktion sich höchstens erraten ließ. Landeinwärts wurde das Gelände schnell hügelig und stieg in Richtung des Al Bhangazzi-Massivs immer steiler an. Enge Serpentinenstraßen führten zu den dort spärlicher, jedoch auch luxuriöser werdenden Häusern, in denen vermutlich die Reichen und Schönen des Planeten residierten. Der Molotundra, mit 6483 Metern die höchste Erhebung des Gebirges, ragte in der Ferne mit seiner schneebedeckten Spitze bis in die Wolken hinein.

Den Raumhafen hatte man etwa zehn Kilometer außerhalb des Stadtzentrums angelegt. Er bestand aus einem vergleichsweise winzigen Landefeld, zwei Lagerhallen und einem Kontrollturm mit Satellitenantenne. Derzeit parkten dort lediglich zwei schon von weitem als überholungsbedürftig erkennbare Korvetten, die ihre besten Tage lange hinter sich hatten. Ich bezweifelte, dass sich an diesem Bild über das Jahr etwas Wesentliches änderte.

Die STIEGLITZ durchbrach die Wolkendecke und sank rasch weiter. Heftiger Regen setzte ein und es wurde noch ein wenig dunkler. Auf den Straßen Pallins schoben sich Tausende von Personen- und Transportgleitern träge und ruckweise voran. Der Anblick erinnerte mich an ein Netz aus Blutgefäßen, und in gewisser Weise entsprach diese Analogie durchaus der Realität. Pallin war wie so viele Metropolen ein gewaltiger Organismus, der lebte, atmete und pulsierte. Viele Millionen Reddeyer hatten hier über die Jahrhunderte etwas geschaffen, auf das sie stolz sein durften.

Auf dem Landefeld unter uns leuchtete eine Reihe von Markierungen auf und bezeichnete so die Stelle, an der der GCC-Frachter aufsetzen sollte. Vom Kontrollturm lösten sich zwei Fahrzeuge, ein kleiner Gleiter, der höchstens zwei Personen Platz bot, sowie ein größeres Exemplar mit getönten Scheiben und ausladender Seitenverkleidung. Ich musste unwillkürlich lächeln.

Sekunden später bestätigte sich meine Vermutung. Die STIEGLITZ wurde über Funk willkommen geheißen, und ein gewisser Errehart von Hartwich forderte mich und meine Begleiter auf, ihn an der unteren Polschleuse zu treffen. Sowohl der alte Mann als auch Rhaen waren nicht dumm. Außer dem GCC-Frachter hatten sich für die kommenden Wochen keine weiteren Raumschiffe auf Reddeye angekündigt. Wenn die ehemalige SolAb-Agentin und der Oberste Berater also damit rechneten, dass ich ihrer Einladung folgte, blieben nicht viele Möglichkeiten. Rhaen wusste, dass ich nicht offen und mit großem Gefolge kommen würde. Die STIEGLITZ war somit die einzige Gelegenheit, mein Ziel diskret und unerkannt zu erreichen.

Ich nickte Rulan Karkeron auffordernd zu, bedankte mich bei Mautar Doerk und verließ dann zusammen mit dem Denar-Quintett die Zentrale des Frachters. Die vergangenen Tage des Wartens und der Vorbereitung waren mir geradezu endlos erschienen, doch das war nun vorbei. Ich freute mich auf die Begegnung mit Rhaen Tolsom.

Kapitel 8

Atlan

»Willkommen auf Reddeye, Lordadmiral Atlan!«

Errehart von Hartwich eilte mit ausgestreckten Händen auf mich zu. Er trug einen weiten, von einem Gürtel zusammengehaltenen Mantel, ein weißes Hemd und graue, an den Knöcheln ausgeschnittene Hosen. Im ersten Moment glaubte ich, der alte Mann wolle mich tatsächlich umarmen, dann jedoch griff er lediglich meine Rechte und schüttelte sie kräftig. Er schien sich ob meiner Ankunft über die Maßen zu freuen.

»Rhaen hätte Sie liebend gerne persönlich abgeholt«, ließ mich der Oberste Berater gar nicht erst zu Wort kommen, »aber sie wurde noch im Großen Forum aufgehalten. Sie wird in Kürze zu uns stoßen. Ich … meine Güte, wo bleiben meine Manieren.«

Hastig begrüßte er nun auch meine fünf Begleiter, die der Szene bislang mit unbewegten Mienen gefolgt waren. Danach wandte sich Errehart von Hartwich wieder an mich.

»Kommen Sie, kommen Sie«, forderte er und winkte uns, ihm zu jenem wuchtigen Gleiter zu folgen, den ich bereits von der Zentrale der STIEGLITZ aus beobachtet hatte.

»Für Sie alle wurden Quartiere in der Familienresidenz der Tolsoms vorbereitet. Wir wussten nicht genau, wie viele … äh, Freunde Sie mitbringen, Sir. Deshalb habe ich einfach einen ganzen Flügel herrichten lassen. Ich hoffe, Sie haben nichts dagegen, wenn wir heute Abend zu Ihren Ehren ein formloses Essen einnehmen. In kleinem Kreis, versteht sich. Nur die engsten Clanmitglieder und Vertrauten. Entschuldigen Sie,

Lordadmiral, aber ich muss in meinem Überschwang wie ein dummer, alter Narr auf Sie wirken. Schwatzhaftigkeit ist normalerweise nicht meine Sache, aber ich hatte Ihr Kommen so sehr herbeigesehnt.«

»Schon gut«, wehrte ich ab. »Jetzt bin ich ja da.«

Etwas Originelleres wollte mir auf die Schnelle nicht einfallen.

Der Gleiter war innen geräumiger, als man es von außen vermutet hätte. Entlang der durchgehenden Fensterfront gruppierten sich acht bequeme Sessel. Auf einem runden, in der Mitte der Passagierkabine installierten Tisch standen zwei Dutzend Flaschen und Gläser; ein weicher Teppich dämpfte jeden Schritt, und aus unsichtbaren Lautsprechern drang leise Musik. Ein offener Durchgang führte in die Steuerkanzel. Der Pilot, ein schlanker, junger Mann mit hellblonden Haaren und einer randlosen Brille auf der Nase stand auf der Schwelle und warf Errehart von Hartwich einen fragenden Blick zu.

»Wir können starten, Ludos«, sagte der Alte. »Nimm die Route über die Südflanke. Unsere Gäste sollen die Schönheit Reddeyes in ihrer ganzen Pracht erblicken.«

Der junge Mann nickte stumm und verschwand in der Steuerkanzel. Einen Atemzug später hob der Gleiter ab, gewann schnell an Höhe und nahm dann Kurs auf das Stadtzentrum Pallins. Ich warf einen letzten Blick auf die gelandete STIEGLITZ. Vom Rand des Raumhafens näherten sich eine lange Reihe schwerer Erzcontainer. Die Beladung des GCC-Frachters würde in Kürze beginnen.

»Bitte nehmen Sie Platz und bedienen Sie sich«, sagte Errehart von Hartwich und deutete auf die Auswahl an Getränken auf dem Tisch. »Wir werden etwa eine halbe Stunde unterwegs sein. Das Anwesen der Tolsoms liegt in den Ausläufern des Al Bhangazzi-Massivs. Von der Hauptterrasse aus hat man einen traumhaften Blick über die Stadt.«

Der Gleiter flog jetzt eine langgezogene Kurve und drehte nach Westen ab. Zu merken war an Bord davon freilich nichts; die Andruckabsorber glichen jeglichen Einfluss der Schwerkraft aus. Es hatte den Anschein, als würde die Welt draußen in Schieflage geraten, als würde man den Flug lediglich auf einem Bildschirm verfolgen.

Wir flogen über das Große Forum hinweg. Das imposante Gebäude, in dem, wie ich von Decaree wusste, die Clankammer tagte, sah entfernt wie das einst im antiken Rom der Erde erbaute Kolosseum aus. Über die ovale Grundfläche spannte sich ein von mehr als hundert Stahlseilen gehaltenes Dach aus quadratischen Platten. Auf dem geräumigen Vorplatz ragten zwanzig Fahnenmasten in die Höhe. Die Flaggen der wichtigsten Clanfamilien wehten wild in dem vom Wind gepeitschten Regen. Das Forum selbst wurde durch im Boden versenkte Strahler in helles Licht getaucht.

»Leider regnet es um diese Zeit des Jahres häufiger«, hörte ich Errehart von Hartwich neben mir. »Wir kennen auf Reddeye zwar keine Tropen im Sinne des Wortes, aber die Geröllebenen im Inneren des Landes erwärmen sich im Sommer sehr stark. Dadurch steigt warme Luft nach oben und kühlt sich dort ab. Wenn der Wind ungünstig steht, treibt er die entstehenden Wolken in Richtung Küste und wir kriegen die volle Ladung.«

Der Oberste Berater sprach weiter, doch ich nahm seine Worte nicht mehr bewusst wahr. Unwillkürlich musste ich an den altterranischen Schriftsteller Oscar Wilde denken, von dem eine Fülle von Bonmots und Zitaten überliefert war und der angeblich einmal gesagt hatte: *Wenn die Leute mit mir über das Wetter reden, bin ich mir stets sicher, dass sie etwas ganz anderes meinen.* Auch ich hatte in diesen Minuten erneut das untrügliche Gefühl, dass der alte Mann etwas verbarg, dass sein unaufhörlicher Redefluss nur seine Nervosität überspielen sollte.

Gleiches könnte auf Rhaen Tolsom zutreffen, warf der Extrasinn ein.

Ich habe es dir schon einmal gesagt, gab ich ärgerlich zurück. *Ich vertraue dieser Frau.*

Warum?, ließ der Logiksektor nicht locker. *Weil du mit ihr im Bett warst? Du hast sie seit fast zwanzig Jahren nicht mehr gesehen. Die Raumforts im Orbit von Reddeye hat sie dir bereits verschwiegen. Du solltest besser deinen Verstand einschalten und dich fragen, was sie dir sonst noch vorenthält.*

Ich presste die Lippen zusammen und starrte aus dem Fenster. Am meisten störte mich, dass mein zweites Ich im Recht war. Dennoch war ich noch immer bereit zu glauben, dass Rhaen gute Gründe für ihre Handlungsweise hatte.

Inzwischen flog unser Gleiter über dünner besiedeltes Gebiet. Kleine Waldstücke und liebevoll gestaltete Grünanlagen wechselten sich mit mehrstöckigen Häusern und Villenvierteln ab. Der Regen wurde noch einmal ein gutes Stück heftiger, und die Sicht verschlechterte sich zunehmend. Die Schönheit Reddeyes, die uns Errehart von Hartwich so vollmundig versprochen hatte, versank derzeit in den Fluten, die vom Himmel stürzten.

Ein dumpfer Schlag ließ mich aufhorchen. Der Gleiter schwankte kurz nach rechts, dann nach links, stabilisierte sich wieder. Offenbar hatten die Andruckabsorber für einige Sekunden ausgesetzt.

»Was war das?«, fragte Varen Thorik. Die Arkonidin hatte ihre Nase an die Fensterfront gedrückt und versuchte etwas zu erkennen.

»Es hat sich angefühlt, als ob etwas mit unserem Gleiter kollidiert wäre«, sagte Rulan Karkeron.

»Kein Grund zur Beunruhigung.« Errehart von Hartwich hob beide Hände.

»Wir sind absolut sicher. So ein schweres Unwetter hatten wir seit Jahren nicht mehr, aber keine Sorge. Dieser Gleiter ...«

Der alte Mann kam nicht mehr dazu, seinen Satz zu beenden, denn in diesem Moment ertönte im vorderen Bereich des Fahrzeugs ein lauter Knall. Ein schriller Warnton heulte durch die Passagierkabine. Die Andruckabsorber gaben endgültig ihren Geist auf, und der Gleiter kippte nach vorn.

»Was zum ...?«, setzte Rulan Karkeron an. Ein weiterer Knall, diesmal im hinteren Teil unseres Gefährts, ließ ihn verstummen. Die Gläser und Flaschen auf dem Rundtisch kamen ins Rutschen und fielen klirrend zu Boden. Ich klammerte mich an der Lehne meines Sessels fest, um nicht ebenfalls nach vorn geschleudert zu werden.

Wir stürzen ab, wisperte der Extrasinn überflüssigerweise.

Ein dritter Knall, und diesmal gab es keinen Zweifel mehr, dass es sich um eine Explosion handelte. Das Licht fiel aus. In der Seitenverkleidung des Gleiters klaffte plötzlich ein meterlanger Riss. Ein scharfes Pfeifen brachte meine Ohren zum Klingen. Alarmiert registrierte ich, dass sich der Riss von Sekunde zu Sekunde vergrößerte.

Ich blickte mich suchend um. Wo war der Oberste Berater? Dann sah ich die reglose Gestalt des alten Mannes. Er musste gestürzt und mit dem Kopf unglücklich gegen die Tischkante gefallen sein. Die hässliche Risswunde an der rechten Schläfe blutete stark.

»Korporal Pherson«, rief ich. »Kümmern Sie sich um unseren Gastgeber.«

Daniel Pherson, so wusste ich, hatte unter anderem eine medizinisch-technische Ausbildung genossen. Der Terraner hob kurz die Hand zum Zeichen, dass er verstanden hatte.

Rulan Karkeron tauchte wie eine Wand neben mir auf und zog mich aus dem Sessel. Dem Oxtorner schien der schwankende Untergrund kaum Probleme zu bereiten.

»In die Steuerkanzel!«, schrie ich gegen den Lärm an. Karkeron nickte nur. Das Atmen fiel mir plötzlich schwer. Wahrscheinlich fiel der Druck im Inneren der Passagierkabine ab. Wie hoch waren wir kurz vor der Katastrophe geflogen? Ich spürte, dass wir rasch an Höhe verloren. Wie viel Zeit hatten wir noch? Wann würde der Aufprall erfolgen?

Der Oxtorner zerrte mich mit sich. Wir erreichten die Steuerkanzel. Der Pilot war durch die erste oder zweite Detonation ebenfalls nach vorn katapultiert worden und hing schlaff über der Hauptkonsole.

Rulan Karkeron hob ihn mit einer Hand aus dem Sessel und legte ihn behutsam zu Boden. Das Gesicht des jungen Mannes war blutüberströmt, doch sein Brustkorb hob und senkte sich regelmäßig.

Ich ließ mich in den Pilotensitz fallen und schlug mit der Faust auf die Nottaste des Autopiloten. Nichts geschah. Ich packte das Ruder der Manuellkontrolle und zog es mit aller Kraft zu mir heran. Vergeblich. Das verfluchte Ding rührte sich keinen Millimeter.

»Lassen Sie es mich versuchen, Sir.«

Die riesigen Pranken des Oxtorners legten sich um die beiden Steuerknüppel. Auch wenn so gut wie alle Gleiter auf die Hilfe von Prallfeldern und künstlicher Schwerkraft zurückgriffen, mussten sie aus Sicherheitsgründen nach wie vor aerodynamischen Prinzipien genügen. Zwar waren die meisten Modelle alles andere als elegante Segelflieger, doch für einen halbwegs soliden Atmosphärenflug reichte es allemal.

Das Ruder stöhnte und ächzte, als Rulan Karkeron seine enormen Körperkräfte einsetzte. Und es bewegte sich! Die Schnauze des Gleiters hob sich – unendlich langsam, aber wahrnehmbar. Ich versuchte, etwas durch die Panoramascheibe zu erkennen. Der Regen prasselte unaufhörlich gegen das Glasplast. Ich glaubte für einen Moment ein paar Lichter zu sehen, die hektisch auf und ab sprangen, doch einen Lidschlag später waren sie wieder verschwunden.

Die Anzeigen der Hauptkonsole waren tot. Die drei Explosionen hatten die komplette Technik unseres Fahrzeugs außer Gefecht gesetzt. Noch bevor ich überhaupt mit Rhaen Tolsom hatte sprechen können, war ich bereits Opfer eines Attentats geworden, denn dass es sich bei unserem Absturz um einen Unfall handelte, erschien mir ausgeschlossen. Ich schob mich unter Rulan Karkerons Armen hindurch und überließ ihm den Platz des Piloten.

»Kriegen Sie das Ding heil runter?«, fragte ich.

»Wenn nicht, erfahren Sie es als Erster, Sir«, antwortete der Spezialist bissig. Ich grinste unwillkürlich, schlug ihm kräftig auf die Schulter und wankte in die Passagierkabine. Daniel Pherson hatte den alten Mann notdürftig versorgt und in einem der Sessel festgeschnallt. Die Schläfenwunde sah schlimm aus, doch Errehart von Hartwich würde es überleben.

Auch die Arkonidin und die drei Terraner hatten die Gurte ihrer Sitze geschlossen und harrten der Dinge, die da kommen sollten. Ihre Mienen wirkten angespannt, jedoch nicht besorgt. Ich nickte zufrieden. Die Qualität eines Teams konnte man am besten am Verhalten seiner Mitglieder in Krisensituationen erkennen. Denar-Zwischenfall hin oder her: Diese vier Spezialisten vertrauten ihrem Captain bedingungslos. Ich wischte mir den Schweiß aus den Augen, kehrte in die Steuerkanzel zurück und setzte mich neben Rulan Karkeron auf den Sitz des Kopiloten. Der Oxtorner schaute nicht auf.

Seit dem ersten Knall waren kaum mehr als ein paar Minuten vergangen. Wenn ich mir die nähere Geographie korrekt eingeprägt hatte, mussten wir bereits die Ausläufer des Gebirges erreicht haben. Es würde nicht leicht sein, einen geeigneten Landeplatz zu finden, vor allem nicht bei den derzeitigen Wetter- und Sichtverhältnissen. In diesem Moment erblickte ich die tanzenden Lichter ein zweites Mal.

»Captain …!«, rief ich.

»Schon gesehen, Sir. Halten Sie sich fest.«

Der Gleiter neigte sich erneut nach vorn, sackte durch, fing sich wieder. Der Oxtorner stieß einen Fluch aus. Irgendetwas krachte mit fürchterlicher Gewalt gegen die Steuerkanzel. Aus den Augenwinkeln sah ich einen riesigen Schatten. Dann splitterte das Material der Panoramascheibe. Instinktiv riss ich die Arme vor das Gesicht. Dennoch trafen mich einige der vom Fahrtwind in winzige Geschosse verwandelten Bruchstücke.

Rulan Karkeron sagte etwas, doch ich verstand ihn nicht. Der Gleiter hatte sich zu drehen begonnen, setzte mit ohrenbetäubendem Knirschen auf und wurde wieder hochgeschleudert. Mein Magen machte sich selbständig. Für einen Moment glaubte ich, mich übergeben zu müssen, dann hatte ich das Brennen im Hals hinuntergeschluckt.

Erneut schlug der Gleiter auf den Boden. Metall kreischte. Das Fahrzeug drohte sich zu überschlagen, überlegte es sich jedoch im letzten Moment noch einmal anders und neigte sich stattdessen knirschend zur Seite. Die Gurte hielten mich zwar auf dem Sessel, doch der Druck auf meinen Brustkorb war mörderisch. Ein beißender Geruch drang mir in die Nase. Erneut stieg Übelkeit in mir auf. Vermutlich trat irgendwo Isolier- oder Kühlflüssigkeit aus. Noch immer befanden wir uns in Bewegung. Warum kam dieser verdammte Blechsarg nicht endlich zum Stillstand?

Als hätte es nur dieses Gedankens bedurft, war unser Höllenritt urplötzlich beendet. Die schlagartige Stille erschien mir seltsam irreal. Erst nach und nach schälten sich einzelne Geräusche aus der Lautlosigkeit und holten mich in die Realität zurück. Das Rauschen des Regens, das Knacken sich abkühlenden Metalls, das harte Pochen meines eigenen Herzschlags, das Heulen des Sturms …

Da waren sie wieder! Die Lichter! Sie hüpften und tanzten, kamen schnell näher.

Helmscheinwerfer, zuckte es durch meinen schmerzenden Schädel. War unser Absturz bereits bemerkt worden? Waren das etwa schon die Bergungsmannschaften, die zu unserer Rettung eilten?

Weg hier!, empfing ich den Impuls des Extrasinns. *Sofort!*

Gleichzeitig registrierte ich das schwache Flimmern eines energetischen Abstrahlfelds. Dann setzte der Beschuss ein.

Der bleistiftdicke Thermostrahl fauchte nur Zentimeter an meiner rechten Schulter vorbei und schlug hinter mir in die Wandverkleidung der Steuerkanzel. Ich löste den Gurtverschluss und ließ mich nach vorne fallen. Keine Sekunde zu früh, denn im selben Moment fuhren zwei weitere Energiestrahlen über mich hinweg und zerfetzten den Sessel, auf dem ich gerade noch gesessen hatte.

Die handliche Kombiwaffe, die sich unter dem breiten Gürtel meines leichten Kampfanzugs verbarg, glitt wie von selbst in meine Hand. Ich schaute zu Rulan Karkeron hinüber, der ebenfalls in Deckung gegangen war. Seine Lippen bewegten sich; offenbar sprach er mit Hilfe seines implantierten Kommunikationsmoduls mit seinem Team. Ich robbte an ihn heran.

»Wir müssen so schnell wie möglich hier raus«, rief ich gegen den nach wie vor tobenden Sturm an. »Hier drin sitzen wir wie auf einem Präsentierteller.«

»Osmooth, Varen und Daniel versuchen bereits einen Ausbruch, Sir«, informierte mich der Oxtorner. »Geschossen wird selbstverständlich nur mit Paralysatoren. Wir wissen nicht, mit wie vielen Gegnern wir es zu tun haben, aber sie werden sie auf jeden Fall beschäftigen. Pertar kümmert sich um den alten Mann und den Piloten. Wir beide treten in Aktion, sobald die Angreifer abgelenkt sind.«

Ich formte mit Daumen und Zeigefingern einen Kreis und gab somit mein Einverständnis. Rulan Karkeron hatte das getan, was ich von ihm erwarten durfte, und wer immer da draußen auch auf uns lauerte, hatte ganz sicher nicht damit gerechnet, auf eine Gruppe kampferfahrener USO-Spezialisten zu stoßen.

Das ferne Zischen mehrerer Energieschüsse signalisierte, dass die drei Spezialisten den Gleiter verlassen hatten. Jemand schrie hektische Befehle. Dann fielen erneut Schüsse.

Ich hob vorsichtig den Kopf und spähte über den Rand der Hauptkonsole hinweg. Die Lichter waren verschwunden. Durch den dichten Regen konnte ich nur wenige Meter weit sehen. Scheinbar waren wir auf einem mit Sträuchern und kleinen Bäumen bewachsenen Felsplateau niedergegangen. Ich spürte eine Berührung an der Hüfte und ging wieder in die Hocke.

»Die Lage ist unübersichtlich, Sir«, sagte Rulan Karkeron. »Varen ist sich allerdings sicher, dass es sich höchstens um fünf oder sechs Gegner handelt. Sie haben sich auf einer Anhöhe verschanzt. Allerdings verstehe ich nicht, warum sie nicht einfach auf uns feuern. Sie könnten das Wrack von da oben in Stücke schießen. Ich nehme an, dass Sie diese Angelegenheit schnell und diskret erledigt haben wollen, Sir.«

»So ist es«, nickte ich. »Wenn wir über Funk nach Hilfe rufen, wird unsere Ankunft auf Reddeye öffentlich. Die damit verbundenen unangenehmen Fragen würde ich gerne vermeiden.«

Rulan Karkeron lauschte einen Moment in sich hinein, dann ballte er die Rechte zur Faust und wies auf den Durchgang zur Passagierkabine.

»Los, Sir«, sagte er. »Wir können aussteigen.«

Pertar Almoth hatte Errehart von Hartwich und den Piloten in eine Ecke des Raums verfrachtet. Er signalisierte uns knapp, dass alles in Ordnung war. Mit wenigen kräftigen Faustschlägen verbreiterte Rulan Karkeron den Riss in der Seitenwand des Gleiters, den die letzte der drei Explosionen hinterlassen hatte, und schlüpfte hindurch. Ich folgte dicht hinter ihm.

Der Regen hatte nachgelassen. Immer auf ein mögliches Kreuzfeuer gefasst, sprintete ich so schnell wie möglich in die Deckung eines nahen Felsens. Doch niemand schoss auf uns. Ich bedeutete Captain Karkeron, er solle nach rechts gehen. Ich selbst wandte mich nach links und umrundete vorsichtig den Gleiter. Die dichte Wolkendecke riss auf, und im roten Licht der Sonne erkannte ich, dass unser ehemaliges Transportfahrzeug kaum mehr als ein Wrack war. Für einen Außenstehenden mochte es an ein Wunder grenzen, dass überhaupt jemand den Absturz überlebt hatte.

Auf der anderen Seite des Gleiters stieg das Gelände an und wuchs sich zu einem mit Gestrüpp bedeckten Steilhang aus. Ich suchte den Kamm der Böschung mit den Augen ab. Wenn ich einen Hinterhalt geplant hätte, um meinem Opfer aufzulauern, dann wäre meine Wahl auf ihn gefallen.

Ein sanftes Vibrieren am Handgelenk wies mich darauf hin, dass das Funkgerät meines Kampfanzugs noch immer auf Bereitschaft stand. Ich aktivierte den Empfänger.

»Offenbar sind unsere Freunde verschwunden, Sir«, hörte ich Rulan Karkeron in meinem Ohr flüstern.

»Was?«

»Varen und Daniel haben da oben alles abgesucht. Da ist niemand mehr.«

Ich legte den Kopf in den Nacken und spähte erneut in Richtung Berghang. Die schlanke Gestalt Varen Thoriks trat hinter einem umgestürzten Baumstamm hervor. Die Arkonidin winkte kurz und zuckte dann mit den Schultern. Ich erhob mich und steckte den Kombistrahler wieder in den Gürtel. Kurz darauf brach Rulan Karkeron seitlich durch die Büsche. Sein kantiges Gesicht wirkte ratlos.

»Die hatten uns im Sack, Sir«, sagte er. »Die Stelle ist perfekt für eine Falle geeignet, aber statt uns zu grillen, sind sie einfach abgehauen.«

»Vielleicht sollte das alles nur eine Warnung sein«, vermutete ich ohne wirkliche Überzeugung.

»Das glaube ich nicht«, widersprach der Oxtorner. »Wir hätten schon beim Absturz mit einiger Wahrscheinlichkeit draufgehen müssen. Das Empfangskommando hier war lediglich eine zusätzliche Absicherung. Wenn die sich nicht in die Hosen gemacht hätten ...«

»Danke, Captain«, unterbrach ich den Spezialisten. »Ich denke, Sie haben unsere Situation mit hinreichender Gründlichkeit analysiert.«

In der Passagierkabine war Errehart von Hartwich inzwischen aus seiner Ohnmacht erwacht. Er hockte wie ein Häufchen Elend in einem aus der Verankerung gerissenen Sessel und hatte den von einem turbanähnlichen Verband gezierten Kopf auf beide Arme gestützt. Als ich den schwer zerstörten Gleiter betrat, sprang er auf, fiel jedoch sofort wieder mit vor Schmerz verzerrtem Gesicht zurück.

»Sitzen bleiben, habe ich gesagt«, rief Pertar Almoth ärgerlich. »Sie haben eine Gehirnerschütterung, und in Ihrem Alter ist mit so etwas nicht zu spaßen.«

»Lordadmiral«, stieß der Oberste Berater mit heiserer Stimme hervor. »Ich weiß nicht, was ich sagen soll.«

»Dann lassen Sie mich Ihnen helfen«, gab ich zurück. »Sagen Sie mir, wie wir so schnell wie möglich an einen neuen Gleiter kommen. Und wie wir dafür sorgen, dass von diesem Vorfall möglichst nichts an die Öffentlichkeit dringt.«

»Natürlich«, nickte Errehart von Hartwich so heftig, dass ihn erneut der Kopfschmerz übermannte. Er griff in die Innentasche seines Mantels und zog ein kleines Funkgerät daraus hervor. Ich wandte mich dem Piloten zu, der noch immer bewusstlos war.

»Mittelschweres Schädeltrauma«, sagte Pertar Almoth unaufgefordert. »In ein paar Wochen ist er wieder okay.«

Die Anspannung fiel jetzt schnell von mir ab. Angesichts dessen, was hier passiert war, hatten wir geradezu unverschämtes Glück gehabt. Der Anschlag auf den Gleiter war gut vorbereitet gewesen. Unter den wenigen, die über meine mögliche Ankunft auf Reddeye Bescheid wussten, musste es einen Verräter geben. Warum der unbekannte Gegner sein Vorhaben nicht zu Ende gebracht, sondern Hals über Kopf die Flucht ergriffen hatte, blieb das größte Rätsel in dieser ganzen Angelegenheit.

»Ein Gleiter ist bereits unterwegs, Lordadmiral.«

Errehart von Hartwich sah mich bekümmert an. Seine faltige Haut hatte eine ungesunde, weißgraue Farbe angenommen. Die schlaffen Mundwinkel zitterten. Der Schock, unter dem er stand, war ihm deutlich anzusehen.

»Beruhigen Sie sich, Errehart«, sagte ich und legte ihm meine Hand auf die linke Schulter.

»Haben Sie eine Ahnung, wer für das hier …«, ich wies mit der anderen Hand in die Runde, »… verantwortlich sein könnte?«

»O ja, Sir«, antwortete der alte Mann, und für einen Augenblick verwandelte sich sein Seelenschmerz in Wut. »Das habe ich. Das waren Golettas Leute. Ich hätte niemals gedacht, dass diese Hexe so weit geht. Sie können mir glauben, dass ich …«

»Goletta?«, unterbrach ich ihn.

»Goletta Marl«, sagte Errehart von Hartwich. »Die Anführerin einer Gruppe namens Libra. Bis vor kurzem kaum mehr als eine Ansammlung harmloser Spinner, politische Wirrköpfe, die die möglichst umfassende Isolation Reddeyes vom Rest der Galaxis predigen. Letztendlich aber Feiglinge, die ein paar Stunden pro Woche große Reden schwingen und danach wieder zu braven Bürgern werden. So war es jedenfalls noch vor ein paar Monaten.«

»Was hat sich geändert?«, wollte ich wissen.

»Es wäre mir wirklich sehr lieb, wenn Sie darüber mit Rhaen sprechen würden, Sir«, wehrte der Oberste Berater ab. »Ich bin … ich fühle mich nicht besonders und muss … entschuldigen Sie …«

Mit den letzten Worten fiel er auf die Knie und übergab sich würgend. Wenige Minuten später traf der angeforderte Ersatzgleiter ein.

Kapitel 9

Atlan

Die Tür öffnete sich, und da stand sie. Rhaen Tolsom. Sie trug eine blaue, eng anliegende Kombination, die ihre schlanke Figur auf fast schon unanständige Weise zur Geltung brachte, ein Umstand, der bei politischen Verhandlungen in der von Männern dominierten Clankammer sicher von Vorteil sein konnte. Der ebenfalls blaue Umhang wurde an den Schultern von zwei silbernen Spangen gehalten und reichte bis knapp über den Boden. Das halblange, rotblonde Haar war kunstvoll frisiert und an den Seiten mit ebenfalls silbernen Klammern festgesteckt. Die schwarzen Stiefel mit den hohen Absätzen ließen die Frau, die mich ohnehin um vier Zentimeter überragte, noch größer wirken.

»Atlan«, sagte Rhaen und kam mit ernstem Gesicht auf mich zu. »Ich habe gehört, was geschehen ist.«

Der Ersatzgleiter hatte uns innerhalb weniger Minuten zur Residenz der Tolsoms gebracht. Von dem Sturm, der uns noch eine halbe Stunde zuvor das Leben so schwer gemacht hatte, war nichts übrig geblieben. Nach dem, was ich bisher von den Tolsoms wusste, hatte ich durchaus einiges an Prunk erwartet, doch was ich dann tatsächlich zu sehen bekam, übertraf jede meiner Erwartungen bei weitem.

Der Familiensitz des Tolsom-Clans war keine Villa, sondern ein Palast. Das fünfstöckige Hauptgebäude hatte man direkt in eine Felswand hineinbauen lassen. Auf jeder Ebene spannte sich ein breiter Balkon an der gesamten Fassade entlang. Die brusthohen Geländer waren mit farbenprächtigen Blumen bepflanzt. Vor dem Gebäude erstreckte sich ein großer Garten. Teilweise hatte man das Gelände in seinem ursprünglichen, felsigen Zustand belassen, teilweise begradigt und mit üppiger Vegetation versehen.

Ein zweiter, langgestreckter und mit einem Landeplatz für Gleiter versehener Bau lag seitlich versetzt in der Nähe einer mit Stahlgittern gesicherten Schlucht. Das Heim der Tolsoms war ausschließlich aus der Luft zu erreichen, und obwohl sie gut getarnt waren, entgingen mir die beiden in zwei Bergflanken eingelassenen Impulskanonen nicht. Dafür, dass sich Reddeye selbst als friedliche und politisch neutrale Kolonialwelt sah, gab es hier erstaunlich viele Waffen.

Errehart von Hartwich und der Pilot waren von einem Mediziner in Empfang genommen worden. Der Oberste Berater hatte zwar vehement gegen seinen Abtransport in die nächste Klinik protestiert, sich dann aber gefügt. Meine Begleiter und mich hatte ein dicklicher Mann in roter Livree und mit schwarz geschminkten Lippen in einen großen Raum im Erdgeschoß des Hauptgebäudes geführt und gebeten, dort zu warten. Wir hatten uns kaum umgesehen, da war Rhaen auch schon eingetroffen.

»Bist du in Ordnung?«, wollte die ehemalige SolAb-Agentin wissen.

»Sehe ich so aus, als ob ich es nicht wäre?«, fragte ich zurück.

Für einen kurzen Moment des Unbehagens standen wir uns gegenüber. Dann legte sich ein Lächeln über ihr schönes Gesicht, und sie nahm mich in die Arme. Es fühlte sich wunderbar vertraut an.

»Danke, dass du gekommen bist«, flüsterte sie, und ihr warmer Atem strich über mein linkes Ohr.

Nachdem sie auch Rulan Karkeron und die übrigen vier Mitglieder des Denar-Quintetts begrüßt hatte, bat sie uns in eine Art Konferenzraum, dessen eine Wand aus einem riesigen Bildschirm bestand. Per Fernbedienung zauberte sie eine detaillierte Karte Reddeyes auf die Projektionsfläche..

»Angesichts des Anschlags auf dich und deine Leute will ich mich gar nicht lange mit Höflichkeiten aufhalten, Atlan«, sagte Rhaen. »Der Vorfall wird selbstverständlich untersucht, und wenn tatsächlich Libra hinter diesem feigen Überfall steckt, werden wir mit aller Härte durchgreifen und die Täter zur Verantwortung ziehen.«

Ich schwieg und ließ meine einstige Partnerin reden.

»Die politischen Verhältnisse auf Reddeye sind dir sicher grob bekannt«, fuhr sie fort. »Was du nicht weißt, ist, dass sich die Dinge in den vergangenen Monaten zum Schlechten verändert haben. Um die Entwicklung zu verstehen, ist es nötig, dass ich ein wenig aushole. Was weißt du über die Nergeische Verformung?«

»Um ehrlich zu sein: nichts!«, gab ich zu.

»Gut, dann werde ich dich knapp siebenhundert Jahre in die Vergangenheit entführen, genauer gesagt in das Jahr 2437. Die Kolonie Reddeye war damals gerade erst 47 Jahre alt.«

Auf dem Bildschirm erschienen zweidimensionale Aufnahmen einer typischen Kolonialsiedlung. In den Jahren vor und nach der Dolan-Krise waren Tausende von Raumschiffen mit mindestens ebenso vielen Träumen und Hoffnungen an Bord aufgebrochen, um in den Weiten der Milchstraße nach besiedelbaren Planeten zu suchen respektive bereits entdeckte Welten für die Menschheit in Besitz zu nehmen. Üblicherweise wurde das entsprechende Fahrzeug am Zielort nach und nach ausgeschlachtet, bis die neue Kolonie in der Lage war, sich selbst mit Nahrung und Energie zu versorgen. Dabei folgten die Siedler einem ausgeklügelten Stufenplan, an dem viele schlaue Köpfe mitgedacht hatten und der fast sämtliche Eventualitäten berücksichtigte. In den Laderäumen der Siedlerschiffe stapelte sich alles, was zur Urbarmachung einer fremden Welt benötigt wurde, und selbst wenn das Unternehmen am Ende fehlschlug, blieb immer noch das Hyperfunkgerät, mit dem man Hilfe herbeirufen konnte.

Reddeye unterschied sich in dieser Hinsicht kaum von anderen Kolonialplaneten. Was ich auf den Bildern, die Rhaen mir zeigte, erkennen konnte, gab keinen Anlass zur Sorge. Man hatte Behausungen aus Fertigteilen errichtet, eine Generatorstation gebaut und Stromleitungen verlegt, Felder bestellt und bepflanzt, die nähere Umgebung erforscht und die lokale Flora und Fauna eingehenden Tests unterzogen. So war das Dorf über die Jahrzehnte kontinuierlich gewachsen und zu einer kleinen Stadt geworden. Knapp fünfzig Jahre nach der Erstbesiedlung lebten bereits eine halbe Million Menschen auf Reddeye.

»Die ersten Krankheitsfälle traten in den Randgebieten von Pallin auf«, kommentierte Rhaen die folgenden Aufnahmen. »Die Ärzte vermuteten zunächst, dass es sich um die Auswirkungen einer unbekannten Strahlung handelte, da die Opfer die klassischen Symptome einer Gamma- oder Röntgenverseuchung zeigten. Übelkeit, Erbrechen, nach einigen Tagen dann Haarausfall, Müdigkeit und Reduktion der weißen Blutkörperchen. Allerdings wurde schnell klar, dass keine der bekannten Strahlentherapien Wirkung zeigte. Die Gabe von Jod- und Vitaminpräparaten, Bluttransfusionen, Stammzelltransplantationen, Antibiotika – nichts davon konnte das immer schnellere Fortschreiten der Krankheit auch nur aufhalten.«

Die nächsten Bilder versetzten selbst mir einen gelinden Schock. Die Siedler, die darauf zu sehen waren, wiesen furchtbare Deformationen auf. Grotesk entstellte Gliedmaßen, Hautwucherungen, extreme Fehlbildungen im Schädelbereich und zahlreiche andere Mutationen.

»Dies sind lediglich einige der äußerlich sichtbaren Auswirkungen der Nergeischen Verformung«, erläuterte Rhaen. »Betroffen waren jedoch auch innere Organe und vor allem das Gehirn. Die Erkrankten verloren zunächst ihre Erinnerung, dann ihre Persönlichkeit und wurden im Endstadium hochgradig aggressiv. Über achtzig Prozent der Infizierten starben innerhalb von dreißig Tagen an den direkten Folgen der körperlichen Entstellungen. Der zelluläre Wildwuchs schritt mit unglaublicher Geschwindigkeit voran. Zu diesem Zeitpunkt besaß die Kolonie lediglich noch ein einziges transitionstaugliches Beiboot, das nicht einmal annähernd Platz für eine Evakuierung geboten hätte. Also setzte man einen allgemeinen Notruf ab.«

»2437«, sagte ich leise. »Das Jahr des Dolan-Angriffs auf das Solsystem und eines der schwärzesten Kapitel in der Geschichte der Menschheit. Allein auf Terra starben damals über zwei Milliarden Menschen.«

»Das war vermutlich auch der Grund, warum besagter Notruf niemals beantwortet wurde«, griff Rhaen den Faden auf. »Die meisten Völker der Milchstraße, allen voran die Terraner, hatten genug mit sich selbst zu tun. Die Kolonisten warteten vergeblich auf Hilfe. Über einen Zeitraum von nur sechs Monaten fielen der Seuche mehr als zweihundertfünfzigtausend Reddeyer zum Opfer. Doch es sollte noch schlimmer kommen. Eine Gruppe Verzweifelter bemächtigte sich gewaltsam des bereits erwähnten einzigen funktionstüchtigen Raumschiffs, einer Kaulquappe, und verließ den Planeten. Durch diesen Verrat waren die Zurückbleibenden unwiderruflich auf sich allein gestellt. Das Kollektiv brach endgültig auseinander. Die allgegenwärtige Furcht vor der Seuche zerstreute die Überlebenden in alle Richtungen. Es gibt nicht viele Aufzeichnungen über diese Zeit, doch die wenigen Dokumente, die die Jahrhunderte überstanden haben, sprechen eine eindeutige Sprache. Reddeye fiel praktisch ins Mittelalter zurück, Atlan.«

»Wurden denn später keine weiteren Notrufe abgesetzt?«, fragte ich.

»Ein knappes Jahr nach dem Ausbruch der Seuche und unmittelbar nach der Flucht der Gruppe der Verräter kam es zu massiven Unruhen in Pallin. Die wenigen besonnenen Kolonisten hatten den plündernd und mordend durch die Straßen ziehenden Horden nichts entgegenzusetzen. Während dieser Kämpfe wurde auch die Hyperfunkanlage zerstört.«

Auf dem Bildschirm erschien wieder die Karte Reddeyes. Ein grüner Punkt markierte die Hauptstadt. Nach und nach leuchteten weitere Punkte auf. Sie waren wahllos über den Kontinent Teppit verteilt.

»Das ist Reddeye im Jahr 2455«, sagte Rhaen. »Zumindest soweit Historiker in der Lage waren, die Verhältnisse zu rekonstruieren. Man geht davon aus, dass damals noch rund zweihunderttausend Reddeyer auf dem Planeten lebten. Ein paar tausend in Pallin, doch die Mehrheit separat in Hunderten von kleinen Siedlungen über den gesamten Kontinent verteilt. Es galt das Recht des Stärkeren. Diejenigen, von denen man auch nur vermutete, dass sie den Erreger der Nergeischen Verformung in sich trugen, wurden gnadenlos eliminiert. Es kam zu regelrechten Menschenjagden. Skelettfunde lassen auf Massenverbrennungen schließen. Die ersten Clans entstanden und bauten ihre Dörfer zu Festungen aus. Aufgrund der Tatsache, dass der Erreger durch die Luft übertragen wurde, entwickelten die Familien eine geradezu paranoide Furcht vor Fremden und kapselten ihre Enklaven gegenüber der Außenwelt ab.«

»Du sprichst von einem *Erreger*«, warf ich ein. »Man wusste also inzwischen, was die Mutationen auslöste?«

»Ein Biomediziner namens Aldrun Nergei wies 2440 eine bis dato völlig unbekannte chemische Struktur im Blut der Erkrankten nach. Es gelang ihm, den aus nur wenigen Molekülen bestehenden Mikroorganismus zu separieren und als sogenanntes Multiviroid zu identifizieren, ein biologisch ultramutatives Konglomerat aus gefalteter Ribonukleinsäure, das sich in lebenden Zellen explosiv vermehrte und diese zur permanenten Teilung anregte. Aldrun Nergei wurde die zweifelhafte Ehre zuteil, der Seuche ihren bis heute gültigen Namen zu geben.«

»Warum hat man dieses Viroid erst nach fünfzig Jahren entdeckt?«, wollte ich wissen. »Der plötzliche Ausbruch der Seuche erscheint mir doch höchst merkwürdig.«

»Diese Frage wurde nie wirklich geklärt. Die wahrscheinlichste Theorie geht davon aus, dass der Organismus nicht von Reddeye stammt, sondern eingeschleppt wurde. Ob von den Kolonisten selbst, durch einen Meteoriteneinschlag oder auf einem anderen Weg, weiß niemand. Fakt ist lediglich, dass die biologische Beschaffenheit des Erregers eindeutig beweist, dass er sich nicht auf Reddeye selbst entwickelt haben kann.«

Rhaen machte eine kurze Pause und blickte in die Runde, als erwarte sie Widerspruch. Als niemand etwas sagte, setzte sie ihren Vortrag fort.

»2455 änderte sich alles. Ein Mann namens Boris Parthan tauchte auf und verkündete, dass er ein Mittel gegen die Nergeische Verformung entwickelt habe, eine Art Impfstoff, der zwar keinen hundertprozentigen Schutz gegen die Seuche garantierte, der ihre verderbliche Wirkung allerdings weitgehend abschwächte und eine Ansteckung gesunder Personen mit großer Wahrscheinlichkeit verhindern konnte. Die Nachricht verbreitete sich nur schleppend, und die meisten hielten sie zunächst für ein Gerücht oder eine bewusste Lüge.

Boris Parthan, der sein Hauptquartier in Pallin aufgeschlagen hatte, sandte Kuriere aus, die die frohe Botschaft und das Serum verbreiten sollten. Seine Hoffnung war, dass die Aussicht auf eine Heilung die zahllosen Splittergruppen einen und davon überzeugen würde, dass man die gegenwärtige Situation nur gemeinsam zum Besseren wenden konnte. Die meisten seiner Gesandten kamen nie zurück, und die wenigen, die es schafften, berichteten von chaotischen Zuständen. Zwischen den Clans waren Kampfhandlungen ausgebrochen, Man stritt um Kleinigkeiten, um Grenzverläufe und Ressourcen. Und man beschuldigte sich gegenseitig, die Seuche absichtlich zu verbreiten und schlug einander die Köpfe ein.

Schließlich zog Boris Parthan gegen jede Vernunft und die ausdrücklichen Warnungen seiner Mitarbeiter ignorierend selber aus. Er verließ Pallin und begab sich auf eine mehrjährige Reise durch die Clangebiete. Was niemand für möglich gehalten hatte, gelang. Er überzeugte erst einen, dann einen weiteren und letztlich einen Clanherren nach dem anderen, brachte die ersten Familien an den Verhandlungstisch, stiftete Frieden und legte damit den Grundstein für die Wiedergeburt Reddeyes.«

Die Tür öffnete sich, und ein kastenförmiger Roboter glitt lautlos in den Konferenzraum. Die klobige Maschine begann damit, Getränke zu servieren. Ich griff gedankenverloren nach einem der Becher, die mit einem orangeroten Fruchtsaft gefüllt waren, und nippte daran. Rhaen trank ebenfalls und sprach dann weiter.

»2468 wurde Boris Parthan erster Hohekanzler der neuen Kolonialregierung. Diese bestand zu jener Zeit zwar nur aus acht Clanfamilien, doch es war ein Anfang. In den Folgejahren wurden immer mehr der zunächst zögerlichen autonomen Familien in die Clankammer integriert, und mit jedem neuen Mitglied wuchs der Druck auf die, die sich nicht entschließen konnten oder wollten. Fast dreißig Jahre lang – bis zu seinem natürlichen Tod im Jahr 2498 – lenkte Boris Parthan die Geschicke meiner Heimat. Sein großes Ziel erreichte er dennoch nicht. Die Wunden, die die Nergeische Verformung geschlagen hatte und teilweise noch immer schlug, waren zu tief. Das

Viroid konnte nicht ausgerottet werden, entwickelte immer neue Varianten, an die der Impfstoff angepasst werden musste. In einigen Landstrichen etablierten sich besonders aggressive Serotypen des Erregers, die auch durch das Gegenmittel nicht kontrolliert werden konnten. Diese *Verbotenen Zonen* sind bis heute verwaist, und ihr Betreten ist streng verboten.«

Auf dem Bildschirm erschienen achtzehn verschieden große, rote Flecke, die sich hauptsächlich im Norden Teppits konzentrierten. Zwei der Gebiete lagen allerdings auch in unmittelbarer Nähe der Hauptstadt.

»Zwar galt die Clankammer offiziell als planetare Regierung«, fuhr Rhaen fort, »doch die Familien hielten geradezu krampfhaft am Fortbestand ihrer Territorien fest. Der besiedelte Teil Reddeyes blieb ein Flickenteppich aus zwanzig kleinen und größeren Einzelstaaten, die zwar Vertreter nach Pallin entsandten, doch in der Hauptsache ihre eigenen Interessen vertraten. Von einer geeinten Nation konnte keine Rede sein. Nach Boris Parthans Tod drohten zudem die alten Streitigkeiten wieder aufzuflammen. Die einzelnen Parteien gefielen sich in immer handfesteren Drohgebärden. Der Traum, den Boris Parthan von einem einträchtigen und friedlichen Reddeye geträumt hatte, schien sich endgültig in Luft auszulösen.«

In diesem Moment ging die Tür zum zweiten Mal auf. Statt eines Roboters stürmte diesmal jedoch Errehart von Hartwich in den Raum. Er trug einen neuen Kopfverband, der fast die komplette obere Schädelhälfte bedeckte.

»Ich bitte um Entschuldigung«, stieß er hastig hervor. »Rhaen, es ist wegen Elion. Er ist … noch immer nicht zurück, und ich habe … schlechte Nachrichten.«

Die ehemalige SolAb-Agentin trat an den alten Mann heran und packte ihn an den Aufschlägen seines Mantels. Von einer Sekunde auf die andere fiel die bislang gezeigte Ruhe und Gelassenheit von ihr ab. Selbst in den zwei Jahren, die wir zusammen gewesen waren, hatte ich die Frau nie so aufgelöst gesehen.

»Bei den Schatten der Höllenwelt«, zischte sie scharf. »Was ist passiert?«

»Wir erreichen ihn nicht«, erwiderte der Oberste Berater. »Nicht einmal auf der Notfrequenz. Orrum befürchtet, dass er möglicherweise … entführt wurde.«

Rhaen schloss für einen Moment die Augen. Ich erhob mich aus meinem Sessel. Meine einstige Partnerin hatte nie besonders viel über ihre Familie gesprochen, doch an den Namen Elion konnte ich mich noch gut erinnern. Elion Tolsom war Rhaens um vier Jahre jüngerer Bruder, den sie geradezu abgöttisch liebte.

Kapitel 10

Atlan

Wir verließen den Konferenzraum und folgten der vorauseilenden Rhaen Tolsom durch die riesige Eingangshalle. Auf beiden Seiten des Vestibüls führten breite, geschwungene Steintreppen in die höheren Stockwerke der Residenz.

»Wer ist Orrum?«, wandte ich mich im Laufen an den neben mir keuchenden Errehart von Hartwich.

»Orrum Till«, schnappte der alte Mann. »Der Sicherheitschef der Tolsoms. Er wartet auf uns in der Überwachungszentrale.«

»Rhaen!«

Die laute Stimme war es gewohnt, Befehle zu geben, und ließ meine ehemalige Partnerin abrupt stehen bleiben. Ich stoppte ebenfalls und drehte mich um. Ein älterer Mann mit spiegelnder Glatze und einem schwarzen, zwei Zentimeter langen Kinnbart eilte eine der beiden Treppen hinab. Ich kannte ihn lediglich von Holobildern. Enerich Tolsom, der amtierende Hohekanzler von Reddeye, trug einen reich bestickten Mantel mit pelzbesetzter Borte. Die schwarzen Hosen wurden von einem breiten Gürtel gehalten, dessen Schnalle die Insignien des Tolsom-Clans zeigten: einen roten, achtzackigen Stern vor einem gelben, mit der Spitze nach unten weisenden Dreieck.

Im Schlepptau von Rhaens Vater folgten drei … ich zögerte, weil ich unsicher war, ob es sich bei den skurril anmutenden Geschöpfen um Roboter, Haustiere oder eine Mischung aus beidem handelte. Das erste ähnelte einem altterranischen Stehpult mit an den Seiten angebrachten Tentakeln. Der zylinderförmige Körper schwebte zehn Zentimeter über dem Boden, und die Fangarme schabten bei jeder Bewegung mit metallischem Knirschen gegeneinander.

Das zweite Gebilde sah aus wie ein prall gefüllter Ballon. Auf der grellroten Oberfläche sausten eine Vielzahl schwarzer Punkte wild durcheinander, bildeten bizarre Muster, die wieder zerfielen, verharrten für Sekunden auf der Stelle, nur um dann erneut und scheinbar noch ungestümer hin und her zu rasen. Die etwa einen Meter durchmessende Kugel hing auf Kopfhöhe des Hohekanzlers und rotierte langsam um eine unsichtbare Achse.

Die dritte Gestalt erinnerte zumindest entfernt an einen Humanoiden. Der eckige Rumpf mit den langen Armen und Beinen war mit braunem Pelz überzogen. Darauf saßen ein langer, biegsamer Hals und ein röhrenartiger Kopf mit weit ausgestülpten Augen. Für einen kurzen Moment glaubte ich eine leise Musik zu hören, eine ferne Melodie, in die sich vereinzelte Dissonanzen mischten, so als wären ein oder zwei Instrumente des im Hintergrund spielenden Orchesters nicht korrekt gestimmt. Der Eindruck verschwand so schnell, wie er gekommen war.

Rhaen war mein Erstaunen über das Erscheinen der drei seltsamen Figuren offenbar nicht entgangen, denn sie drückte kurz meinen Arm und sagte: »Das sind drei von Vaters Beratern. Ich erkläre es dir nachher.«

Enerich Tolsom begrüßte uns mit der Souveränität eines erfahrenen Staatsmanns und wandte sich dann an seine Tochter.

»Ich habe es gerade erfahren«, sagte er. »Bist du sicher, dass es eine Entführung ist?«

»Ich bin auf dem Weg zu Orrum, und *er* scheint es zu sein«, erwiderte Rhaen. »Nach dem Angriff auf Atlans Gleiter würde es mich jedenfalls nicht überraschen. Wir können nicht mehr länger warten, Vater. Die Dinge laufen aus dem Ruder. Wenn Elion etwas zugestoßen ist …«

»Lass uns später darüber reden«, wehrte der Clanherr ab. »Ich werde euch begleiten.«

Mit dem Hohekanzler im Schlepptau erreichten wir kaum eine Minute später eine schwere Panzertür. Rhaen legte ihre rechte Hand auf ein Sensorfeld, und das Schott glitt geräuschlos beiseite. Ein schlauchförmiger Gang führte in einen bis zur Decke mit Bildschirmen vollgestopften Raum. Auf einem Podest in dessen Mitte ruhte ein Sessel, der selbst einem Haluter bequem Platz geboten hätte. Das kleine Männchen mit der militärischen Kurzhaarfrisur verschwand beinahe in den voluminösen Polstern. Als es Enerich Tolsom erblickte, sprang es wie von der Tarantel gestochen auf und brachte seine höchstens 160 Zentimeter Körpergröße mit strammer Haltung zu voller Blüte.

»Hohekanzler«, sagte der Zwerg mit hochrotem Kopf. »Ich wusste gar nicht, dass Ihr bereits zurück seid. Ich …«

Er stockte und legte die Stirn in Falten, vermutlich, weil ihm gerade eingefallen war, dass es keinen besonders guten Eindruck machte, wenn der Sicherheitschef zugab, nicht zu wissen, wo sich der aufhielt, den er eigentlich beschützen sollte.

»Ich werde mit meinen Leuten ein ernstes Wort sprechen müssen«, brummte er.

»Lassen Sie es gut sein, Orrum«, entgegnete Enerich Tolsom. »Waren es nicht Sie, der einmal gesagt hat, ich sei schwieriger zu hüten als ein Sack Wildgulmen?«

»Ich kann mich immer nur wiederholen, Hohekanzler«, begehrte der Sicherheitschef auf. »Dieses Zitat wurde gänzlich aus dem Kontext gerissen und ich …«

»Wie gesagt«, unterbrach Rhaens Vater ernst. »Lassen Sie es gut sein. Wo ist mein Sohn?«

Der Kopf Orrum Tills wurde noch eine Spur roter.

»Ich habe keine Ahnung«, gab er kleinlaut zu. »Wir haben seinen Gleiter auf einem Parkdeck der Arkadia Honoria im Stadtzentrum gefunden. Er beantwortet keine Funkanrufe, und wir können ihn nicht einpeilen. Ich habe den gesamten Apparat in Alarmbereitschaft versetzt. Wenn Libra hinter dieser Sache steckt, werden wir das in Kürze wissen.«

»Ich denke, es ist an der Zeit, mir zu sagen, was hier los ist«, rief ich laut. »Ich möchte nicht unhöflich erscheinen, Hohekanzler, aber Ihre innenpolitischen Probleme gehen mich nichts an. Wenn Sie mich offiziell um die Hilfe der USO bitten, werde ich eine Intervention in Erwägung ziehen. Allerdings frage ich mich langsam, warum ich hier bin.«

»Ich war gerade dabei, es dir zu erklären«, mischte sich Rhaen ein. Ihre Stimme zitterte in einer Mischung aus Wut auf mich und Sorge um ihren Bruder.

»Falls du deine kleine Geschichtsstunde meinst«, sagte ich bewusst herausfordernd, »so war diese zwar sehr kurzweilig, hat aber keine einzige meiner Fragen beantwortet. Fangen wir doch mit den vier Raumforts im Orbit an, die du in deinem Hilferuf unterschlagen hast. Entweder, du sagst mir endlich die volle Wahrheit, oder ich bin in fünf Minuten auf dem Weg nach Quinto-Center.«

»Ich ...« Rhaen presste die Lippen zusammen und suchte nach Worten.

»Sie haben allen Anlass, wütend zu sein, Lordadmiral«, sprang Enerich Tolsom in die Bresche.

»Ich bin nicht wütend, Hohekanzler«, gab ich zurück. »Ich bin nach Reddeye gekommen, weil mir das Wort Freundschaft viel bedeutet – und weil ich glaube und hoffe, dass das auch bei Ihrer Tochter so ist.«

Rhaen wollte etwas sagen, doch ihr Vater bedeutete ihr mit einer knappen Handbewegung zu schweigen. Zu meinem Erstaunen gehorchte sie.

»Bitte folgen Sie mir in meine Privaträume, Lordadmiral«, bat der Clanherr. »Du auch, Rhaen. Ich verspreche Ihnen, dass Sie dort alles erfahren werden, was Sie wissen müssen. Ihre Leute können inzwischen die vorbereiteten Zimmer …«

»Meine Leute bleiben bei mir«, fiel ich Enerich Tolsom respektlos in Wort. »Ich habe vor Captain Karkeron und seinem Team keinerlei Geheimnisse.«

Einen Moment lang sah es so aus, als wolle der Hohekanzler protestieren. Ohne Frage war er ein Mann, der Widerspruch nicht gewohnt war. Dann aber überlegte er es sich anders und neigte den Kopf zum Einverständnis. »Wie Sie wünschen, Lordadmiral.«

In den nächsten Minuten hatte ich Gelegenheit, die enormen Dimensionen der Tolsom-Residenz zu erfassen, die offensichtlich tief in den Berg hineingebaut worden war. Über mehrere schier endlose Flure mit Dutzenden von Türen auf beiden Seiten ging es in einen Flügel des Palasts, der selbst den Thronsaal Koronams I. in den Schatten stellte. Die mindestens zehn Meter hohe Decke war mit kunstvollen Ornamenten bestückt. Hohe Flügeltüren aus echtem Holz, die sich bei Annäherung selbsttätig öffneten, führten in feudal eingerichtete Zimmer.

Die Wände waren mit bestickten Teppichen verhängt, die allesamt Szenen aus der Geschichte Reddeyes zeigten. Ein besonders prachtvolles Exemplar stellte einen schlanken Mann mit langen wehenden Haaren dar. Er stand auf einem violetten Hügel, die Linke in die Hüfte gestützt, die Rechte ausgestreckt und nach oben zeigend. Das Gesicht wirkte nichtssagend und unfertig, so als hätte der unbekannte Künstler keine adäquate Vorlage für seine Arbeit gehabt.

»Das ist Boris Parthan, Lordadmiral«, sagte Enerich Tolsom hinter mir. »Meine Tochter hat Ihnen bereits das Wichtigste erzählt. Allerdings gibt es da noch etwas, das Sie nicht wissen.«

»Ich höre.«

»Nach Parthans Tod drohten die alten Konflikte wieder aufzubrechen«, wiederholte der Hohekanzler das, was ich bereits von Rhaen erfahren hatte, bevor Errehart von Hartwich ins Zimmer gestürmt war. »Alles, wofür er so lange und hart gearbeitet hatte, war plötzlich in Gefahr. Doch Boris Parthan genießt nicht zu Unrecht den Ruf eines Genies. Während der letzten zehn Jahre seines Lebens sah er die möglichen Entwicklungen nach seinem Tod voraus. Und er begann damit, einen unglaublichen Plan zu entwickeln. Seine Überlegungen basierten auf der Tatsache, dass es vor allem seine persönliche Ausstrahlung, seine unglaubliche Präsenz und seine sagenhaften Fähigkeiten als Schlichter und Diplomat waren, die seinen Erfolg bedingten. Also schuf er gemeinsam mit seinem engsten Vertrauten Eisan Gorth die Voraussetzungen dafür, dass all diese Dinge auch nach seinem Ableben erhalten blieben.«

Enerich Tolsom machte eine effektvolle Pause und sah mich an. Offenbar erwartete er einen Kommentar von mir.

Ich tat ihm den Gefallen. »Verraten Sie mir, wie er das gemacht hat, Hohekanzler?«

»Eisan Gorth und die anderen Mediziner am Parthan-Institut, jener noch heute existierenden und nach unserem Nationalhelden benannten Klinik, in der einst das Mittel gegen die Nergeische Verformung entwickelt wurde, konservierten das Gehirn Boris Parthans und setzten es in einen Überlebenstank. Ein überaus riskantes Experiment, ganz ohne Frage, doch Parthan selbst hatte es erdacht und vorbereitet. Warum also sollte es nicht gelingen?«

Die Separierung und Versorgung eines menschlichen Gehirns erfordert nicht nur außergewöhnliche neurochirurgische Kenntnisse, mischte sich der Extrasinn ein, *sondern auch sündhaft teure Spezialmaschinen. Woher hatten die Reddeyer diese Ressourcen?*

Die Geschichte, die mir Enerich Tolsom da erzählte, erschien auch mir höchst phantastisch.

Dennoch schwieg ich und behielt meine Bedenken vorerst für mich.

»Doch das war nur der erste Schritt«, berichtete der Hohekanzler weiter. »Mein berühmtester Vorgänger hatte vorausgesehen, dass ein einziger Boris Parthan niemals ausreichen würde, um Reddeye den Frieden zu bringen. Also teilten Eisan Gorth und die anderen das Gehirn. Aus zwei Teilen wurden vier, aus diesen acht und so weiter. Schon wenige Jahre später existierten 64 individuell lebensfähige Fragmente, und jedes einzelne trug einen Teil des Bewusstseins von Boris Parthan in sich.«

Das ist hanebüchener Unsinn, protestierte der Logiksektor. *Selbst auf Tahun wäre ein derart kompliziertes und abenteuerliches Unterfangen nur unter größten Schwierigkeiten und mit einer gehörigen Portion Glück realisierbar – von den ethischen Bedenken ganz abgesehen.*

Seit wann kümmerst du dich um etwas so Profanes wie Moral, konnte ich mir eine Spitze nicht verkneifen.

Das tue ich nicht, widersprach mein zweites Ich. *Aber die USO und die Wissenschaftler auf Tahun würden es tun.*

»Euer Gast ist skeptisch, Hohekanzler.«

Die sonore Stimme eines der drei extravaganten Berater riss mich aus dem kurzen mentalen Zwiegespräch. Das schwebende Stehpult löste sich aus der Formation des kuriosen Trios und glitt auf mich zu.

»Gestatten Sie, dass ich mich vorstelle, Lordadmiral«, sagte das seltsame Ding. »Ich bin Parthan-3-121, Eigenname Advos. Meine beiden Kollegen heißen Parthan-4-12, Eigenname Mentar, und Parthan-4-67, Eigenname Syndikus. Wir entstammen den letzten beiden Generationen zerebral-zellulärer Mentalspaltungen des originären Parthan-Gehirns.«

Ich wartete auf einen Einwurf des Extrasinns, doch dieser schwieg. War das, was diese ... biologische Maschine andeutete tatsächlich möglich? Schlummerte in ihren Eingeweiden irgendwo ein kleines Stück des Gehirns von Boris Parthan, das die vergangenen Jahrhunderte überdauert hatte? Dabei waren das noch nicht einmal die wirklich wichtigen Fragen. Selbst wenn alles, was Enerich Tolsom erzählt hatte, der Wahrheit entsprach, so erschien es mir höchst fraglich, ob ein nennenswerter Anteil von Parthans einstiger Persönlichkeit in ein paar Gramm Hirnsubstanz schlummern konnte.

Auch im 32. Jahrhundert waren Beschaffenheit und Sitz des Bewusstseins noch immer allenfalls in Ansätzen ergründet. Aktuell gingen die meisten Forscher davon aus, dass sich das Universum aus drei fundamentalen Komponenten zusammensetzte; der Materie, also allem, was aus Teilchen im physikalischen Sinn aufgebaut war, der Energie, also der Fähigkeit, mechanische Arbeit zu verrichten, und dem Wesen, das sich in immaterieller Form und Idee ausdrückte. Das Problem der Entstehung von Bewusstsein aus Materie beschäftigte die klugen Köpfe aller Völker schon seit Jahrtausenden, doch wirklich lösen können hatte es noch niemand. Führende terranische Gelehrte hatten sogar schon behauptet, dass sich Bewusstsein möglicherweise niemals naturwissenschaftlich erklären lassen würde. Selbst wenn man eines Tages alle physiologischen Prozesse im Gehirn lückenlos verstehe, so die Vertreter dieser Theorie, bliebe das Bewusstsein von diesem Erkenntnisgewinn ausgeschlossen, weil es so viel mehr als die Summe seiner Teile war.

»Wie viele von dir … euch gibt es?«, wandte ich mich an Advos.

»Derzeit leben 5439 Parthan-Träger auf Reddeye«, antwortete der Berater. »Sie stehen ohne Ausnahme in den Diensten der Clanfamilien. Ich selbst habe die Ehre, Hohekanzler Tolsom bereits seit 35 Jahren bei seiner verantwortungsvollen Tätigkeit unterstützen zu dürfen.«

»Verstehen Sie, jetzt, Lordadmiral?« Enerich Tolsom machte zwei Schritte auf mich zu. Seine Augen leuchteten.

»Begreifen Sie nun, wie weise und vorausschauend Boris Parthan damals gewesen ist? Er selbst konnte sein großes Werk nicht mehr zu Ende führen. Deshalb hinterließ er uns die Parthan-Träger. Erst waren es nur einige wenige. Sie erhielten Robotkörper und verdingten sich als Mentoren bei den großen Clanfamilien. Aus ihren Worten und Ratschlägen sprach der Geist des großen Boris Parthan, und das Vertrauen in ihr Geschick wuchs mit jedem Streit, den sie beendeten, mit jedem beigelegten Konflikt und jedem neuen Kooperationsvertrag, den zwei verfeindete Clans unterzeichneten. 2515 gab es bereits über hundert Parthan-Träger, doch der Bedarf nach weiteren Beratern war groß. Allerdings stießen Eisan Gorth und seine Leute an biologische Grenzen. Die Separierung des Parthan-Gehirns ließ sich nicht weiter fortführen, ohne dessen psychosensorische Integrität zu gefährden. Die zerebralen Teilstücke waren zwar biologisch lebensfähig, doch die ihnen innewohnenden Bewusstseinssplitter Boris Parthans, ihre Befähigungen des Wahrnehmens und Erinnerns sowie die Ausprägungen letztlich aller denkbaren emotionalen Reaktionen schwächten sich immer weiter ab. Es war Eisan Gorth, der dieses Problem löste und das Parthan-Netz schuf.«

»Das Parthan-Netz?«

Diesmal war es Rulan Karkeron, der nachfragte. Der Oxtorner hatte der Ansprache des Hohekanzlers bislang gleichmütig gelauscht und trat jetzt einen Schritt nach vorn.

»Ja«, sagte Enerich Tolsom. »Gorth fand eine geniale Lösung für ein Phänomen, das er als *Inspirative Degeneration* bezeichnete. Die immer weiter getriebene Zersplitterung des Parthan-Gehirns führte dazu, dass sich auch das zugehörige Bewusstsein mehr und mehr zerstückelte. Also entwickelte Eisan Gorth ein kodiertes Netzwerk aus Hyperfunkknoten für die Robotkörper, über das die Parthan Träger permanent miteinander verbunden waren. Er gaukelte den einzelnen Bewusstseinsfragmenten praktisch vor, dass sie noch immer eine Einheit bildeten, ein stabiles Kollektiv, dessen Bestandteile sich gegenseitig konsolidierten und dadurch psychisch leistungs- und widerstandsfähig blieben.

Im Jahr 2560 überschritt die Anzahl der Parthan-Träger erstmals die Tausender-Marke. Im gleichen Jahr erklärte sich die Clankammer zur obersten planetaren Instanz. Zehn Jahre später fielen die letzten Ländergrenzen. Reddeye war wieder ein einziger Planet und ist es dank der Hilfe der Parthan-Träger bis heute geblieben.«

Ich weiß nicht wie, es dir geht, wisperte der Extrasinn, *aber für mich klingt das alles sehr fragwürdig. Immerhin haben dich deine Ahnungen nicht getrogen: Auf Reddeye gehen seltsame Dinge vor sich. Du solltest bei nächster Gelegenheit mit Rhaen Tolsom allein sprechen. Ich kann mich täuschen, aber ich habe den Eindruck, dass sie sich vor ihrem Vater zurücknimmt. Ebenso wie Errehart von Hartwich verbirgt sie etwas.*

»Wie hängt das alles mit der angeblichen Entführung Ihres Sohnes zusammen?«, fragte ich.

»In der Clankammer herrschen die traditionellen und konservativen Kräfte vor, Lordadmiral«, antwortete Enerich Tolsom. »Der von mir behutsam vertretene Kurs einer Annäherung an das Solare Imperium ist immer wieder der Auslöser stürmischer Debatten. Viele der Familien stehen nach wie vor auf den Standpunkt, dass uns das Imperium damals im Stich und mit der Geißel der Nergeischen Verformung allein gelassen hat. Deshalb hat Reddeye in den Jahrhunderten nach der Dolan-Krise auch niemals aktiv Kontakt mit der Erde gesucht. Wir waren uns selbst genug und haben die Zeit für eine friedliche Entwicklung genutzt. Doch inzwischen hat sich die Lage in der Milchstraße verändert. Selbst Optimisten glauben nicht mehr an eine friedliche Lösung der immer deutlicher sichtbaren Spannungen. Halten Sie mich meinetwegen für einen senilen, alten Mann, Lordadmiral, aber ich befürchte, dass wir am Vorabend eines Krieges stehen, der einen Großteil dieser Sterneninsel erfassen wird.«

»So weit wird es nicht kommen«, sagte ich fest. »Diese Galaxis hat genug Kriege gesehen. Wir haben die Posbis und die Blues befriedet, wir haben die Meister der Insel und die Zweitkonditionierten besiegt. Weder Perry Rhodan noch ich selbst werden zulassen, dass sich die Völker der Milchstraße nun gegenseitig bekämpfen.«

»Das ist ein nobles Ziel«, erwiderte Enerich Tolsom. »Doch wie alle noblen Ziele muss es gegen den Widerstand der Rechthaber und Wirrköpfe durchgesetzt werden. Möglicherweise reicht selbst Ihre Lebensspanne dafür nicht aus.«

»Wir werden sehen«, sagte ich nur.

»Sei es, wie es sei«, sprach der Hohekanzler weiter. »Die politischen Auseinandersetzungen in der Clankammer werden – wie in den meisten zivilisierten Parlamenten der Galaxis – verbal geführt. Allerdings gibt es seit einigen Jahren eine Gruppe von Reddeyern, die nicht davor zurückschreckt, ihre antiimperialen Positionen mit mehr Nachdruck als allgemein üblich zu vertreten. Sie bezeichnet sich ironischerweise als *Freiheitsbewegung* und nennt sich nach dem lateinischen Wort für Waage Libra. Libra wird von einer Frau namens Goletta Marl geleitet, einer ehemaligen Bürgerrätin, die ihr Herz auf der Zunge trägt. Das Ziel Libras ist ein offizieller Beschluss der Clankammer, der die Isolation Reddeyes festschreibt und eine Kotaktaufnahme mit anderen Sternenreichen ausdrücklich verbietet.

Bis vor wenigen Monaten waren die Mitglieder Libras weitgehend unbescholtene Bürger, die ihrem Unmut zwar ab und an lautstark Luft machten, Gewalt jedoch grundsätzlich ablehnten. Das hat sich anscheinend geändert, und niemand weiß, warum. Die Nachforschungen der Ordnungskräfte und meines Sicherheitschefs haben ergeben, dass Libra im vergangenen halben Jahr erheblichen Zulauf bekommen hat. Die Zahl der direkten Mitglieder hat sich nahezu verzehnfacht. Und offenbar ist man nun auch bereit, die Isolation Reddeyes mit drastischen Mitteln durchzusetzen. Elion hat mehrfach versucht zu vermitteln, mit Goletta Marl zu sprechen und sie davon zu überzeugen, dass eine Entspannung der Situation nur am Verhandlungstisch erfolgen kann. Und jetzt ...«

»Und jetzt befürchten Sie, dass Libra Ihren Sohn in der Gewalt hat und ihn als Druckmittel benutzen will«, vollendete ich.

Enerich Tolsom nickte.

»Die Raumforts im Orbit ...?« Ich sah den Hohekanzler fragend an.

»... sind eine direkte Auswirkung dieser Entwicklungen«, sagte dieser. »Ihre Stationierung ist das Ergebnis eines Kammerbeschlusses, den ich vor einem knappen Jahr mitgetragen habe. Meine Hoffnung war, dass sich die Aufgeregtheiten dadurch legen würden und ich Zeit bekäme, die liberaleren Clanherren auf meine Seite zu ziehen. Libra ist lediglich der streitbarere Arm einer Bewegung, die sich durch viele Clanfamilien zieht. Und genau hier endet mein Verständnis, Lordadmiral. Meine Bemühungen, die Front der Hardliner, die Reddeye unter allen Umständen von jeglichem Kontakt mit der Außenwelt bewahren wollen, aufzuweichen, waren in den letzten Jahren erfolgreich. Meine Appelle und Erlasse zeigten Wirkung, und ich konnte viele Clanherren davon überzeugen, dass eine Öffnung Reddeyes und eine engere Bindung an das Solare Imperium mehr Vorteile als Nachteile bringen würde. Ich begreife nicht, wie sich die Stimmung in so kurzer Zeit so radikal drehen konnte.«

Ich warf Rhaen einen prüfenden Blick zu, doch die ehemalige SolAb-Agentin drehte den Kopf weg.

»Das ist alles schön und gut, Hohekanzler«, sagte ich laut. »Aber ich bin mir nicht sicher, ob und wie ich Ihnen helfen kann. Ich habe …«

Die Erschütterung war so intensiv, dass ich im ersten Moment an ein Erdbeben glaubte. Dann jedoch rollte der Donner einer fernen Explosion durch die Residenz. Einige der Teppiche fielen von den Wänden. Errehart von Hartwich schwankte und wäre wohl gestürzt, doch Rhaen sprang geistesgegenwärtig an seine Seite, um ihn zu stützen. Irgendwo heulte ein Alarm, und ich hörte dumpfe Stimmen und Hilferufe.

»Captain«, wandte ich mich an Rulan Karkeron. »Schicken Sie Ihre Leute los. Gehen Sie unauffällig vor und helfen Sie, wenn Sie können. Wir treffen uns in zwei Stunden wieder hier.«

»Verstanden, Sir«, hörte ich den Oxtorner noch sagen. Dann war ich auch schon gemeinsam mit Rhaen, Enerich Tolsom und Errehart von Hartwich durch die Tür.

Kapitel 11

Pertar Almoth

»Wir teilen uns auf«, sagte Rulan Karkeron und knackte mit seinen Fingerknöcheln. Pertar Almoth suchte nach Spuren der Nervosität in seinem Gesicht, doch da waren keine. Die Tätowierung des Oxtorners glänzte feucht im Licht der Deckenstrahler. Man konnte den Eindruck gewinnen, dass sie lebte, dass sie sich wie eine hungrige Schlange um seinen Kopf wand und darauf wartete, zubeißen zu können.

Pertar fragte sich, ob er der Einzige war, der Denar nicht vergessen konnte, ob nur ihn jede Nacht die Alpträume quälten und ob die furchtbaren Bilder nur in seinem Kopf einfach nicht verblassen wollten?

Er hatte versucht, darüber zu reden. Mit Varen, weil er der irrigen Vorstellung gefolgt war, dass sie als Frau ein größeres Maß an Einfühlungsvermögen besaß als der Captain oder Osmooth und Daniel. Dass sie ihn verstand und sich zumindest vorstellen konnte, was er durchmachte. Stattdessen hatte sie ihn nur konsterniert angesehen und dann ignoriert. Dieser verdammte arkonidische Eisklumpen hatte ihn einfach ignoriert.

Also schwieg Pertar fortan. Den Schweiß, der sich jede Nacht wie eine kalte, klebrige zweite Haut um seinen Körper legte und ihm die Luft zum Atmen nahm, konnte er in der Nasszelle abspülen. Die Angst, die ihn kurz nach dem Aufwachen umklammert hielt, verschwand nach zwei Kapseln Lithropsin. Das Gefühl der Demütigung blieb dagegen. Schweigen war die beste Lösung. Zumindest für den zwei Meter großen Terraner. Vielleicht hatten die anderen ja tatsächlich die Monster auf Denar zurückgelassen. *Er* hatte sie mitgenommen. Sie lebten in seinem Kopf weiter, lauerten im Hintergrund, streiften durch seine Träume, und auch die Psycho-Docs auf Quinto-Center hatten sie nicht vertreiben können.

»Träumst du, Pert?«

Rulan Karkeron rammte Pertar Almoth eine seiner Pranken in die Seite. Das schmerzverzerrte Gesicht des Terraners ließ Varen, Osmooth und Daniel grinsen.

»Sorry, Boss«, brachte der Spezialist heraus, während seine Niere langsam auf ihren angestammten Platz zurückrutschte.

»Du siehst dich im Ostteil dieses Prunkbaus um«, gab der Captain seine Anweisungen. »Wir bleiben in permanenter Funkverbindung. Keine Eigenmächtigkeiten. Wer etwas entdeckt, informiert die anderen. Ist das klar?«

Das Quartett bestätigte.

»Worauf wartet ihr noch?«, knurrte der Oxtorner. »Verschwindet.«

Pertar Almoth verließ den Raum und wandte sich nach rechts. Natürlich war er ebenso wie die anderen den Ausführungen des Hohekanzlers gefolgt. Wirklich verstanden hatte er sie allerdings nicht, was daran liegen mochte, dass er allem, was auch nur entfernt mit Politik zu tun hatte, von jeher ein gesundes Misstrauen entgegenbrachte.

Pertar war bereits mit zwanzig Jahren der Solaren Flotte beigetreten und hatte geglaubt, sich damit einen Kindheitstraum zu erfüllen. Die Erde war ihm stets klein und eng vorgekommen, speziell die so gern als *Perle des Imperiums* bezeichnete Hauptstadt Terrania. Also hatte er die Konsequenzen gezogen. Während der Ausbildung auf Titan hatte er Ikami kennengelernt. Sie hatte damals als Ingenieurin auf einer der Kontrollstationen für die Kunstsonnen des Saturnmondes gearbeitet, und Pertar hatte sofort gewusst, dass sie füreinander bestimmt waren. Bei Ikami hatte es ein wenig länger gedauert, bis diese

Erkenntnis gereift war, doch als er ihr am Silvesterabend 3075 einen Antrag gemacht hatte, hatte sie eingewilligt. Ein weiteres Jahr später – man hatte ihn gerade zum Gefreiten ernannt – war Nira geboren worden. Es waren schöne Jahre gewesen, glückliche Jahre.

Pertar Almoth schüttelte die Gedanken an die Vergangenheit ab. Sein Kopf tat weh. Das waren die Nebenwirkungen des verdammten Lithropsins. Das Zeug verscheuchte zwar seine Furcht, griff bei längerer Anwendung jedoch auch das Nervensystem an und erhöhte dessen Schmerzempfindlichkeit.

Der Terraner erreichte eine Gangkreuzung und bog nach links ab. Es roch nach Rauch. Vor ihm, etwa fünfzig Meter weiter, hing eine graue Staubwolke in der Luft. Ein Teil des Korridors war eingestürzt, und tonnenschwere Steintrümmer blockierten den Durchgang zum Ostflügel des Anwesens. Pertar überlegte einen Augenblick, ob er umkehren und nach einem anderen Weg suchen sollte, als er das Weinen vernahm. Es drang leise und abgehackt aus Richtung des Trümmerhaufens.

Vorsichtig näherte sich der Spezialist dem Einsturz. Immer wieder rieselten von oben Staub und kleine Steine zu Boden. Er konnte nicht ausschließen, dass die Bruchstelle noch immer in Bewegung war. Mit einem schweren Kampfanzug wäre das kein Problem gewesen, doch die leichte Ausführung, die er auf Anweisung des Lordadmirals trug, beschränkte sich lediglich auf die für einen Einsatz absolut notwendigen Funktionen. Auch das im rechten Unterbauch in der Nähe seines Dickdarms implantierte bioaktive Funktionsmodul, das in der Lage war, einen schwachen Individualschutzschirm aufzubauen und für rund eine halbe Stunde aktiv zu halten, half gegen herabstürzende Gesteinsmassen wenig.

In Momenten wie diesen fragte er sich manchmal, ob sein Job bei der USO wirklich das war, was er sich vom Leben erwartet hatte. Im November 3089 war er zum Helden geworden, als er während einer Übung im solaren Asteroidengürtel vier Kameraden aus Raumnot gerettet hatte. Solarmarschall Julian Tifflor persönlich hatte ihn dafür mit einem Blauen Kometen geehrt. Es war bis zu seinem Zusammentreffen mit Lordadmiral Atlan das einzige Mal gewesen, dass er einem der berühmten Unsterblichen in persona gegenübergestanden hatte. Die buchstäblich körperlich spürbare Aura, die den Solarmarschall umgab, hatte ihn tief beeindruckt.

Wenige Monate später war ein USO-Offizier an ihn herangetreten und hatte gefragt, ob er es sich wohl vorstellen könne, für die Organisation des Lordadmirals zu arbeiten. Es war ein Angebot gewesen, das man nicht ablehnen konnte, zumindest nach Pertars Verständnis. Ikami hatte das ein wenig anders gesehen. Ihre gemeinsame zweite Tochter Liara hatte gerade ihren sechsten Geburtstag gefeiert, und Ikami war nicht bereit gewesen, das Solsystem zu verlassen und sie aus ihrer gewohnten Umgebung zu reißen.

Pertar hatte den Zorn seiner Frau zunächst nicht begriffen. Er hatte erwartet, dass sie sich für ihn freute. Stattdessen hatte sie ihm Vorwürfe gemacht. Erst später war ihm klar geworden, dass Ikami recht gehabt hatte. Während des zweijährigen Trainings im Impron-System hatte er seine Frau und die beiden Mädchen kaum gesehen. USTRAC, der Ausbildungsplanet der USO, war über zweiunddreißigtausend Lichtjahre von der Erde entfernt, und das Programm, das Pertar zu absolvieren hatte, hatte kaum Zeit für Besuche gelassen. Allein der Flug nach Terra hatte inklusive aller Orientierungsaustritte fast einen kompletten Tag in Anspruch genommen.

Damals waren die ersten Spannungen aufgetreten. Während seiner kurzen Heimaturlaube hatten sie sich immer öfter gestritten. Es waren nur Kleinigkeiten gewesen, Lappalien wie ein achtlos auf den Boden geworfenes Wäschestück oder eine nicht geschlossene Schranktür, doch sie hatten ausgereicht, um die angespannte Stimmung eskalieren zu lassen. Und dann, eines Tages, war es passiert. Er hatte die Beherrschung verloren und zugeschlagen. Ein einziges Mal nur, nicht einmal besonders fest, doch der Schaden, den er damit angerichtet hatte, war gewaltig gewesen.

Es hatte lange gedauert, bis Ikami ihm verziehen hatte, und noch länger, bis er sich selbst hatte vergeben können, aber sie hatten es geschafft. Vielleicht gab es ja doch so etwas wie die wahre Liebe, den Partner, der so perfekt zu einem passte, dass man sich zwar von ihm trennen konnte, danach jedoch nie wieder wirklich glücklich wurde.

Da! Jetzt war er ganz sicher. Jemand weinte. Es klang nach einem Kind, einem kleinen Mädchen.

»Hallo«, rief der Terraner und stieg über die ersten Steinbrocken hinweg. »Kannst du mich hören? Mein Name ist Pertar. Ich bin hier, um dir zu helfen.«

Das Schluchzen verstummte. Der USO-Spezialist ließ sich auf die Knie sinken und schob sich vorwärts. Zentimeter um Zentimeter arbeitete er sich voran. Was immer hier auch explodiert war, es hatte die meterdicken Felswände teilweise regelrecht pulverisiert. In den Lücken zwischen den größeren Trümmern sammelten sich beachtliche Mengen an Sand und Geröll. Das sah alles nicht besonders stabil aus.

»Hallo?«, rief er erneut. »Kannst du mich hören?«

»Hallo …«, kam es zaghaft und kaum verständlich zurück. »Bist du … ein Schatten … von der … Höllenwelt?«

Die letzten Worte gingen in erneutem Schluchzen unter.

»Nein«, beeilte sich Pertar zu versichern. »Ich bin ein Freund. Ich werde dich hier rausholen. Wie heißt du?«

»Alsara«, kam die zögerliche Antwort.

»Okay, Alsara«, sprach der Terraner sanft weiter. »Bleib einfach, wo du bist, und warte auf mich. Ich bin gleich bei dir. Du musst keine Angst haben. Ich verspreche dir, das alles wieder in Ordnung kommt.«

Während Pertar Almoth redete, kletterte er immer tiefer in das Trümmerfeld hinein. Er war für Situationen wie diese ausgebildet worden. Im Prinzip war es gleichgültig, was er sagte. Allein der Klang seiner Stimme reichte aus, um das eingeschlossene Mädchen zu beruhigen, ihm permanent zu bestätigen, dass Rettung nahte.

Es wurde so dunkel, dass Pertar kaum noch etwas sehen konnte. Er zog die kleine Stablampe aus dem Gürtel und schaltete sie ein. Der Strahl huschte über bröckeligen Untergrund, der bei jeder Bewegung nachgab und wegrutschte.

»Kannst du das Licht sehen, Alsara?«, fragte der Terraner.

»Ja.« Das Mädchen hatte aufgehört zu weinen.

»Gut«, sagte Pertar. »Ich bin fast da.«

Kaum fünf Minuten später hatte er das Kind erreicht. Über Alsaras staubiges Gesicht liefen breite Tränenspuren, und sie streckte ihm stumm ihr kleines Händchen entgegen. Er ergriff und drückte es.

»Alles wird gut«, lächelte er.

Der USO-Spezialist leuchtete die nähere Umgebung aufmerksam ab. Eine Reihe von säulenähnlichen Steinquadern hatten sich ineinander verkantet und bildeten eine Art Stollen. Alsara hatte unglaubliches Glück gehabt. Die Felsbrocken stützten sich praktisch gegenseitig und formten so ein regelrechtes Dach, unter dem das Mädchen lag.

»Kannst du zu mir kriechen, Alsara?«, fragte Pertar.

Die Kleine schüttelte den Kopf.

»Versuch es«, forderte der Terraner sie auf. »Ich weiß, dass du es kannst.«

Erneutes Kopfschütteln. Pertar sah, wie die vom Sauerstoffmangel bereits blauen Lippen des Mädchens zu zittern begannen. Sie würde gleich wieder anfangen zu weinen. Auch ihm machte die schlechte Luft, die hier unten herrschte, langsam zu schaffen.

»Schon gut, Schätzchen«, stieß er keuchend hervor. »Mach dir keine Gedanken. Wir kriegen das auch so hin.«

Er robbte noch ein paar Zentimeter näher heran. Über ihm rumorte es. Stein schabte an Stein. Der Staub wurde so dicht, dass Pertar den Ärmel seiner Kombination abreißen und sich den Stoff vor den Mund pressen musste. Er glaubte fast zu spüren, wie sich die Trümmer um ihn herum wie ein Netz zusammenzogen und sich der verfügbare Raum immer weiter verengte. Mit der Rechten strich er behutsam über die langen braunen Haare des Kindes. Vermutlich war Alsara auf dem Weg durch den Palast gewesen, als die Decke über ihr zusammengebrochen war und sie unter sich begraben hatte. Kein Wunder, dass die Kleine unter Schock stand.

»Na schön«, sagte Pertar schließlich entschlossen. »Ich sage dir, was wir jetzt machen, Alsara. Du greifst mit beiden Händen so fest du kannst nach meinem Arm, und ich ziehe dich raus. Tust du das für mich?«

Heftiges Nicken. Dann spürte der Terraner eine Berührung am Handgelenk. Der Griff des Mädchens war erstaunlich kräftig. Pertar Almoth lächelte und schob sich den Weg zurück, den er gekommen war. Es war ein mühsamer und beschwerlicher Kraftakt. Wieder und wieder stieß er auf Vorsprünge, an denen er sich vorbeischieben musste, riss sich die Haut an scharfen Felskanten auf oder atmete den in der Luft schwebenden Staub ein und glaubte ersticken zu müssen. Schweiß lief von seiner Stirn in die Augen. Immer öfter musste er innehalten, um wieder zu Atem zu kommen. Dann leuchtete er mit seiner Stablampe nach Alsara, die ihn nur mit großen, braunen Augen anblickte, und er wusste, dass sie an ihn glaubte, dass sie ihm vertraute und dass er deshalb nicht versagen durfte. Irgendwann verlor er sein Zeitgefühl. Er mochte nun schon

Stunden durch dieses Trümmerfeld kriechen; möglicherweise waren es aber auch nur ein paar Minuten.

Plötzlich wurde es hell um ihn herum. Er hörte ferne Stimmen. Sie drangen wie durch dichten, weißen Nebel zu ihm. Jemand packte ihn unter den Achseln und zog ihn weiter.

»Alsara«, brachte er heraus. »Kümmert euch um … Alsara.«

Als er die Augen wieder aufschlug, lag er in einem riesigen Bett. Über ihm formten bunte Tücher einen farbenfrohen Baldachin. Er fühlte sich erstaunlich gut, doch als er sich erheben wollte, drückte ihn jemand mit sanfter Gewalt zurück in die Kissen.

»Nicht so hastig, Jungchen«, brummte Rulan Karkeron, der neben ihm auf dem Bett saß. Sein breites Gesicht zeigte tatsächlich Anzeichen echter Besorgnis.

»Du hast ganz schön was abgekriegt. Was hatte ich doch gleich noch gesagt? Ach ja, ich erinnere mich: Keine Eigenmächtigkeiten! Wahrscheinlich habe ich nicht laut genug gesprochen, und du hast das überhört.«

»Alsara«, sagte Pertar Almoth. »Wie geht es Alsara?«

Der Oxtorner legte die Stirn in Falten und drehte kurz den Kopf zur Seite. Pertar folgte seinem Blick. Varen, Osmooth und Daniel standen an die gegenüberliegende Zimmerwand gelehnt. Als er sie fragend ansah, senkten sie die Köpfe.

»Du solltest dich ausruhen, Pert«, sagte Rulan Karkeron und legte ihm eine Hand auf die Brust. »Du bist …«

»Das Mädchen!«, rief der Terraner und schlug die Hand des Captains wütend beiseite. »Was ist mit dem kleinen Mädchen, verdammt?«

Rulan Karkeron atmete tief ein und wieder aus. Es klang wie ein heraufziehendes Gewitter. Dann beugte er sich zu Pertar herab und brachte seinen Mund dicht neben dessen Ohr.

»Es gibt kein kleines Mädchen, Pert«, flüsterte er. »Wir haben dich halb tot aus den Trümmern gezogen, nur dich und niemanden sonst. Die Suchmannschaften haben weder ein kleines Mädchen gefunden, noch wird eines vermisst.«

»Aber …«, wollte Pertar Almoth protestieren, doch der Captain ließ ihn nicht ausreden. Seine Rechte lastete so schwer auf der Brust des Terraners, dass er kaum noch Luft bekam.

»Ich weiß nicht, was mit dir los ist, Jungchen«, hörte er die Stimme seines Vorgesetzten, »aber wenn du dich nicht ganz fix zusammenreißt, bist du schneller wieder bei den Psycho-Docs auf Quinto-Center, als ein Okrill niesen kann. Haben wir uns verstanden?«

Der Druck auf Pertars Brust ließ nach. Japsend holte der Terraner Atem.

»Ich warte«, grollte Rulan Karkeron.

»Ich habe verstanden, Sir«, stieß Pertar Almoth hervor.

Kapitel 12

Atlan

»Der Gleiter ist ohne jede Warnung in die Vorderfront des Hauptgebäudes gerast und dann explodiert, Hohekanzler!«

In Orrum Tills kurzen Haaren glitzerten zahlreiche Schweißperlen. Immer wieder fuhr er sich mit dem rechten Handrücken nervös über den Mund.

»Im Ost- und Westflügel sind schwere Schäden entstanden«, berichtete der Sicherheitschef. »Bislang gibt es Gott sei Dank nur Verletzte, keine Toten. Meine Leute sind dabei, sich zum Gleiter vorzuarbeiten. Wir wissen noch nicht, ob er einen Piloten hatte oder …«

»Sagen Sie mir auf der Stelle Bescheid, wenn es neue Erkenntnisse gibt«, befahl Enerich Tolsom. »Ich werde eine Sondersitzung der Clankammer einberufen. Diese Vorfälle können nicht länger hingenommen werden. Errehart! Kümmere dich darum, dass die Aufräumarbeiten zügig voranschreiten. Was immer du dazu brauchst: Berufe dich auf mich.«

Mit diesen Worten eilte der Clanchef davon. Rhaen wollte ihm folgen, doch ich hielt sie am Arm zurück.

»Nicht so schnell«, raunte ich ihr zu. »Gibt es einen Ort, wo wir ungestört sind?«

Für einen Atemzug erschien ein süffisantes Lächeln auf ihren Lippen, dann besann sie sich darauf, dass die vergangenen Ereignisse wenig Anlass für Anzüglichkeiten gaben.

»Komm mit«, sagte sie und führte mich in einen Teil des Gebäudes, der von der Katastrophe nicht in Mitleidenschaft gezogen worden war. Wir gingen durch einen schmalen Korridor, den man anscheinend direkt in den Berg hineingetrieben hatte. Rhaen öffnete eine der in unregelmäßigen Abständen vorhandenen Türen, und wir betraten einen Lagerraum. Auf hohen Regalen waren Hunderte von Kisten gestapelt, deren Aufschriften nicht erkennen ließen, was sie enthielten.

»Du hast es selbst erlebt, Atlan«, sagte die ehemalige SolAb-Agentin, kaum dass sie die Tür hinter uns geschlossen hatte. »Das ist längst keine gewöhnliche innenpolitische Krise mehr. Etwas stimmt hier ganz und gar nicht. Ich ...« Sie zögerte, brach dann ab und schüttelte den Kopf.

»Du glaubst, dass hinter dem, was auf Reddeye passiert, ein oder mehrere unbekannte Drahtzieher stecken«, sprach ich das aus, was sie dachte. »Und dass diese fremde Macht von außerhalb des Systems kommt. Deshalb hast du mich gerufen, nicht wahr?«

Rhaen nickte nur.

»Hast du konkrete Hinweise? Irgendetwas, womit ich arbeiten kann?«

»Das ist es ja«, stieß meine einstige Partnerin unglücklich hervor. »Es ergibt alles keinen Sinn. Reddeye hat den großen Machtblöcken der Milchstraße nichts zu bieten. Wir haben ein paar klapprige Raumschiffe. Wir exportieren ein paar hundert Millionen Tonnen Orea-Erz pro Jahr. Wir besitzen keinerlei militärisches Potenzial, sind für niemanden eine Gefahr. Selbst die galaktische Position unseres Systems würde einem Flottenkommandeur im Konfliktfall keinerlei strategischen Vorteil verschaffen. Wir liegen viel zu weit von den galaktischen Brennpunkten entfernt.«

Was sie sagt, stimmt, bekräftigte der Extrasinn. *Insofern fehlt dir noch eine ganze Reihe von wichtigen Informationen. Für eine stille Invasion Reddeyes durch das Imperium Dabrifa, die ZGU oder eine der anderen galaktischen Fraktionen gibt es keinen einzigen logischen Grund.*

Und wenn der Gegner nicht den uns bekannten Gruppen angehört?, dachte ich.

Du denkst an den Impulsgeber, den wir auf dem Weg hierher entdeckt haben, gab der Logiksektor mental zurück. *Es ist extrem unwahrscheinlich, dass es zwischen diesem Fund und den Geschehnissen auf Reddeye einen Zusammenhang gibt.*

Aber nicht ausgeschlossen, beharrte ich auf meiner Meinung.

Glaskugel oder Statistik, Arkonide, kommentierte der Extrasinn lapidar. *Die Wahl triffst du.*

»Was schlägst du vor?«, fragte ich Rhaen.

Die ehemalige SolAb-Agentin sah mich an und ich musste mich beherrschen, sie nicht in die Arme zu nehmen. Es war ein spontaner, ein lächerlicher, ein emotionaler Impuls, aber er war nun einmal da, und weder mehr als zehn Jahrtausende Lebenserfahrung noch ein Zellaktivator schützten mich davor.

»Hilf mir, Elion zu befreien«, sagte Rhaen. »Libra ist keine radikale Gruppe. Ihre Mitglieder sind keine Terroristen. Sie sind … verwirrt, wissen nicht, was sie tun. Oder sie werden beeinflusst.«

»Hast du schon einmal daran gedacht, dass Elion womöglich freiwillig …«, fing ich an, doch bevor ich meinen Satz beenden konnte, stieß mich Rhaen mit beiden Händen heftig vor die Brust. Ich taumelte gegen eines der Regale und konnte mich gerade noch festhalten.

»Sag es nicht!«, rief die Frau wütend, und ihr Zeigefinger stach wie ein Dolch in meine Richtung. »Elion würde sich niemals gegen die Familie stellen. Er ist ebenso wie Vater davon überzeugt, dass Reddeye langfristig nur überleben kann, wenn es sich dem Solaren Imperium öffnet.«

»Schon gut, schon gut«, wiegelte ich ab. »Lass mich am Leben. Ich sehe durchaus ein, dass du nach deinem Bruder suchen willst, aber wir können nicht einmal sicher sein, dass wirklich Libra hinter seinem Verschwinden steckt. Bis jetzt gibt es weder eine Lösegeldforderung, noch haben die potenziellen Entführer überhaupt Kontakt aufgenommen.«

»Der Atlan, den ich früher kannte, war entscheidungsfreudiger«, sagte Rhaen missmutig.

»Die Rhaen, die ich früher kannte, hat erst nachgedacht und dann gehandelt«, konterte ich.

Die ehemalige SolAb-Agentin schwieg und sah mich nur böse an. Wahrscheinlich wusste sie, dass ich recht hatte, doch es war schwer, auf die Vernunft zu hören, wenn ein geliebter Mensch womöglich in Lebensgefahr schwebte.

»Ich werde dir sagen, was wir tun«, gab ich mich schließlich geschlagen. »Wir werden uns dieses Parkdeck, auf dem man Elions Gleiter gefunden hat, gemeinsam ansehen. Vielleicht finden wir etwas, das Orrum Till und seine Leute übersehen haben. An deiner Stelle würde ich meine Hoffnungen allerdings nicht allzu hoch schrauben.«

Mein Armbandkom meldete sich mit vernehmbarem Summen. Ich aktivierte die Verbindung.

»Der Gleiterabsturz war kein Unfall, Sir«, hörte ich die Stimme Rulan Karkerons, der damit meine Vermutung bestätigte. »Das Fahrzeug wurde ferngesteuert und mit voller Absicht in die Tolsom-Residenz gelenkt.«

»Danke, Captain«, sagte ich. »Miss Tolsom und ich werden in Kürze …«

»Da ist noch etwas, Sir«, unterbrach mich der Oxtorner. »Wir haben eine Botschaft gefunden. Sie steckte in einer versiegelten Metallkapsel, die den Absturz und die Explosion in jedem Fall überstanden hätte. Ich lese vor: *Elion Tolsom ist in unserer Gewalt. Wenn der Arkonide und seine Vasallen Reddeye nicht bis Sonnenuntergang verlassen haben, werden wir die Geisel töten. Das ist die letzte Warnung. Wir werden nicht zulassen, dass Hohekanzler Tolsom unsere Heimat an das Solare Imperium oder die USO verschachert. Gezeichnet: Libra.*«

Ziemlich dramatisch, kommentierte der Extrasinn spitz.

»Wir sind unterwegs«, sagte ich und desaktivierte mein Armbandkom. Mein Blick traf sich mit dem Rhaens, und diesmal las ich echte Angst in ihren Augen.

»Wenn Sie wollen, dass wir Ihre Welt verlassen, Hohekanzler, werden wir das selbstverständlich tun.«

Enerich Tolsom stand mit auf dem Rücken verschränkten Armen auf einer der großen Aussichtsterrassen seiner Familienresidenz und starrte blicklos in die Ferne. Vor ihm erstreckten sich die ersten Ausläufer des Al Bhangazzi-Massivs, dahinter waren die Häuser und Türme Pallins zu erkennen. Die Hauptstadt lag unter einer rötlichen Glocke aus Dunst. Es sah aus, als hätte ein Riese einen Eimer Blut über der Metropole ausgeschüttet.

»Nein!« Die Stimme des Mannes klang entschlossen.

»Ich habe mich noch nie einer Erpressung gebeugt und werde jetzt nicht damit anfangen.«

Ich kam nicht umhin, mehr und mehr Respekt für Rhaens Vater zu entwickeln. Enerich Tolsom war Staatsmann durch und durch. Er trug die Verantwortung nicht nur, sondern nahm sie ernst. Sein ganzes Leben lang hatte er für das Wohl Reddeyes gewirkt, hatte versucht, die politischen Gegner von seinen Ideen zu überzeugen und dabei beachtliche Erfolge erzielt. Doch selbst jetzt, da alles, wofür er gekämpft und wofür er seine Kraft über die Jahre hinweg in die Waagschale geworfen hatte, zusammenzubrechen drohte, ließ er sich nicht verbiegen und hielt an seinen Prinzipien fest. Zu einer solchen Haltung gehörten nicht nur Mut und eine gefestigte Persönlichkeit, sondern vor allem die Bereitschaft, Opfer zu bringen, die Sache über das eigene Wohl und das Wohl jener, die man liebte, zu stellen. Trotz der vielen Jahrtausende, die ich nun schon hinter mich gebracht hatte, war ich bislang nur wenigen Menschen begegnet, die diese Qualitäten in sich vereinten. Perry Rhodan war einer von ihnen.

»Ich bitte Sie zu bleiben, Lordadmiral«, sagte Enerich Tolsom, ohne sich umzudrehen. »Und ich bitte Sie, meinen Sohn zu finden.«

Er machte eine kleine Pause und wandte mir nun doch sein Gesicht zu.

»Vorzugsweise noch bevor die Sonne untergeht«, fügte er dann leise hinzu, und ich sah, wie es in ihm arbeitete.

Inzwischen war ich längst davon überzeugt, dass sich hinter dem, was auf Reddeye vor sich ging, weit mehr verbarg, als eine Zuspitzung politischer Meinungsverschiedenheiten. Die Veränderungen waren zu plötzlich gekommen. Eine im Grunde harmlose Organisation, die eher an eine Bürgerinitiative denn an eine Terrorgruppe erinnerte, erhielt mit einem Mal ungeheuren Zulauf und beging öffentlich Straftaten. Elion Tolsom, der Sohn des höchsten Würdenträgers der Regierung, wurde entführt, und die Kidnapper verlangten ausgerechnet den Abzug meiner Person. Woher wussten sie überhaupt, dass ich hier war? Hinzu kamen der Anschlag auf unser Transportfahrzeug während des Fluges vom Raumhafen und der Absturz des Gleiters auf die Tolsom-Residenz. Irgendjemand hatte ein verdammt großes Interesse, mich loszuwerden, und ich brannte darauf zu erfahren, warum.

»Ich werde tun, was ich kann«, sagte ich.

Eine halbe Stunde später war ich mit Rhaen und Rulan Karkeron unterwegs nach Pallin. Die vier übrigen Mitglieder des Denar-Quintetts hatten Anweisung, sich bis auf weiteres zurückzuhalten, die kommenden Entwicklungen zu beobachten und nur einzugreifen, wenn es sich nicht vermeiden ließ. Vor allem der Hohekanzler konnte sehr schnell ein Ziel der unbekannten Entführer werden, wenn diese begriffen, dass der

Clanherr nicht in der gewünschten Weise auf ihre Drohungen einging.

Rhaen steuerte den Gleiter, der vor dem Start von einigen Technikern penibel auf Sprengsätze und andere Formen der Sabotage überprüft worden war, in Richtung Stadtzentrum, bog dann jedoch nach Westen ab und hielt auf einen kreisrunden Gebäudekomplex zu, der mich an einen futuristischen Weihnachtsbaum erinnerte. Er bestand aus fünf ringförmigen, sich nach oben im Durchmesser verjüngenden Elementen, von denen jedes in einer anderen Schattierung von Rot gehalten war. Die glatte, leicht spiegelnde Oberfläche wurde von großen Scheinwerfern angestrahlt und war mit allerlei Leuchtreklamen, Aussichtsplattformen, Positionslichtern und ähnlichen Dingen übersät. Rund um das imposante Bauwerk herrschte dichter Verkehr, und als wir uns bis auf zweihundert Meter genähert hatten, übernahm uns ein Leitsystem in Funksteuerung. Bis zu der von den Kidnappern gesetzten Frist blieben uns noch etwa sechs Stunden.

»Die Arkadia Honoria ist das größte und meistbesuchte Einkaufszentrum Reddeyes«, erklärte Rhaen, während unser Fahrzeug jenes Parkdeck ansteuerte, auf dem man den Gleiter von Elion Tolsom gefunden hatte. »Es besitzt rund zweihunderttausend Quadratmeter Verkaufsfläche, und jeden Tag kommen bis zu hunderttausend Kunden in die über fünfhundert Geschäfte.«

Das Parkdeck befand sich auf dem obersten Ringelement des Gebäudes und war etwa zur Hälfte besetzt. Über uns spannte sich der rote Nachmittagshimmel der Kolonialwelt. Die Sonne mit ihrem deutlich erkennbaren Fleck hing als düster glühender Ball über dem Horizont. Es herrschten angenehme Temperaturen von um die zwanzig Grad Celsius, und vom Meer wehte eine leichte Brise herüber.

Ich hatte mit Rhaen und ihrem Vater auch über die Möglichkeit eines offiziellen Eingreifens der USO gesprochen, doch beide lehnten diese Art der Reaktion ab. Möglicherweise hätte eine Landung der QUESTRON auf dem Raumhafen von Pallin die Lage vorübergehend entspannt, doch ebenso gut war das genaue Gegenteil denkbar. Die für alle sichtbare Präsenz eines waffenstarrenden USO-Kampfraumers mochte nicht nur in der Clankammer zum offenen Aufruhr führen, und das wollten weder der Hohekanzler und seine Tochter noch ich riskieren.

Der Stellplatz, auf dem Elions Gleiter geparkt gewesen war, war nicht besetzt. Orrum Tills Experten hatten das Fahrzeug abtransportiert und untersucht. Auch das Parkdeck selbst war gründlich unter die Lupe genommen worden, doch man hatte keine verwertbaren Spuren entdeckt. Deshalb hatte ich auch große Zweifel, dass ausgerechnet wir etwas finden würden, das die Spezialisten übersehen hatten. Allerdings gab es noch andere Gründe, warum ich mich in der Öffentlichkeit zeigen wollte, und selbst wenn ich Rhaen gegenüber diese nicht explizit erwähnt hatte, musste sie als ehemalige SolAb-Agentin meine Gedanken zumindest erahnen.

Du solltest den Gegner nicht unterschätzen, Arkonide, warnte mich der Extrasinn.

Das tue ich nicht, gab ich mental zurück. *Aber ich kann nicht ewig warten. Wenn wir mehr erfahren wollen, müssen wir unsere Widersacher aus der Reserve locken.*

Nach einer kurzen Inspektion des Parkdecks, die erwartungsgemäß ohne Ergebnis blieb, betraten wir das Einkaufszentrum über eine breite Rampe, die in einer Art Markthalle endete. Rulan Karkeron, der ein paar Meter vor uns ging, tauchte verabredungsgemäß sofort in das bunte Treiben ein und war kurz darauf trotz seiner imposanten Statur im Gewimmel verschwunden. Er würde Rhaen und mich aus sicherer Entfernung im Auge behalten.

Auch ich sah mich aufmerksam um. Die hier versammelten Händler verkauften in der Hauptsache Lebensmittel. Am Fuß der Rampe reihten sich mehrere Stände aneinander, in deren Auslagen sich wahre Berge von Obst und Gemüse auftürmten. Nicht ohne Stolz eröffnete mir Rhaen, dass alles, was ich hier sah, auf Reddeye angebaut und geerntet worden war. Das einstige Siedlerschiff, mit dem ihre terranischen Vorfahren erstmals auf diesem Planeten gelandet waren, hatte natürlich unter anderem mehrere Tonnen Saatgut an Bord gehabt, und auch wenn sich einige der Pflanzen über die Jahrhunderte an die hiesigen klimatischen Verhältnisse angepasst und optisch verändert hatten, so war ihr Ursprung in vielen Fällen noch immer zu erkennen.

Ich trat an einen der Verkaufsstände heran und griff nach einer bananenähnlichen Frucht. Statt in der von Terra bekannten gelben Färbung, schimmerte sie in sanftem Rosa. Ich reichte der älteren Frau, die den Stand betrieb, die Kreditkarte, die mir Enerich Tolsom überlassen hatte. Sie steckte sie in ein kleines Lesegerät, das sie am Gürtel trug, nickte freundlich und gab sie mir wieder zurück.

»Interessiert dich irgendetwas Bestimmtes?«, wollte Rhaen wissen. »Oder wollen wir einfach nur bummeln?«

»Einfach nur bummeln«, erwiderte ich, schälte die Reddeye-Banane und biss herzhaft in das ebenfalls leicht rötliche Fruchtfleisch. »Mmmh«, verlieh ich meiner Verzückung Ausdruck. »Das ist wirklich köstlich!«

Wir ließen die ältere Frau mit einem glücklichen Lächeln zurück und schlenderten gemütlich weiter. Rhaen hatte natürlich längst begriffen, was ich beabsichtigte. Sie nahm meine Hand, und gemeinsam durchquerten wir die Markthalle, hielten immer wieder an einzelnen Ständen an, um die dort feilgebotenen Waren zu betrachten oder zu probieren. Es dauerte nicht lange, da hatte sich unsere Anwesenheit herumgesprochen, und die Zahl der verstohlenen Blicke und versteckten Musterungen häufte sich. Allerdings war es weniger ich, der die Aufmerksamkeit der Umstehenden erregte. Durch die bewusste Isolation Reddeyes kümmerten sich die meisten Planetenbewohner nicht besonders um das, was in der Milchstraße vor sich ging und konnten deshalb mit meinem Gesicht auch nicht viel anfangen. Die Tochter des Hohekanzlers dagegen kannte jeder – und natürlich war man brennend daran interessiert, wer der Mann war, mit dem sie hier ebenso überraschend wie offenkundig durch die Arkadia Honoria flanierte. Wäre der Anlass nicht so ernst gewesen – ich hätte diese Augenblicke mit allen Sinnen genossen.

»Lass uns die Ebene wechseln«, schlug ich vor, als wir das Ende der Halle erreicht hatten. »Ich denke, hier hat uns inzwischen jeder bemerkt.«

Rhaen nickte, und wir benutzten eine weitere Rampe, die uns in sanfter Kurve auf die nächsttiefere Etage des Einkaufszentrums führte. Dort gab es keine Marktstände mehr, sondern Geschäfte mit modernen Glasfassaden, hell ausgeleuchteten Werbeschildern und ganzen Batterien von blitzenden Vitrinen. Wir gingen an einem Laden vorbei, der teuer aussehenden Schmuck verkaufte und tatsächlich von einem uralten Gladiator-Roboter bewacht wurde. Der zweieinhalb Meter große Koloss war zwar von Beulen und Roststellen bedeckt, doch die matt glimmenden Infrarot-Augen bewiesen, dass er noch funktionierte.

»Wenn der Besitzer das Ding an ein terranisches Museum verkaufen würde«, bemerkte ich grinsend, »würde er mehr dafür bekommen als für seinen gesamten Schmuck.«

Es folgten mehrere Geschäfte, die mit Kleidung handelten, ein großes Kaufhaus, ein Restaurant und ein Buchladen, der in seinem Schaufenster einen antiken, noch auf Papier gedruckten Band ausgestellt hatte. Der arg ramponierte Umschlag zeigte einen Regenbogen, der sich zwischen zwei Hügeln über einen blauen Himmel spannte. *Alles, was du willst*, las ich mühsam den Titel des uralten Werkes; der Name des Autors war nicht mehr zu entziffern.

Einige Meter weiter lockte ein riesiger Glaskasten, der bis zur Hälfte mit grellbunt gefärbten Tüchern gefüllt war. Ein gutes Dutzend Reddeyer hatte sich um ihn herum versammelt und lauschte den Worten eines mindestens ebenso bunt gekleideten Mannes mit langen, grauen Haaren und ungepflegt wirkendem Vollbart.

»Was ist das?«, fragte ich Rhaen. Die Frau lachte.

»Komm und sieh es dir an«, forderte sie mich auf. Gemeinsam gingen wir zu dem Glaskubus hinüber.

Als der Bärtige uns erblickte, breitete er theatralisch die Arme aus und produzierte sein breitestes Grinsen.

»Bei Boris Parthans ewiger Seele«, rief er aus. »Wenn das nicht die liebreizende Tochter unseres geschätzten Hohekanzlers ist. Und wer mag wohl der attraktive Herr an ihrer Seite sein? Gibt es da etwas, das Ihr mir sagen wollt, verehrte Rhaen?«

Die ehemalige SolAb-Agentin legte den Kopf schief und lächelte süßsauer.

»Wie wäre es, wenn ich dir stattdessen ein paar deiner schmierigen Finger breche, Mortar?«, sagte sie leise. »Insbesondere jene, die sich gerade dort befinden, wo sie ganz bestimmt nichts zu suchen haben ...«

Erst jetzt bemerkte ich, dass der Bärtige die rechte Hand auf Rhaens Hüfte gelegt hatte, sie nun jedoch eilig zurückzog und ein paar Meter Abstand zwischen sich und die Frau brachte.

»Charmant wie immer«, sagte er mit gespielter Fröhlichkeit. »Doch was kann ich für Euch tun, meine Teure? Seid Ihr hier, um Euch den Schatten der Höllenwelt zu stellen?«

Das kurze Zwischenspiel hatte weitere Neugierige angelockt. In der schnell wachsenden Zuschauermenge fiel mir ein junger Mann im grünen Kapuzenpullover auf. Er wirkte krank, seine Augen lagen tief in den Höhlen, und die Wangen waren eingefallen. Als er meine forschenden Blicke bemerkte, wich er hastig, beinahe ängstlich zurück und verschwand.

»Nicht ich«, hörte ich Rhaen neben mir sagen. »Aber mein Begleiter hier.«

»Ausgezeichnet«, rief Mortar. »Ganz ausgezeichnet. Kommt zu mir, mein weißhaariger Freund. Die Höllenwelt erwartet Euch.«

Ich sah Rhaen fragend an, doch meine einstige Partnerin nickte mir nur auffordernd zu. Ergeben zuckte ich mit den Schultern und trat nach vorn. Währenddessen hatte Mortar seinen bunten Mantel gerafft und stapfte mit großen Schritten um den Glaskubus.

»Ereshkigal!«, stieß er hervor und versuchte dabei, seiner viel zu hohen Stimme einen düsteren Unterton zu verleihen. »Dort, wo unsere Alpträume Gestalt annehmen! Der Ort der Verdammnis! Die Welt der Schatten und der Verzweiflung! Die Stätte des Leids und der Hoffnungslosigkeit! Seid Ihr bereit, euch den Geistern der Höllenwelt zu stellen?«

Mit den letzten Worten hatte er die Umrundung des Kubus beendet und stand unmittelbar vor mir.

»Ja, das bin ich«, antwortete ich folgsam.

»So ist es recht. Lasst mich die notwendigen Vorbereitungen treffen, und es kann losgehen.«

»Verrätst du mir, was mich erwartet?«, wandte ich mich an Rhaen, die der kleinen Show amüsiert gefolgt war.

»Die Höllenwelt-Legende gehört zu den wenigen Traditionen meines Volkes, deren Ursprung nicht auf der Erde liegt«, sagte sie. »Sie entstand während der dunkelsten Jahre unserer Geschichte, als die junge Kolonie von der Nergeischen Verformung beinahe ausgelöscht worden wäre. Damals kursierte die Sage von Ereshkigal, einem Planeten, der von monströsen Kreaturen und schrecklichen Monstern bevölkert war. Ein mythologischer Ort wie der Orkus in der altrömischen oder

der Hades in der griechischen Kulturhistorie. Im Gegensatz zu den vielen, die die Seuche getötet hat, hat das Ammenmärchen überlebt und ist zu einem Teil des lokalen Brauchtums geworden, eine Horrorgeschichte, die man unartigen Kindern erzählt.«

»Daher offenbar auch der Name«, sagte ich. »Ereshkigal – die sumerische Göttin der Unterwelt.«

»Dein umfassendes Wissen ist immer wieder beeindruckend«, spöttelte Rhaen.

»Es basiert zum Großteil auf persönlicher Erfahrung«, erwiderte ich. »Ich habe Ereshkigal kennengelernt. Nun ja, sagen wir besser: ihre weltliche Entsprechung.«

Meine Gedanken schweiften automatisch mehr als viertausendfünfhundert Jahre in die Vergangenheit, als ich während meiner Abenteuer im Zweistromland Terras unter anderem auf eine Frau namens Ereshkigal getroffen war, doch der Logiksektor blockte den anbrandenden Erinnerungsschub mit einigen scharfen Impulsen.

»Und was hat das alles mit diesem Glaskasten zu tun?«, wollte ich wissen.

»Ein harmloses Spiel, das man überall auf Reddeye betreibt«, erklärte Rhaen. »Du stellst dich in die Mitte des Kubus, und Mortar schaltet ein Gebläse ein, das die Tücher wild durcheinanderwirbelt. Zwischen den bunten Schals befinden sich einige schwarze und einige weiße. Deine Aufgabe ist es, in zwei Minuten so viele weiße Tücher wie möglich zu greifen. Erwischt du dagegen ein schwarzes, einen *Schatten der Höllenwelt*, ist das Spiel beendet und du verlierst. Die weißen kannst du gegen einen Preis eintauschen.«

Genau das Richtige für einen Kindskopf wie dich, spottete der Extrasinn.

Ich entschloss mich, den Einwurf zu ignorieren, und reichte stattdessen lieber meine Kreditkarte an Mortar weiter. Nachdem dieser zwanzig Redds, die Einheitswährung des Planeten, abgebucht hatte, öffnete er eine schmale Tür an der Seite des Glaskastens, und ich stieg hindurch. Dabei suchte ich die inzwischen dicht gedrängt stehende Menge nach dem jungen Mann im Kapuzenpullover ab, konnte ihn jedoch nirgends entdecken. Ich kämpfte mich durch die Stoffbahnen, die ein wenig muffig rochen, und nahm meinen Platz in der Mitte des Kubus ein.

Mit zunächst leisem, dann jedoch schnell lauter werdendem Summen startete das Gebläse. Die bunten Tücher gerieten in Bewegung. Bereits nach wenigen Sekunden wurde ich von einem wahren Sturm aus Farben umweht. Es war praktisch unmöglich, einzelne Tücher auseinanderzuhalten. Ich schloss für einige Sekunden die Augen und atmete tief und gleichmäßig. Als Hochmeister des Dagor war ich mit einer ganzen Reihe von Methoden vertraut, die dabei halfen, einen Gleichklang zwischen Körper und Geist herzustellen, und auch wenn ich in den letzten Jahren nicht mehr allzu häufig zu intensivem Üben gekommen war, so gab es doch Dinge, die man einfach nicht verlernte.

Als ich die Augen wieder öffnete, schien sich der wirre Reigen um mich herum verlangsamt zu haben. Zwar sah ich nach wie vor kaum mehr als bunte Schlieren, doch dazwischen blitzten immer wieder hellere und dunklere Bereiche auf. Ich begann mich langsam zu drehen und streckte die Arme aus. Von irgendwoher drang die Stimme Mortars an meine Ohren, doch ich nahm sie nicht bewusst wahr. Für mich existierte nur noch das Universum der bunten Tücher. Sie tanzten und zuckten vor mir auf und ab, wechselten willkürlich die Richtung, strichen wie ein Lufthauch über mein Gesicht und waren im nächsten Moment ganz woanders.

Dann griff ich zu. Einmal, zweimal, dreimal. Ich spürte den seidenfeinen Stoff in meinen Fingern, fasste erneut zu. Und wieder und wieder. Erst als das Summen des Gebläses abbrach, hielt ich inne, um die gemachte Beute zu betrachten. Ich hatte zwölf der Schals erwischt – und alle waren weiß!

Die Fassungslosigkeit stand Mortar unübersehbar ins bärtige Gesicht geschrieben.

»Das ist … das ist …«, rang er nach Worten, als ich ihm unter dem Applaus der Zuschauer die Tücher überreichte. Er drehte sie, knüllte sie zusammen, zupfte sie wieder auseinander, fast so als hoffe er doch noch ein schwarzes Exemplar zwischen ihnen zu entdecken.

»Wie du siehst, kann die Höllenwelt meinem Freund nichts anhaben, Mortar«, sagte Rhaen vergnügt. »Darf ich bitten?«

Der Bärtige gab sich geschlagen. Er stopfte sich die weißen Tücher in den Gürtel seines Mantels und trottete mit hängenden Schultern zu einem großen Wandschrank. Dort drückte er seinen Daumen auf ein Sensorfeld, und die Schranktüren öffneten sich. Auf einer Reihe von Regalen lag allerlei Krimskrams, angefangen von billigem Modeschmuck über holografische Speichermodule bis hin zu kleinen Glasflaschen mit nicht näher definierbarem Inhalt.

»Sucht Euch etwas aus, ehrenwerter Herr«, seufzte Mortar. Er hörte sich an, als wolle er jeden Moment in Tränen ausbrechen.

»Wenn ich es nicht besser wüsste«, jammerte er, »müsste ich glauben, dass Ihr selbst ein Geschöpf der Höllenwelt seid, und dass die Schatten Euch geschickt haben, um mich zu ruinieren.«

»Sei nicht albern, Mortar«, lachte Rhaen. »In der nächsten Stunde werden die Leute Schlange stehen, um sich deine Altkleidersammlung um die Ohren blasen zu lassen, weil sie glauben, dass es sich heute besonders einfach gewinnen lässt.«

»Pst!«, zischte der Bärtige. »Nicht so laut, noble Frau. Wollt Ihr mir etwa die Kunden verschrecken?«

Ich nickte Rhaen zu und zeigte auf den Schrank. »Du hast die Wahl«

»Klug, geschickt *und* großzügig«, erwiderte meine einstige Partnerin. »Für eine einfache Frau aus dem Volk ist das fast schon zu viel.«

Sie musterte die verfügbare Ware für einige Sekunden und nahm sich dann einen fingernagelgroßen, roten Anhänger, der an einer silbernen Kette befestigt war. In dem roten Stein war ein kleiner, schwarzer Einschluss zu erkennen. Ich vermutete, dass das Schmuckstück die Sonne Reddeye darstellen sollte. Mortars Miene wurde noch eine Spur mürrischer. Wahrscheinlich hatte sich Rhaen das einzige Objekt geschnappt, das tatsächlich etwas wert war und nur deshalb seinen Platz in der Kollektion hatte, um Eindruck zu schinden.

»Darf ich ...?«, fragte ich.

Die ehemalige SolAb-Agentin händigte mir die Kette aus. Ich legte sie ihr um den schlanken Hals und schloss sie im Nacken.

Schließlich machten wir uns erneut auf den Weg und langten eine knappe Stunde später an der nächsten Rampe an. Rhaens Ungeduld war geradezu körperlich zu spüren, und auch ich begann langsam daran zu zweifeln, dass noch etwas geschah. Vielleicht war unser Vorgehen doch zu plump gewesen, und der Gegner blieb im Hintergrund, weil er eine Falle vermutete.

Da sah ich meinen alten Bekannten im grünen Kapuzenpullover wieder. Diesmal wich er meinem Blick nicht aus, sondern starrte trotzig zurück. Ich hielt unauffällig nach Rulan Karkeron Ausschau. Obwohl ich ihn nirgendwo entdecken konnte, war ich sicher, dass er sich ganz in der Nähe befand und uns beobachtete.

Der junge Mann kam jetzt langsam näher. Dabei verhielt er sich so auffällig unauffällig, dass ich Mühe hatte, ein Grinsen zu unterdrücken. Er hatte beide Hände in die Taschen seiner Hose gesteckt und blieb immer wieder vor den Auslagen der Geschäfte stehen. Die Kapuze verdeckte zwar einen Großteil seines Gesichts, konnte sein kränkliches Aussehen allerdings nicht vollständig verbergen. Dazu kam, dass er offenbar seit längerem keinen Wert mehr auf persönliche Hygiene gelegt hatte. Die Bartstoppeln in seinem blassen Gesicht waren mindestens eine Woche alt, und die schwarzen Haare hingen zerzaust und fettig in seine Stirn.

Natürlich war die seltsame Gestalt auch Rhaen nicht entgangen. Ich fasste die ehemalige SolAb-Agentin am Arm und schüttelte bedächtig den Kopf.

»Halt dich zurück«, sagte ich leise. »Überlass ihm die Initiative. Jemand hat ihn geschickt, um Kontakt mit uns aufzunehmen, und er ist verdammt unsicher. Wenn wir ihn verschrecken, war alles umsonst.«

»Schon gut«, erwiderte Rhaen unwillig und schüttelte meine Hand ab. »Ich bin keine Anfängerin.«

Es dauerte geschlagene fünf Minuten, bevor sich der Bursche im Kapuzenpulli endlich dazu entschloss, aktiv zu werden. Als er schließlich vor uns stand, musste ich an mich halten, um nicht vor dem strengen Geruch nach Schweiß und einer Reihe anderer Körperausdünstungen zurückzuweichen. Der Blick des Jungen sprang nervös zwischen Rhaen und mir hin und her.

»Ihr kommt mit mir«, sagte er. Es klang, als hätten wir es mit einem Roboter mit defektem Sprachmodul zu tun.

»Wohin gehen wir?«, wollte ich wissen.

»Ihr kommt mit mir«, wiederholte er stupide. Dann zog er die rechte Hand aus der Hosentasche. Darin hielt er ein Kästchen von der Größe einer antiken Streichholzschachtel. Sein Daumen presste einen münzgroßen Knopf nach unten, die einzige Erhebung auf dem ansonsten glatten Objekt.

»Die mittlere Ebene der Arkadia Honoria ist mit sechs Sprengsätzen präpariert«, eröffnete der Mann uns gleichmütig. »Wenn ich den Knopf loslasse, werden sie explodieren und Hunderte in den sicheren Tod reißen. Folgt mir zurück zum Parkdeck. Dort wartet ein Gleiter auf uns.«

»Du verdammter …«, wollte Rhaen aufbrausen, doch ich packte sie an den Schultern und zog sie eng an mich heran.

»Du bist keine Anfängerin, richtig?«, flüsterte ich schneidend. »Dann benimm dich auch so und reiß dich zusammen. Ich brauche jetzt die SolAb-Agentin, nicht die besorgte Schwester. Wir haben genau das erreicht, was wir wollten, auch wenn vorerst die anderen die Regeln bestimmen. Also halte deine Nerven im Zaum und verhalte dich entsprechend.«

Rhaen presste die Lippen zusammen und schloss flüchtig die Augen. Dann nickte sie heftig, und ich ließ sie wieder los.

»Noch etwas, Lordadmiral«, sagte der Mann im Kapuzenpullover in diesem Moment. »Sagen Sie Ihrem oxtornischen Leibwächter, er soll uns auf dem Parkdeck erwarten.«

Ich wiederhole mich ungern, wisperte der Extrasinn, *aber in diesem Fall tue ich es: Du solltest deine Gegner nicht unterschätzen.*

Im Stillen gab ich meinem Logiksektor recht. Dann nahm ich per Armbandkom Verbindung mit Rulan Karkeron auf.

Kapitel 13

Atlan

Der Gleiter gehörte derselben Modellreihe an wie jener, der uns wenige Stunden zuvor am Raumhafen abgeholt hatte. Drei Reddeyer, die allesamt ähnlich kränklich wirkten wie der junge Mann im Kapuzenpulli, erwarteten uns bereits. Sie trugen pechschwarze, hochgeschlossene Overalls und dicke Jacken. Für die hiesigen Temperaturen waren sie damit eindeutig zu warm angezogen.

Wenig später traf Rulan Karkeron ein, und zu siebt stiegen wir in die geräumige Passagierkabine des Fahrzeugs. Obwohl um uns herum reichlich Betrieb herrschte und ständig Gleiter starteten und landeten, schenkte uns niemand besondere Beachtung. Ein Pärchen mit drei lärmenden Kindern im Schlepptau ging direkt an unserer kleinen Gruppe vorbei, warf uns jedoch nicht einmal einen flüchtigen Blick zu.

Während unser Freund in Grün die Rolle des Piloten übernahm, durchsuchten uns seine drei Kameraden mit elektronischen Spürsensoren. Es handelte sich um ausgesprochen hochwertige Geräte, die sogar in der Lage waren, die extrem schwachen Energieflüsse subkutaner Implantate anzumessen. In kürzester Zeit wurden sowohl Rhaen als auch ich sämtliche technischen Hilfsmittel los, die wir bei uns trugen. Als die Reihe an Rulan Karkeron war, hielt ich unwillkürlich den Atem an. Die bioaktiven Funktionsmodule, die man allen Mitgliedern des Spezialkommandos Atropos in die Körper gepflanzt hatte, gehörten zwar zum Besten und Teuersten, was siganesische Mikrotechnik derzeit zu bieten hatte, und waren selbstverständlich mittels diverser Maßnahmen vor einer möglichen Ortung geschützt, doch eine Garantie stellte das nicht dar. Einmal mehr musste ich erkennen, dass unser Gegner über erstklassige Ausrüstung verfügte.

Ein sanftes Vibrieren bewies mir, dass der Gleiter abhob. Sehen konnte ich nichts, denn alle Fenster waren abgedunkelt. Immerhin war mein Plan aufgegangen. Da die bisherigen Versuche, mich loszuwerden, allesamt gescheitert waren, hatte ich fest damit gerechnet, dass man die Gelegenheit im Einkaufszentrum nicht ungenutzt verstreichen lassen würde. Die andere Seite musste inzwischen erkannt haben, dass ich Reddeye nicht einfach so den Rücken kehren würde.

Inzwischen war auch die Durchsuchung Rulan Karkerons beendet. Seine Implantate waren unentdeckt geblieben, ein Umstand, der sich in den kommenden Stunden als gewaltiger Vorteil erweisen konnte.

»Was ist mit den Bomben?«, fragte Rhaen laut. »Wir haben uns kooperativ verhalten und keinen Widerstand geleistet. Ich verlange …«

Wiederum legte ich meine Hand auf ihren Arm und stoppte ihren Ausbruch.

»Ich glaube nicht, dass es diese Bomben gibt«, sagte ich.

»Du … du bist aber nicht sicher, richtig?«, wollte sich die ehemalige SolAb-Agentin nicht so einfach zufriedengeben.

»Ich bin ziemlich sicher«, lächelte ich humorlos. »Unser Pilot hat den angeblichen Auslöser für die Sprengsätze in seine Hosentasche gesteckt, bevor er in die Steuerkabine ging. Als er die Hand wieder aus der Tasche herauszog, war sie leer. Das Kästchen ist nichts weiter als eine Attrappe.«

»Verdammt«, murmelte Rhaen. »Warum habe *ich* das nicht bemerkt?«

»Du bist inzwischen eben eher Politikerin als SolAb-Agentin«, sagte ich. »Ich kann darin nichts Schlechtes erkennen.«

Die drei Männer in den schwarzen Overalls bedeuteten uns, Platz zu nehmen, und setzten sich dann auf die Sessel uns gegenüber. Sie trugen ohne Ausnahme klobige Handwaffen, wahrscheinlich Kombistrahler, ließen sie jedoch in den Gürtelholstern stecken. Ihnen war längst klar, dass zumindest Rhaen und ich uns freiwillig hatten einfangen lassen und somit keine unmittelbare Fluchtgefahr bestand.

»Ich nehme an«, versuchte ich einen Gesprächsbeginn, »dass es keinen Sinn hat, nach dem Ziel unseres Ausflugs zu fragen?«

Wie erwartet erhielt ich keine Reaktion. Die drei Männer starrten uns lediglich stumm an. Sie wirkten allerdings keineswegs abwesend oder lethargisch. In ihren Zügen spiegelte sich eine seltsame Form von Anspannung, fast so, als lauschten sie einer nur für sie hörbaren Stimme. Sie hatten die Hände in den Schoß gelegt und die Rücken durchgestreckt.

»Vielleicht verraten Sie uns wenigstens, ob Sie zu Libra gehören, meine Herren?«, ließ ich nicht locker. »Ich bin nicht in meiner offiziellen Funktion als USO-Oberbefehlshaber auf Reddeye, und noch hat es keine Toten gegeben. Was immer Ihre Ziele oder die Ziele Ihrer Organisation sind: Wir können über alles reden. Hohekanzler Tolsom ist ein Mann des Ausgleichs und der Vernunft. Ich bin sicher, er wird sich alles anhören, was Sie zu sagen haben. Lenken Sie ein, bevor Sie Gefahr laufen, die Kontrolle über die Ereignisse zu verlieren.«

Gib es auf, empfahl der Extrasinn. *Es hat keinen Zweck.*

Glaubst du, dass die Männer unter Zwang handeln?, dachte ich.

Die Wahrscheinlichkeit dafür ist extrem hoch, gab mein zweites Ich zurück. *Wie du schon selbst vermutet hast, sind auf Reddeye weitaus bedrohlichere Dinge im Gange als eine politisch motivierte Revolte. Deine Ankunft hat die Verantwortlichen vorübergehend aus der Bahn geworfen. Sie stufen dich offenkundig als gefährlich genug ein, um ihre Pläne ernsthaft ins Wanken zu bringen. Im Übrigen befürchte ich, dass die Zeit eine maßgebliche Rolle spielt. Die Anschläge und die dadurch provozierten Unruhen sind ein Ablenkungsmanöver. Wahrscheinlich werden weitere Aktionen folgen.*

Ablenkung wovon?, fragte ich mental.

Ich wünschte, ich wüsste es, flüsterte der Logiksektor.

Der Flug dauerte etwa eine halbe Stunde. Genau konnte ich das nicht sagen, da man mir auch mein Armbandchronometer abgenommen hatte. Als sich der Ausstieg öffnete, wehte uns ein Schwall feuchtwarmer Luft entgegen. Sie roch nach Metall.

»Aussteigen!«, forderten uns die drei Männer auf. Rulan Karkeron setzte sich an die Spitze. Dahinter folgte Rhaen. Ich selbst verließ das Fahrzeug als Letzter.

Der Gleiter war in einer riesigen Halle niedergegangen, die aus billigen Fertigteilen errichtet worden war. Ich wusste nicht genau, was ich zu sehen erwartet hatte, doch der Anblick, der sich mir nun bot, bestätigte meine schlimmsten Befürchtungen. Mindestens zehn schwer bewaffnete Shifts der neusten Baureihe standen dicht an dicht nebeneinander. Die silbernen Abstrahlrohre der im Bug eingebauten Desintegrator- und Impulsstrahler glänzten im Licht der Deckenstrahler. Im hinteren Teil der Halle erkannte ich eine Reihe von großen Containern. Mehrere Männer, die allesamt die bekannten schwarzen Overalls trugen, luden Kisten auf Antigravscheiben und brachten sie durch eine Art Rolltor hinaus.

Auch der Junge im grünen Kapuzenpullover stieg aus. Während uns seine drei Kameraden urplötzlich einfach ignorierten und in Richtung der Container davongingen, winkte er uns, ihm zu einer kleinen Tür in der Stirnwand der Halle zu folgen.

Rulan Karkeron warf mir einen Blick zu und schüttelte kaum merklich den Kopf. Ich fluchte innerlich. Der Oxtorner bekam trotz seiner Implantate keine Verbindung mit dem Rest seines Teams. Unser Gegner war geradezu übervorsichtig.

Wahrscheinlich lag der gesamte Unterschlupf im Wirkungsbereich eines Störsenders. Andererseits musste ich angesichts dessen, was sich hier zusammenbraute, wohl auch mit dem Schlimmsten rechnen. Allein die zehn Flugpanzer stellten ein beachtliches Machtpotenzial dar. Sie unbemerkt nach Reddeye zu schmuggeln, konnte nicht einfach gewesen sein.

Wir traten durch die Tür – und befanden uns im nächsten Moment mitten im Dschungel. Um uns herum ragten bis zu zwanzig Meter hohe Bäume auf, deren palmwedelähnliche Blätter sich sachte im Wind bewegten. Der Boden, auf dem wir gingen, wies deutliche Spuren einer Brandrodung auf. Vor uns, etwa hundert Meter von der Halle entfernt, sah ich eine längliche Baracke mit einer Reihe von kleinen, runden Fenstern. Ein zweiter, kleinerer Gleiter, der höchstens zwei Insassen Platz bot, war davor geparkt.

Das Lager bestand neben der Halle aus einer Reihe weiterer Unterkünfte und einem behelfsmäßig hergerichteten Landeplatz für Transporter. Dort hatte man den Boden mit Thermostrahlern bearbeitet und danach einen schnell härtenden Kunststoff aufgebracht. Auf diese Weise konnten auch kleinere Containerfrachter entladen werden. Insgesamt war das Camp für die Beherbergung von rund dreihundert Menschen ausgelegt.

Es dauerte eine Weile, bis mir auffiel, was mich an dem fast schon idyllischen Bild störte. Die ungewöhnliche Stille! Ein Dschungel wie dieser bot normalerweise Lebensraum für eine ebenso vielfältige wie lautstarke Fauna, und diese veranstaltete gemeinhin einen Höllenlärm. Hier dagegen hörte ich nur ab und an einen leisen Vogelruf oder das weit entfernte Brüllen eines größeren Tieres. War das auf die besonderen Gegebenheiten Reddeyes zurückzuführen, oder hatte ich es hier mit einer weiteren Auswirkung der Aktivitäten des unbekannten Gegners zu tun?

»Kommt dir hier irgendetwas seltsam vor?«, fragte ich Rhaen.

»Wenn du auf die ungewöhnliche Ruhe anspielst«, bestätigte sie meine Ahnung, »dann ja.«

Der Junge hatte mittlerweile die Baracke erreicht und klopfte an deren Tür. Aus dem Innern erklang eine dumpfe Stimme, ich verstand allerdings nicht, was sie sagte.

Von irgendwoher drang leise Musik an meine Ohren, eine getragene Melodie, die jedoch immer wieder von schrillen Missklängen unterbrochen wurde. Ich spürte, wie sich die feinen Härchen in meinem Nacken aufrichteten. Aus einem nicht näher definierbaren Grund hatte ich plötzlich das Gefühl, dass hier etwas ungemein Bedeutsames passierte.

Jemand … etwas *greift nach deinem Geist,* erklärte der Extrasinn. *Deine Mentalstabilisierung hält jedoch stand.*

Ich lauschte in mich hinein, hoffte, eventuell einen Anhaltspunkt für die Identität des Gegners aufzuschnappen, doch so schnell wie der Spuk begonnen hatte, war er auch schon wieder vorbei. Der Druck auf meinen Geist verschwand, die Musik verstummte und die Tür der Baracke öffnete sich.

»Lordadmiral Atlan!«

Die grauhaarige, untersetzte und kaum mehr als 165 Zentimeter große Frau, die uns mit einem erschöpft wirkenden Lächeln begrüßte, sah aus wie die Großmutter aus einem uralten terranischen Kindermärchen. Ihre blasse Haut und die dunklen Ringe unter den Augen ließen sie älter wirken, als sie war. Die grüne Kombination wurde durch einen langen, mehrfach um den Hals gewickelten Schal, schwarze Stiefel und schwarze Handschuhe komplettiert.

»Goletta Marl«, stieß Rhaen wütend hervor. Ich stellte mich darauf ein, dass ich meine einstige Partnerin erneut von einer Kurzschlussreaktion abhalten musste, doch diesmal hatte sie sich im Griff.

»Ich wusste es«, sagte Rhaen. »Wo ist mein Bruder?«

»Elion geht es gut«, sagte die Libra-Anführerin und behielt ihr Lächeln bei. »Er wird sich in Kürze zu uns gesellen. Lordadmiral, es tut mir leid, dass wir uns unter derart ungünstigen Umständen begegnen müssen.«

»Sie können die Umstände jederzeit ändern«, entgegnete ich. »Lassen Sie mich Verbindung mit Hohekanzler Tolsom aufnehmen, und ich gebe Ihnen mein Wort, dass Sie und Ihre Leute angehört werden.«

»Sie wissen natürlich genau, dass ich das nicht tun kann«, sagte Goletta Marl. »Aber es ehrt Sie, dass Sie noch immer nach einer friedlichen Lösung aus diesem Dilemma suchen. Mir war von Beginn an klar, dass Sie Reddeye nicht einfach so verlassen würden. Selbst wenn Enerich Tolsom Sie darum gebeten hätte, wären sie höchstens zum Schein darauf eingegangen, nicht wahr? Immerhin haben uns die kleinen Ablenkungen die Zeit verschafft, die wir brauchten. Jetzt spielt das alles keine Rolle mehr. Die INANNA ist bereits im Anflug und wird in wenigen Stunden eintreffen. Sie sind zu spät gekommen, Lordadmiral.«

»Zu spät wofür?«, wollte ich wissen.

»Zu spät, um das Unvermeidliche noch zu verhindern«, antwortete die Frau. »Die Natur sucht sich immer einen Weg. Und ist es nicht der Schmerz der Geburt, der uns den wahren Wert des Lebens erst bewusst macht?«

Ich schüttelte den Kopf. »Ich fürchte, ich kann nicht ganz folgen. Wer oder was befindet sich an Bord der INANNA, Mrs. Marl? Und sind Sie wirklich bereit, für diese Fracht die Sicherheit Ihrer Landsleute und die allgemeine Ordnung in Pallin aufs Spiel zu setzen?«

Inanna ist – ebenso wie Ereshkigal – der Name einer sumerischen Gottheit, sagte der Extrasinn. *Das kann kein Zufall sein. In einigen Überlieferungen gilt Inanna sogar als Tochter Ereshkigals.*

Ich stimmte der Einschätzung des Logiksektors grundsätzlich zu, konnte jedoch keinen Zusammenhang zwischen dem Namen eines Raumschiffs und einer alten, reddeyeschen Legende herstellen. Möglicherweise bedienten sich die Mitglieder Libras lediglich der Begrifflichkeiten, um ihren kruden politischen Ambitionen einen traditionellen Anstrich zu verleihen.

»Sie würden es nicht verstehen, Lordadmiral Atlan«, erwiderte Goletta Marl, und es klang unendlich traurig. »Sie glauben so viel zu wissen, so viel zu kennen, doch in Wahrheit haben all die Jahrtausende nur Ihren Geist verwirrt. Ihr Zellaktivator macht Sie unsterblich, doch er verstellt Ihnen auch den Blick auf die Realität. Er verhindert, dass Sie das Universum so sehen, wie es wirklich ist. Sie und Ihresgleichen gehören schon lange nicht mehr zu uns, und deshalb werden Sie niemals begreifen, dass wir Normalsterblichen nur das tun, was getan werden muss.«

»Elion!«

Der Schrei Rhaens ließ mich zusammenzucken. Hinter der Baracke war eine Gruppe von Männern aufgetaucht. Erst bei näherem Hinsehen erkannte ich, dass es sich dabei bis auf eine Ausnahme um Parthan-Träger handelte. Im Gegensatz zu dem kuriosen Trio, das ich in Enerich Tolsoms Familienresidenz gesehen hatte, waren die fünf Modelle, die sich um Rhaens Bruder geschart hatten, bemerkenswert menschenähnlich.

Sieh ihn dir an, forderte mich der Extrasinn auf. *Elion Tolsom ist dem Tod näher als dem Leben. Wie kann jemand in so kurzer Zeit körperlich dermaßen verfallen?*

Tatsächlich sah der Mann aus, als habe man ihn soeben aus jahrelanger Kerkerhaft bei Wasser und Brot befreit. Er war beinahe bis auf die Knochen abgemagert, und die graue Haut spannte sich wie altes Pergament über sein ausgemergeltes Gesicht. Zwei der Parthan-Träger hatten ihn an den dünnen Ärmchen gefasst und stützten ihn, da er ansonsten wohl auf der Stelle zu Boden gefallen wäre. Während Rhaen nicht mehr an sich halten konnte und in Tränen ausbrach, spürte ich, wie eine Gänsehaut nach der anderen über meinen Rücken lief.

»Was haben Sie mit ihm gemacht?«, hauchte ich tonlos.

Goletta Marl seufzte.

»Nichts«, sagte sie dann. »Elion ist schon seit vielen Monaten ein wichtiges Mitglied unserer Organisation. Er hat Libra mit wertvollen Informationen versorgt und …«

»Lügnerin!«, schrie Rhaen. Der Hass, der mit einem Mal in ihren Augen loderte, schien selbst die alte Frau zu beeindrucken, denn sie wich unwillkürlich einen Schritt zurück.

»Dafür werden Sie bezahlen, Sie verfluchte Hexe«, zischte die ehemalige SolAb-Agentin gefährlich leise. »Ich werde Sie zur Rechenschaft ziehen, und es gibt keinen Ort in diesem Universum, an dem Sie sich vor mir verstecken können. Ich …«

»Sei still, Schwesterherz.«

Obwohl sich Elion Tolsom kaum auf den Beinen halten konnte, klang seine Stimme überraschend fest. Erst jetzt fielen mir zwei Beulen auf, die seitlich am Hals des Mannes saßen. Sie waren etwa so groß wie eine terranische Kirsche und von zahlreichen feinen Äderchen durchzogen. Gleichzeitig kehrte die seltsame Musik zurück, lauter und klarer vernehmbar als jemals zuvor, und wieder mischten sich schrille Töne in die ansonsten harmonische Melodie. Auch der Druck in meinem Kopf war unvermittelt wieder da.

Ich hatte plötzlich das Gefühl, in einer riesigen Blase mitten im All zu schweben. Um mich herum funkelten die Sterne der Milchstraße. Ich erkannte die Spiralarme Sagittarius und Perseus und das zwischen ihnen eingebettete Solsystem, den Kugelsternhaufen M 13 im Sternbild Herkules mit meiner Heimat Arkon, das gigantische Schwarze Loch im Zentrum der Galaxis mit seinen hundert Millionen Sonnenmassen. Die Blase begann zu rotieren, wurde schneller und schneller, und die Sterne verwandelten sich in langgezogene weiße Linien, in einen Reigen aus Licht, der so hell strahlte, dass ich die Augen schließen musste.

Als ich sie wieder öffnete, waren die Sterne erloschen und die Dunkelheit vollkommen. Ich war von perfekter Finsternis umgeben, von einer alles umfassenden Nacht, die nicht einmal den Gedanken an den Tag zuließ. Eine eisige Schwärze saugte alles in sich hinein und hinterließ nur das pure Nichts.

Komm zu dir, hörte ich den Extrasinn wispern. *Kämpf dagegen an.*

Ich versuchte mich daran zu erinnern, wo ich mich befand, doch es fiel mir nicht ein. Da war etwas, etwas, das mir unerträglich fremd und doch seltsam vertraut vorkam. Der Widerspruch war nicht aufzulösen, und er trieb meinen Verstand an den Rand des Zusammenbruchs. Obwohl ich nach wie vor keinerlei Bezugspunkt besaß, spürte ich, dass ich nicht mehr schwebte, sondern fiel. Nach einer scheinbaren Ewigkeit schälte sich ein winziger roter Punkt aus dem schwarzen Nichts, wurde größer, wuchs zu einem See aus Feuer, schwoll an zu einem flammenden Ozean. Inmitten des glühenden Infernos sah ich jetzt die anmutigen Züge Rhaens. In ihren Augen spiegelte sich eine Traurigkeit, die sich wie ein Dolch in mein Herz bohrte. Lange Finger aus kochend heißer Lava leckten gierig nach den rotblonden Haaren meiner einstigen Partnerin, setzten sie in Brand, griffen auf Stirn und Wangen über, fraßen sich wie Säure in die weiche Haut.

Du musst dich wehren!, ließ sich eine unbekannte Stimme in meinem Kopf vernehmen. *Dein mentaler Block ist intakt. Gib dem fremden Einfluss nicht nach!*

Aus der lodernden Glut schälte sich ein zweites Gesicht, nein, eine hässliche Fratze, ein grinsender Dämon mit düster leuchtenden Augen und mächtigen Hörnern auf dem ausladenden Schädel. Er sprang auf mich zu, schlug mit seinen krallenbewehrten Händen nach mir. Ich wollte die Arme zur Abwehr nach oben reißen, doch ich besaß keinen Körper mehr. Das wütende Chaos um mich herum hatte nicht nur Rhaen, sondern auch mich verzehrt. Doch wenn ich keinen Körper mehr hatte, warum spürte ich dann die Berührung am Arm?

»Atlan?«

Endlich gelang es mir, mich aus dem fremden Bann zu lösen. Ich wusste nicht genau, was geschehen war, doch zweifellos hatte erneut etwas oder jemand versucht, nach meinem Bewusstsein zu greifen. Da war ein schnell verwehender Hauch von Größe und Erhabenheit, ein Nachgeschmack von Bitternis und Verzweiflung, eine Ahnung von Zuversicht. Widerstreitende Gefühle, die sich zu einer undurchschaubaren Mixtur vereinten und mir den Eindruck vermittelten, es mit etwas zu tun zu haben, das sich nicht in Worte fassen ließ, weil es keine Worte dafür gab.

»Ist alles in Ordnung?«, fragte Rhaen neben mir.

Ich nickte nur. Dann fiel mein Blick auf Goletta Marl. Die alte Frau sah mich an. Ihr Lächeln war verschwunden. Stattdessen las ich eine schwer fassbare Melancholie in ihren Zügen, und mir wurde klar, dass sie genau wusste, was ich gerade erlebt hatte. Sie langte sich wie zufällig an den Hals, zog den grünen Schal zurecht, und die Erkenntnis traf mich wie ein Hammerschlag. Der Schal, der grüne Kapuzenpullover, die hochgeschlossenen Overalls unserer Bewacher – all das diente nur dazu, die fremdartigen Beulen am Hals zu verdecken, die ich bei Elion Tolsom gesehen hatte. Auf diese Weise kontrollierte der unbekannte Gegner die Mitglieder Libras!

»Meine Schwester hat sehr oft von Ihnen gesprochen, Lordadmiral.«

Ich hatte gar nicht bemerkt, dass Elion Tolsom bis auf wenige Meter an mich herangetreten war. Aus der Nähe waren die beiden Parthan-Träger an seiner Seite nun deutlich als androide Lebensformen zu erkennen. Ihre flachen Kunstgesichter wirkten teilnahmslos.

»Ich habe versucht, es ihr auszureden, wissen Sie«, sprach Rhaens Bruder weiter. »Aber sie hat darauf bestanden, Sie um Hilfe zu bitten. Und natürlich sind Sie gekommen. Sagen Sie mir: Ist mein Schwesterherz etwas Besonderes, oder brauchen alle Ihre Ex-Geliebten nur mit den Fingern zu schnippen, damit Sie ihnen zur Seite springen?«

Aus den Augenwinkeln nahm ich eine schnelle Bewegung wahr. Im selben Moment hatte Rhaen ihrem Bruder bereits eine schallende Ohrfeige versetzt. Elion Tolsom nahm es völlig gleichgültig hin.

»Sie war schon immer die Impulsivere von uns beiden«, behauptete er. »Aber wem erzähle ich das ...«

»Wenn ich Sie also richtig verstehe, Mr. Tolsom«, sagte ich, ohne auf seine Anspielungen einzugehen, »habe ich Ihnen den freundlichen Empfang kurz nach meiner Landung auf Reddeye zu verdanken.«

»Ihr Leben war nie in Gefahr«, erwiderte mein Gegenüber. »Sie haben sich sicher gefragt, warum sich das kleine Empfangskomitee nach Ihrem Gleiterabsturz so schnell zurückgezogen hat. Wir wollten Ihnen lediglich einen kleinen Schrecken einjagen, Ihnen klar machen, dass wir Sie hätten töten *können*, wenn wir gewollt hätten. Wären Sie auf Reddeye umgekommen, hätte es hier jedoch innerhalb weniger Stunden vor USO-Spezialisten nur so gewimmelt. Daran hatte keiner ein Interesse. Wie Goletta schon sagte: Wir mussten Zeit gewinnen und Sie beschäftigen. Dass wir Sie nicht wirklich vertreiben können, war von Anfang an klar. Allerdings würde ich mich an Ihrer Stelle nicht zu sicher fühlen, Lordadmiral.« Ein gehässiges Grinsen verwandelte den Kopf des Mannes endgültig in einen Totenschädel. »Mit dem Eintreffen der INANNA ist die Zeit der Zurückhaltung vorbei.«

»Elion«, flüsterte Rhaen kaum hörbar. »Was ist … was ist bloß mit dir geschehen?«

»Mir wurden die Augen geöffnet, Schwesterherz«, sagte Elion Tolsom. »Du hast nie begriffen, dass uns Vater Schritt für Schritt in die Abhängigkeit führt. Wie solltest du auch? Du hast jahrelang für Perry Rhodans Geheimpolizei gearbeitet, genug Zeit, um deinen Willen zu brechen und dich nach allen Regeln der Kunst zu konditionieren. Dabei hast du Reddeye nie wirklich verstanden. Wir brauchen den Rest der Galaxis nicht. Diese Ansammlung von Größenwahnsinnigen, Hitzköpfen und unsterblichen Träumern, die sich früher oder später selbst zerstören wird. Reddeye ist anders. Wir haben gelernt, nur auf uns selbst zu vertrauen. Wir brauchen keine Hilfe, um unsere Probleme zu lösen.«

»Du sprichst von *uns* und *wir*, Elion«, erwiderte Rhaen heiser. »Aber wen meinst du damit? Wen glaubst du zu vertreten? Was glaubst du zu wissen? Vater ist der gewählte Repräsentant unseres Volkes, aber was bist du? Sieh dich an. Sieh dir an, was aus dir geworden ist. Mit welchem Recht nimmst du in Anspruch, für Reddeye zu sprechen und zu handeln?«

Die Bewegung war nicht einmal im Ansatz zu erkennen. Elion Tolsoms Arm schoss nach vorn und packte den Hals seiner Schwester. Die langen, knochigen Finger schlossen sich wie ein Schraubstock um die Kehle der ehemaligen SolAb-Agentin und drückten zu. Von der gerade noch so offensichtlichen Schwäche des Mannes war nichts mehr übrig. Im Gegenteil. Sein dürrer Körper schien plötzlich aus Stahl zu bestehen und strahlte eine Kraft und Dynamik aus, die ich bei einem Menschen in seinem Zustand niemals für möglich gehalten hätte.

Ich reagierte instinktiv, drehte mich zur Seite und schlug mit der Handkante gegen Elion Tolsoms Ellbogengelenk. Der Schmerz trieb mir die Tränen in die Augen. Es war, als hätte ich auf die Panzerplasthülle eines Kampfroboters geschlagen. Bevor ich zu einem zweiten Hieb ansetzen konnte, traf mich die freie Faust des Gegners mit unglaublicher Wucht vor die Brust und schleuderte mich nach hinten. Einmal mehr erwies sich die massive Knochenplatte, die Arkoniden anstelle terranischer Rippen besaßen, als vorteilhaft. Auch wenn ich das Gefühl hatte, dass meine Brust in Flammen stand, so hätte mir der mörderische Treffer, wäre ich ein Terraner gewesen, wohl einige schwere Brüche eingebracht.

»Du fragst, mit welchem Recht ich für Reddeye spreche, Schwesterherz?«, hörte ich Elion Tolsom sagen. Rhaen hatte den Arm ihres Bruders mit beiden Händen umklammert und rang verzweifelt nach Luft.

»Mit dem Recht des Stärkeren«, stieß der Mann hart hervor und schleuderte seine Schwester wie eine Puppe von sich. Rhaen stürzte zwei Meter neben mir auf den harten Untergrund, rutschte noch ein Stück weiter und blieb dann benommen liegen. Ich rappelte mich hoch, kroch zu ihr hinüber und stellte erleichtert fest, dass sie lediglich bewusstlos, ansonsten jedoch unversehrt war.

»Mit dem einzigen Recht, das in der Natur Bestand hat«, sprach Elion Tolsom ungerührt weiter. »Mit dem Recht des vollkommenen Bewusstseins und des umfassenden Wissens.«

»Wer sind Sie?«, fragte ich und stand auf. »Und was wollen Sie auf Reddeye?«

»Goletta hat es bereits gesagt«, antwortete Elion Tolsom. »Sie würden es nicht verstehen. Reddeye geht Sie nichts an, Lordadmiral. Sie nicht, und den Rest der Milchstraße auch nicht. Lassen Sie uns in Ruhe. Verschwinden Sie und vergessen Sie, dass es uns gibt. Wir sind für niemanden eine Gefahr.«

Ich lachte spöttisch.

»Keine Gefahr?«, stieß ich hervor und deutete auf Rhaen, die sich soeben aufsetzte und ihren schmerzenden Hals massierte. Die Abdrücke der Knochenfinger ihres Bruders zeichneten sich als rote Striemen darauf ab.

»Was geschieht mit denen, die Ihren verqueren Vorstellungen einer isolierten Gesellschaft nicht folgen wollen? Warum diese Abschottung eines kompletten Planeten mit allen Mitteln? Wozu benötigen Sie Raumforts und Shifts? Die Container, die ich bei meiner Ankunft hier gesehen habe, enthalten nicht nur Versorgungsgüter, oder? Sie rüsten eine kleine Armee aus, Mr. Tolsom. Aber Sie haben recht: Ich verstehe Sie nicht. Und ich verrate Ihnen einen Geheimnis: Ich *will* Sie auch gar nicht verstehen! Was ich bisher gesehen habe, erfüllt alle Voraussetzungen der gewaltsamen Invasion einer terranischen Kolonialwelt. Und das werde ich unter keinen Umständen zulassen!«

Elion Tolsom schien für einige Sekunden verwirrt zu sein. Er schwankte, doch sofort waren zwei der Parthan-Träger bei ihm und stützten ihn. Wiederum hatte ich das untrügliche Gefühl, dass ich noch immer nicht wirklich verstand, was hier vor sich ging.

Die Puzzleteile, die ich bislang gesammelt hatte, ergaben kein stimmiges Bild. In diesem Drama spielten weder Goletta Marl noch Elion Tolsom maßgebliche Rollen. Etwas oder jemand kontrollierte und lenkte sie.

»Große Worte, Lordadmiral«, sagte Rhaens Bruder in diesem Augenblick. Mit einer knappen Geste beorderte er drei mit Thermogewehren bewaffnete Männer herbei, die bislang im Hintergrund gewartet hatten.

»Ich bezweifle allerdings, dass ihnen auch Taten folgen. Diese Herren werden Sie und Ihre Begleiter nun zu Ihren neuen Quartieren bringen. Nicht ganz so luxuriös wie die Gemächer in der Residenz meines Vaters, aber Sie werden zurechtkommen. Verhalten Sie sich ruhig, dann nimmt niemand Schaden. In ein paar Stunden ist alles vorbei.«

Ich sah zu Rulan Karkeron hinüber, der mit vor der breiten Brust verschränkten Armen etwas abseits stand, und nickte ihm zu.

»Sie wollen Taten sehen, Mr. Tolsom?«, sagte ich dann leise. »Das lässt sich einrichten!«

Kapitel 14

Atlan

»Schließ die Augen!«, schrie ich Rhaen zu und ließ mich zu Boden fallen. Der Lichtblitz war so hell, dass er selbst durch meine geschlossenen Lider drang. Ich rollte mich ab, kam wieder hoch und stand unmittelbar vor einem der drei Männer, die uns abführen sollten. Er starrte mit extrem verengten Pupillen und schmerzverzerrtem Gesicht ins Leere. Ich nahm ihm die Waffe ab, stieß ihn zur Seite und rannte, so schnell ich konnte, auf den nahen Rand des Dschungels zu.

Neben mir tauchte Rhaen auf. Auch sie trug ein Thermogewehr. Nahezu gleichzeitig erreichten wir die violette Pflanzenwand, tauchten in sie ein und änderten augenblicklich die Richtung. Um Rulan Karkeron machte ich mir keine Gedanken. Im Gegenteil. Der Oxtorner würde dafür sorgen, dass der ehemaligen SolAb-Agentin und mir genügend Zeit blieb, um uns möglichst weit vom Lager zu entfernen. Aufgrund der bioaktiven Funktionsmodule in seinem Körper stand ihm eine Reihe von Möglichkeiten zur Verfügung, etwaige Verfolger zu beschäftigen.

Ich übernahm die Führung und kämpfte mich durch dichtes Unterholz, bis wir eine Art Lichtung erreichten. Durch die eng stehenden Bäume und das beinahe lückenlose Blätterdach, das sie ausbildeten, war es dunkel, doch ich sah genug, um mich orientieren zu können.

»Was nun?«, fragte Rhaen. Ihr Atem ging nur unmerklich schneller; sie war nach wie vor in ausgezeichneter Form.

»Wir orientieren uns am Stand der Sonne und laufen so lange wir können nach Süden«, sagte ich. »Captain Karkeron wird uns finden. Sobald wir den Bereich des Störsenders verlassen haben, können wir Kontakt mit deinem Vater und meinen Leuten aufnehmen.«

»Dann sollten wir uns beeilen«, drängte Rhaen. »Was immer dieses Raumschiff, das sich im Anflug auf Reddeye befindet, an Bord hat: Es darf Pallin nicht erreichen. Wir müssen …«

Die Frau brach unvermittelt ab und starrte an mir vorbei auf eine Stelle hinter meinem Rücken. Sämtliches Blut war aus ihrem Gesicht gewichen. Ich fuhr herum und brachte den Strahler in Anschlag, weil ich dachte, dass uns eines der Libra-Mitglieder aufgespürt hatte, doch von einem Gegner war weit und breit nichts zu sehen. Stattdessen fiel mein Blick auf den breiten Stamm eines Urwaldriesen, auf den jemand mit weißer Leuchtfarbe einen großen Kreis gemalt hatte.

»Was bedeutet das?«, wollte ich wissen.

»Es bedeutet«, sagte Rhaen tonlos, »dass wir eine der Verbotenen Zonen betreten haben.«

Ich runzelte die Stirn. Der Vortrag, in dem Rhaen mir von der Nergeischen Verformung erzählt hatte, lag erst wenige Stunden zurück. Wir befanden uns also in einer der Seuchenzonen. Um mich selbst machte ich mir keine Sorgen. Der Zellaktivator würde mich vor einer Erkrankung schützen. Bei Rhaen und Rulan Karkeron war das etwas anderes.

»Wie groß ist die Gefahr?«, fragte ich.

»Das … das ist schwer zu sagen«, erwiderte die Frau und zuckte schwach mit den Schultern. »Jeder Reddeyer erhält schon als Kind eine Injektion des einst von Boris Parthan entwickelten Gegenmittels. Allerdings kann der Körper gegen Multiviroide wegen der hohen Mutabilität keine Antikörper bilden. Die Injektion erfüllt also nicht die Funktion einer Impfung, sondern aktiviert bestimmte Basensequenzen im Prozess der Genese von Aminosäuren. Reddeyer haben deshalb einen deutlich höheren Anteil der Aminosäure Prolin in ihren Zellen. Prolin wird allgemein auch als *Helixbrecher* bezeichnet. Sie greift das spezielle RNA-Gerüst des Multiviroids an und knackt praktisch dessen innere Struktur. Bei den in den Verbotenen Zonen aktiven Erregern handelt es sich jedoch um besonders aggressive Stämme. Selbst die Forschung an ihnen ist wegen der hohen Ansteckungs- und Verbreitungsgefahr entweder nur unter höchsten Sicherheitsvorkehrungen erlaubt oder gleich ganz untersagt.«

Ich frage mich, ob es ein Zufall ist, dass Libra ihr Lager in direkter Nähe einer Verbotenen Zone errichtet hat, wisperte der Extrasinn.

Wie meinst du das? dachte ich.

Warum ein so hohes Risiko eingehen?, erwiderte der Logiksektor. *Auf Reddeye gibt es riesige Gebiete, die völlig unbewohnt sind. Wenn sich dort jemand verstecken will, ist es beinahe unmöglich, ihn zu finden.*

»Komm«, wandte ich mich an Rhaen. »Wir haben keine Wahl. Wir müssen weiter. Je schneller wir vorankommen, desto früher können wir diesen Dschungel wieder verlassen.«

Wir schlugen uns eine Viertelstunde lang durch feuchtes Buschwerk, kletterten über moosbewachsene Baumstümpfe und schoben uns durch dorniges Gestrüpp. Danach waren wir bis auf die Unterwäsche durchnässt und hatten meiner Schätzung nach wenig mehr als einen knappen Kilometer Strecke zurückgelegt. Der Schweiß lief in Strömen über mein Gesicht, und die spürbaren Impulse des Zellaktivators waren ein deutliches Zeichen für die immense Belastung, der der Kreislauf ausgesetzt war. Vor uns lag ein breiter Abhang, der nach etwa zweihundert Metern an eine spitze Felsformation stieß und von dort in ein Wäldchen aus mehreren Meter hohen Bäumen überging.

»Hörst du das auch?«, fragte Rhaen schwer atmend und blieb stehen.

Ich tat es ihr gleich und lauschte. Durch die in allen denkbaren Violetttönen schimmernde Vegetation drang ein schwaches Summen an meine Ohren.

Antigravfelder, warnte der Extrasinn.

Normalerweise arbeitete der Antigravprojektor eines Shifts absolut lautlos. Bei Einsätzen auf Planeten mit besonders hoher Luftfeuchtigkeit reagierten die Polster reduzierter Schwerkraft, auf der die Flugpanzer schwebten, jedoch manchmal mit dem in der Atmosphäre gespeicherten Wasserdampf. Dort, wo lokale und künstliche Schwerkraft aneinanderstießen, kam es zu einer molekularen Reaktion, die mit einer deutlichen Geräuschentwicklung verbunden war. Als wir kurz darauf auch noch das Rascheln von Blättern und das Brechen von Holz vernahmen, war klar, dass unsere Gegner die Fährte aufgenommen hatten.

Weglaufen hat keinen Zweck, entschied der Extrasinn. *Jeder Shift ist serienmäßig mit Individualortern ausgestattet. In ein paar Minuten haben sie euch aufgespürt.*

Ich zog Rhaen mit mir. Der ehemaligen SolAb-Agentin bereitete die ungewohnte Anstrengung jetzt doch sichtbare Schwierigkeiten. Oder zeigten sich gar schon die ersten Auswirkungen einer Infektion durch das Multiviroid? Ich verzichtete darauf, die Frau nach der entsprechenden Inkubationszeit zu fragen, um sie nicht noch stärker zu beunruhigen.

»Wir müssen eine Deckung finden, in der wir uns verschanzen können«, sagte ich. »Und dann darauf hoffen, dass uns dein Bruder lebend haben will. Gegen die Impulskanonen eines Shifts haben wir nicht die geringste Chance.«

»Hast du … Elion … gesehen, Atlan?«, keuchte Rhaen. »Vor wenigen Tagen war er noch das blühende Leben. Wie kann ein Mensch in so kurzer Zeit derart körperlich verfallen? Und erst diese seltsamen … Schwellungen an seinem Hals …?«

»Ja«, erwiderte ich. »Du hattest von Anfang an recht. Es ist ziemlich offensichtlich, dass Goletta Marl, dein Bruder und deren Helfer nicht aus freiem Willen handeln. Sie werden manipuliert. Elion hat wahrscheinlich zunächst freiwillig mit Libra sympathisiert. Dann hat er erkannt, dass die Organisation nicht das ist, was sie scheint. Vielleicht wollte er seinem … eurem Vater darüber berichten. Also hat man ihn entführt und umgedreht. Mir ist nur nicht klar, zu welchem Zweck dieser ganze Aufwand betrieben wird. Wem nützt die Isolation deiner Heimat?«

Rhaen kam nicht mehr dazu, mir zu antworten. Mehrere glühend heiße Impulsstrahlen schlugen in das uns umgebende Pflanzendickicht. Weißgrauer Dampf stieg auf und nahm uns die Sicht. Es roch verbrannt. Hinter mir hörte ich die ehemalige SolAb-Agentin husten.

»Lauf einen Bogen nach links«, rief ich ihr zu. »Ich nehme die andere Richtung. Hast du die Felsnadel vor uns gesehen? Da treffen wir uns.«

»Verstanden«, hörte ich Rhaen sagen.

Automatisch überprüfte ich die Ladeanzeige meiner Waffe. Das Magazin war noch fast voll. Ich verfiel in einen kräftesparenden Laufschritt und bewegte mich am Rand des Dschungels entlang in westliche Richtung. Wie viele Shifts hatten Elion Tolsom und Goletta Marl aufgeboten, um Rhaen und mich wieder einzufangen? Und wo war Rulan Karkeron?

Durch das Fehlen der typischen Geräuschkulisse eines Urwalds erschien mir jeder meiner Schritte unnatürlich laut. Hatte der Mangel an Fauna etwas mit der Tatsache zu tun, dass ich mich in einer Verbotenen Zone befand? Meine Kenntnisse auf medizinischem Gebiet waren durchaus nennenswert, allerdings nicht gut genug, um mir ein fundiertes Urteil zu bilden. Mein Volk konnte auf vielen Jahrtausende molekularbiologischer Forschung zurückblicken, doch trotz aller Fortschritte war es nie gelungen, das genetische Gefüge in seiner Gesamtheit zu verstehen, geschweige denn zu beherrschen.

Ich musste unwillkürlich an die Worte von Tura da Kalol denken, einem der wenigen arkonidischen Mediziner, die es milchstraßenweit zu so etwas wie Berühmtheit gebracht hatten. *Das Universum löst sich in dem Moment in Luft auf, in dem wir die Frage nach dem Sinn seiner Existenz beantworten können,* hatte er einmal gesagt. *Dennoch dürfen wir niemals aufhören, nach dieser Antwort zu suchen, denn wenn wir es tun, handeln wir wider die Natur.*

Boris Parthan mochte ein Genie gewesen sein, aber er hatte es nicht einmal geschafft, ein winziges, lediglich aus einem einzigen Molekül bestehendes Lebewesen in seine Schranken zu weisen. Das Leben suchte sich seine Nischen. Es ließ sich zurückdrängen, abschwächen und in seinen Ausprägungen variieren, doch beherrschen ließ es sich nicht. Dazu war es zu vielfältig, zu komplex und letztendlich zu geheimnisvoll.

Vorsicht!

Der Impuls des Extrasinn holte mich in die Realität zurück – und das keinen Augenblick zu früh. Ich reagierte instinktiv, ließ mich fallen und rollte mich über die Schulter ab. Der Thermostrahl fuhr Zentimeter von meinem linken Bein entfernt in den Boden. Noch in der Bewegung nahm ich die beiden schwarzen Gestalten wahr, die mit beachtlichem Tempo auf mich zu rasten. Sie trugen Kampfanzüge und hatten die Helme geschlossen.

Ich drückte den Auslöser meiner Waffe, ohne zu zielen. Die Angreifer zogen zur Seite, und mein Strahl zischte meterweit an ihnen vorbei. Mehr als ein paar Sekunden blieben mir nicht. Ich wollte mich gerade zurück in Richtung Dschungel wenden, um zwischen den Bäumen zumindest vorübergehend so etwas wie Schutz zu suchen, als sich die Blätterwand vor mir wie ein Bühnenvorhang teilte und ein silbergrauer Shift durch das Dickicht brach. Die wie eine Seifenblase auf dem massigen Rumpf sitzende Steuerkanzel war geöffnet, und ich konnte zwei weitere Männer in Kampfanzügen erkennen. Einer davon rief irgendetwas und deutete auf mich. Der andere hantierte an den Kontrollen des Flugpanzers und nahm Kurs auf meinen Standort.

Ich machte auf dem Absatz kehrt und rannte in Richtung Felsnadel. Der Abhang bot mir so gut wie keine Deckung, doch eine andere Fluchtmöglichkeit blieb mir nicht. Erneut schlugen Thermostrahlen rechts und links neben mir ein. Immerhin bewahrheitete sich meine Vermutung, dass man mich nicht umbringen wollte, sondern absichtlich danebenschoss. Hätte man es auf mein Leben abgesehen, wäre ich längst tot gewesen. Darüber hinaus hatte Eliot Tolsom recht: Wenn ich auf Reddeye starb, würde das umfangreiche und peinliche Untersuchungen auslösen und somit genau die Aufmerksamkeit zu erzeugen, die man unter allen Umständen vermeiden wollte.

Im Laufen hielt ich nach Rhaen Ausschau, konnte sie jedoch nirgendwo entdecken. Ein weiterer Einschlag unmittelbar vor mir brachte mich ins Straucheln. Ein Schwall heißer Luft fauchte mir entgegen, und ich musste den Atem anhalten, um mir nicht die Lungen zu verbrennen. Ich stürzte und konnte gerade noch die Arme nach oben reißen, um meinen Kopf zu schützen. Heftige Stiche fuhren mir durch beide Ellbogen, als ich auf den steinigen Untergrund prallte. Dann erfolgte die Explosion.

Die Druckwelle erfasste mich und schleuderte mich in Richtung Felsnadel. Zu meinem Glück kam ich mit den Füßen voran auf. Dennoch glaubte ich, meine Gelenke würden brechen.

Hoch mit dir!, hörte ich die Flüsterstimme des Logiksektors. *Sofort!*

Ein gewaltiger Schatten wuchs hinter mir auf. Stöhnend wälzte ich mich auf den Bauch und schaute zurück auf die Ebene. Der Shift, der mich soeben noch gejagt hatte, war in der Mitte auseinandergebrochen. Aus mehreren mannsgroßen Löchern quoll schwarzer Rauch hervor. Eine der beiden Impulskanonen war abrissen, die andere verbogen. Das Glassit der Steuerkanzel wies mehrere wild gezackte Sprünge auf. All das wären unbestreitbar gute Nachrichten gewesen, wenn sich der angeschlagene Koloss nicht wie eine Lawine in meine Richtung bewegt hätte.

Ich kam auf die Beine – und knickte wieder ein. Erst jetzt spürte ich den Schmerz im rechten Unterschenkel. Ein scharfkantiges Trümmerstück des explodierten Flugpanzers hatte sich dort tief in die Haut gebohrt. Ich biss die Zähne zusammen und zog es mit einem Ruck heraus, doch es war zu spät. Das Wrack hatte mich beinahe erreicht, und selbst mit zwei gesunden Beinen wäre ich dem Verhängnis nicht mehr entronnen.

Etwas traf mich mit mörderischer Wucht in den Rücken und riss mich zur Seite. Ich fühlte, wie ich den Boden unter den Füßen verlor. Vor meinen Augen erschien ein grünliches Flimmern. Dann stoppten einige mit saftigen, roten Beeren behangene Büsche meine rasende Fahrt. Die pflaumengroßen Kapseln platzen unter der Berührung auf und versprühten eine sirupartige Flüssigkeit, die sich wie ein Film über mich legte und innerhalb von Sekunden erstarrte. Als hätte ich nicht schon genug Probleme gehabt, erwischte mich eine der Früchte am Kopf; die zähe Brühe verschloss innerhalb von Sekunden Mund und Nase, und ich bekam plötzlich keine Luft mehr.

Hastig versuchte ich die steinharte Masse mit den Fingerspitzen zu lösen, doch sie saß bombenfest. Panik stieg in mir auf.

»Bleiben Sie ruhig, Lordadmiral«, sagte da eine bekannte Stimme neben mir. »Bewegen Sie sich nicht.«

Etwas Schweres, Heißes legte sich auf mein Gesicht. Wenn es mir möglich gewesen wäre, hätte ich geschrien, doch ich brachte keinen Ton heraus. Das schweißglänzende Gesicht des Oxtorners tauchte kurz in meinem Blickfeld auf. Was, bei allen Göttern Arkons, stellte Rulan Karkeron mit mir an?

Endlich wich die unerträgliche Hitze. Ich spürte, wie die erstarrte Substanz weicher wurde. Bevor ich mich dagegen wehren konnte, hatte der Oxtorner schon zugegriffen und mir das Zeug brutal aus dem Gesicht gerissen. Ächzend betastete ich meine wie Feuer brennende Haut. Der größte Teil davon schien sich noch immer da zu befinden, wo er hingehörte.

»Wo ist Rhaen?«, fragte ich keuchend.

»In Sicherheit«, antwortete Rulan Karkeron. »Die Angreifer konzentrieren sich ausschließlich auf Sie, Sir.«

»Das ist …«, begann ich, brach dann jedoch ab, weil ich leichten Schwindel verspürte. Der Oxtorner musterte mich besorgt.

»Ist alles in Ordnung, Sir?«, erkundigte er sich.

»Ja«, sagte ich kurz angebunden. »Wie ist die Lage?«

»Wir haben nicht viel Zeit«, berichtete Rulan Karkeron. »Die Zerstörung des Shifts ist vermutlich bereits bemerkt worden, und es wird nicht lange dauern, bis Verstärkung eintrifft. Leider bekomme ich nach wie vor keine Verbindung mit meinem Team. Die Energie für den Schutzschirm reicht noch für etwa zwanzig Minuten. Ich habe zwei Blendgranaten und drei Sprengscheiben übrig. Wenn der Gegner mit ein paar weiteren Flugpanzern anrückt, wird das nicht reichen. Wir sollten das tun, was er am wenigsten erwartet.«

»Und das wäre?«, fragte ich.

»Zum Lager zurückkehren und versuchen, einen der Shifts unter unsere Kontrolle zu bringen.«

»Nein«, schüttelte ich den Kopf. »Der Überraschungseffekt ist verpufft. Die Gegenseite weiß jetzt, dass wir nicht so wehrlos sind, wie sie angenommen hat.«

»Was schlagen Sie vor, Sir?«

»Unsere einzige Chance ist, den Abstand zum Lager so zügig wie möglich zu vergrößern und darauf zu hoffen, dass der störende Einfluss auf ihr Funkmodul irgendwann erlischt.«

»Wie Sie meinen, Sir«, erwiderte der Oxtorner. »Dann wäre ich dafür, dass ich Sie und Miss Tolsom trage. Auf diese Weise kommen wir am schnellsten voran.«

»Sie sollten weder Miss Tolsom noch mich unterschätzen, Captain«, lächelte ich dünn. »Sie gehen voraus und machen den Weg frei. Das geht am schnellsten, wenn Sie nicht durch zusätzlichen Ballast eingeschränkt sind. Wir folgen Ihnen. Dann werden wir ja sehen, ob wir mit Ihnen mithalten können.«

»Möchten Sie darauf wetten, Sir?« fragte Rulan Karkeron grinsend.

»Warum nicht?«, gab ich zurück. »Eine Kiste Ferrolwein, den teuren, wenn Sie es schaffen, uns abzuhängen.«

»Einverstanden«, nickte der Oxtorner, drehte sich um und sauste davon, als wäre der Teufel persönlich hinter ihm her.

Rhaen hielt sich, wie von mir erwartet, prächtig. Ich hatte ihr gar nicht erst vorgeschlagen, das Angebot des Oxtorners anzunehmen und sich tragen zu lassen. Außerdem bewahrte sie die körperliche Anstrengung davor, zu viel über die potenzielle Ansteckungsgefahr nachzudenken, der sie in der Verbotenen Zone ausgesetzt war.

Rulan Karkeron pflügte währenddessen wie ein altertümlicher Bulldozer durch den Dschungel. Die urwüchsige Kraft, die den Körpern umweltangepasster Terraner wie Epsaler, Ertruser oder eben Oxtorner innewohnte, beeindruckte mich immer wieder. Der USO-Spezialist verzichtete vorerst auf den Einsatz jeglicher technischer Hilfsmittel. Zum einen galt es, die verfügbaren Energiereserven zu schonen, zum anderen wollte Rulan Karkeron den Gegner nicht durch anmessbare Emissionen auf unsere Position aufmerksam machen. Der Oxtorner hatte eine Route gewählt, die uns mitten durch üppigen Urwald mit reichem Baumbestand führte. Aufgrund des Sichtschutzes durch das ausladende Blätterdach war es ihm möglich, ohne Rücksicht auf etwaige Verfolger eine breite Schneise in die Vegetation zu schlagen, auf der wir problemlos folgen konnten.

Unter anderen Umständen hätte ich den Anblick, der sich mir bot, genossen. Die feuchte Wärme erinnerte mich an einige Regionen auf Arkon I, in denen ein ähnlich subtropisches Klima herrschte. Der Pflanzenteppich, der mich wie ein Kokon umschloss, schimmerte in dunklem Blau und Rot. Es hatte wieder zu regnen begonnen. Wohin ich auch blickte, überall rieselte Wasser, plätscherten kleine Rinnsale oder glitzerten dicke Tropfen im Licht der wenigen Sonnenstrahlen, die nach hier unten fanden. Hin und wieder flatterte ein Vogel von einem Ast zum nächsten und verlieh seinem Unmut über unser Eindringen in sein Reich mit lautem Zwitschern Ausdruck. Einmal entdeckte ich eine Kolonie ameisenähnlicher Insekten, die ihren Bau am Fuße eines Urwaldriesen errichtet hatten. Ansonsten schien sich die Tierwelt in diesem Teil des Dschungels allerdings eher rar zu machen.

Rund dreißig Minuten blieben wir unbehelligt. Dann hörten wir erneut das schon bekannte Summen, lauter und aus verschiedenen Richtungen diesmal. Offenkundig bot Libra für den zweiten Versuch, uns zur Strecke zu bringen, einiges mehr an Mensch und Material auf. Ich zog das Tempo an, rannte an Rhaen vorbei und schloss zu Rulan Karkeron auf, der gerade dabei war, mit bloßen Händen ein Netz aus lianenähnlichen Gewächsen zu zerreißen, das sich zwischen zwei Baumstämmen spannte.

»Noch immer keine Funkverbindung, Captain?«, fragte ich.

»Nein, Sir«, bedauerte der Oxtorner. Er hielt in seiner Tätigkeit inne, hob den Kopf ein wenig und blickte für einige Momente ins Leere. Da ich sehr genau über Art und Leistungsfähigkeit seiner Implantate informiert war, wusste ich, dass er gerade aktuelle Ortungsdaten studierte, die ein winziger Laser als Rasterbild auf seine Netzhaut projizierte.

»Und es hat wohl keinen Zweck mehr, weiter zu fliehen«, sagte er. »Drei Shifts und weitere zwanzig Männer in voller Kampfausrüstung. Selbst wenn sie ebenso unerfahren sind wie ihre Vorgänger, werden wir uns nicht lange halten können.«

»Es ist Ihnen also nicht entgangen, dass es sich bei unseren Angreifern keineswegs um ausgebildete Spezialisten gehandelt hat«, nickte ich zufrieden.

»Natürlich nicht, Sir. Gegen einen Shift komme selbst ich nicht an. Wäre der Gegner nicht mit geöffneter Steuerkuppel und ohne aktivierten Schutzschirm geflogen, hätte ich nichts tun können. Das war sträflicher Leichtsinn. Allerdings sollten wir nicht davon ausgehen, dass die nachrückenden Einheiten noch einmal die gleichen Fehler machen.«

»Das sehe ich genauso«, erwiderte ich. »Ich werde …«

Zum zweiten Mal innerhalb kurzer Zeit überfiel mich ein Schwindelgefühl. Ich strauchelte, und Rulan Karkeron griff geistesgegenwärtig zu. Meine Knie gaben nach, und für einen Moment drehte sich alles. Rhaen näherte sich und musterte mich besorgt.

»Was ist mit dir?«, wollte sie wissen.

»Das wüsste ich selbst gern«, antwortete ich. Konnte es sein, dass mein Zellaktivator mich doch nicht so umfassend wie geglaubt vor dem Erreger der Nergeischen Verformung schützte? Vielleicht machte ihm die hohe Mutationsrate des Multiviroids zu schaffen. Aber warum waren dann Rhaen und Rulan Karkeron nicht betroffen?

»Es ist schon wieder vorbei«, sagte ich. »Wir sollten nach einer Stelle suchen, von der aus wir die Angreifer unter Feuer nehmen können. Vielleicht gelingt es uns, sie hinzuhalten und etwas Zeit zu schinden. Man wird fraglos bereits nach uns suchen.«

»Miss Tolsom und Sie sollten allein weitergehen, Sir«, schlug der Oxtorner vor. »Ich bleibe hier und versuche, den Gegner aufzuhalten.«

»Einverstanden«, stimmte ich zu. »Aber gehen Sie kein unnötiges Risiko ein, Captain. Sobald Ihre Reserven aufgebraucht sind, ziehen Sie sich zurück, ist das klar?«

»Glasklar, Sir«, nickte Rulan Karkeron. »Ich schulde Ihnen noch eine Kiste Ferrolwein – und meine Schulden pflege ich stets zu begleichen!«

»Den Wein trinken wir gemeinsam, wenn wir wieder in Quinto-Center sind«, grinste ich und schlug dem USO-Spezialisten auf den Rücken. »Und jetzt los.«

Rhaen und ich setzten uns in Bewegung. Nach etwa hundert Metern lichtete sich der Dschungel ein wenig und gab die Sicht auf eine Art Senke frei. Offenbar hatte es hier vor einiger Zeit einen Erdrutsch gegeben, und größere Mengen an Schotter und Schlamm hatten eine breite Spalte im felsigen Untergrund aufgefüllt. Entwurzelte Bäume, halb verfaultes Astwerk und teilweise metergroße Felstrümmer bildeten ein unüberschaubares Durcheinander. Am gegenüberliegenden Ende der Mulde hatten die anhaltenden Regenfälle einen kleinen Wasserfall geschaffen.

»Dort drüben«, sagte ich und deutete auf die schmale Felswand, die oberhalb des Wasserfalls verlief und zahlreiche Spalten aufwies.

»Lust auf eine kleine Kletterpartie?«

»Du weißt wirklich, wie man eine Frau bei Laune hält«, entgegnete Rhaen. Sie schulterte den Thermostrahler und begann mit dem Abstieg in die Senke.

Ich legte den Kopf in den Nacken und suchte am bedeckten Himmel nach der Sonne. Sie war als schwach leuchtende Scheibe hinter einer Wolkenwand zu erkennen. Ich musste an die QUESTRON denken, die dort oben auf mich wartete. Mit ihr vor Ort hätte ich die Situation in kürzester Zeit zu meinen Gunsten wenden können, damit jedoch gleichzeitig einen diplomatischen Zwischenfall ersten Ranges verursacht. Damit würde ich den politischen Agitatoren der großen galaktischen Machtblöcke genau die Munition liefern, die sie brauchten. Bevor ich nicht eindeutige Beweise dafür hatte, dass die Entwicklungen auf Reddeye die Sicherheit des Solaren Imperiums oder der Milchstraße gefährdeten, waren mir praktisch die Hände gebunden.

Rhaen war bereits am Grund der Senke angekommen und machte sich daran, einen der umgestürzten Urwaldriesen zu erklimmen. Ich wollte ihr gerade folgen, als ich den Shift entdeckte. Er stieg unvermittelt hinter einem Haufen großer Felsbrocken auf und drehte die breite Vorderseite in meine Richtung. Sein bauchiger Rumpf pendelte wie eine riesige Hornisse leicht auf den Antigravkissen hin und her. Ein schwaches Flimmern, von dem das gesamte Fahrzeug umgeben wurde, zeugte davon, dass der Schutzschirm aktiviert war.

Ich packte mein Thermogewehr mit beiden Händen und hob es langsam über den Kopf. Wenn der Pilot die Nerven verlor und eine der Impulskanonen abfeuerte, würde wenig mehr von mir übrig bleiben als ein paar schnell verwehende Ascheflocken. Im Stillen hoffte ich auf ein Eingreifen Rulan Karkerons. Allerdings würde der gegen einen Shift mit aktiven Schirmen auch nicht viel unternehmen können. In diesem Augenblick hörte ich den Schrei Rhaens:

»Atlan! Hinter dir!«

Ich warf mich instinktiv zurück. Dort, wo ich soeben noch gestanden hatte, kochte mit einem Mal die Luft. Ich ließ mich einfach fallen, rutschte den seifigen Abhang hinunter und kam am Grund der Senke neben einem von Moos überwucherten Baumstamm zum Stillstand. Meine Stiefel steckten bis über die Knöchel im Morast.

»Hier herüber!«

Ich sah Rhaen ein paar Meter weiter in der Deckung eines Steinquaders kauern. Sie winkte heftig.

Rechts. Zwölf Uhr, machte mich der Extrasinn aufmerksam.

Umdrehen und schießen waren eine einzige, fließende Bewegung. Der Strahl meiner Waffe krachte in den Schutzschirm des Gegners und erzeugte eine Reihe greller Entladungen. Weiße und blaue Blitze zuckten über die energetische Hülle, und die Wucht des Treffers trieb den Angreifer mehrere Meter zurück. Noch bevor er sich neu orientieren konnte, eröffnete auch Rhaen das Feuer. In diesem Moment tauchten zwei weitere Gestalten in Kampfmonturen auf. Sie brauchten nicht lange, um die Situation zu erfassen. Blitzschnell stoben sie auseinander, um uns in die Zange zu nehmen.

Über mir wurde das Summen des Shifts lauter. Der Flugpanzer hatte den Bug geneigt und pendelte nun als unverhohlene Drohung über der Senke. Jeden Moment mussten die übrigen Libra-Truppen eintreffen. Es war vorbei. Die einzige vernünftige Alternative, die uns jetzt noch blieb, war die Kapitulation.

Die Hilfe kam von gänzlich unerwarteter Seite. Von einer Sekunde auf die andere explodierte der Dschungel. An mehreren Stellen wuchsen grelle Stichflammen in die Höhe. Dann sah ich eine dunkle, unförmige Gestalt, die in mörderischem Tempo auf Rhaen und mich zuraste. Ich riss spontan das Thermogewehr nach oben und konnte gerade noch rechtzeitig an mich halten, um nicht zu schießen. Die Gestalt ging mit federnden Knien neben uns zu Boden, und zwei schwere Kampfanzüge klatschten auf den schlammigen Untergrund. Hinter der Helmscheibe erkannte ich das grinsende Gesicht Pertar Almoths.

»Die Kavallerie ist da, Sir«, hörte ich seine Stimme über die Außenlautsprecher. »Gerade noch rechtzeitig, wenn ich mir die Bemerkung erlauben darf.«

»Und ich hatte mir schon Sorgen gemacht«, grinste ich zurück. Eilig streifte ich mir die Montur über und aktivierte die Systeme. Die Positronik diagnostizierte sofort die Wunde an meinem Unterschenkel und injizierte mir ein Schmerzmittel.

Weitere Explosionen und das Zischen von Strahlschüssen signalisierten mir, dass die Auseinandersetzung im Dschungel in vollem Gange war. Von Pertar Almoth erfuhr ich, dass nicht nur er und der Rest der Abteilung A912 eingetroffen waren, sondern dass Enerich Tolsom auch eine Brigade der hiesigen Ordnungskräfte mitgeschickt hatte. Ich verzichtete vorerst darauf zu fragen, wie man uns so schnell aufgespürt hatte. Meine Vermutung war freilich, dass Captain Karkeron bei der Interpretation meiner Anweisungen sehr großzügig gewesen war und die von mir gewünschte Zurückhaltung nicht auf eine Überwachung unseres Ausflugs ins Einkaufszentrum bezogen hatte.

»Die Lage in Pallin ist kritisch, Sir«, berichtete der Korporal. »Es hat in der vergangenen Stunde eine Reihe von Anschlägen gegeben. Im Moment tagt die Clankammer in einer Sondersitzung, um sich auf die notwendigen nächsten Schritte zu einigen. Wenn Sie mich fragen, versucht da jemand ganz bewusst Chaos zu stiften und die Bevölkerung zu verunsichern.«

Die INANNA, zuckte es durch meinen Kopf. *Jemand will unter allen Umständen verhindern, dass ihre Ankunft auf Reddeye bemerkt wird.*

Narr, wies mich der Extrasinn zurecht. *Das ergibt nicht den geringsten Sinn. Ich habe es dir schon einmal gesagt: Reddeye ist nicht Terra. Selbst mit den Raumforts im Orbit wäre es für ein modernes Schiff ein Leichtes, unbemerkt auf dem Planeten zu landen. Denk an die zehn Shifts im Lager. Auch deren Eintreffen hat niemand bemerkt. Kehre so schnell wie möglich nach Pallin zurück und nimm Verbindung mit der QUESTRON auf. Der Kreuzer kann die INANNA abfangen und diesen Spuk beenden.*

Und damit einen diplomatischen Zwischenfall von historischen Dimensionen auslösen, dachte ich zurück.

Diese Diskussion hatten wir schon, konterte der Logiksektor. *Entweder du spielst weiter den duldsamen Friedensengel, oder du verhältst dich endlich, wie man es von einem ehemaligen arkonidischen Admiral erwarten darf. Ich gebe ungern Empfehlungen auf Basis einer unzureichenden Datenlage ab, aber auf Reddeye ist etwas im Entstehen, das mich beunruhigt. Wir haben etwas übersehen, Arkonide, etwas elementar Wichtiges, und ich fürchte, wenn wir nicht schnell handeln, tun es andere für uns.*

Ich verzichtete auf eine Erwiderung. Es kam nicht oft vor, dass sich der Extrasinn auf Ahnungen verließ, doch wenn es geschah, war es höchste Zeit, sich ernsthafte Sorgen zu machen.

»Wir müssen nach Pallin, zurück«, sagte ich zu Rhaen. »Die Dinge entwickeln sich alles andere als günstig. Ich muss mit deinem Vater sprechen. Ich brauche ein offizielles Hilfsersuchen der Clankammer.«

»Das wirst du niemals bekommen, Atlan«, erwiderte die ehemalige SolAb-Agentin. »Allein deine Anwesenheit auf Reddeye ist ein Schlag ins Gesicht jener Clanherren, die Vaters liberale Politik ablehnen. Du darfst nicht vergessen, dass …«

Rhaens Stimme wurde mit den letzten Worten immer leiser. Vor meinen Augen verschwamm die Umgebung zu einem undeutlichen, violetten Brei. Mein Kopf schien sich auf die mindestens doppelte Größe aufzublähen, und der Schmerz, der ohne Vorwarnung jede einzelne Körperzelle erfasste, ließ mich auf der Stelle zusammenbrechen. Ich sog die warme Luft gierig in meine Lungen, und doch glaubte ich zu ersticken. Das schrille Pfeifen des medizinischen Alarms meines Kampfanzugs drang wie aus weiter Ferne an meine Ohren. Und dann – endlich – umfing mich die erlösende Ohnmacht.

Kapitel 15

Errehart von Hartwich

»Clanherr Akharim erwartet Sie in Ihrem Büro, Hohekanzler.«

Errehart von Hartwich versuchte, seinen brennenden Rücken und die schmerzenden Knie zu ignorieren. Seine Kopfhaut juckte unter dem strammen Verband und trieb ihn langsam, aber sicher in den Wahnsinn; dennoch beherrschte er sich und unterdrückte den Zwang, sich zu kratzen.

»Ich wünschte, du würdest nach Hause gehen und dich ein wenig schonen, alter Freund«, lächelte Enerich Tolsom müde. »Ich befürchte, dass wir alle in den nächsten Tagen unsere Kräfte noch brauchen werden.«

»Da haben Sie wohl recht, Sir«, erwiderte Errehart von Hartwich. »Allerdings hätte Clanherr Akharim diesem Treffen wohl kaum zugestimmt, wenn ich ihn nicht daran erinnert hätte, dass er mir noch einen Gefallen schuldig ist.«

»Gibt es auf Reddeye jemanden, der dir keinen Gefallen schuldet?«, erkundigte sich Enerich Tolsom.

»Ich nehme an, dass Sie darauf nicht wirklich eine Antwort erwarten, Sir.«

»Nein, natürlich nicht.«

Der Hohekanzler seufzte. Dann straffte sich seine trotz des hohen Alters noch immer agil wirkende Gestalt, und er öffnete die Tür zu seinem privaten Bürokomplex. Die Räumlichkeiten lagen in unmittelbarer Nähe des zentralen Sitzungssaals im Großen Forum und bestanden aus einem Empfangszimmer, dem weitläufigen Arbeitsraum und einer kleinen Ruhekammer mit integrierter Nasszelle.

»Aramus!«, rief Enerich Tolsom und ging mit ausladenden Schritten auf den hochgewachsenen Mann zu, der ihm mit vor der Brust verschränkten Armen und finsterer Miene entgegensah. »Schön, dass Sie es einrichten konnten.«

Der Gesichtsausdruck des Gastes wurde noch eine Spur ablehnender. Aramus Akharim, Clanherr der Akharim-Familie und größter politischer Widersacher des Hohekanzlers, war ein Mann, der Wert auf Äußerlichkeiten legte. Er trug die langen schwarzen Haare, die ihm nach eigener Ansicht etwas Animalisches verliehen, sorgfältig nach hinten frisiert und von einem bunten Stirnband gehalten. Die eng geschnittene Hose, das weiße Hemd und der aufwendig bestickte Mantel in Schwarz und Gold saßen wie auf den Leib geschneidert – was sie zweifellos auch waren.

»Machen wir es kurz, Hohekanzler«, sagte er anstelle einer Begrüßung. »Die Debatte läuft nicht so, wie Sie es gerne hätten, und Sie brauchen meine Hilfe. Nennen Sie mir nur einen einzigen vernünftigen Grund, warum ich bei der kommenden Abstimmung gegen meine ureigensten Interessen votieren sollte.«

»Ich könnte Ihnen hundert Gründe nennen, Aramus«, erwiderte Enerich Tolsom bedächtig. »Allerdings würden Sie keinen einzigen davon akzeptieren. Deshalb werde ich etwas anderes tun. Ich werde Ihnen ein Angebot machen.«

»Tatsächlich?«

Die Stimme des Clanherren der Akharim-Familie troff plötzlich vor Spott.

»Ich wusste nicht, dass Ihre Verzweiflung bereits derartige Ausmaße erreicht hat.«

»Wenn es um die Zukunft Reddeyes geht«, entgegnete Enerich Tolsom äußerlich ruhig, »folgen wir unseren Überzeugungen. Darin unterscheiden wir uns nicht, Aramus. Sie haben gesehen, was in Pallin los ist. Wenn wir nicht schnell und entschlossen einschreiten, ist die öffentliche Ordnung in ernsthafter Gefahr. Es wird zu Unruhen kommen. Die Menschen erwarten von uns, dass wir ihnen sagen, was sie tun sollen – und dass wir diejenigen identifizieren und festsetzen, die für die derzeitigen Zustände verantwortlich sind.«

Errehart von Hartwich war dem Dialog stumm gefolgt. Er stand neben dem großen Panoramafenster, das einen imposanten Blick über den Westteil Pallins erlaubte. Die Stadt wirkte auf den ersten Blick ruhig, doch der Berater wusste, dass dieser Eindruck trog. In den vergangenen beiden Stunden waren an elf verschiedenen Orten Sprengsätze detoniert und hatten teilweise erhebliche Sachschäden angerichtet. Wie durch ein Wunder war kein einziger Reddeyer zu Schaden gekommen. Die Bomben waren ausnahmslos an Stellen gezündet worden, an denen es keinen oder nur wenig Publikumsverkehr gab.

Enerich Tolsom hatte sofort mehrere Parthan-Träger angewiesen, sich an den Unglücksorten zu zeigen und beruhigend auf die Bevölkerung einzuwirken. Die Berater genossen ein immenses Vertrauen, und ihre Worte besaßen Gewicht. Dennoch hatte der Hohekanzler auch die Polizeikräfte in höchste Alarmbereitschaft versetzen lassen. Es schadete nichts, im Fall der Fälle auf das Schlimmste vorbereitet zu sein.

»Ich stimme Ihnen zu, Enerich«, sagte Aramus Akharim. »Deshalb bin ich davon überzeugt, dass wir den Notstand ausrufen und Reddeye gegen jegliche Einflüsse von außen abriegeln müssen. Eine Vorsichtsmaßnahme, Hohekanzler, und selbstverständlich zeitlich begrenzt. Ich bin ehrlich gesagt überrascht, dass Sie sich so vehement dagegen sperren. Meine Berater sprechen sich einhellig *für* die vorübergehende Abschottung des Planeten aus. Insofern sollten ihre das auch tun.«

Errehart von Hartwich war mindestens ebenso verwundert wie der Hohekanzler, der seinen Gast jetzt mit skeptischer Miene musterte. Kurz vor Beginn der Debatte im Großen Forum hatte sich Enerich Tolsom mit Advos, Mentar und Syndikus besprochen. Allerdings waren die drei Parthan-Träger alles andere als Befürworter der von Aramus Akharim vorgeschlagenen Isolationsstrategie gewesen, sondern hatten sich im Gegenteil dafür stark gemacht, die USO offiziell um Hilfe zu bitten. Natürlich hatte Enerich Tolsom seine Berater darüber informiert, dass sich ein entsprechender Schlachtkreuzer in unmittelbarer Nähe, genauer gesagt im Sonnenorbit des Systems aufhielt. Lordadmiral Atlan war damit ein erhebliches Risiko eingegangen, denn wenn diese Tatsache bekannt wurde, waren die politischen Konsequenzen nicht abzusehen. Andererseits bot die praktisch sofortige Verfügbarkeit der QUESTRON auch den Vorteil, dass man die Entwicklungen auf Reddeye schnell unter Kontrolle bringen konnte. Alles, was fehlte, war eine öffentliche Billigung der Clankammer, doch im Moment sah es nicht danach aus, als würde die bevorstehende Abstimmung nach den Wünschen des Hohekanzlers verlaufen, und das war etwas, das Enerich Tolsom sichtlich nur schwer nachvollziehen konnte. Wenn Advos, Mentar und Syndikus der Ansicht waren, dass ein Eingreifen der USO sinnvoll und notwendig war, mussten es die übrigen Parthan-Träger auch sein. In dem über das Parthan-Netz verbundenen Kollektiv der Berater gab es keinen Dissens. Alle Entscheidungen wurden nach eingehender interner Erörterung getroffen und nach außen verkündet. Die Parthan-Träger sprachen stets mit einer Stimme.

»Verstehen Sie mich bitte nicht falsch, Aramus«, sagte Enerich Tolsom, »aber sind Sie sicher, dass Sie die Empfehlungen Ihrer Berater korrekt auslegen?«

»Was wollen Sie damit unterstellen?«, fragte der Clanherr zurück.

»Ich unterstelle nichts«, erwiderte der Hohekanzler. »Allerdings wundert es mich, dass *meine* Berater eine völlig gegensätzliche

Strategie anregen. Sie glauben, dass wir die aktuellen Probleme nur mit Hilfe von außen lösen können.«

»Das ist barer Unsinn«, begehrte Aramus Akharim auf.

Errehart von Hartwich besaß eine bemerkenswerte Treffsicherheit, wenn es darum ging, andere Menschen zu lesen. Er suchte nach Anzeichen von Unaufrichtigkeit in der wütenden Reaktion des Clanherren, doch er fand keine. Wenn die für die Akharim-Familie tätigen Parthan-Träger tatsächlich die Abschottung Reddeyes gegenüber einer Bitte um organisatorische und militärische Unterstützung durch die USO favorisierten, dann war das nicht nur ungewöhnlich, sondern in höchstem Maße unwahrscheinlich. Das Parthan-Netz, also die positronisch unterstützte Verbindung aller Parthan-Träger untereinander, sorgte für perfekte Harmonie. Es gab keine Meinungsverschiedenheiten, weil sich die einzelnen biologischen Komponenten von Boris Parthans Gehirn als eine Einheit verstanden. Die Robotkörper waren zwar zu individuellem Verhalten fähig, doch sie unterstanden in ihrer Entscheidungsfindung einem gemeinsamen Bewusstsein.

»Lassen Sie uns nicht streiten, Aramus«, sagte Enerich Tolsom. »Es gibt im Moment dringendere Probleme. Ich sprach vorhin von einem Angebot. Unterstützen Sie mich bei der Abstimmung. Sprechen Sie sich in Ihrem Schlusswort offen für eine Kontaktaufnahme mit der USO aus. Im Gegenzug werden ich und die mir folgenden Familien die nächsten beiden Anträge *Ihrer* Seite unterstützen. Keine Fragen, keine Debatten, und somit eine Mehrheit, die Ihnen niemand nehmen kann.«

»Ihnen liegt verdammt viel an dieser Sache, Hohekanzler. Mit diesem Vorschlag torpedieren Sie Ihr jahrelanges Bemühen, uns von den törichten Idealen dieses verrückten Rhodan zu überzeugen.«

»Ideale sind niemals töricht«, lächelte Enerich Tolsom. »Ambitioniert, ja. Visionär, vielleicht. Aber nicht töricht. Perry Rhodan träumt von Frieden und Zusammenarbeit. Tun Sie und ich das nicht auch? Ich lege diese Macht in Ihre Hände, Aramus, weil ich weiß, dass Sie sie nicht missbrauchen werden. Wir mögen verschiedener Meinung sein, was die Zukunft unserer Welt betrifft, aber Sie würden niemals bewusst etwas tun, das Reddeye schadet. Ich leugne nicht, dass ich Perry Rhodan eine gewisse Bewunderung entgegenbringe. Er besitzt eine Art, die Dinge anzugehen, die mir schon immer imponiert hat. Und wenn Sie ehrlich sind, müssen Sie zugeben, dass er damit sehr erfolgreich war.«

»Erfolg lässt sich auf vielerlei Weise messen, Hohekanzler«, sagte Aramus Akharim. »Aber im Gegensatz zu Ihnen und dem unsterblichen Terraner bin ich nicht so blauäugig und glaube bedingungslos an das Gute im Menschen. Wir sind noch nicht so weit. Reddeye würde zwischen den Mühlsteinen der großen Machtblöcke zerrieben werden. Im Konfliktfall wären wir leichte Beute, und Sie glauben hoffentlich nicht wirklich, dass uns die Erde oder die USO zu Hilfe eilen würde, wenn es beispielsweise Imperator Dabrifa einfällt, uns zu einem Teil seines Imperiums zu machen. Wir sind schwach, Hohekanzler. Und der Schwache überlebt nur, wenn er nicht auffällt.«

»Das Imperium Dabrifa expandiert um der Expansion willen, Aramus«, erwiderte Enerich Tolsom. »Der Imperator glaubt, dass sich die Stärke eines Reiches nach der Anzahl ihm höriger Welten bemisst, aber die Loyalität vieler dieser Systeme gründet sich auf Angst und Misstrauen. Darauf dürfen wir die Zukunft Reddeyes nicht aufbauen.«

»Schöne Worte, Hohekanzler. Doch wenn wir die USO nach Reddeye rufen, geben wir damit ein eindeutiges Signal. Warum wenden wir uns nicht an den Carsualschen Bund oder die Zentralgalaktische Union? Warum muss es ausgerechnet die USO sein, deren Nähe zum Solaren Imperium außer Frage steht?«

»Das wissen Sie so gut wie ich«, sagte Enerich Tolsom. »Die USO ist neutral. Sie mag dem Solaren Imperium nahe stehen, und ich gebe zu, dass das ihre größte Schwäche und Stärke zugleich ist, aber sie würde niemals politische Bedingungen an einen Hilfseinsatz knüpfen.«

»Hat Ihnen das Ihr Freund Lordadmiral Atlan gesagt?«

Für einen Augenblick war Enerich Tolsom bestürzt, und natürlich entging das dem Clanherren der Akharim-Familie nicht.

»Ja, Hohekanzler«, nickte er, ohne sich die Mühe zu machen, seinen Triumph auch nur ansatzweise zu verbergen. »Ich weiß von Ihrem Hausgast. Was glauben Sie, würde die Versammlung sagen, wenn Sie erführe, dass sich der Lordadmiral der USO auf Reddeye befindet? Mittelfristig wird sich das ohnehin nicht geheim halten lassen.«

»Er ist nicht in seiner offiziellen Funktion, sondern auf Einladung meiner Tochter hier«, verteidigte sich Enerich Tolsom matt.

»Gilt das auch für das Spezialkommando, das ihn begleitet?«

Errehart von Hartwich schloss die Augen. Es bereitete ihm körperliche Schmerzen, den Hohekanzler derart in die Enge getrieben zu sehen. Aramus Akharim kostete die Situation in vollen Zügen aus, und es gab nichts, was Enerich Tolsom dagegen tun konnte. Es war ein Fehler gewesen, den Arkoniden nach Reddeye zu holen. Der Hohekanzler hätte seiner Tochter niemals erlauben dürfen, den Kontakt mit ihrem Ex-Geliebten herzustellen. Nun war der Schaden angerichtet, und wenn es Aramus Akharim geschickt anstellte, konnte es ihm sogar gelingen, Enerich Tolsom aus dem Amt zu treiben.

»Sie sehen also, Hohekanzler«, sprach der Clanherr der Akharim-Familie weiter, »dass Ihr Angebot nicht einmal halb so attraktiv ist, wie Sie möglicherweise geglaubt haben. Ich besitze bereits alles, was ich brauche. Die ersten Schlussworte werden in einer halben Stunde gesprochen. Entschuldigen Sie mich, aber ich muss an den meinen noch ein wenig arbeiten.«

Damit drehte er sich um und verließ das Büro des Hohekanzlers. Als die Tür mit lautem Schnappen ins Schloss fiel, sahen sich Enerich Tolsom und Errehart von Hartwich lange an.

»Es war einen Versuch wert«, sagte der Hohekanzler schließlich leise.

Der Berater verwünschte seinen brennenden Rücken und die schmerzenden Knie im Allgemeinen sowie Aramus Akharim im Besonderen – und kratzte sich endlich am Kopf.

Kapitel 16

Pertar Almoth

Die Kämpfe hatten sich in den letzten Minuten immer weiter in Richtung des geheimen Libra-Stützpunkts verlagert. Rulan Karkeron versammelte sein Team um sich und überließ die weiteren Aufräumarbeiten den regulären Ordnungskräften. Lordadmiral Atlan war nach wie vor bewusstlos. Rhaen Tolsom wich nicht von seiner Seite und überprüfte alle paar Minuten die Anzeigen der Medopositronik. Laut der Diagnose des Systems schwebte der Arkonide nicht in Gefahr. Im Gegenteil. Es schien vielmehr, als würde der Unsterbliche einfach nur tief und fest schlafen. Dass sämtliche synthetischen Stimulanzien scheinbar unwirksam waren und ihn nicht aufweckten, mochte an seinem Zellaktivator liegen. Selbst eine Injektion mit Epinephrin hatte den Adrenalinspiegel des Lordadmirals nur für wenige Sekunden erhöht. Danach war er sofort wieder auf Normalniveau gefallen.

»Wie geht es jetzt weiter, Sir?«, erkundigte sich Pertar Almoth bei seinem Vorgesetzten.

Das Gesicht des Oxtorners war im Dämmerlicht nur schemenhaft hinter der Helmscheibe zu erkennen und wirkte durch die Tätowierung wie eine grotesk verzerrte Fratze.

»Sie müssen Kontakt mit der QUESTRON aufnehmen, Captain«, sagte Rhaen Tolsom noch bevor Karkeron auf die Frage seines Korporals reagieren konnte.

»Die INANNA darf nicht auf Reddeye landen. Da der Lordadmiral außer Gefecht ist, treffen Sie die Entscheidungen. Ich weiß, dass ...«

Mit zwei schnellen Schritten trat Rulan Karkeron an die Frau heran und beugte sich so heftig nach vorn, dass er mit seinem Helm gegen den ihren stieß. Die Tochter des Hohekanzlers verstummte.

»Erklären Sie mir nicht meinen Job, Miss Tolsom«, stieß der Oxtorner gereizt hervor. »Ich weiß nicht, welches Süppchen Sie hier kochen, und was Sie wissen oder nicht wissen, ist mir ehrlich gesagt egal. Aber der Lordadmiral ist ihretwegen hier, und wenn ich ihn nicht unversehrt wieder nach Hause bringe, wird mich das für den Rest meines Lebens verfolgen. Ich bin jetzt 61 Jahre alt. Ist Ihnen die durchschnittliche Lebenserwartung von Oxtornern bekannt?«

»Sie glauben doch wohl nicht wirklich, dass ich von alldem hier gewusst habe?«, rief die ehemalige SolAb-Agentin und schlug Rulan Karkeron hart mit beiden Händen vor die Brust. Der Captain rührte sich keinen Millimeter von der Stelle, und Rhaen Tolsom wich wütend einen Schritt zurück und schüttelte ihre schmerzenden Handgelenke.

»Ich würde Atlan niemals absichtlich in Gefahr bringen«, sagte sie. »Und der Lordadmiral braucht ganz sicher kein oxtornisches Kindermädchen, das ihm die Windeln wechselt. Ersparen Sie mir also Ihre haltlosen Vorwürfe, und zeigen Sie lieber ein wenig Initiative. Das ist es doch, wofür ihr USO-Spezialisten so berühmt seid, oder?«

Pertar Almoth grinste. Rhaen Tolsom ließ sich offenbar nicht so leicht einschüchtern. Nicht einmal von einem Rulan Karkeron.

»Gibt es hier etwas, das Sie lustig finden, Korporal Almoth?«

Karkeron hatte sich blitzschnell umgedreht und dem Terraner zugewandt. Pertar Almoth schoss das Blut ins Gesicht. Woher, zum Teufel, wusste der Captain, dass er …

Er weiß es nicht, durchzuckte ihn die späte Erkenntnis. *Er ahnt es lediglich, weil er dich in- und auswendig kennt, und du Idiot fällst glatt darauf herein.*

»Nein, Sir«, brachte der Terraner heraus. »Nicht im Geringsten, Sir.«

Der Umstand, dass Karkeron ihn mit seinem Nachnamen und dem förmlichen Sie ansprach, bedeutete, dass der Oxtorner kurz vor dem Ausbruch stand – und ein wirklich zorniger Rulan Karkeron war nichts, das Pertar Almoth erleben wollte. Er regulierte den Antigravprojektor in seinem Rückentornister und stieg einige Meter in die Höhe. Langsam flog er nach Süden, drehte sich dabei um die Längsachse und suchte die Umgebung mit den Augen ab.

Über dem Dschungel lag dichter Rauch. Etwa einen Kilometer entfernt in Flugrichtung stand ein größerer Abschnitt des Urwalds in Flammen. Zwei Gleiter der Polizei von Pallin kreisten über dem Gebiet. Vielleicht suchten sie nach Überlebenden.

Aus dem Funkverkehr erfuhr Pertar Almoth, dass sich die Libra-Anhänger rasch zurückzogen. Das Lager, in das man den Lordadmiral und seine Begleiter gebracht hatte, war verlassen. Außer ein paar leeren Frachtcontainern hatte man dort nichts Verwertbares gefunden. Auch aus Pallin selbst kamen nicht unbedingt gute Nachrichten. Sämtliche Explosionsorte waren zwar großräumig abgeriegelt und die Brände unter Kontrolle gebracht worden, doch die Stadtbewohner reagierten verängstigt und machten diesem Gefühl Luft. In einigen Stadtteilen hatten sich spontan Menschenaufläufe gebildet, und es war offenbar nur den eilig ausgeschickten Parthan-Trägern zu verdanken, dass die Lage dort nicht eskalierte.

Die Evakuierung möglicherweise einsturzgefährdeter Gebäude war abgeschlossen. Immerhin hatte es keinerlei weitere Zwischenfälle gegeben, und die unmittelbar Betroffenen verhielten sich diszipliniert und befolgten die Anweisungen der Rettungskräfte.

Beinahe wäre Pertar Almoth die Bewegung entgangen. Im ersten Moment glaubte er an ein Tier, das sich – durch die

Flammen und den Lärm verängstigt – einen Weg durchs Unterholz bahnte. Dann jedoch sah er die Gestalt, die ziellos und scheinbar am Ende ihrer Kräfte auf die dampfende Senke zutaumelte. Die Kleidung hing ihr in Fetzen vom Körper, und immer wieder stürzte sie schwer zu Boden und blieb einige Sekunden reglos liegen, bevor sie sich wieder aufrappelte und weiterstolperte.

Der Terraner verringerte seine Flughöhe und steuerte auf den Unbekannten zu, der ihn nicht bemerkte. Etwas an dem Mann kam Pertar Almoth merkwürdig vor. Erst beim genaueren Hinsehen realisierte er, dass der Fremde keinen Schutzanzug trug. War das der Grund für den erbärmlichen Zustand, in dem sich der Mann befand? Hatten ihn die mutierten Erreger der Nergeischen Verformung befallen?

Dann sah er zum ersten Mal das Gesicht des anderen. Die ausdruckslosen, glatten Züge waren von einer Reihe hässlicher Löcher verunstaltet. Eines der künstlichen Augen war kaum mehr als ein schwarzer, rauchender Klumpen aus Plastik und Metall. Die rechte Gesichtshälfte war offenbar großer Hitze ausgesetzt gewesen. Dort hatte sich die helle Kunsthaut ins Braune verfärbt und zahllose Blasen geworfen.

Ein Parthan-Träger, begriff der Terraner. Er landete wenige Meter vor dem Kunstgeschöpf und breitete die Arme aus. Der Parthan-Träger hielt an, als sei er gegen eine Wand gelaufen. Sein verbliebenes Auge richtete sich auf Pertar Almoth.

»Du … bist … nicht …«, quollen die einzelnen Worte schwerfällig und kaum verständlich aus seinem Mund hervor.

»Bleib ruhig, Kumpel«, sagte Almoth über die Außenlautsprecher. »Ich will dir helfen.«

Der Berater stieß einige Laute aus, die sich mit viel gutem Willen als Lachen interpretieren ließen. Dann brach er vor dem Terraner in die Knie und streckte ihm beide Arme entgegen.

»Helfen …«, flüsterte er. In seinem halb geschmolzenen Gesicht zuckte es. Es sah aus, als würden Insekten unter der künstlichen Haut entlangkriechen.

»Sie … kommen! Die … Schatten … kommen!«

Pertar Almoth aktivierte die Funkanlage und nahm Verbindung mit Rulan Karkeron auf. Kaum eine halbe Minute später waren der Captain und Rhaen Tolsom bei ihm. Der Rest des Teams bewachte weiterhin den bewusstlosen Lordadmiral.

Als der Parthan-Träger die ehemalige SolAb-Agentin erblickte, stieß er einen hohen, spitzen Schrei aus. Sein Körper bäumte sich auf, als würde er unter Strom stehen. Die Arme und Beine trommelten so hart und schnell auf den steinigen Untergrund, dass Pertar Almoth die Erschütterungen zu spüren glaubte. Erst nach einiger Zeit beruhigte sich das Kunstgeschöpf wieder.

»Miss … Tolsom«, keuchte der Berater. Das Sprechen bereitete ihm sichtliche Mühe. Man konnte fast den Eindruck haben, dass ihn irgendetwas daran hindern wollte, die einzelnen Worte zu formen.

»Ich bin hier«, sagte die Tochter des Hohekanzlers sanft, ging neben dem Parthan-Träger in die Hocke und ergriff dessen Hand. Rulan Karkeron wollte einschreiten und die Frau zurückreißen, überlegte es sich im letzten Moment jedoch anders.

»Die Schatten …« Das Kunstwesen lag für einen Moment vollkommen still. »Die Schatten … der Höllenwelt. Sie … kommen …«

»Es ist gut«, redete Rhaen Tolsom beruhigend auf den Parthan-Träger ein. »Du bist jetzt in Sicherheit. Wir werden dich nach Pallin bringen und …«

»Nein …«, schüttelte der Berater heftig den Kopf. »Sie verstehen nicht, Miss … Tolsom. Die Legende … Ereshkigal … Es ist alles … wahr. Wir haben … das Tor … geöffnet, und nun … lässt es sich nicht mehr … schließen.«

»Schluss mit diesem dummen Geschwätz!«

Rulan Karkeron hatte das Strahlengewehr, das er einem der Libra-Mitglieder abgenommen hatte, geschultert und stand jetzt breitbeinig vor der am Boden hockenden Rhaen Tolsom.

»Haben Sie nicht gerade selbst gesagt, dass wir hier nur unsere Zeit vergeuden? Wir packen zusammen und bringen den Lordadmiral und Ihren durchgeknallten Roboter nach Pallin. Dort werde ich dann entscheiden, ob es notwendig ist, die QUESTRON zu kontaktieren.«

Rhaen Tolsom erhob sich und sah dem Oxtorner durch die Helmscheibe ins Gesicht. Von seiner Position aus konnte Pertar Almoth trotz des Schutzhelms erkennen, dass ihre Lippen vor mühsam unterdrücktem Zorn bebten.

»Ich erwarte nicht, dass Sie die Kultur meiner Heimat verstehen, Captain«, sagte die ehemalige SolAb-Agentin leise. »Aber ich verlange, dass Sie ihr ein Minimum an Respekt entgegenbringen. Das hier ...«, sie deutete auf den am Boden liegenden Parthan-Träger, »... ist kein *durchgeknallter Roboter*, sondern ein denkendes und fühlendes Wesen, das sich mit allem, was es sagt und tut, einzig und allein am Wohl Reddeyes orientiert. Ohne die Parthan-Träger gäbe es diese Kolonie nicht. Sie haben uns den Weg gezeigt, und sie zeigen ihn uns noch immer. Sie leiten uns an jedem verdammten neuen Tag, an dem sich die Völker dieser Galaxis gegenseitig das Leben zur Hölle machen. Reddeye ist unser Paradies, Captain. Das ist in Ihren Augen vielleicht nicht viel, aber deshalb haben Sie noch lange kein Recht, das alles in den Dreck zu ziehen.«

Für lange Sekunden herrschte eine beinahe gespenstische Stille. Dann sagte Rulan Karkeron:

»Es tut mir leid, Miss Tolsom. Es lag mir fern, Ihre Gefühle zu verletzen oder die Errungenschaften der Menschen auf Reddeye in Frage zu stellen. Falls dieser Eindruck entstanden sein sollte, bitte ich um Entschuldigung. Ich weiß nicht, was diesem … *Berater* zugestoßen ist, aber es hat ihn fraglos ganz gehörig durcheinandergebracht. Lassen Sie uns nach Pallin zurückkehren. Wir müssen uns um den Lordadmiral kümmern. Und um die INANNA.«

»INANNA …«

Der Parthan-Träger stieß den Namen wie in Trance hervor. Der Blick seines gesunden Auges ging starr geradeaus. Nun war auch das Interesse des Oxtorners geweckt. Er rempelte Rhaen Tolsom unsanft beiseite, fiel auf die Knie und packte das Kunstgeschöpf hart an den Schultern.

»Was weißt du über die INANNA?«, fragte er. »Kennst du das Schiff? Weißt du, was es an Bord hat?«

»INANNA …«, wiederholte der Parthan-Träger stockend »Die Söldner … Sie tragen die Schatten der Höllenwelt … in ihren Herzen. Niemand … kann sie aufhalten. Wir …«

Der geschundene Körper des Beraters versteifte sich. Sein Atem ging röchelnd.

»Verloren …«, hauchte er kaum noch verständlich. »Alles verloren … Bei Boris Parthans ewiger Seele – was haben wir getan …?«

Mit dem letzten Wort sank der Parthan-Träger förmlich in sich zusammen. Jegliches Leben war aus ihm gewichen. Rulan Karkeron bettete den Kopf des Kunstgeschöpfs behutsam auf den Boden und wollte sich gerade erheben, als er einen winzigen Speicherchip in der jetzt schlaffen Hand des toten Beraters entdeckte.

»Was ist das?«, fragte er verwundert.

Rhaen Tolsom nahm den Chip vorsichtig zwischen Daumen und Zeigefinger, betrachtete ihn kurz und steckte ihn dann in eine entsprechende Öffnung an ihrem Armbandkom. Auf dem schmalen Display erschienen endlos lange und schnell wechselnde Zahlenkolonnen.

»Das sieht nach einem symmetrischen Alias-Kodeschlüssel aus«, sagte Rulan Karkeron, der der Frau über die Schulter blickte. Rhaen Tolsom drehte den Kopf und nickte anerkennend.

»Ich bin beeindruckt, Captain«, erwiderte sie. »Das *ist* ein symmetrischer Alias-Kodeschlüssel. Noch dazu ein sehr komplexer.«

»Denken Sie dasselbe wie ich?«, wollte der Oxtorner wissen.

»Wenn die USO ihre Spezialisten in Kryptologie ebenso gut ausbildet wie die Solare Abwehr ihre Agenten, ist das wohl sehr wahrscheinlich.«

»Das ist ein Identkode für ein Raumschiff oder eine Station«, sprach Rulan Karkeron seine Vermutung offen aus. »Ich tippe mal auf die INANNA. Falls es sich tatsächlich um einen gültigen Kode handelt, könnten wir damit problemlos an Bord gelangen.«

»So ist es«, stimmte Rhaen Tolsom zu. »Möchten Sie mich begleiten?«

Rulan Karkeron verzog das Gesicht.

»Tut mir leid, Miss Tolsom«, bedauerte er, »aber ohne die Zustimmung des Lordadmirals kann ich einen derartigen Einsatz auf keinen Fall autorisieren.«

»Ich wiederhole mich ungern, Captain«, ließ die Tochter des Hohekanzlers nicht locker. »Ihr Lordadmiral schläft tief und fest, und wir haben keine Ahnung, wann er wieder aufwacht. Sie sind der ranghöchste Offizier, also haben Sie die Befehlsgewalt. Begreifen Sie es doch endlich: Wir *müssen* in dieses Schiff! Wir *müssen* herausfinden, was die INANNA an Bord hat – und zwar *bevor* sie auf Reddeye landet. Besorgen Sie mir eine Space-Jet, und ich liefere Ihnen alle Antworten, die Sie brauchen.«

»Wir könnten die QUESTRON informieren und ihr den Kodeschlüssel übermitteln«, schlug Rulan Karkeron eine Alternative vor. »Für den Schlachtkreuzer wäre es ein Leichtes, die INANNA abzufangen.«

»Damit würden Sie womöglich genau das riskieren, was Lordadmiral Atlan unter allen Umständen zu vermeiden versucht: einen diplomatischen Zwischenfall. Wir wissen nicht, unter welcher Kennung die INANNA fliegt. Eine Space-Jet ist unauffälliger. Ihre Leute können sie so präparieren, dass man sie nicht auf Anhieb als der USO zugehörig erkennt. Und wenn doch etwas schiefgeht, behaupte ich einfach, ich hätte sie gestohlen.«

»Mir gefällt das alles nicht«, sagte Rulan Karkeron unbehaglich.

»Mir gefällt es ebenso wenig«, erwiderte Rhaen Tolsom. »Aber wir haben keine andere Möglichkeit. Dieser Parthan-Träger ...«, sie deutete erneut auf den reglosen Körper am Boden, »... hat sein Leben geopfert, um uns den Speicherchip zu bringen.«

»Wer sagt Ihnen, dass das keine Falle ist?«

»Was für eine Falle sollte das wohl sein?«, erwiderte die ehemalige SolAb-Agentin. »Libra, oder wer immer diese Organisation für seine Zwecke benutzt, will per Raumschiff irgendetwas nach Reddeye schmuggeln, und um diese Tatsache zu verschleiern, treibt man einen erheblichen Aufwand, nimmt sogar den Verlust von Menschenleben in Kauf. Warum sollte man mich oder jemand anderen nun ausgerechnet an Bord dieses Schiffes locken wollen? Außerdem würde sich ein Parthan-Träger niemals für ein solches Täuschungsmanöver hergeben.«

»Vorausgesetzt, er weiß, dass es ein Täuschungsmanöver ist«, warf der Oxtorner ein.

»Schon gut«, winkte Rhaen Tolsom ab. »Vergessen Sie nicht, dass ich in der gleichen Branche wie Sie gearbeitet habe, Captain. Ich kenne den Drill. Im Einsatz vertraut man nur seinem gesunden Menschenverstand. Wer das Schlimmste erwartet, wird nur positiv überrascht. Überschätze den Gegner, unterschätze dich selbst. All die klugen Sprüche aus dem Handbuch für Spione sind mir hinreichend bekannt. Wenn Sie einen besseren Vorschlag haben, dann immer heraus damit.«

»Den habe ich leider nicht«, gab Rulan Karkeron zu. »Pert!«

Pertar Almoth zuckte bei der Nennung seines Namens zusammen. Der Terraner war dem Dialog stumm gefolgt und musste der Tochter des Hohekanzlers innerlich recht geben. Alles, was in den letzten Stunden geschehen war, hing irgendwie mit diesem verdammten Raumschiff zusammen, das sich im Anflug auf Reddeye befand. Man musste kein ausgebildeter USO-Spezialist sein, um den nächsten logischen Schritt zu erkennen. Rulan Karkeron blieb nichts anderes übrig, als den Gegebenheiten Rechnung zu tragen.

»Boss?«

»Du wirst Miss Tolsom begleiten«, sagte Rulan Karkeron mit einer Gelassenheit, die Pertar Almoth unwillkürlich frösteln ließ. »Und bevor du fragst, warum ich ausgerechnet dich schicke: Du bist nicht schnell genug weggerannt!«

»Verstanden, Sir!«, bestätigte der Terraner.

»Machen Sie sich keine Sorgen, Captain.« Rhaen Tolsom hantierte an ihrem Armbandkom und überspielte den Kodeschlüssel sowohl auf die Positronik Pertar Almoths als auch Rulan Karkerons. »Ich bringe Ihnen Ihr Nesthäkchen heil zurück.«

»Ich bitte darum«, brummte der Oxtorner. Dann brach er die vereinbarte Funkstille und nahm Kontakt mit der QUESTRON auf.

Kapitel 17

Atlan

Die leise Melodie erinnerte mich an eine Zeit, an die ich nicht mehr allzu oft zurückdachte. Es war eine Zeit der Entbehrungen und der Mühsal gewesen. Eine Zeit der Enttäuschungen und der Rückschläge. Eine Zeit, in der ich auf der Suche gewesen war. Auf der Suche nach Trost, nach Rechtfertigungen und vor allem nach mir selbst.

Die Melodie klang traurig und getragen. Sie zog wie eine Wüstenkarawane an mir vorbei und hinterließ für wenige Atemzüge ein paar flüchtige Abdrücke im Sand, bevor sie ein rauer Wind für immer verwehte.

Ich stand auf dem Hügel der Weisen am Fuß des Kristallpalasts und wusste, dass ich träumte. Der gigantische, fast einen Kilometer hohe Trichterbau glänzte und glitzerte im hellen Licht der Sonne Arkon. Der Anblick der kristallbesetzten Fassade des berühmtesten Gebäudes meiner Heimatwelt war eine meiner frühsten Kindheitserinnerungen.

Ich drehte den Kopf nach allen Seiten, versuchte zu ergründen, aus welcher Richtung die Melodie kam. Außer mir schien sich niemand in der unmittelbaren Nähe aufzuhalten. Das war seltsam, denn rund um den imperialen Wohnsitz gruppierten sich die Trichter der verschiedenen Ministerien, der galaktischen Botschaften und der allgemeinen Verwaltung. Von oben sahen sie aus wie ein überdimensionales Blumenbeet, und rund um den Gos'Khasurn, so die arkonidische Bezeichnung für den Kristallpalast, ging es normalerweise zu wie in einem terranischen Bienenstock.

Langsam schritt ich an der in allen Regenbogenfarben funkelnden Wand entlang. Außer der Melodie drang kein anderer Laut an meine Ohren. Arkon stand als großer, hellstrahlender Ball am wolkenlosen Himmel. Ich spähte nach Süden hinüber und über die Türme der Flottenkommandantur hinweg. Normalerweise konnte man dort die Silhouetten der Raumschiffe sehen, die sich majestätisch und mit feuernden Impulsdüsen in die Höhe schwangen oder auf ihren Antigravfeldern auf dem einzigen in unmittelbarer Nähe des Regierungsviertels verfügbaren Landefeld niedergingen. Jetzt flimmerte dort nur die Luft in der Mittagshitze.

Die Melodie wurde lauter, und erst jetzt kam mir zu Bewusstsein, dass da jemand sang. Eine klare, doch traurige Frauenstimme. In meinen Augen sammelte sich salziges Sekret, bei meinem Volk von jeher ein Zeichen großer Erregung und emotionaler Anspannung. Es lief in zwei dünnen Bahnen an meinen Wangen herab und tropfte auf den Kragen der Kombination.

Ich kannte diese Stimme!

Unwillkürlich beschleunigte ich meinen Gang, fiel in einen leichten Trab, der mir den Schweiß auf die Stirn trieb. Die Absätze meiner Stiefel schlugen in schnellem Takt gegen den harten Boden, doch nach wie vor hörte ich nur die klagende Melodie. Selten zuvor hatte mich ein Lied so tief und nachhaltig berührt. Ich wischte mir mit den Handrücken die Augen, doch die Tränen wollten nicht versiegen.

Zwischen den beiden fünfhundert Meter hohen Kelchen der Imperialen Registratur konnte ich die fernen Gipfel des Shuluk-Ahaut-Gebirges erkennen. Der Hügel der Weisen lag auf einem Hochplateau des Äquatorialkontinents Laktranor und erstreckte sich als prächtige Parklandschaft über ein Gebiet von rund zweitausend Quadratkilometern. Auch nach dem Niedergang des Großen Imperiums gehörte das Zentrum der arkonidischen Kultur noch immer zu den schönsten und eindrucksvollsten Orten der Milchstraße.

Die Frau stand einsam und allein inmitten eines kleinen Wäldchens und wandte mir den Rücken zu. Sie trug ein einfaches weißes Kleid, das ihren schlanken Körper sanft umfloss und dessen Saum bis zu den Knöcheln fiel. Die langen, weißen Haare reichten ihr bis zur Hüfte und wirkten von weitem wie Engelsflügel. Ergriffen lauschte ich dem mit solcher Inbrunst vorgetragenen Lied, dessen Klang die Welt um mich herum verstummen ließ. Es war einer jener seltenen Momente im Leben, von denen man sich wünschte, sie würden ewig währen.

Als die Frau ihren Gesang schließlich beendete, brauchte ich einige Sekunden, um den in mir tobenden Gefühlsorkan zu bändigen. Ich erwartete, dass sie davonging oder sich zumindest umdrehte, doch sie stand einfach nur weiterhin mit hängenden Armen da. Eine leichte Brise kam auf und spielte mit ihren Haaren, bewegte den leichten Stoff des Kleides.

Ich wollte etwas sagen, mich bemerkbar machen, doch ich brachte keinen Ton heraus. Langsam, Meter für Meter, ging ich auf die Frau zu. Es kam mir vor, als würde ich plötzlich durch Sirup waten. Jeder Schritt fiel mir schwerer und war anstrengender als der vorangegangene, doch meine Befürchtung, dass ich aus dem Traum erwachte, noch bevor ich das Gesicht der Unbekannten erblickte, bewahrheitete sich nicht.

Und dann sah ich sie. Überwältigt musterte ich die feinen Züge, die sanft nach oben geschwungene Nase, die großen, rötlich schimmernden Augen, die auf beinahe magische Weise mit der hellen Haut kontrastierten, das schmale Kinn, die ebenmäßigen Wangenknochen …

Erneut stiegen mir die Tränen in die Augen. Die Erinnerung übermannte mich mit solcher Wucht, dass ich mich nicht mehr auf den Beinen halten konnte. Irgendetwas saugte mir sämtliche Kraft aus den Gliedern, und ich sank dort, wo ich stand, zu Boden.

»Mutter …«, flüsterte ich.

Die Frau verzog die schmalen Lippen zu einem Lächeln, doch in ihrem Antlitz spiegelte sich keine Freude. Damals, in jenen schicksalhaften Tagen nach der Ermordung meines Vaters Imperator Gonozal VII., waren wir getrennt worden und hatten uns erst viele Jahre später auf der Rebellenwelt Kraumon wiedergesehen.

Auch meine Mutter weinte jetzt, doch ihre Tränen waren blutrot. Sie zeichneten lange, dünne Spuren in ihr Gesicht, gerade so, als würde jemand ein unsichtbares Messer führen und damit die hochedle Imperatrix Yagthara Agh'Hay-Boor attackieren.

Die Veränderung kam jäh und unerwartet. Mit einem Mal war mir kalt. Es wurde schlagartig dunkel. Nur die schlanke Gestalt meiner Mutter schien noch immer zu leuchten, so als würde das Licht direkt aus ihr herausströmen und sie wie Wasser umfließen. Doch dann änderte sich auch das.

Zunächst war es nur ein kaum wahrnehmbares Züngeln am Saum des Kleides, eine winzige Flamme, die scheinbar aus dem Nichts entstand. Aus der Flamme wurde ein loderndes Feuer, das sich rasend schnell ausbreitete und schon Sekunden später den gesamten Körper erfasst hatte. Ich versuchte aufzustehen, wollte etwas tun. Es ging nicht, die seltsame Schwäche hielt mich noch immer in ihrem Griff. Ich wollte schreien und um Hilfe rufen, aber nach wie vor versagten mir die Stimmbänder. Und obwohl mir in jedem Augenblick klar war, dass ich das alles nur träumte, zerriss es mir beim Anblick der lichterloh brennenden Frau das Herz.

Das eigentlich Irreale an der ganzen Situation war jedoch die Tatsache, dass Yagthara nicht wirklich verbrannte. Die Flammen hüllten sie zwar vollständig ein, doch ihre Erscheinung blieb unverändert. Das schwermütige Lächeln in ihrem Gesicht wirkte wie in Stein gemeißelt, und die roten Tränenbahnen waren selbst gegen die flackernde Feuerwand deutlich zu erkennen.

Ich schloss die Augen, und als ich sie wieder öffnete, war meine Mutter verschwunden. Das Feuer hatte bereits auf die Bäume des Wäldchens und die nächsten Trichterbauten übergegriffen, und obwohl Letztere größtenteils aus nicht brennbaren Materialien bestanden, leckten die Flammen gierig an ihnen empor. Das Regierungsviertel auf dem Hügel der Weisen verwandelte sich in eine Hölle aus Glut und Asche, doch je stürmischer das Inferno um mich herum tobte, desto kälter wurde es.

Unter Aufbietung aller verbliebenen Kräfte drehte ich den Kopf in Richtung des Kristallpalasts. Auf seiner schillernden Oberfläche spiegelte sich die Feuersbrunst, verlieh dem gigantischen Gebäude ein beklemmendes Eigenleben. Und noch während ich mich fragte, ob mein Traum eine Bedeutung hatte …

… erwachte ich.

Ich trug noch immer den Kampfanzug aus den Beständen der reddeyeschen Behörden, den mir Pertar Almoth ausgehändigt hatte. Wie bei so vielen Dingen auf der Kolonialwelt handelte es sich auch dabei um ein Modell aus den Arsenalen der Solaren Flotte, das schon seit einigen Jahrzehnten nicht mehr im Einsatz war. Technische Ausrüstung – vor allem, wenn es sich um solche handelte, die bei bewaffneten Auseinandersetzungen Verwendung fand – entwickelte sich in nahezu atemberaubenden Tempo weiter. Insbesondere in dem aufgeheizten Klima, das derzeit in der Milchstraße herrschte, überschlugen sich die Ingenieure und Entwickler geradezu in dem Bemühen, immer bessere, immer schnellere und immer tödlichere Waffensysteme zu schaffen. Wer in diesem perversen Rüstungswettlauf konkurrenzfähig bleiben wollte, der hatte gar keine andere Wahl, als permanent immense Summen in die jeweils neuste Technik zu investieren.

Das ausgemusterte Material wurde entweder vernichtet oder, sofern es nicht für kriegerische Zwecke genutzt werden konnte, generalüberholt und weiterverkauft. Insbesondere für Raumschiffe existierte ein großer Markt, und die ausgedienten Korvetten und Kreuzer aus den Beständen der Solaren Flotte erfreuten sich einer gewaltigen Nachfrage. Freilich achteten Perry Rhodan und seine Terraner peinlichst genau darauf, dass die Schiffe zwar in technisch einwandfreiem Zustand bei ihren neuen Besitzern eintrafen, dass es jedoch praktisch unmöglich war, sie in jene waffenstarrenden Festungen zurückzuverwandeln, die sie einmal gewesen waren.

Andere Sternenreiche gingen diesbezüglich weit weniger zimperlich vor. Erst vor wenigen Monaten hatte ein USO-Kommando eine Schmugglerbande ausgehoben, die über zwei voll funktionstüchtige Schnelle Kreuzer mit moderner Offensivbewaffnung verfügte. Die Schiffe stammten mit hoher Wahrscheinlichkeit aus der Produktion des Werftplaneten Telom im Normon-System, dem Zentrum des Imperiums Dabrifa, auch wenn der Imperator selbst solche Behauptungen mit der üblichen Empörung zurückwies. Doch selbst wenn meine Spezialisten unwiderlegbare Beweise dafür gefunden hätten, dass die Koalition ehemaliger terranischer Siedlungswelten Kampfschiffe an Schmuggler verkaufte, hätten sie nichts dagegen tun können. Die nicht vom Solaren Imperium kontrollierten Regionen der Galaxis waren längst zum rechtsfreien Raum geworden, weil es Perry Rhodan nicht auf eine direkte militärische Konfrontation ankommen lassen konnte.

»Wie geht es Ihnen, Lordadmiral?«

Rulan Karkeron streckte mir seine Hand entgegen. Ich ergriff sie, und er zog mich in sitzende Position. Ich atmete einmal tief ein und wieder aus.

»Es geht mir gut, Captain«, sagte ich dann. »Wie lange war ich weg?«

»Drei Stunden, Sir«, antwortete der Oxtorner.

»Bericht.«

»Die Libra-Truppen wurden zurückgetrieben und in alle Richtungen zerstreut. Der Stützpunkt ist verlassen. In Pallin ist die Situation weitgehend unter Kontrolle. Allerdings hat die Clankammer vor wenigen Minuten in einer öffentlichen Abstimmung entschieden, dass auf Reddeye der Ausnahmezustand herrscht. Ich bin mit den hiesigen Gepflogenheiten nicht vertraut genug, um daraus alle möglichen Konsequenzen abzuleiten, aber aus dem Funkverkehr ließ sich erkennen, dass die vier Raumforts im Orbit in Alarmbereitschaft versetzt wurden. Offenbar dürfen derzeit weder Raumschiffe starten oder landen.«

»Wo ist Miss Tolsom?«

Das Schweigen des Oxtorners dauerte mir eine Spur zu lange.

»Um diese Frage zu beantworten, benötige ich ein wenig mehr Zeit, Sir«, brachte Rulan Karkeron schließlich heraus. Ich kannte Männer wie ihn lange genug, um zu erkennen, dass er es in diesem Moment lieber mit einem Haluter in Drangwäsche zu tun gehabt hätte, als seinem obersten Vorgesetzten Rechenschaft ablegen zu müssen. Ich erhob mich und blickte dem Mann direkt in die Augen.

»Sie haben dreißig Sekunden, Captain«, sagte ich ruhig.

»Jawohl, Sir«, schluckte Rulan Karkeron. »Angesichts der zeitlich kritischen Sachlage erschien es mir geboten, die mit der QUESTRON vereinbarte Funkstille zu brechen und eine Space-Jet anzufordern. Miss Tolsom und Pertar Almoth sind seit dreißig Minuten mit der QU-SJ-2 unterwegs, um zu dem verdächtigen Raumer namens INANNA vorzustoßen und diesen nach Möglichkeit zu inspizieren. Ein dafür notwendiger Identkode wurde uns von einem Parthan-Träger zugespielt. Selbstverständlich wurden alle nur möglichen Maßnahmen ergriffen, um An- und Abflug der Jet geheimzuhalten. Die dennoch vorhandene Gefahr einer Entdeckung erschien mir im Rahmen der Risikobewertung vertretbar.«

»Danke, Captain«, sagte ich. »Sie haben schnell und richtig gehandelt. Nicht, dass ich etwas anderes von Ihnen erwartet hätte.«

»Ich …«, setzte der Oxtorner an, brach ab, überlegte kurz und rief dann laut: »Ja, Sir!«

»Lordadmiral. Hier Varen Thorik«, hörte ich in diesem Moment die Stimme der Arkonidin in meinem Helmempfänger. »Wir bekommen gerade ein paar verstümmelte Nachrichten aus Pallin herein. Es hat offenbar einen weiteren Bombenanschlag gegeben. Die Explosionen ereigneten sich direkt im Großen Forum – und diesmal sind Todesopfer zu beklagen.«

Die Situation gerät außer Kontrolle, wisperte der Extrasinn.

Was schlägst du vor?, erkundigte ich mich mental.

Warum fragst du mich?, lautete die patzige Antwort. *Du bist der große Stratege.*

»Rufen Sie Ihre Leute zusammen, Captain«, befahl ich Rulan Karkeron. »Wir fliegen zurück in die Stadt.«

»Verstanden, Sir!«

Kapitel 18

Pertar Almoth

Auf dem Panoramaschirm der QU-SJ-2 blinkte ein einsamer, grüner Punkt inmitten der von der Positronik eingeblendeten Sternkonstellationen. Die Space-Jet flog mit aktivierten Antiortungsschirmen, die aufgrund ihrer speziellen Polung auftreffende Taststrahlen nicht reflektierten, sondern absorbierten. Hinzu kam, dass die Außenhülle des Diskusschiffes über eine besondere, von der USO entwickelte Stealth-Beschichtung aus einer Howalgonium-Legierung verfügte, von der die Streustrahlung interner Energieerzeuger deutlich abgeschwächt wurde. Pertar Almoth war sich somit ziemlich sicher, dass weder die Landung auf Reddeye noch der kurz darauf erfolgte Start des Fahrzeugs bemerkt worden waren.

Die eigene Ortung hatte ergeben, dass sich neben der nach wie vor im Sonnenorbit verharrenden QUESTRON und der QU-SJ-2 nur ein einziges weiteres Raumschiff in der Nähe Reddeyes aufhielt. Es hatte eindeutig Kurs auf die rote Sonne gesetzt und war noch etwa fünfzig Lichtjahre entfernt. Genaueres konnten die Instrumente der Jet auf die Entfernung nicht feststellen. Zwar hätte man Taha Kanli und die mit wesentlich leistungsfähigeren Ortungseinrichtungen ausgestattete QUESTRON um Unterstützung bitten können, doch sowohl Rhaen Tolsom als auch der USO-Spezialist waren der Ansicht, dass man so lange wie irgend möglich auf Beistand durch den Schlachtkreuzer verzichten sollte.

Pertar Almoth hockte auf dem Sessel des Kopiloten und starrte den grünen Punkt auf dem Hauptbildschirm an, als könne er ihn hypnotisieren und damit zwingen, all seine Geheimnisse preiszugeben. Noch bevor er gemeinsam mit der ehemaligen SolAb-Agentin in die enge Zentrale der Space-Jet geklettert war, hatte er über sein Kommunikationsmodul eine Funkbotschaft von Rulan Karkeron auf dem abteilungsinternen Geheimkanal empfangen. Jede Gruppe des Spezialkommandos Atropos besaß eine solche nur ihren Mitgliedern bekannte, abhörsichere Frequenz, über die verschlüsselte Nachrichten verschickt werden konnten.

Halt deine Augen offen, Pert, hatte ihn der Oxtorner aufgefordert. *Mir gefällt das alles nicht. Ich behaupte nicht, dass die Urteilsfähigkeit des Lordadmirals durch die persönliche Beziehung zu dieser Frau getrübt ist, aber ein bisschen gesundes Misstrauen hat noch niemandem geschadet.*

»Linearetappe in zehn Minuten«, hörte der Terraner die Stimme Rhaen Tolsoms neben sich. »Wir werden knapp ein Lichtjahr vor der INANNA in den Normalraum zurückkehren.«

»Und dann?«, fragte der USO-Spezialist.

»Wir senden den Identkode und warten, was passiert«, lautete die trockene Antwort.

»Sie gehen davon aus, dass man uns einfach so als berechtigt anerkennt und an Bord lässt«, stellte Pertar Almoth fest. »Genau so gut könnte die INANNA allerdings das Feuer auf uns eröffnen, weil sie die strikte Anweisung hat, ohne Zeitverzug auf Reddeye zu landen.«

»Ich bin davon überzeugt, dass man uns den Identkode nicht zugespielt hätte, wenn nicht die Chance bestünde, an Bord dieses Schiffes zu gelangen«, sagte Rhaen Tolsom und deutete auf den grünen Ortungspunkt.

»Sie setzen eine Menge Vertrauen in diese Parthan-Träger, Miss Tolsom«, wandte der Terraner ein.

»Wenn Sie auf Reddeye aufgewachsen wären, würde Sie das nicht verwundern, Mr. Almoth.«

»Nennen Sie mich Pert. Das machen alle.« Pertar Almoth nahm seine Augen vom Bildschirm und sah die ehemalige SolAb-Agentin an.

»Gern, Pert«, lächelte Rhaen Tolsom. »Ich bin Rhaen.«

»Warum haben Sie Reddeye damals überhaupt verlassen und sind nach Terra gegangen?«, wollte der Terraner wissen. »Nehmen Sie mir die Bemerkung nicht übel, Rhaen, aber Ihr Vater scheint kein armer Mann zu sein. Sie hätten das Leben genießen können.«

Rhaen Tolsom lachte, und in diesem Augenblick glaubte Pertar Almoth zu verstehen, warum sich der Lordadmiral zu dieser Frau hingezogen fühlte. Ließ man die attraktive äußere Erscheinung einmal beiseite, dann strahlte die ehemalige SolAb-Agentin eine unterbewusste Verletzlichkeit aus und besaß damit einen Charakterzug, der so ganz und gar nicht ihrer ansonsten selbstbewussten und zielgerichteten Persönlichkeit entsprach. Pertar wäre nie auf die Idee gekommen, sich als jemanden zu bezeichnen, der sich gut auf Frauen verstand. Streng genommen war er vor Ikami sogar nur mit zwei anderen Frauen intim gewesen. Allerdings glaubte er die Vorlieben von Männern zu kennen, die sich für eine Karriere in der Solaren Flotte oder der USO entschieden, also einen Lebensweg einschlugen, der oft ein hohes Maß an Risiko- und Opferbereitschaft erforderte. Solche Männer wollten Frauen beschützen und liebten deshalb die, die sich auch beschützen *ließen*.

Natürlich war Rhaen Tolsom unzweifelhaft in der Lage, auf sich selbst zu achten, denn die Qualifikation einer SolAb-Agentin stand der eines USO-Spezialisten für gewöhnlich in nichts nach. Doch irgendwo in den Tiefen seines männlichen Bewusstseins spürte Pertar Almoth, dass diese Frau auch schwach und anlehnungsbedürftig sein konnte und damit einer Art von Ideal nahe kam, das selbst einen unsterblichen Arkoniden bezauberte.

»Ich bin nach Terra gegangen, um dort zu studieren«, riss Rhaen Tolsom den Terraner aus seinen Gedanken. »Mein Vater hat mich nicht unbedingt dazu ermutigt, aber er war auch nicht unglücklich über meine Entscheidung. Die Isolation Reddeyes hat Vor- und Nachteile. Mit der Einschreibung an der Akademia Terrania begann für mich praktisch ein zweites Leben. Ich hatte nie wirklich begriffen, wie groß die Milchstraße ist und wie viele Völker sie sich miteinander teilen. Die Hauptstadt Terras führt einem das jedoch mit jedem neuen Tag vor Augen.«

»Ich weiß, was Sie meinen«, nickte Pertar Almoth.

»Atlan hat einmal zu mir gesagt, dass Terrania ein Monster in einer langen Reihe von Monstern ist. Babel, Ninive, Syrakus, Babylon, Rom, Samarkand, Tenochtitlan, Peking. Im Vergleich mit den großen Metropolen der Erdgeschichte ist Terrania noch jung. Aber wenn man die Crest-Allee zur Großadministration hinunter geht oder einen Spaziergang über die Starlight Promenade in Atlan Village unternimmt, kommt es einem vor, als gäbe es diese Stadt schon seit Ewigkeiten. Ich habe mich damals in das Monster verliebt, Pert, und irgendwann habe ich geglaubt, dass ich etwas tun muss, um es zu bewahren.«

»Also sind Sie zur SolAb gegangen«, stellte Pertar Almoth fest.

»Um ehrlich zu sein: Ich war ziemlich sicher, dass man mich ablehnt. Stattdessen stellte man mich ein und verfrachtete mich für zehn Monate zur Grundausbildung nach Q-10, einer Trainingswelt im galaktischen Zentrumssektor. Unter den Rekruten erzählte man sich, dass das Q für Qual stand, und dass 10 die Anzahl der Tage bezeichnete, nach denen man entweder aufgab oder tot war. Natürlich war das übertrieben, aber nichtsdestotrotz auch nicht allzu weit von der Wahrheit entfernt.«

Ein Zittern durchlief die QU-SJ-2, als die Impulsdüsen zündeten und die Jet beschleunigte. Das Manöver wurde von der

Positronik gesteuert, die die optimale Eintauchgeschwindigkeit für die bevorstehende Linearetappe auf Basis der von Rhaen Tolsom eingegebenen Daten berechnet hatte.

»Warum sind Sie nach Reddeye zurückgekehrt?«, fragte Pertar Almoth. »Heimweh?«

»Auch«, gab die Frau zu. »Wie sagt man doch so schön: Die Mutter und die Heimat sind durch nichts zu ersetzen. Ich glaube, ich hatte meinen Teil an Not und Elend gesehen. Ich muss Ihnen nicht sagen, dass diese Galaxis sehr hässlich sein kann. Die meisten Menschen leben ihr Leben deshalb an der Oberfläche, dort, wo die Welt hell und die Luft klar ist. Leuten wie uns ist so etwas nicht möglich. Wir müssen hinabtauchen in die Dunkelheit, und manchmal ist es nicht einfach, mit dem fertig zu werden, was dort unten lauert.«

Wie recht sie doch hat, dachte Pertar Almoth. Seit dem Denar-Zwischenfall hatte auch er sich oft gefragt, ob es das alles wert war, ob der Preis, den er für das vage Gefühl zahlte, wirklich etwas verändern zu können, nicht zu hoch ausfiel. Doch wohin hätte er gehen sollen? Seine Heimat war die Erde, jener Planet, der von so vielen Gegnern bedroht wurde, dass es sich gar nicht mehr lohnte, mit dem Zählen anzufangen.

»Ich war jedenfalls der Meinung, ich hätte genug getan«, sprach Rhaen Tolsom weiter. »Und als ich wieder auf Reddeye war, wurde mir klar, dass man auch im Kleinen viel bewirken kann. Was wichtig ist, bestimmt man letztlich selbst. Es ist nie zu spät, seine Prioritäten zu ändern.«

Pertar Almoth senkte nachdenklich den Kopf. Ein leiser Summton signalisierte, dass die Positronik den Countdown für den Linearflug gestartet hatte. Mit einem beiläufigen Sensordruck desaktivierte er die Anschnallautomatik. Er hasste es, wenn ihn die weichen Gurte sanft in den Sessel drückten. Er fühlte sich dann hilflos und ausgeliefert. Rhaen warf ihm einen kurzen Blick zu, sagte aber nichts.

Die Fusionsmeiler der Jet schalteten auf Maximalleistung und erzeugten die notwendige Energie für das Kompensatorfeld, das die QU-SJ-2 auf ihrer Reise durch den Halbraum vor dessen schädlichen Einflüssen schützte. Die beiden Menschen in der Zentrale merkten davon nichts. Manchmal bedauerte Pertar Almoth die Tatsache, dass der moderne Raumflug so sehr zur Routine geworden war.

Er hatte vor einigen Jahren im Rahmen des Besuchs einer Raumfahrtmesse auf Olymp mit Ikami und den beiden Mädchen an einer Simulation der ersten bemannten terranischen Mondmission aus dem Jahr 1971 teilgenommen. Damals war es ihm schwergefallen zu glauben, dass Menschen einst unter derart primitiven Bedingungen in den Weltraum gestartet waren. Perry Rhodan und seine drei Begleiter hatten Belastungen ertragen, die heutzutage undenkbar erschienen. Man hatte weder über Andruckabsorber noch über Antigravs zur Erzeugung einer künstlichen Schwerkraft verfügt, und die Piloten der STARDUST waren teilweise Beschleunigungen von bis zu fünfzehn Gravos ausgesetzt gewesen. So etwas war selbst für einen USO-Spezialisten wie Pertar Almoth kein Zuckerschlecken.

Zum Abschluss der Simulation, die die entsprechenden Andruckkräfte natürlich ausgespart und stattdessen die Schwerkraft nur um ein gutes halbes Gravo erhöht hatte, um den Teilnehmern das *Gefühl* für die Strapazen der frühen irdischen Astronauten zu vermitteln, hatte einer der Betreuer erzählt, dass die eigentliche STARDUST, der sogenannte *Mondlander*, der im Gobi-Park Terranias den Kern des STARDUST Memorials bildete, sogar den Angriff der Dolans aus dem Jahr 2437 überstanden habe. Seitdem gehe die Legende um, dass die Menschheit so lange existieren würde, wie auch dieses Modul der STARDUST überdauerte.

Kurz darauf beendete die Space-Jet ihre Linearetappe. Innerhalb weniger Minuten hatte das Schiff eine Strecke zurückgelegt, für die das Licht fast ein halbes Jahrhundert benötigte. Auf dem Panoramaschirm erschien das Abbild eines klobigen Transportraumers. Er bestand aus einem dünnen, dreihundert Meter langen Stahlgerüst, an das eine Reihe von tonnenförmigen Frachtmodulen angeflanscht worden waren. Der Triebwerksblock im Heck und der plumpe Würfel am Bug wiesen deutliche Alterserscheinungen auf. Überhaupt erweckte das ganze Schiff den Eindruck, dass es seine besten Jahre schon lange hinter sich hatte.

»Was ist das?«, fragte Pertar Almoth konsterniert.

»Die INANNA«, sagte Rhaen Tolsom knapp und justierte die Außenkameras. Der Bildschirm zeigte nun einen Bereich des Bugwürfels in Vergrößerung. Der Name des Raumers war in großen gelben Buchstaben auf die zernarbte, geflickte und teilweise rostige Außenhülle gesprüht worden. Kein Zweifel: Das war jenes Schiff, auf das die geheimnisvollen Drahtzieher, die hinter den Ereignissen auf Reddeye steckten, so dringend warteten.

»Ich weiß, dass man sich nicht von Äußerlichkeiten leiten lassen sollte«, sagte der Terraner, »aber besonders gefährlich sieht das Wrack da drüben nicht gerade aus.«

»Senden wir den Kode und sehen, was passiert«, erwiderte die ehemalige SolAb-Agentin und hantierte an ihrem Armbandkom. Sekunden später flammte einer der Nebenbildschirme auf und projizierte das Gesicht einer älteren Frau. Sie hatte die langen, dunkelblonden Haare zu einem Pferdeschwanz zusammengebunden und trug eine altmodische Brille auf der Nase. Die graue Kombination war zerknittert und wies mehrere große Flecken auf.

»Kapitän Lisa Brandstrom hier«, sagte sie mit dünner Stimme. »Kolonistenraumer INANNA mit zweitausend Siedlern an Bord meldet volle Einsatzbereitschaft.«

Pertar Almoth wollte etwas erwidern, doch Rhaen bedeutete ihm, sich zurückzuhalten und ihr das Sprechen zu überlassen.

Dann zog sie die Halskrause ihres Schutzanzugs nach oben und trat in den Erfassungsbereich der Kameras. Der Terraner begriff augenblicklich. Lisa Brandstrom hatte sich ein blaues Tuch um den Hals gewickelt. Die Vermutung lag nahe, dass sie damit die seltsamen Wucherungen verbergen wollte, über die der unbekannte Gegner laut den Erkenntnissen des Lordadmirals den Willen der von ihm beeinflussten Menschen unterdrückte.

»Rhaen Tolsom hier«, sagte die ehemalige SolAb-Agentin. »Mein Bruder Elion schickt mich, um sicherzugehen, dass alles in Ordnung ist. Ich würde gerne andocken und Ihnen für den Rest des Fluges Gesellschaft leisten.«

»Verstanden«, kam die knappe Entgegnung. »Ich schicke einen Leitstrahl. Unser Hangar hat ausreichend Platz für ihr Schiff.«

Ohne ein weiteres Wort beendete Lisa Brandstrom die Verbindung. Sekunden später traf der versprochene Funkimpuls ein.

»Das war … einfach.« Pertar Almoth kratzte sich am Kopf. »Für meine Begriffe fast *zu* einfach.«

»Sie müssen lernen, die kleinen Geschenke des Lebens anzunehmen, Pert«, sagte Rhaen Tolsom. Sie hatte sich in ihrem Sessel zurückgelehnt und überließ das Annäherungsmanöver der Positronik.

»Ach ja?«, erwiderte er spöttisch. »Lassen Sie mich raten: Von diesem Raumschiff mit zweitausend Kolonisten für Reddeye hatten Sie nicht die geringste Ahnung, richtig? Kommt es öfter vor, dass unvermittelt ein paar tausend Siedler auftauchen, die sich auf ihrer Heimatwelt niederlassen wollen?«

»Halten Sie mich bitte nicht für naiv.« Rhaen hatte die Augen auf den Panoramaschirm gerichtet und beobachtete, wie die QU-SJ-2 verzögerte und den unteren Bereich des Bugwürfels ansteuerte. Dort hatte sich ein breites Doppelschott geöffnet und gab den Blick auf einen leeren Hangar frei.

»Die Kolonisten dienen vermutlich nur als Tarnung«, sagte die ehemalige SolAb-Agentin. »Wenn die INANNA ein offizielles Siedlerschiff wäre, hätte sich Libra die Ablenkungsmanöver in Pallin sparen können. Davon abgesehen ist ein Austausch von Menschen zwischen verschiedenen Siedlungswelten durchaus üblich. Insbesondere in den frühen Jahrzehnten einer neuen Kolonie wird so die genetische Vielfalt gefördert.«

»Ich empfange keinerlei Funkverkehr.« Pertar Almoth drückte ein paar Knöpfe auf einer Kontrollkonsole und musterte die flachen Linien auf dem zugehörigen Bildschirm.

»Darf ich fragen, was Sie vorhaben, wenn man uns eingeschleust hat?«

»Wir inspizieren die Laderäume«, antwortete Rhaen Tolsom.

»Und wenn wir nichts Verdächtiges finden?«

»Dann inspizieren wir auch den Rest des Schiffes.«

Pertar Almoth seufzte. Die QU-SJ-2 passierte das Hangarschott und setzte weich auf ihren vier Landestützen auf. Die ehemalige SolAb-Agentin fuhr die Systeme herunter, wies die Positronik jedoch an, in Bereitschaft zu bleiben. Dann stand sie auf und öffnete die Luke, die zur unteren Polschleuse der Space Jet führte.

»Kommen Sie?«

Der Terraner erhob sich ebenfalls. Als USO-Spezialist lernte man, dass einen Gefühle manchmal trügen konnten, dass es jedoch ein Fehler war, wenn man sie einfach ignorierte. Pertar Almoth fühlte sich nicht besonders wohl, während er durch den kurzen Antigravschacht nach unten sank. Mit der INANNA stimmte etwas nicht. Überhaupt erschien ihm dieser gesamte Einsatz auf bizarre Weise unwirklich, aber das hatte nicht viel zu sagen. Seit jenen alptraumhaften Stunden in der halb zerstörten Station auf Denar kam ihm sein ganzes Leben manchmal wie erfunden vor. Er sah kurz nach unten und vergewisserte sich, dass Rhaen Tolsom ihn nicht sehen konnte.

Dann fischte er zwei Kapseln Lithropsin aus einer seiner Anzugtaschen und schluckte sie trocken hinunter.

Im Hangar wurden sie bereits erwartet. Lisa Brandstrom war persönlich gekommen, um ihre Besucher zu empfangen. Begleitet wurde sie von einem Mann, den sie als ihren Assistenten Issley Wolf vorstellte. Er war in einem ähnlich erbarmungswürdigen Zustand wie Elion Tolsom. Die viel zu große Kombination schlackerte an seinem abgemagerten Körper hin und her, und das Gesicht wirkte wie das einer Mumie. Trotz der scheinbar kränklichen Erscheinung hütete sich Pertar davor, den Mann zu unterschätzen. In Lordadmiral Atlans Bericht über die Begegnung mit Rhaen Tolsoms Bruder war von immensen Körperkräften die Rede gewesen.

»Wenn Sie mich bitte in die Zentrale begleiten wollen«, sagte Lisa Brandstrom. Sie klang furchtbar erschöpft. »In zehn Minuten beginnt die letzte Linearetappe. Wir müssen uns beeilen.«

»Schieben Sie die Etappe vorerst auf«, sagte Rhaen forsch. »Elion und Goletta Marl haben mir die Anweisung erteilt, dass die INANNA erst auf Reddeye landen darf, wenn ich mich persönlich davon überzeugt habe, dass es keine Komplikationen gibt.«

Lisa Brandstrom starrte die ehemalige SolAb-Agentin verständnislos an. Im ersten Moment glaubte Pertar Almoth schon, dass Rhaen zu weit gegangen war, dass sie den Bogen überspannt und ihr Gegenüber Verdacht geschöpft hatte. Dann aber sah er die Angst in den Augen Brandstroms. Die Frau presste beide Hände flach in die Hüften, um ihr Zittern zu verbergen, und ihr Blick flackerte wie eine Kerzenflamme.

»Aufschieben?«, brachte sie mühsam beherrscht heraus. »Das … das kann ich nicht.«

»Vielleicht haben Sie mich nicht richtig verstanden«, spielte Rhaen ihre Rolle weiter, und der Terraner musste zugeben, dass sie das verdammt überzeugend tat.

»Ich komme direkt von Elion Tolsom und Goletta Marl. Möchten Sie, dass ich sie anfunke und ihnen berichte, dass es hier Probleme gibt?«

Treib es nicht zu weit, dachte Pertar Almoth nervös.

»Nein, nein … natürlich nicht.« Lisa Brandstrom schwitzte plötzlich trotz der angenehmen Temperatur, die im Hangar herrschte.

»Ich bin nur … besorgt. Der Prozess ist bereits weit fortgeschritten und … nun, Sie wissen selbst, dass das Erwachen nicht mehr gestoppt werden kann, wenn es einmal begonnen hat.«

»Selbstverständlich«, sagte Rhaen Tolsom, obwohl sie keine Ahnung hatte, wovon Brandstrom sprach. »Dennoch muss ich mich erst davon überzeugen, dass alles in Ordnung ist. Je schneller und umfassender Sie also mit mir kooperieren, desto schneller können wir auch unseren Flug fortsetzen.«

»Sie … Sie wollen … die Söldner *sehen*?«

Da war er wieder. Den Begriff *Söldner* hatte bereits der sterbende Parthan-Träger benutzt, den er, Pertar, in der Verbotenen Zone entdeckt hatte. War das das ganze Geheimnis? Brachte die INANNA nichts weiter als eine Truppe Soldaten nach Reddeye? Aber wozu? Und warum schliefen sie und mussten geweckt werden?

»Ja, das möchte ich.« Die ehemalige SolAb-Agentin ließ sich nicht beirren.

Lisa Brandstrom sah aus, als würde sie jeden Augenblick zusammenbrechen. Auch ihr Begleiter, der bislang noch keinen Ton gesagt hatte, schien in eine Art Schockstarre gefallen zu sein. Wovor, bei allen Raumgeistern, hatten diese beiden Menschen so viel Angst?

»Lisa«, flüsterte Issley Wolf jetzt eindringlich. »Wir hängen ohnehin schon in der Zeit. Wir können unmöglich noch länger …«

»Was Sie können oder nicht können, lassen Sie getrost meine Sorge sein, Mr. Wolf«, fuhr ihm Rhaen Tolsom über den Mund. »Und jetzt Schluss mit diesen ebenso fruchtlosen wie ermüdenden Diskussionen. Mr. Almoth …«, sie drehte sich kurz zu dem Terraner um. »Kehren Sie in die Jet zurück und nehmen Sie Kontakt zu Goletta und meinem Bruder auf. Sagen Sie ihnen, dass …«

»Warten Sie«, rief Lisa Brandstrom. »Warten Sie. Bitte. Das … das wird nicht nötig sein. Ich zeige Ihnen alles, was Sie sehen wollen. Nur … ich flehe Sie an: Beeilen Sie sich!«

»Dann weisen Sie uns den Weg«, sagte Rhaen Tolsom.

Zu viert passierten sie nur Sekunden später das breite Doppelschott, das in die tieferen Bereiche des Kolonistenraumers führte. Lisa Brandstrom lief, nein, *rannte* voraus. Und Pertar Almoth fühlte sich unbehaglicher als jemals zuvor.

Kapitel 19

Atlan

Die schwarze Säule aus Rauch und Staub im Stadtzentrum von Pallin stieg rund hundert Meter kerzengerade in die Höhe, bevor sie vom Wind erfasst und auseinandergetrieben wurde. Sie erschien mir wie ein schlechtes Omen, und je näher wir der Unglücksstelle kamen, desto deutlicher wurde mir bewusst, dass der unbekannte Gegner die Menschen dieser Welt mit seiner letzten Aktion ins Mark getroffen hatte.

Aufgrund der vorangegangenen Explosionen an elf weiteren Orten waren die Not- und Rettungsdienste am Rand ihrer Leistungskapazität angelangt. Ich klinkte mich in die Berichterstattung eines der örtlichen Nachrichtensender ein, und erfuhr so, dass man derzeit von rund fünftausend Verletzten ausging, wovon sich knapp hundert in kritischem Zustand befanden. Der Anschlag auf das Große Forum hatte bislang fünfzehn Todesopfer gefordert. Weitere fünfzig Personen wurden vermisst, darunter auch Hohekanzler Enerich Tolsom.

Den Ablauf hatten die Behörden relativ schnell rekonstruiert. Um 17.31 Uhr Ortszeit waren an drei verschiedenen Punkten des Rundgebäudes Sprengladungen gezündet worden. Offenbar hatten die Attentäter diese Punkte mit Überlegung gewählt, denn in der Folge war die Dachkonstruktion des Forums großflächig zusammengebrochen. Etwa zwei Drittel des Bauwerks hatten sich innerhalb von Sekunden in einen rauchenden Trümmerhaufen verwandelt. Man sah es als glückliche Fügung des Schicksals an, dass die laufende Sitzung der Clankammer kaum fünfzehn Minuten zuvor beendet worden war und die meisten Abgeordneten das Forum zum Zeitpunkt des Unglücks bereits verlassen hatten.

Rund um das Stadtzentrum herrschte geordnetes Chaos. Mediengleiter und Rettungsfahrzeuge umkreisten die Ruine wie ein Schwarm emsiger Insekten. Löschroboter bemühten sich, die letzten noch lodernden Brände einzudämmen und den allgegenwärtigen Qualm abzusaugen. Die ersten Bergungsteams drangen in das Durcheinander aus verbogenen Stützpfeilern, eingebrochenen Decken und den Überresten dessen vor, was einst der Stolz eines ganzen Volkes gewesen war. Der Grundstein des Großen Forums, so wusste ich aus einem der Medienberichte, war noch von Boris Parthan selbst gelegt worden.

Es grenzte an ein Wunder, dass wir inmitten der herrschenden Aufregung ausgerechnet auf Errehart von Hartwich trafen. Er stand am Rand eines kleinen Springbrunnens, wenige Meter vom ehemaligen Haupteingang des Rundgebäudes entfernt, neben sich den furchtbar klein und verloren wirkenden Orrum Till, den Sicherheitschef der Tolsom-Familie.

»Lordadmiral«, begrüßte mich der alte Mann. »Wie geht es Rhaen? Ich dachte, sie wäre bei Ihnen. Ihr Vater ist ... Sie suchen nach ihm, aber ...«

»Rhaen geht es gut«, sagte ich. »Sie wird zu uns stoßen, sobald es ihr möglich ist. Weiß man, wo sich der Hohekanzler zuletzt aufgehalten hat?«

»Vermutlich in seinen Büroräumen«, mischte sich jetzt Orrum Till ins Gespräch. »Er hatte sich nach der verlorenen Abstimmung dorthin zurückgezogen.«

»Ich hätte ihn nicht allein lassen dürfen«, flüsterte Errehart von Hartwich. »Aber er hat darauf bestanden, dass ich nach Hause fliege und mich ausruhe. Ich hätte bei ihm bleiben müssen und ...«

»Dann wären sie jetzt mit ihm gemeinsam unter den Trümmern begraben«, unterbrach Rulan Karkeron respektlos. Dann wandte sich der Oxtorner an mich: »Sir, lassen Sie mich und mein Team nach dem Hohekanzler suchen. Wir sind weitaus effektiver als die hiesigen Suchtrupps. Wenn Enerich Tolsom noch lebt, werden wir ihn schnell finden.«

»Mr. Till«, sagte ich. »Können Sie dafür sorgen, dass meine Leute und ich ungestört bleiben?«

»Überlassen Sie das mir, Lordadmiral«, rief Errehart von Hartwich. »Ich werde umgehend mit dem Einsatzleiter sprechen. Er schuldet mir noch einen Gefallen.« Sprachs und eilte davon.

In den nächsten Minuten verschafften wir uns mit Orrum Tills Hilfe einen groben Überblick. Der Sicherheitschef besorgte uns Grundrisspläne des Großen Forums und beantwortete bereitwillig alle Fragen. Wenig später kehrte Errehart von Hartwich zurück und erklärte, dass wir innerhalb des Sperrgebiets völlige Bewegungsfreiheit hätten. Niemand würde uns in die Quere kommen.

»Bleiben Sie immer hinter uns, Sir«, wies mich Rulan Karkeron an. »Sie betreten einen neuen Bereich nur, wenn ich ihn vorher freigegeben habe. Ist das klar?«

»Klar wie arkonidisches Quellwasser, Captain«, sagte ich.

Da Karkeron und sein Team mit ihren besonderen Fähigkeiten und den technischen Implantaten tatsächlich die Experten für diesen Einsatz waren, hatte ich keine Probleme damit, ihnen die Führung zu überlassen. Kaum eine Minute später tauchten wir in das vor uns liegende Trümmerfeld ein. Zwar warfen uns einige der Umstehenden verwunderte Blicke zu, doch niemand hielt uns auf oder verlangte nach einer Legitimation.

Die Zerstörungen in den Außenbereichen des Großen Forums waren immens. Die Wucht der Explosion und die nachfolgenden Einbrüche hatten einen Großteil der tragenden Strukturen beschädigt. Erstaunlicherweise wurden die Schäden geringer, je tiefer wir in das Gebäude eindrangen.

Rulan Karkeron ging an der Spitze unserer kleinen Gruppe. Dahinter folgte Varen Thorik. Nach mir sicherten Osmooth Alerin und Daniel Pherson. Ein direkter Vorstoß in jene Bereiche, in denen die Büroräume des Hohekanzlers lagen, erwies sich schnell als unmöglich. Der Wartungstunnel, den wir uns zu diesem Zweck ausgesucht hatten, war verschüttet, und ein Einsatz von Desintegratoren verbot sich aufgrund der angegriffenen Statik des Gebäudes von selbst. Wenn wir damit anfingen, lästige Hindernisse einfach in ihre atomaren Bestandteile zu zerlegen, konnte es schnell zu weiteren Einstürzen kommen. Also nahmen wir zwangsläufig einen Umweg und bewegten uns zunächst in Richtung des zentralen Sitzungssaals.

Das Vorankommen gestaltete sich trotz der teilweise intakten Infrastruktur mühsam. Immer wieder verkomplizierten Löcher im Boden oder ineinander verkeilte Metallstreben unsere Mission. An einer Stelle war offenbar eine Wasserleitung geborsten und hatte einen Abschnitt des Ganges geflutet. Zu allem Überfluss hatte sich auch noch die Sprinkleranlage eingeschaltet und trug das ihre zu der Überschwemmung bei. Kaum fünfzig Meter weiter stießen wir auf ein rotglühendes Schott, hinter dem vermutlich ein Feuer tobte. Trotz unserer Schutzanzüge verzichteten wir auf das Öffnen. Solange es noch Alternativen gab, wollte Rulan Karkeron so wenig wie möglich riskieren.

Schließlich erreichten wir die aus den Angeln gerissene Flügeltür, die laut Plan in den Sitzungssaal führte. Der Tagungsort der Clankammer war als weitläufige Kuppel angelegt. Das Rednerpult und die Sitze des Hohekanzlers und seiner Berater lagen in der Mitte des Raums. Darum herum gruppierten sich die Plätze der übrigen Clanherren und Familienvertreter. Das Ganze erinnerte vom Stil her an ein altrömisches Amphitheater.

Der Oxtorner packte zu, brach den rechten der beiden Türflügel vollständig aus seiner Verankerung und schleuderte ihn achtlos beiseite. Feiner Staub rieselte von der Decke und kitzelte in meiner Nase. Rulan Karkeron und Varen Thorik betraten den Sitzungssaal. Ich folgte dicht hinter ihnen. Meine Gedanken schweiften kurz zu Rhaen Tolsom ab. Hatten sie und Pertar Almoth die INANNA schon erreicht?

Auch wenn ich es nicht gerne tat, so musste ich zugeben, dass der Oxtorner richtig gehandelt hatte. Was mir letztlich die Laune verdarb, war der Umstand, dass ich die ehemalige SolAb-Agentin nicht hatte begleiten können. Ich wusste zwar nicht genau, was meine Schwindelanfälle und die nachfolgende Ohnmacht verursacht hatte, doch inzwischen fühlte ich mich wieder vollkommen gesund. Mehr noch: Seit unserer Rückkehr aus dem Dschungel ging es mir sogar blendend.

Dennoch stellte ich mir Fragen. Wenn meine vorübergehende Unpässlichkeit eine Folge der Infektion mit dem Erreger der Nergeischen Verformung gewesen war, dann hatte mein Zellaktivator offenbar eine Weile gebraucht, um sich auf diesen einzustellen und ihn am Ende zu neutralisieren. So etwas war äußerst ungewöhnlich, und ich nahm mir fest vor, ein paar Proben dieser Multiviroide für meine Experten mit nach Quinto-Center zu nehmen.

Des Weiteren war da diese seltsame Musik, die ich offenbar immer dann hörte, wenn ich einer bestimmten Anzahl von Parthan-Trägern gegenüberstand. Warum war nur ich von diesem seltsamen Phänomen betroffen? Und was hatte die Melodie zu bedeuten? Die Traumbilder mit meiner Mutter und dem brennenden Hügel der Weisen waren mir noch frisch in Erinnerung. Ein fotografisches Gedächtnis wie das meine war nicht immer ein Vorteil, denn es sorgte unter anderem auch dafür, dass ich meine Alpträume nicht vergaß. In vorliegendem Fall war ich mir allerdings nicht sicher, ob der Traum tatsächlich etwas zu bedeuten hatte.

»Da drüben liegt jemand!«

Varen Thorik stand vor einer in der Mitte auseinandergebrochenen Sitzreihe und winkte uns zu. Ich erreichte sie als Erster und sie trat zur Seite, um mir Platz zu machen. Die Gestalt, die da vor mir zwischen den Überresten eines von der Decke gefallenen Scheinwerfers lag, war einer der Parthan-Träger, ein leicht untersetzter Humanoider mit haarlosem Plastikkopf und Armen, die fast bis zu den Knöcheln reichten. Unwillkürlich fragte ich mich, wer die Körper für die Bewusstseinssplitter Boris Parthans entwarf und welche halluzinogenen Substanzen er vor dieser Arbeit zu sich nahm.

Der Berater bewegte mechanisch die Arme und Beine. Er sah fast aus wie ein antiker Spielzeugroboter, dessen Batterien beinahe leer waren.

»Holen Sie ihn da raus, Captain«, befahl ich Rulan Karkeron. »Und seien Sie vorsichtig.«

Der Oxtorner tat, wie ihm geheißen. Innerhalb kürzester Zeit hatte er den Parthan-Träger aus den Trümmern befreit. Offensichtliche Verletzungen konnte ich an dem Kunstkörper nicht feststellen, aber das musste nichts heißen. Einmal mehr wurde mir die geradezu übermenschliche technische Leistung bewusst, die die Reddeyer mit der Erschaffung dieser Wesen vollbracht hatten. Wenn tatsächlich jeder Berater einen Teil des Gehirns von Boris Parthan in sich trug und diese Bruchstücke in ihrer Summe mittels einer positronischen Vernetzung praktisch als Einheit auftraten, war das eine wissenschaftliche Sensation. Es fiel mir nach wie vor schwer zu glauben, dass die Kolonisten dieser Welt ein solches Mammutprojekt allein und mit den damals verfügbaren Mitteln vollbracht haben sollten. Selbst heute, viele Jahrhunderte und ein paar technische Revolutionen später, wäre so etwas ein mittleres Wunder gewesen.

»Lord...admiral ...«

Die Stimme des Parthan-Trägers klang viel zu tief. Erst mit den nächsten Worten pegelte sie sich auf einer verständlichen

Frequenz ein. Dass mich das Kunstgeschöpf erkannte, wunderte mich nicht. Schließlich stand es über das Positronik-Netz permanent mit allen seinen Kollegen in Verbindung, und meine Anwesenheit auf Reddeye war inzwischen kein Geheimnis mehr.

»Sie ... müssen«, sagte der Berater schwerfällig und um jede Silbe kämpfend. »Sie ... dürfen ... nicht ...«

»Konzentrieren Sie sich.« Ich nahm eine seiner Hände in die meinen und drückte sie. Sie fühlte sich wie ein Stück Gummi an.

»Sagen Sie mir Ihren Namen.«

»Oida ...«

»Gut, Oida. Schauen Sie mich an. Schauen Sie mir direkt in die Augen. Und jetzt sprechen Sie. Lassen Sie sich Zeit und machen Sie eine Pause, wann immer es nötig ist.«

»Die ... Verräter«, stieß der Parthan-Träger abgehackt hervor. »Boris ... Parthan ... und ... die ... Verräter.«

Der Blick des Kunstgeschöpfs drohte abzuschweifen. Ich spürte instinktiv, dass dieses Wesen mir etwas Wichtiges mitteilen wollte, doch aus einem mir nicht bekannten Grund bereitete ihm das Sprechen große Schwierigkeiten.

»Oida«, sagte ich laut. »Bleiben Sie bei mir. Reden Sie weiter.«

»Ereshkigal ...«, flüsterte der Parthan-Träger. Aus den Tiefen seines Körpers drang ein dumpfes Blubbern, so als würde Wasser oder eine andere Flüssigkeit ihren Siedepunkt überschreiten und zu kochen beginnen. Ich musste mein Ohr dicht an den Mund des Beraters halten, um die nächsten Worte zu verstehen.

»Darakh ...«, hörte ich. »Er ist ... überall. Sie ... müssen ...«

Das Flüstern erstarb. Ich wartete noch einen Moment, doch da war nur noch Stille. Seufzend setzte ich mich wieder auf und schloss Oidas Augen. Pertar Almoth hatte mir auf dem

Flug nach Pallin die Aufzeichnung seiner Begegnung mit dem Berater im Dschungel vorgespielt. Wie Oida hatte auch dieser versucht, etwas mitzuteilen, und inzwischen war ich davon überzeugt, dass die Parthan-Träger einen wichtigen Anteil an den Ereignissen auf Reddeye hatten. Bisher hatte ich mich nicht allzu intensiv um diese seltsamen Geschöpfe gekümmert, doch das würde sich ändern.

»Können Sie feststellen, woran er gestorben ist, Captain?«, fragte ich.

»Nein, Sir«, antwortete Rulan Karkeron. »Nicht ohne eine vollständige Autopsie. Und die ist nur an Bord der QUESTRON möglich. Möchten Sie, dass wir den Burschen mitnehmen?«

»Nein«, schüttelte ich den Kopf. »Wir wissen nicht, was uns noch erwartet, und er würde uns nur behindern. Wir setzen unsere Suche nach Enerich Tolsom fort. Captain. Sie übernehmen wieder die Führung.«

Wir kamen jetzt ein wenig besser voran. Der Versammlungssaal war vergleichsweise groß. Die von der Decke gestürzten Trümmer hatten sich über seine Fläche verteilt und dennoch ausreichend Platz gelassen, um uns nicht allzu sehr zu behindern.

»Da vorne«, sagte Rulan Karkeron schließlich und deutete auf einen Torbogen aus dunklem, kostbar wirkendem Holz. »Dahinter gibt es einen Rundgang, der den gesamten Kuppelsaal umläuft. Die Büroräume des Hohekanzlers befinden sich etwa fünfzig Meter zu unserer Rechten.«

Ich schloss den Helm meines Schutzanzugs und ließ mir den Detailplan dieses Abschnitts des Großen Forums auf die entspiegelte Sichtscheibe projizieren. Sekunden später hatte ich mir alle relevanten Angaben eingeprägt. Der Oxtorner war währenddessen schon durch den Torbogen getreten und sondierte die Lage.

»Sieht gut aus, Sir«, rief er mir zu. »Hier gibt es fast keine Zerstörungen. Wir …«

Ein dumpfes Rumoren ließ Rulan Karkeron verstummen. Es klang ein wenig wie fernes Donnergrollen, doch ich wusste es besser. Der gigantische Schuttberg über uns war noch längst nicht zur Ruhe gekommen und würde das auch in absehbarer Zeit nicht tun. Viele Menschen stellten sich ein eingestürztes Gebäude als mehr oder weniger stabiles und in sich passives Gebilde vor, doch das Gegenteil war der Fall. Damit ein ruhender Körper auch in Ruhe blieb, musste die Summe aller auf ihn einwirkenden Kräfte stets Null sein. Das war die klassische Gleichgewichtsbedingung der Statik. Je größer und architektonisch gewagter ein Bauwerk war, desto komplizierter gestalteten sich auch die Wechselwirkungen der dort vorhandenen Kräfte. Groteskerweise war ausgerechnet ein Haufen aus willkürlich übereinandergehäuften Trümmerstücken so ziemlich das Komplexeste und Unkalkulierbarste, was einem Statiker unterkommen konnte.

»Wir sollten uns beeilen«, sagte ich.

»Sie nehmen mir die Worte aus dem Mund, Sir«, knurrte der Oxtorner.

Das Schott zu den Büroräumen des Hohekanzlers wollte sich nicht öffnen lassen. Selbst die immensen Körperkräfte Rulan Karkerons reichten nicht aus, um die offenbar verkanntete Stahlplatte zur Seite zuschieben. Varen Thorik versuchte sich kurz am Schaltkasten der Türautomatik, gab jedoch schnell auf. Ich schlug mit der Faust mehrmals gegen das Metall des Schotts.

»Hohekanzler Tolsom!«, schrie ich. »Können Sie mich hören? Können Sie sich bemerkbar machen?«

Wir hielten den Atem an und lauschten, doch außer dem leisen Poltern und Knirschen der sich verschiebenden Trümmer und dem Plätschern von Wasser, das sich unermüdlich seinen Weg durch das Chaos suchte, war nichts zu hören.

»Ich komme mir vor wie im Bauch eines Riesen«, sagte Daniel Pherson. Es war das erste Mal, seit wir in das Große Forum eingedrungen waren, dass sich der auf der Venus geborene Terraner zu Wort meldete.

»Ein Riese mit Verdauungsstörungen«, warf Osmooth Alerin ein. Aus meinem Helmempfänger drang verhaltenes Kichern.

»Schon gut, Leute«, mischte sich Rulan Karkeron ein. »Wenn ihr nichts Konstruktiveres beizutragen habt, dann haltet besser die Klappe.«

»Was meinen Sie, Sir?«, wandte sich der Oxtorner dann an mich. »Sollen wir es mit dem Desintegrator riskieren?«

»Es bleibt uns wohl nichts anderes übrig«, erwiderte ich.

Der USO-Spezialist zog seinen Kombistrahler, der per Magnethalterung am Gürtel seines Schutzanzugs befestigt war, und justierte den Wahlschalter der Waffe. Der Rest unserer Gruppe trat ein paar Schritte zurück. Rulan Karkeron zielte kurz und drückte dann den Auslöser. Ein hellgrün flimmerndes Feld aus hyperenergetisch fokussierter Mikrowellenstrahlung löste sich aus dem Lauf, fächerte auseinander und traf auf die Oberfläche des Schotts. Die Wirkung setzte sofort ein. Sämtliche Materie im Einflussbereich des Feldes verlor augenblicklich ihre elektrostatischen Bindungskräfte und verwandelte sich in ultrafeinen Atomstaub, der als dünner Schleier in die Höhe stieg und dort schnell verwehte.

Rulan Karkeron schuf nach und nach eine kreisförmige Öffnung, die einer einzelnen Person einen bequemen Einstieg ermöglichte. Kaum hatte er den Desintegrator abgesetzt, kletterte Varen Thorik auch schon durch den provisorischen Durchlass. Der Oxtorner und ich folgten ihr. Osmooth Alerin und Daniel Pherson blieben im Gang zurück, um im Notfall eingreifen zu können.

Das etwa fünfzig Quadratmeter große Empfangszimmer war weitgehend zerstört. Die dem Schott gegenüberliegende Wand wies einen großen, gezackten Riss auf. An der Decke flackerten ein paar Leuchtplatten. Das Mobiliar war entweder zerbrochen oder umgefallen, und der Boden war mit den Scherben diverser Flaschen und Gläser bedeckt, die, dem herrschenden Geruch nach zu urteilen, aus der ehemals gut bestückten Wandbar von Enerich Tolsom stammten.

Der Arbeitsraum sah kaum besser aus. Dort waren mehrere Stützbalken aus ihrer Verankerung gerissen worden. Einer davon hatte den wuchtigen Schreibtisch des Hohekanzlers getroffen und wie ein Geschoss durchschlagen.

Ich sah die reglose Gestalt des Mannes als Erster. Wahrscheinlich hatte Enerich Tolsom an seinem Schreibtisch gesessen, als die Bomben explodiert waren. Zu seinem Glück hatte ihn der herabstürzende Deckenpfeiler nicht voll getroffen. Die Augen des Hohekanzlers waren geschlossen. Über seine Stirn zog sich ein langer, hässlicher Schnitt, aus dem noch immer etwas Blut quoll.

Ich überprüfte den Puls und die Atmung. Dann injizierte ich ein Aufbaupräparat.

»Sein Bein ist gebrochen, Sir«, informierte mich Rulan Karkeron, der Enerich Tolsom in der Zwischenzeit einem Standardscan unterzogen hatte. »Ansonsten scheint alles heil zu sein. Korporal Pherson kann einen Behelfsverband anlegen, damit wir den Hohekanzler transportieren können.«

Ich nickte nur, denn in diesem Moment begannen die Lider des Verletzten zu flattern. Enerich Tolsom erwachte und sah sich verwirrt um.

»Lordadmiral«, sagte er leise. »Ist Rhaen bei Ihnen?«

»Nein«, erwiderte ich. »Ihre Tochter ist mit einer Space-Jet gestartet, um ein unbekanntes Schiff namens INANNA abzufangen. Laut meinen Informationen befindet sich der Raumer im Anflug auf Reddeye, und seine Landung bedeutet angeblich eine große Gefahr.«

»Außer dem GCC-Frachter, mit dem Sie eingetroffen sind, war für die kommenden Wochen kein weiteres Raumschiff angekündigt.«

Enerich Tolsom wollte sich aufsetzen, verzog jedoch schon bei der ersten Bewegung das Gesicht.

»Bleiben Sie liegen«, sagte ich. »Ihr Bein ist gebrochen. Wir kümmern uns darum und bringen Sie dann hier raus.«

Daniel Pherson machte sich an die Arbeit. Ich trat ein paar Schritte zurück und winkte Rulan Karkeron zu mir heran.

»Wie kommen wir hier am besten raus, Captain?«, fragte ich. »Gehen wir den gleichen Weg zurück, den wir gekommen sind?«

»Das würde Stunden dauern, Sir«, antwortete der Oxtorner. »Der Hohekanzler ist nur sehr eingeschränkt bewegungsfähig, und wir müssen ein paar ziemlich enge Stellen passieren.«

»Was schlagen Sie vor?«

»Wir brechen auf der Südseite des Gebäudes durch. Sie liegt in jenem Abschnitt, der durch den Einsturz des Daches am wenigsten betroffen war. Wenn wir Glück haben, geht es dort besser voran. Allerdings werden wir um ein paar weitere Einsätze der Desintegratoren nicht herum kommen. Wir müssen mindestens durch zwei massive Wände.«

»Einverstanden«, sagte ich nach kurzer Überlegung. »Es ist wichtig, dass sich Enerich Tolsom so schnell wie möglich öffentlich zeigt. Ich werde per Funk die Nachricht verbreiten, dass er wohlauf ist.«

»Verstanden, Sir.«

Daniel Pherson hatte seinem Patienten inzwischen einen fachgerechten Stützverband aus einem thermoplastischen Polymer angelegt. In seinem Ursprungszustand war das Material flexibel formbar und passte sich automatisch der Körperstruktur an. Sobald man es jedoch mit Licht einer bestimmten Wellenlänge bestrahlte, härtete es schnell aus.

»Wie fühlen Sie sich, Hohekanzler?«, sprach ich jene Frage aus, die man seit Jahrtausenden allen Kranken und Verletzten stellte.

»Mir geht es gut, Lordadmiral«, sagte Enerich Tolsom. »Ihr Korporal ist zwar nicht gerade zimperlich, aber er weiß, was er tut. Hat es Tote gegeben?«

»Leider ja.«

»Ich muss umgehend zu meinen Leuten sprechen.« Erneut versuchte der Hohekanzler aufzustehen, und mit Hilfe von Daniel Pherson, der ihn unter den Achseln packte und nach oben zog, schaffte er es diesmal.

»Und ich muss eine weitere Notversammlung der Clankammer einberufen. Die Situation hat sich durch den Anschlag auf das Große Forum grundlegend gewandelt. Unter den gegebenen Umständen dürfen wir nicht länger zögern. Reddeye muss die USO offiziell um Hilfe bitten. Werden Sie mich begleiten und mit den anderen Clanherren reden?«

»Selbstverständlich«, sagte ich.

»Dann sollten wir nicht noch mehr Zeit verlieren.«

Als wären die Worte des Hohekanzler ein Signal gewesen, begann der Boden unter unseren Füßen zu beben. Irgendwo über uns krachte und polterte es. Die Luft war plötzlich mit feinem Staub erfüllt, der in den Augen brannte und zum Husten reizte.

Und dann brach die Decke ein.

Kapitel 20

Pertar Almoth

Der Knall war nicht besonders laut; dennoch spürte Pertar Almoth, wie die INANNA in ihrer gesamten Struktur erzitterte. Ein schrilles, metallisches Geräusch erfüllte den breiten Gang. Es schmerzte in den Ohren und hörte sich an, als würde jemand mit den Fingernägeln über eine Schiefertafel kratzen – mit sehr großen Fingernägeln über eine sehr große Schiefertafel. Das Licht fiel aus, und die Notbeleuchtung schaltete sich ein. Im trüben Halbdunkel wirkten die kalkweißen Gesichter von Lisa Brandstrom und Issley Wolf wie kleine helle Inseln in einem ansonsten schwarzen Ozean. Für einige Sekunden heulte der Alarm durch das Schiff, dann herrschte wieder Stille.

»Was ist passiert?«, wollte Rhaen Tolsom wissen.

Lisa Brandstrom stand wie versteinert auf der Stelle. Ihre Nasenflügel bebten. Sie öffnete den Mund, sagte jedoch nichts. Pertar Almoth nahm instinktiv sein Thermogewehr, das er bislang an einem Riemen über der Schulter getragen hatte, in beide Hände. Das dumpfe Brummen der Fusionsmeiler, das er seit der Ankunft auf dem Kolonistenschiff nur unterbewusst wahrgenommen hatte, steigerte sich urplötzlich zum Heulen. Erneut lief ein Zittern durch das gesamte Schiff.

»Wir beschleunigen«, sagte der Terraner. Erfahrene Raumfahrer spürten so etwas trotz der Andruckabsorber und all des anderen technischen Schickschnacks, der verwendet wurde, um das Reisen durch den Weltraum angeblich bequemer und sicherer zu machen.

»Haben Sie mich nicht verstanden?«, schrie Rhaen gegen den Lärm an und packte Lisa Brandstrom an den Armen. »Keine Linearetappe!«

»Ich ... ich ...«, stammelte die Frau. »Ich habe keine Linearetappe angeordnet.«

»Bringen Sie mich in die Zentrale! Sofort!«

Lisa Brandstrom nickte hastig. Die ehemalige SolAb-Agentin wandte sich an Pertar Almoth.

»Sehen Sie sich ohne mich um, Pert«, sagte sie. »Wir halten permanent Funkkontakt. Sobald Sie etwas entdecken, informieren Sie mich. Das gilt natürlich auch umgekehrt.«

»Okay«, bestätigte der USO-Spezialist. Rhaen Tolsom und Lisa Brandstrom verschwanden um die Gangbiegung. Issley Wolf schien für einen Moment unschlüssig zu sein, was er tun sollte. Er stolperte den beiden Frauen ein paar Schritte hinterher, überlegte es sich dann aber anders und kam wieder auf den Terraner zu. Kurz bevor er ihn erreichte, ließ er sich einfach an der Wand zu Boden sinken, zog die Beine an und vergrub den Kopf in beiden Armen.

Pertar Almoth überlegte einen Moment, ob es sich lohnte, einen Versuch zu unternehmen, den ausgemergelten Mann aus seiner Angststarre zu reißen und dazu zu bringen, ihn zu begleiten, entschied sich dann aber dagegen. Die INANNA war weder besonders groß noch besonders kompliziert aufgebaut. Der Übergang zu den Frachtmodulen konnte kaum weiter als zwanzig oder dreißig Meter entfernt sein. Pertar rannte den Gang bis zu einer Gabelung entlang und bog dort nach rechts ab.

Auch im Innern des Transporters waren die Spuren des Alters unübersehbar. An vielen Stellen blätterte die Farbe ab. Verkleidungen hingen lose oder mit provisorisch angebrachten Klammern gesichert in ihren Befestigungen. Roststellen hatte man teilweise einfach übermalt, teilweise mit dünnen Metallplatten notdürftig ausgebessert und zugeschweißt.

Der Terraner erreichte ein Schott, dessen Beschriftung nur noch in Fragmenten vorhanden war. Zahlreiche Schrammen und Dellen zeugten davon, dass hier schon so mancher Container verladen worden war. Pertar Almoth schlug mit der Faust auf den großen roten Schalter, der neben dem Schott in eine Wandnische eingelassen war, damit unachtsame Frachtführer ihn nicht mit ihren Antigravwannen oder ähnlichen Transportfahrzeugen beschädigen konnten. Die beiden Schotthälften fuhren anstandslos auseinander.

Dahinter lag eine geräumige Schleuse, die in eine Art Magazin mündete. Hinter einer transparenten Scheibe aus Panzerglas konnte der Terraner mehrere Reihen länglicher Behälter erkennen. Aus jeder der etwa vier Meter langen und eineinhalb Meter hohen Kisten liefen drei fingerdicke Schläuche über eine Art Verteilerkasten und verschwanden dann in der rückwärtigen Wand. Pertar trat an die Scheibe heran und versuchte auszumachen, was sich im Innern der Behälter befand, doch diese waren weder von außen einsehbar, noch konnte der Terraner irgendeinen wie auch immer gearteten Öffnungsmechanismus sehen.

Eine schattenhafte Bewegung hinter ihm ließ Pertar Almoth herumfahren. Das verfluchte Dämmerlicht machte es schwer, etwas zu erkennen, aber er hätte schwören können, dass soeben jemand in einer unglaublichen Geschwindigkeit die Schleuse durchquert hatte und in dem sich anschließen Gang verschwunden war. Hatte etwa Issley Wolf seinen Mut wiedergefunden und war ihm gefolgt?

Der Terraner kehrte in den Gang zurück und sah sich um. Nichts. Er lief weiter und stieß kurz darauf auf ein zweites Schott, das allerdings bereits offen stand. Vorsichtig und mit dem Strahler im Anschlag betrat er die Schleuse. Er hatte die Waffe auf Takt geschaltet. Dadurch feuerte sie nicht mehr einen durchgehenden, scharf gebündelten Thermostrahl, sondern eine Reihe von kurz aufeinanderfolgenden Impulsen. Diese entfalteten deutlich weniger Energie, was dem USO-Spezialisten angesichts des fragilen Zustands der INANNA als eine durchaus sinnvolle Vorsichtsmaßnahme erschien. Sollte es tatsächlich zu einem Feuergefecht kommen, verringerte sich dadurch die Gefahr, dass ein unbedachter Schuss eine Außenwand durchschlug und es zu einem Vakuumeinbruch kam.

»Hallo!«, rief Pertar Almoth. »Ist da jemand? Issley, sind Sie das?«

Auch diese Schleuse bildete den Übergang in einen Frachtcontainer. Das Prinzip dahinter war so alt wie die Raumschifffahrt selbst. Durch die Normung der Frachtcontainer konnten diese vorab beladen werden und wurden erst dann an das Transportfahrzeug angedockt. Dies geschah entweder direkt auf dem Raumhafen oder über Zubringer im Planetenorbit. Die Kosten, die man dadurch einsparte, waren enorm und ein Hauptgrund dafür, dass sich Frachtraumschiffe gegen die wachsende Konkurrenz der Transmitterstraßen nach wie vor halten konnten.

Pertar wollte sich schon abwenden und den nächsten Durchgang inspizieren, als ihm etwas auffiel. Einer der länglichen Behälter war offenbar durch die vorangegangenen Erschütterungen aus seiner Halterung gekippt. Dabei hatten sich die Schläuche gelöst, aus denen sich nun eine trübe, braune Masse zähflüssig auf den Boden des Magazins ergoss. Das Zeug sah aus wie Schlamm.

Der Terraner schloss seinen Kampfanzug und schaltete den Helmscheinwerfer ein. Besser sehen konnte er dadurch nicht. Der breite Lichtkegel warf groteske Schatten, die sich bei jedem Schritt bewegten. Also klappte er den Helm wieder zurück und aktivierte sein bioaktives Funktionsmodul für Lichtsubstitution. Zwar besaß auch jeder normale Schutzanzug ein solches Hilfsmittel, doch die Implantate hatten den Vorteil, dass man keine künstlichen Linsen oder Brillen tragen musste, die im Ernstfall behindern konnten und das Sichtfeld einengten. Pertar erinnerte sich noch sehr gut an die fast neunstündige Operation, während derer die Ärzte auf Quinto-Center eine nur wenige Nanometer dünne Scheibe vor seine Netzhaut gesetzt hatten. Auf dieser Scheibe bündelten sich insgesamt zehn Millionen sogenannter Pikokathoden, die die ins Auge einfallenden Lichtimpulse registrierten und je nach Stärke eine bestimmte Menge an Elektronen freisetzten. Eine per Mikrofaser angeschlossene Kleinstpositronik erzeugte aus den Einzelsignalen ein Bild und projizierte es auf die Netzhaut. So hatte es ihm einer der Mediziner zumindest damals erklärt.

Im ersten Moment fühlte er sich desorientiert, doch dann hatte sich sein Gehirn an die neuen Sinneseindrücke gewöhnt. Aufgrund der Tatsache, dass man einen menschlichen Körper nur bis zu einem bestimmten Punkt mit technischen Hilfsmitteln vollstopfen konnte, ohne ernsthafte Nebenwirkungen und lebensgefährliche Abstoßungsreaktionen hervorzurufen, hatte man bei der Funktionsbreite Abstriche machen müssen. Die Bilder, die Pertar empfing, waren äußerst kontrastreich und verursachten bei längerer Betrachtung Kopfschmerzen. Außerdem nahm er keine Farben wahr.

Ein scharrendes Geräusch ließ ihn herumfahren. Vor ihm wuchs ein riesiger Schatten. Dann erhielt er einen Schlag gegen die Brust, der ihm sämtliche Luft aus den Lungen trieb und ihn brutal nach hinten warf. Er prallte mit dem Rückentornister des Kampfanzugs gegen eine Aggregatverkleidung. Instinktiv zog er die Beine an und rollte sich ab. Kaum zwei Sekunden nach dem Angriff kniete er schon wieder mit angeschlagenem Strahlengewehr in der Schleuse und spähte nach dem Gegner. Doch der war verschwunden.

Pertar Almoth schüttelte ungläubig den Kopf. Wie konnte sich etwas so Großes so schnell bewegen? Man hatte ihm während der Ausbildung Aufnahmen von Einsätzen gegen die Zweitkonditionierten vorgespielt, schwarzhäutige Riesen von bis zu vier Metern Körpergröße, die durch einen wurstförmigen Symbionten im Nacken, den sogenannten Symboflex-Partner, eine Zehntelsekunde in die Zukunft sehen konnten. Die Bilder waren vor mehr als siebenhundert Jahren von einem siganesischen Spezialroboter namens PALADIN gemacht worden, der speziell für den Kampf gegen die Zeitpolizei entwickelt worden war. Niemals zuvor und auch nie mehr danach hatte Pertar Almoth organische Wesen gesehen, die sich trotz ihrer ungeheuren Masse derart schnell bewegen konnten. Bis heute!

Er verließ die Schleuse und trat wieder auf den Gang hinaus. Dann hörte er das Brüllen. Der langgezogene, gutturale Laut trieb dem Terraner einen eiskalten Schauer nach dem anderen über den Rücken. Er klang nach Wildheit und Wut, nach Gier und unbändiger Kraft. So schrie nur jemand oder *etwas*, das niemanden zu fürchten brauchte, das sich seiner grenzenlosen Überlegenheit bewusst und bereit war, jedes Hindernis, das sich ihm in den Weg stellte, rücksichtslos beiseite zu räumen.

»Rhaen?«, flüsterte er in sein Helmmikrofon. »Rhaen? Können Sie mich verstehen?«

Über die Lautsprecher des Kampfanzugs empfing er nur ein gleichmäßiges Rauschen. Auch die Kontaktaufnahme über das implantierte Kommunikationsmodul misslang.

»Verdammt«, fluchte Pertar Almoth.

Das Brüllen klang diesmal näher. Was immer es ausstieß – es kam auf ihn zu. Der Terraner begann zu rennen. Schweiß brach ihm am ganzen Körper aus, und er spürte das rasende Pochen seines Herzens. Die Angst kam zurück, jene kalte, zerstörende Angst, die einen Mann an sich selbst zweifeln ließ und die er zuletzt auf Denar empfunden hatte. Er versuchte, die Erinnerungen zurückzudrängen, die quälenden Gedanken beiseite zu schieben, so wie es ihm die Psycho-Docs auf

Quinto-Center beigebracht hatten, doch es funktionierte nicht. Die Angst war stärker. Sie ließ sich nicht beherrschen, sondern übernahm die Kontrolle.

Du bist der Herr deiner Gefühle, rief er sich die Worte ins Gedächtnis zurück, die ihm die Therapeuten in endlosen Sitzungen eingebläut hatten. *Nur du bestimmst, wie du die Welt wahrnimmst. Du lebst dein Leben in der Gegenwart; genieße es heute und warte nicht auf den nächsten Tag.*

Kluge Sprüche, die im Ernstfall nichts weiter waren als intellektuelles Leergut, die im warmen und gemütlichen Büro so hilfreich und tröstend klangen, sich jedoch in der brutalen Realität als nutzloses Geschwätz entpuppten.

Da! Vor ihm auf dem Boden. War das ... ja, das war Blut!

Pertar Almoth spürte, wie die Übelkeit in ihm aufstieg. Beinahe wäre er auf der gewaltigen Blutlache ausgerutscht, die sich vor ihm fast über die gesamte Breite des Ganges erstreckte. Auch die Wände und die Decke waren von Blutspritzern übersät. Was um alles in der Welt war hier geschehen?

Wieder das Brüllen. Begleitet vom Geräusch schwerer Schritte. Das Kratzen von langen, scharfen Krallen auf blankem Terkonit.

Weg hier, schrie alles in ihm. *Bloß weg hier.*

Der Terraner hastete weiter. Er erreichte jene Stelle, an der er sich vor wenig mehr als einer halben Stunde von Rhaen Tolsom und Lisa Brandstrom getrennt hatte. Issley Wolf war verschwunden. Hektisch drehte sich Pertar um sich selbst, sicherte nach allen Richtungen. Der Schatten tauchte auf wie aus dem Nichts. Eine schwarze Silhouette, entfernt humanoid mit zwei Armen, zwei Beinen und einem unförmigen Kopf. Der USO-Spezialist schrie und löste seine Waffe aus. Zischend fuhr der dunkelrote und nur wenige Millimeter dicke Thermostrahl in die gegenüberliegende Wand. Flüssiges Metall spritzte nach allen Seiten.

Ein mörderischer Hieb traf ihn an der rechten Schläfe. Ihm wurde schwarz vor Augen, und er stürzte zu Boden. Warmes Blut lief ihm über Wangen und Kinn. Seltsamerweise fühlte er keine Schmerzen, nur eine unglaubliche Müdigkeit. Für lange Sekunden war er versucht, einfach an Ort und Stelle liegen zu bleiben und einzuschlafen. Dann jedoch erklang wieder dieses entsetzliche Brüllen, das sein Denken betäubte und sich wie ein tonnenschweres Gewicht auf seine Schultern legte.

Mit einer Willenskraft, derer er sich nicht mehr für fähig gehalten hätte, stemmte sich der Terraner auf die Beine. Vor ihm tanzten Tausende glühender Punkte. Die Umgebung war nur noch schemenhaft zu erkennen, und er verlor wertvolle Zeit, bevor er begriff, dass der letzte Hieb des Gegners sein Funktionsmodul für Lichtsubstitution beschädigt haben musste. Die Technik arbeitete nicht mehr einwandfrei. Immerhin: Als er das Implantat desaktivierte, konnte er wieder normal sehen.

Noch immer brannte lediglich die Notbeleuchtung. Pertar Almoth stolperte weiter den Gang entlang. Er hoffte, dass das der Weg zur Zentrale war. Rhaen Tolsom reagierte nach wie vor auf keinen seiner Funkanrufe. War sie womöglich bereits ein Opfer dessen geworden, was immer hier auch durch die INANNA streifen mochte?

Hatten der Parthan-Träger im Dschungel von Reddeye und Lisa Brandstrom nicht von *Söldnern* gesprochen? Was für eine Art Söldner war das? Wie viele von ihnen gab es? Woher kamen sie, und was wollten sie auf einem abgelegenen terranischen Kolonialplaneten?

Diesmal reagierte Pertar Almoth mit der ihm antrainierten Präzision. Der Schatten kam um die Gangbiegung, wankte direkt auf ihn zu. Der Terraner riss das Thermogewehr hoch und schoss. Viel zu spät merkte er, dass etwas nicht stimmte, dass diese unscheinbare, etwas mehr als eineinhalb Meter große Gestalt unmöglich der Gegner sein konnte, der ihn so sehr in Angst und Schrecken versetzte.

Der Junge war höchstens fünfzehn oder sechzehn Jahre alt. Die schwarzen Haare standen ihm wirr vom Kopf ab, und die Kleidung war zerrissen und blutverschmiert. Er starrte Pertar Almoth mit großen Augen an. In seinem Gesicht spiegelte sich grenzenlose Enttäuschung. Dann stürzte er getroffen zu Boden.

Kapitel 21

Atlan

»In Deckung!«

Rulan Karkeron stürzte auf mich und Enerich Tolsom zu. Gleichzeitig aktivierte sich sein Individualschirm. Das flimmernde Energiefeld dehnte sich auf das mehr als Dreifache seiner normalen Größe aus und bewahrte damit nicht nur den Oxtorner, sondern auch den Hohekanzler und mich vor dem niedergehenden Trümmerregen. Beinahe hätte ich selbst meinen Schirm aktiviert, doch ich zog die Hand gerade noch rechtzeitig zurück. Ein Schutzschirm innerhalb eines Schutzschirms hätte fraglos zu heftigen energetischen Effekten und Entladungen geführt, die zumindest für den Hohekanzler lebensgefährlich geworden wären.

»Meldung!«, hörte ich Karkeron rufen.

»Alerin klar!«, drang es aus meinem Helmempfänger.

»Pherson klar!«

»Thorik klar!«

»Dann macht euch nützlich«, sagte der Oxtorner. »Ich will in spätestens fünf Minuten wissen, wie schlimm es ist und ob der Rundgang verschüttet wurde.«

»Sind Sie in Ordnung, Hohekanzler?«, fragte ich. Enerich Tolsom schloss kurz die Augen. Er kam mir ein wenig bleich vor, doch wer wollte ihm das nach den Ereignissen der letzten Stunden verdenken.

»Machen Sie sich um mich keine Sorgen, Lordadmiral«, sagte er. »Ich habe auch ohne Zellaktivator ein stattliches Alter erreicht. Wir Tolsoms sind zäh.«

»Daran hege ich nicht die geringsten Zweifel.« Ich musste grinsen.

Rulan Karkeron hatte sich indessen erhoben und umgeschaut. Er schaltete den Schutzschirm ab.

»Ich werde Sie tragen, Hohekanzler«, sagte der Oxtorner und hob sofort die Hand, als Enerich Tolsom protestieren wollte. »Keine Diskussion. Mit Ihrem gebrochenen Bein würden Sie uns nur aufhalten. Und keine Sorge, Sir: Bevor wir in den Aufnahmebereich der Trivid-Kameras treten, setze ich Sie ab, und Sie können den standhaften Staatsmann geben, der Sie zweifellos sind.«

»Danke, Captain«, erwiderte der Hohekanzler, und zum ersten Mal seit wir ihn gefunden hatten, sah ich ihn lächeln. »Ich mag Männer, die sagen, was sie denken. Ich beneide Sie ein wenig um Ihr Personal, Lordadmiral.«

»Lassen Sie uns aufbrechen«, sagte ich, »bevor Ihre Komplimente Captain Karkeron zu Kopf steigen und er seine Eingruppierung in eine höhere Besoldungsstufe fordert.«

Der Einsturz entpuppte sich als weniger gravierend als erwartet. Osmooth Alerin und Daniel Pherson waren bereits damit beschäftigt, die größten Bruchstücke beiseite zu räumen. Der Staub hatte sich gesetzt, und ich konnte sehen, dass der Rundgang noch immer einigermaßen begehbar war.

»Diesmal gehe ich voraus, Captain«, bestimmte ich. »Sie sorgen einzig und allein dafür, dass unserer wertvollen Fracht nichts zustößt.«

»Verstanden, Sir.«

Ich nahm kurz Verbindung mit Errehart von Hartwich auf und informierte ihn darüber, dass wir auf dem Weg nach draußen waren. Dem kurzen Bericht des Beraters zufolge war inzwischen schweres Räumgerät an der Unglücksstelle eingetroffen, und man hatte mit der Beseitigung der Trümmer begonnen. Auch Aramus Akharim, nach den Worten des Beraters der größte politische Widersacher des Hohekanzlers, war schnell vor Ort gewesen und gab bereits fleißig Interviews, in denen er die Serie terroristischer Attacken in aller Schärfe verurteilte und sie als das Ergebnis der liberalen Politik Enerich Tolsoms bezeichnete. Errehart von Hartwich hatte daraufhin keine andere Möglichkeit gesehen, als die Nachricht zu lancieren, dass der Hohekanzler gefunden worden sei und sich bereits auf dem Weg in die Freiheit befände. Ein riskanter, jedoch nicht ungeschickter Schachzug, wie ich fand, denn wie erwartet, stürzten sich die Medien augenblicklich auf die von dem alten Mann entsprechend ausgeschmückte Geschichte der abenteuerlichen Rettung des verschütteten, jedoch heroisch aushaltenden Enerich Tolsoms.

Während wir uns langsam durch das Chaos bewegten, informierte ich Rhaens Vater über alles, was in den vergangenen Stunden vorgefallen war. Er hörte stumm zu und unterbrach mich nicht ein einziges Mal. Erst als ich geendet hatte, begann er zu sprechen.

»Das alles macht die Situation nicht gerade einfacher, Lordadmiral. Aramus Akharim weiß von Ihnen und Ihrem Team. Noch hat er diese Trumpfkarte nicht ausgespielt, aber ich bin sicher, dass er nur auf die richtige Gelegenheit wartet. Er wird mich öffentlich beschuldigen, dass ich die USO ohne offizielles Mandat nach Reddeye geholt habe.«

»Und das wird Ihre Position ohne Frage erheblich schwächen«, ergänzte ich.

»Mir wird nichts anderes übrig bleiben, als meinen Rücktritt anzubieten, und die Kammer muss ihn annehmen, um nicht das Gesicht zu verlieren. Aramus ist Vizekanzler. Die Mehrheiten unter den Clanherren sind knapp verteilt. Wenn bekannt wird, dass ich mich über einen Beschluss der Kammer hinweggesetzt und die Anwesenheit einer fremden Macht auf Reddeye geduldet habe, werden viele meiner bisherigen Verbündeten ins Lager jener überschwenken, die unsere Welt weiter isolieren möchten.«

»Dann müssen wir das verhindern«, sagte ich entschlossen.

»Bitte, Lordadmiral.« Enerich Tolsom, der auf Rulan Karkerons Rücken festgeschnallt war, sprach mit ruhiger Stimme. »Aramus ist ein fähiger und kluger Kopf, und er will wie ich nur das Beste für Reddeye. Verurteilen Sie ihn nicht, nur weil er andere Ansichten vertritt.«

»Ich verurteile niemanden«, schüttelte ich den Kopf. »Im Laufe eines langen Lebens habe ich gelernt, dass die Motive, von denen sich Menschen leiten lassen, sehr unterschiedlich sind. Reddeye wird sich auf Dauer nicht verstecken können.«

»Mich müssen Sie nicht überzeugen«, sagte Enerich Tolsom.

Eine Stunde später hatten wir es geschafft. Rulan Karkeron setzte den Hohekanzler ab und stützte ihn, damit er die letzten Meter zwischen den Trümmern aufrecht und auf eigenen Beinen zurücklegen konnte. Ich hatte Errehart von Hartwich die Position unseres Auftauchens übermittelt, und dieser hatte sie an die Medien weitergegeben. Enerich Tolsom hatte beschlossen, in die Offensive zu gehen und meine Anwesenheit auf Reddeye bekannt zu machen, bevor es Aramus Akharim tun konnte. Es war die bessere von zwei schlechten Lösungen, denn in jedem Fall würde der Hohekanzler mit Rücktrittsforderungen konfrontiert werden.

Noch während sich die Ärzte um das Bein des Mannes kümmerten, gab dieser eine erste Erklärung vor laufenden Kameras ab. Ich stand dabei auf seinen Wunsch hin direkt an seiner Seite. Enerich Tolsom erläuterte seine Beweggründe, bedauerte, dass er die Clankammer aufgrund der besonderen Umstände und des engen zeitlichen Rahmens übergangen hätte, und versicherte, dass er bereit sei, die Verantwortung für seine Handlungen mit allen möglichen Konsequenzen zu übernehmen.

»Im Augenblick sehen wir uns allerdings mit einer Krise konfrontiert«, sagte er zum Abschluss, »wie es sie in der Geschichte unseres Planeten noch nicht oft gegeben hat. Die feigen Anschläge der vergangenen Stunden zeigen mehr als alles andere, dass wir in der Milchstraße nicht allein sind. Wir haben viel erreicht, und wir haben hart dafür gearbeitet. Jetzt ist es unsere vordringliche Aufgabe, das Erreichte zu verteidigen. Und zwar gegen jeden Gegner, unabhängig davon, ob er aus unseren eigenen Reihen oder aus den Tiefen einer Galaxis kommt, deren Bewohner offenbar kurz davor sind, ihren Verstand zu verlieren.

Lordadmiral Atlan, der hier neben mir steht, ist nicht in seiner offiziellen Funktion als Oberbefehlshaber der United Stars Organisation nach Reddeye gekommen. Er folgte einer persönlichen Einladung meiner Familie. Ich berufe hiermit umgehend eine weitere außerordentliche und öffentliche Sitzung der Clankammer ein. Sämtliche Familienvertreter mögen sich in genau einer Stunde vor der Bürgerhalle im Stadtteil Ulam versammeln. Mangels eines geeigneteren Tagungsortes werden wir uns dort beraten, und ich werde alle Fragen beantworten. Ich möchte Lordadmiral Atlan ausdrücklich einladen, an dieser Beratung teilzunehmen. Selbstverständlich wird jeder Clanherr in den nächsten Minuten noch über seine persönliche Frequenz direkt informiert.«

»Hohekanzler!«

Ein großer Mann mit langen, schwarzen und von einem bunten Stirnband gezähmten Haaren kam auf uns zu. Er zog das rechte Bein leicht nach. Auf seinen glatten, ebenmäßigen Zügen spiegelte sich ein routiniertes Politikerlächeln.

Aramus Akharim, keine Frage, meinte der Extrasinn.

Und er will sichergehen, dass die Übertragung noch läuft, während er seinen großen Auftritt hat, dachte ich grimmig zurück.

»Ich bin erleichtert«, sagte der Clanherr der Akharim-Familie und ergriff Enerich Tolsoms Hand, um sie zu schütteln. »Ich glaube, ich spreche nicht nur für die Mitglieder der Kammer, sondern für jeden Bürger auf Reddeye, wenn ich Ihnen sage, dass wir alle überglücklich sind, Sie wohlauf und weitgehend unverletzt zu sehen. Boris Parthans ewige Seele muss über Sie gewacht haben.«

»Danke, Aramus«, lächelte der Hohekanzler. »Das hat sie ganz sicher. Mein Dank gilt aber vor allem Lordadmiral Atlan sowie USO-Captain Rulan Karkeron und seinem tapferen Spezialistenteam, die mich aus den Trümmern befreit haben. Ich verdanke Ihnen mein Leben.«

Etwas zu schwülstig, aber nicht dumm, kommentierte der Logiksektor. *Damit nimmt er Aramus Akharim den Wind aus den Segeln. Wenn dieser die Anwesenheit von USO-Vertretern auf Reddeye nun als illegal brandmarkt, gibt er damit indirekt zu, dass er eher den Tod des Hohekanzlers als den Aufenthalt Fremder auf dieser Welt akzeptieren würde.*

»Dann möchte auch ich Lordadmiral Atlan auf Reddeye willkommen heißen«, sagte der Clanherr der Akharim-Familie. Sein Händedruck war kurz und fest. »Ich wünschte nur, Hohekanzler Tolsom hätte uns früher von Ihrem Eintreffen unterrichtet, Sir. Ich bin sicher, dass viele Clanherren gerne mit Ihnen sprechen würden. Es kommt nicht oft vor, dass sich so hoher Besuch auf unsere unbedeutende Kolonie verirrt.«

»Ich bin rein privat hier, Mr. Akharim«, gab ich zurück und erwiderte das unverbindliche Lächeln. »Und ich versichere Ihnen, dass ich mich keineswegs verirrt habe.«

Einige der Umstehenden lachten pflichtschuldig. Auch Aramus Akharim stimmte mit ein. Ich musste zugeben, dass mir der Mann nicht unsympathisch war.

»Hohekanzler«, rief er jetzt laut. »Ich möchte Ihnen für die anstehende Kammersitzung gerne die Residenz meiner Familie zur Verfügung stellen. Ich habe mir die Freiheit genommen, mein Personal bereits anzuweisen, alles vorzubereiten. Die entsprechenden Räumlichkeiten sind groß genug und bieten alle notwendigen Annehmlichkeiten.«

»Das ist ausgesprochen großzügig von Ihnen, Aramus«, sagte Enerich Tolsom. »Ich nehme Ihr Angebot gerne an.«

»Großartig.« Der Clanherr klatschte in die Hände. »Wir sehen uns dann in spätestens einer Stunde.«

Er raffte seinen langen Mantel, drehte sich um und ging gemessenen Schrittes zu einem nicht weit entfernt wartenden Gleiter hinüber. Bevor er einstieg, wandte er sich noch einmal der Menge zu, die sich während der letzten Minuten versammelt hatte, winkte freundlich und gab den Medienvertretern ausreichend Gelegenheit, ihre Bilder einzufangen.

»Sir?«

Rulan Karkeron zupfte mich sanft am Ärmel des Kampfanzugs. Ich nickte ihm zu, und wir entfernten uns gemeinsam ein paar Meter von der Menschentraube.

»Was gibt es, Captain?«, fragte ich.

»Ärger, Sir«, antwortete der Oxtorner. »Wir empfangen verstümmelte Funksprüche von der INANNA. Ich vermute, Pertar versucht Kontakt mit uns aufzunehmen, und wenn er das tut, liegt einiges im Argen.«

Ich nickte nachdenklich.

»Benachrichtigen Sie Oberstleutnant Kanli«, sagte ich dann. »Er soll die Tarnung aufgeben und nachschauen, was los ist.«

»Verstanden, Sir.«

Rulan Karkeron eilte davon, und ich schlenderte langsam wieder zu Enerich Tolsom hinüber.

»Rhaen«, flüsterte ich dabei so leise, dass nur ich es hören konnte. »Was bei allen Göttern Arkons treibst du da oben?«

Kapitel 22

Pertar Almoth

Was hast du getan?

Pertar Almoth starrte entsetzt auf den reglosen Jungen, der da vor ihm auf dem grauen Stahlplastboden des Ganges lag. Die ihm ins wachsbleiche Gesicht hängenden schwarzen Haare sahen aus wie grobe Sprünge auf einer Glasscheibe.

Was hast du getan? Du hast ihn umgebracht! Du hast ein Kind umgebracht!

Nein, das durfte nicht sein. Es war ein Reflex gewesen, ein Unfall, ein furchtbares Missverständnis, für das es keine Entschuldigung, aber wenigstens eine Erklärung gab. Dieser verdammte Bengel gehörte garantiert zu den Siedlern an Bord und war seinen Eltern davongelaufen. Warum hatten sie nicht besser auf ihn aufgepasst? Warum hatten sie …

Hör endlich auf, dich selbst zu belügen, quälte ihn die Stimme in seinem Kopf. *Du stopfst dich mit Tabletten voll und glaubst, alles wäre in Ordnung. Du funktionierst nicht mehr, Pertar. Und ein USO-Spezialist im Einsatz* muss *funktionieren oder er macht Fehler, die andere das Leben kosten.*

Nein! Ich habe das nicht gewollt. Es war nicht meine Schuld.

Der Terraner ballte seine Hände so fest zu Fäusten, dass sich die Fingernägel tief in die Handballen gruben. Das dumpfe Pochen in seinem Schädel verstärkte sich, doch der Schmerz brachte ihn immerhin wieder zu Bewusstsein.

Schluss jetzt, schalt er sich selbst. *Reiß dich zusammen. Und sieh gefälligst hin. Du hast ihn nur an der Schulter getroffen, und er hat einen Schock erlitten. Kümmere dich um ihn!*

Die Erleichterung ließ den Terraner aufstöhnen. Er griff nach der rechten Hand des Jungen und fühlte einen deutlichen Puls. Die Haut war eiskalt.

Eingeschränkte Thermoregulation, diagnostizierte er in Gedanken. *Wahrscheinlich infolge Versagens des zentralen Nervensystems und damit einhergehendem Zusammenbruch des Kreislaufs.*

Die Notfallversorgung war ein zentrales Element im Rahmen der Ausbildung zum USO-Spezialisten. Verletzungen im Einsatz waren nicht selten, und wer dann wusste, wie er sich zu verhalten hatte, der rettete einem Kameraden womöglich das Leben. Ein neurogener Schock stellte eine häufige Reaktion bei einem Thermotreffer dar. Der Strahl einer Hitzewaffe drang aufgrund seiner hohen thermischen Energie praktisch ungehindert durch Knochen und Gewebe, verschloss dabei aber sowohl die Eintritts- als auch die Austrittswunde. Dadurch kam es zu keiner oder höchstens einer schwachen Blutung, aber zu einem erheblichen Schmerzreiz, der einen untrainierten Körper in Schockstarre versetzen konnte. Die Muskeln der Blutgefäße erhielten keine Nervenimpulse mehr und weiteten sich unkontrolliert. Das Blut sackte in die Beine, und der Rest des Organismus wurde nicht mehr ausreichend mit Sauerstoff versorgt.

Pertar Almoth riss eines der Medopäckchen aus der entsprechenden Gürteltasche und verabreichte dem Jungen zwei Injektionspflaster. Die Wirkung setzte beinahe sofort ein. Die Farbe kehrte ins Gesicht des Verletzten zurück. Er fuhr hoch, blickte sich gehetzt um und wollte aufspringen, doch Pertar hielt ihn zurück.

»Warte«, sagte er. »Bleib hier. Du musst keine Angst vor mir haben. Wie heißt du?«

Der Junge starrte abwechselnd den USO-Spezialisten und seine linke Schulter an. Der Thermotreffer hatte einen Teil der Kombination verbrannt. Eine etwa handtellergroße Fläche der

Haut schräg oberhalb des Brustbeins war stark gerötet. Dort, wo der Strahl in den Körper eingedrungen war, hatte sich ein kreisförmiges Trauma mit vernarbten schwarzen Wundrändern gebildet.

»Es tut mir leid«, sagte Pertar Almoth. »Ich wollte nicht auf dich schießen. Ich habe dir etwas gegen die Schmerzen und zur Stabilisierung des Kreislaufs gegeben, aber wir müssen dich zu einem Arzt bringen. Soweit ich sehen kann, sind die Gefäße verschlossen. Ein glatter Durchschuss. Kannst du den Arm bewegen?«

Der Junge bewegte den Arm probeweise auf und ab.

»Gut«, nickte der Terraner zufrieden. »Ich bin Pertar. Du hast doch sicher auch einen Namen, oder?«

»Correy«, sagte sein Gegenüber stockend.

»Wo sind deine Eltern, Correy?«, fragte Pertar Almoth. »Kannst du mich zu ihnen bringen?«

Der Schrei klang diesmal so nah, dass der Terraner zusammenschrak und hastig die Waffe hochriss. Im letzten Moment erwischte er Correy, der die Gelegenheit nutzen und sich erneut aus dem Staub machen wollte, am Kragen seiner Kombination.

»Bleib hier, verdammt«, zischte er. »Weißt du, was hier los ist? Weißt du, wer oder was diese Schreie ausstößt?«

Der Junge schüttelte den Kopf. Es war nicht zu übersehen, dass er Angst hatte, große Angst, doch da erging es Pertar kaum besser.

»Los, komm«, sagte der Terraner. »Wir müssen hier weg.«

Correy ließ sich nahezu willenlos mitziehen, und gemeinsam rannten sie weiter den Gang entlang. An einem breiten Schott, an dem noch die Reste roter Farbe erkennbar waren, hielt Pertar an. Mit ungläubigem Blick musterte er das gut zwei Meter durchmessende Loch, das jemand in den zentimeterdicken Stahlplast gerissen hatte. Es war definitiv nicht durch

Waffeneinwirkung entstanden. Hier waren rein mechanische Kräfte am Werk gewesen. Irgendetwas hatte das Schott mit außerordentlicher Wucht durchschlagen.

»Hier rein«, sagte Pertar Almoth und schob den Jungen durch die gewaltsam geschaffene Öffnung. Wenn er sich nicht täuschte, war das der Zugang zum Maschinenraum. Mit etwas Glück fanden sie hier irgendwo ein Versteck, in dem er in Ruhe über die nächsten Schritte nachdenken konnte.

In den vergangenen Minuten hatte sich die Temperatur merklich erhöht. Die Luft in diesem Bereich des Schiffes war feucht und stickig, und der Geruch, den sie mit sich trug, erinnerte den Terraner an die künstlichen Wälder auf Titan. Er versuchte erneut, Verbindung mit Rhaen Tolsom aufzunehmen, doch nach wie vor war der Funkempfang gestört.

Ein schmaler Korridor führte an einer Reihe von Kabinen vorbei. Die meisten Türen standen offen; die Quartiere waren anscheinend nicht belegt. Vermutlich hatte sich hier früher einmal das technische Personal aufgehalten.

Beinahe hätte Pertar das leise Kratzen überhört. Es drang aus einer der wenigen verschlossenen Kabinen. Er bedeutete Correy zurückzubleiben. Vorsichtig näherte er sich der Tür. Das Geräusch war verstummt. Der Terraner presste den Daumen auf die Sensorfläche neben dem Eingang, und die Tür fuhr auf.

Die fünf Menschen, die sich in dem engen Raum dicht aneinanderdrängten, gehörten zweifellos zu den Siedlern, die laut Lisa Brandstrom mit der INANNA reisten. Die drei Männer und zwei Frauen trugen einfache Bordkombinationen, wie sie auf Transportschiffen üblich waren. Verängstigt starrten sie dem Terraner entgegen, bis dieser begriff, dass er noch immer das Thermogewehr auf die Gruppe gerichtet hielt.

»Ich bin USO-Spezialist Pertar Almoth«, sagte er und senkte die Waffe. »Kann mir einer von Ihnen sagen, was hier vorgeht?«

Zögernd trat eine der beiden Frauen nach vorn. Ihre kurzen, braunen Haare lagen wie ein Helm um ihren Kopf, und an der rechten Wange war eine etwa fünf Zentimeter lange und schlecht verheilte Narbe zu sehen. Sie blickte scheu links und rechts den Korridor hinunter.

»Sie sind von der USO?«, fragte sie. »Sind Sie gekommen, um uns abzuholen?«

»Nein«, antwortete Pertar Almoth. »Ich bin allein. Wo sind die übrigen Kolonisten?«

»Im hinteren Teil des Schiffes«, sagte die Frau. »Ich bin Azina Telon.«

In diesem Moment sah sie den Jungen. Ihre Schultern sackten nach unten, und sie schloss für einen kurzen Moment die Augen.

»Correy«, flüsterte sie erstickt. »Was machst du hier? Du solltest doch bei den anderen bleiben.«

Der Angesprochene wich zurück, als Azina Telon einen Schritt auf ihn zumachte und Pertar rechnete bereits mit einem weiteren Fluchtversuch, doch diesmal blieb Correy, wo er war.

»Sie kennen den Jungen?«, fragte der Terraner. Die Frau nickte traurig.

»Correy Rabb«, sagte sie. »Seine Eltern ...«, sie stockte und schluckte schwer. »Eines dieser ... Monster hat sie erwischt.«

»Monster?«, wiederholte Pertar Almoth. »Sie wissen, was das für Dinger sind?« Azina Telon schüttelte den Kopf.

»Ich weiß nur, dass sie aus den Bereichen des Schiffes gekommen sind, die wir nicht betreten durften. Wir haben die Ladung irgendwo unterwegs im freien Raum aufgenommen. Drei große Container. Ich habe das Andockmanöver in der Zentrale verfolgt. Nicht einmal die Kommandantin schien zu wissen, was sich in den Transportbehältern befand.«

»Können Sie mir den Weg zur Zentrale zeigen?«, wollte der USO-Spezialist wissen.

»Was wollen Sie dort?«

»Meine Partnerin hält sich dort auf. Ich muss unbedingt mit ihr sprechen.«

»Werden Sie uns hier rausbringen?«

»Wir sind mit einer Space-Jet gekommen«, sagte Pertar. »Wenn Sie mir helfen, helfe ich Ihnen.«

Zu einer Antwort bekam Azina Telon keine Gelegenheit mehr. Alles ging so schnell, dass Pertar Almoth keine Chance hatte zu reagieren. Im Halbdunkel der Notbeleuchtung sah er den Schatten von rechts auftauchen und ließ sich instinktiv fallen. Das rettete ihm wahrscheinlich das Leben. Etwas Großes, Schwarzes wischte über ihn hinweg und traf die Siedlerin mit voller Wucht am Kopf. Ein Geräusch ertönte, als würde jemand mit einem klatschnassen Handtuch gegen eine Wand schlagen. Die anderen vier Kolonisten in der engen Kabine begannen panisch zu schreien.

»Raus da!«, rief ihnen der Terraner zu. Sie reagierten jedoch nicht, standen da wie festgewachsen.

Der Schatten stürmte erneut auf ihn zu. Pertar sah einen gewaltigen Rachen mit einer Doppelreihe spitzer Zähne. Ein fauliger, erdiger Geruch breitete sich aus, und ein kreisrundes, blutrotes Auge glotzte ihn aus einer tiefen Höhle an. Dann war die groteske Fratze auch schon wieder verschwunden. Er schwenkte den Lauf des Thermogewehrs, suchte nach einem Ziel, doch der Gegner bewegte sich mit einer Geschwindigkeit, die er niemals für möglich gehalten hätte. Wenn er jetzt abdrückte, bestand die Gefahr, dass er einen weiteren Kolonisten traf.

Die Konturen des mindestens drei Meter großen Giganten verschwammen. Blitzlichtartig tauchten eine mächtige, sechsfingrige Klaue mit langen, spitzen Krallen und ein behaarter Oberschenkel vom Umfang eines Baumstamms auf. Die jetzt in kurzen Abständen folgenden Schreie erinnerten an eine

Mischung aus dem Trompeten eines Elefanten und dem Kreischen einer antiken Kreissäge.

Einer der drei männlichen Siedler flog plötzlich durch die Luft. Sein Schrei erstarb abrupt, als er mit furchtbarer Gewalt gegen die Wand des Korridors prallte und dort leblos zusammensackte. All das hatte höchstens vier oder fünf Sekunden gedauert.

Pertar Almoth riss Correy mit sich, der dem Geschehen mit schreckgeweiteten Augen gefolgt war. Fast wären sie über den am Boden liegenden Siedler gestolpert. Die Glieder des Mannes standen in groteskem Winkel von seinem Körper ab. Er war ohne Zweifel tot.

In seinem Rücken brüllte das Monster. Der Terraner versetzte dem Jungen einen harten Stoß, der ihn einige Meter weiter in den Gang hineinbeförderte. Dann fuhr er herum und feuerte. In das Zischen des Waffenstrahls mischten sich die Todesschreie der verbliebenen Siedler, und zum ersten Mal seit dem Ausfall der Hauptenergieversorgung war Pertar für die bescheidenen Sichtverhältnisse dankbar, denn das, was sich da vor ihm abspielte, war alles andere als ein schöner Anblick.

»Nicht hinsehen«, sagte er zu Correy und drängte den Jungen weiter. Unwillkürlich kamen ihm die Ereignisse auf Denar wieder in den Sinn. Allerdings hatte er dort Monstern gegenübergestanden, die er kannte, die einst seine Freunde und Kameraden gewesen waren. Woher jene mörderische Bestie kam, die in diesen Sekunden unter der kleinen Siedlergruppe wütete, wusste er dagegen nicht.

Correy hielt trotz seiner Verletzung gut mit. Sie passierten zwei weitere Schotts, die Pertar vorsichtshalber mit Hilfe des Thermogewehrs zuschweißte. Diese Maßnahme würde einen eventuellen Verfolger zumindest eine Weile beschäftigen, wenn auch nicht aufhalten.

Immer wieder blieb Pertar Almoth stehen und lauschte. Zweimal erschütterten kleinere Explosionen die INANNA. Einmal stieß der Terraner auf frische Blutspuren. Dazwischen erklangen in unregelmäßigen Abständen die bekannten Schreie. Täuschte er sich, oder kamen diese aus verschiedenen Bereichen des Schiffes? Wie viele der mysteriösen Söldner waren inzwischen erwacht?

Wenn ihn sein Orientierungssinn nicht trog, hatten sie die technische Abteilung wieder verlassen und bewegten sich auf die Außenhangars des Bugwürfels zu. Angesichts der sich zuspitzenden Situation, erschien es ihm nicht mehr sinnvoll, sich zur Zentrale durchzuschlagen. Wenn sich in jeder der Transportkisten, die er gesehen hatte, eine dieser Kreaturen befand und die INANNA laut der Aussage von Azina Telon insgesamt drei volle Container mit sich führte, standen sie auf verlorenem Posten und mussten den Transportraumer so schnell wie möglich verlassen. Rhaen war nicht dumm und würde die gleichen Schlüsse ziehen. Sie würde wissen, dass die Space-Jet ihre einzige Chance war, und sich ebenfalls auf den Weg zum Hangar machen.

»Kannst du noch, Correy?«, fragte der Terraner seinen Begleiter. Der Junge nickte. Er sah tatsächlich nicht so aus, als würde ihn das Rennen sonderlich anstrengen.

Ein ohrenbetäubender Knall setzte ihrem Rückzug ein vorläufiges Ende. Die Wand auf der Innenseite des Ganges wölbte sich und platzte dann wie eine Seifenblase auseinander. Ein kopfgroßes Teilstück aus Metallplast traf Pertar Almoth am rechten Arm, drang mühelos durch den robusten Stoff des Schutzanzugs und hinterließ eine heftig blutende Wunde. Für einige Sekunden hörte der Terraner das durchdringende Piepsen des medizinischen Alarms. Trotz der vorübergehenden Schmerzen hob er die Waffe und feuerte auf den sich durch das Loch drängenden Schatten. Das Brüllen der Kreatur war mindestens so laut wie zuvor das Geräusch des berstenden Wandmaterials. Der Schatten hüpfte wie ein Gummiball innerhalb des Korridors hin und her, während der Terraner den Finger nicht von Auslöser nahm und Salve um Salve in Richtung des Gegners schickte. Qualm stieg auf. Die Temperatur ging sprunghaft in die Höhe, und die Positronik seiner Schutzmontur schloss automatisch den Helm.

Pass auf den Jungen auf, warnte ihn seine innere Stimme. *Er hat keinen Anzug, der ihn vor der Hitze bewahrt.*

»Correy!«, rief Pertar. »Bleib hinter mir!«

Ein Thermotreffer fuhr kaum mehr als ein paar Zentimeter neben seinem linken Fuß in den Bodenbelag. Der USO-Spezialist sprang instinktiv zur Seite. Was war das? Schoss der Gegner etwa zurück?

Im gleichen Augenblick machte er durch den Rauch Rhaen Tolsom aus, die auf der anderen Seite des Ganges stand. Im Helmempfänger des Terraners knackte es. Kurz darauf hörte er die abgehackte, immer wieder von Rauschen unterbrochene Stimme der ehemaligen SolAb-Agentin.

»Pert?«, sagte die Frau. »Sind Sie das?«

»Nicht mehr lange, wenn Sie so weiterschießen«, erwiderte Pertar Almoth. »Halten Sie hoch und wechseln Sie auf Impuls. Ich habe hier einen Zivilisten.«

»Verstanden. Wir nehmen das Mistvieh ins Kreuzfeuer.«

Der Terraner drehte den Kopf, um nach Correy zu sehen. Der Junge kauerte etwa zwanzig Meter weiter in einer Wandnische, hatte die Arme um den Oberkörper geschlungen und bewegte diesen rhythmisch vor und zurück. Sein Blick wirkte abwesend.

Ich muss ihn unbedingt hier wegbringen, zuckte es durch Pertars Gedanken. *Er hat schon mehr gesehen, als jemand seines Alters sehen sollte und vor allem verkraften kann.*

Der USO-Spezialist wandte sich wieder dem Monster zu, das inzwischen einen großen Teil des Ganges in Schutt und

Asche gelegt hatte. Mehrere Brände tauchten die bizarre Szenerie in flackerndes Licht. Irgendwo in dem Chaos blitzte in unregelmäßigen Abständen eine Strahlwaffe auf. Ob Rhaen Tolsom Treffer erzielte, ließ sich jedoch nicht feststellen.

Pertar gab ebenfalls einige Schüsse ab, ließ es dann aber bleiben, weil ein Zielen praktisch unmöglich war und der Korridor viel zu nah an der Außenhülle des Frachters entlanglief. Jeder weitere Schuss konnte eine Katastrophe auslösen.

Der Angriff erfolgte einmal mehr mit einer solchen Wucht und in einem derartigen Tempo, dass eine Gegenwehr unmöglich war. Die Pranke von der Größe und der Festigkeit eines Stahlträgers traf Pertars rechte Hüfte und schleuderte ihn wie eine Stoffpuppe gegen die Wand. Das Thermogewehr rutschte ihm aus der Hand. Der Terraner versuchte, sofort wieder auf die Beine zu kommen, doch ein stechender Schmerz im unteren Bereich des Brustkorbs ließ ihn stöhnend zu Boden sinken. Eine, wenn nicht gar mehrere Rippen waren zumindest angebrochen.

Die Helmscheibe war stark beschlagen und mit einem schmierigen Film bedeckt; wahrscheinlich Asche und Staub, die die feuchte Luft schwängerten. Pertar Almoth wischte mit dem Handschuh über das Visier, doch dadurch machte er es nur noch schlimmer. Kurzerhand öffnete er den Helm – und wünschte sich im nächsten Moment, er hätte es nicht getan. Die Hitze schien ihm die Haut vom Gesicht brennen zu wollen. Der intensive Gestank nach geschmolzenem Metall und schmorendem Plastik reizte Nase und Lunge. Er begann zu husten. Im nächsten Moment fühlte er sich mit unwiderstehlicher Kraft gepackt und in die Höhe gezerrt.

Der Terraner verlor die Orientierung, wusste nicht mehr, wo oben und unten war. Etwas wirbelte ihn herum. Dann tauchte Rhaen Tolsom aus dem Durcheinander auf. Sie stand inmitten des um sie herum tobenden Infernos, als könne sie nichts und niemand aufhalten. Schuss auf Schuss löste sich aus dem flimmernden Lauf ihrer Waffe. Die Bestie schrie so laut, dass Pertar glaubte, sein Trommelfell würde platzen. Vor dem Tränenschleier vor seinen Augen bewegte sich eine unförmige, jedoch zweifellos humanoide Gestalt mit säulenförmigen Armen und Beinen. Sie trug eine knappe, eng anliegende und etwa Mitte der Oberschenkel endende Hose. Über den nackten, von nässenden Wucherungen verunstalteten Oberkörper zogen sich breite schwarze Bänder aus einem unbekannten Material.

Der Riese ließ den USO-Spezialisten los und streckte die rechte Faust nach vorn. An der Verbindungsstelle zwischen Handrücken und Unterarm geriet die dunkelgraue, feucht schimmernde Haut plötzlich in Bewegung, brach regelrecht auseinander. Eine weißliche Flüssigkeit trat aus und tropfte zischend auf den heißen Boden des Korridors. Für einen Lidschlag sah Pertar Almoth etwas Spitzes, Rotes, ein längliches Etwas, das sich aus dem weichen Fleisch des Handgelenks schob. Von einem Moment zum Nächsten schoss das Ding aus seinem bisherigen Versteck heraus wie ein abgefeuertes Projektil und traf Rhaen Tolsom in den Bauch.

Die ehemalige SolAb-Agentin wurde zurückgeschleudert und ließ ihre Waffe fallen. Sie presste beide Hände auf den Unterleib. In ihrem Blick spiegelte sich eine Mischung aus Schreck und Überraschung. Sofort war die Bestie heran. Pertar Almoth konnte jetzt sehen, dass der Gegner offenbar einige Treffer hatte hinnehmen müssen. An mindestens drei Stellen seines plumpen Rumpfes waren blutende Wunden zu erkennen, die eindeutig von einer Thermowaffe stammten.

Na also, dachte der USO-Spezialist grimmig. *Die Dinger bluten, also kann man sie auch töten.*

Der Gigant hob beide Arme und stieß ein triumphierendes Brüllen aus. Rhaen Tolsom wollte weglaufen, doch es war zu spät. Pertar Almoth stemmte sich unter Aufbietung sämtlicher verbliebener Kräfte in die Hocke. Wie in Trance griff er nach dem Thermogewehr der Frau, das wie durch ein Wunder direkt vor seinen Füßen gelandet war. Er packte die Waffe, richtete den Lauf auf den wuchtigen Rücken des Monsters – und drückte ab.

Die rote Energiebahn schlug dort ein, wo sich bei einem Menschen in etwa der Übergang von der Brust- zur Lendenwirbelsäule befand. Die Kreatur schrie auf, fuhr herum und brach in die Knie. Pertar hatte unbewusst Deckung genommen, weil er eine neue Attacke erwartete. Noch bevor er seine Überraschung überwunden hatte und erneut schießen konnte, setzte die Bestie mit einem weiten Sprung über ihn hinweg und war im nächsten Moment hinter der Gangbiegung verschwunden.

Der Terraner benötigte weitere lange Sekunden, um zu begreifen, dass es tatsächlich vorbei war. Vorerst zumindest. Dann erhob er sich – die stechenden Schmerzen in der Rippengegend mit zusammengebissenen Zähnen ignorierend – und stolperte zu Rhaen Tolsom hinüber. Die Frau lag nach wie vor inmitten der Trümmerzone. Sie wollte aufstehen, kippte jedoch immer wieder nach hinten weg. Wäre das alles eine der zahlreichen Übungen gewesen, an denen man als Spezialist der USO fast zwangsläufig teilnahm, hätte Pertar sich ausgeschüttet vor Lachen. Wie sie da so auf dem Rücken lag und mit Armen und Beinen zappelte, ähnelte Rhaen einem überdimensionalen Käfer. Der Anblick des am Bauch zerfetzten Schutzanzugs und des schnell größer werdenden roten Flecks an gleicher Stelle ließ allerdings keine echte Heiterkeit aufkommen.

»Lassen Sie mich sehen«, sagte Pertar und beugte sich zu der ehemaligen SolAb-Agentin herunter. Diese schlug seine helfenden Hände barsch beiseite.

»Mir fehlt nichts«, stieß sie gereizt hervor. »Helfen Sie mir hoch.«

»Rhaen …«

»Ich habe gesagt, dass mir nichts fehlt«, fauchte die Frau. »Unterdrücken Sie Ihren männlichen Beschützerinstinkt und sagen Sie mir lieber, was für ein Ding das gerade war.«

»Ich wünschte, ich wüsste es«, antwortete Pertar Almoth. »Ich …«

Rhaen Tolsom packte den Terraner an der Halskrause seines Schutzanzugs. Ihr Atem ging stoßweise, die Nasenflügel bebten, und ihre Augen flackerten wie zwei Kerzenflammen im terranischen Herbstwind. In diesem Augenblick wirkte die ehemalige SolAb-Agentin wie jemand, der kurz davor stand, die Kontrolle über sich zu verlieren.

»Wir müssen die INANNA aufhalten, Pert«, flüsterte sie. »Wir müssen das Schiff zerstören. Diese … Ungeheuer dürfen niemals nach Reddeye gelangen. Niemals!«

»Rhaen …«, versuchte es Pertar noch einmal. »Lassen Sie uns …«

»Nein!«

Die Frau stieß den USO-Spezialisten brüsk von sich.

»Wenn Sie mir nicht helfen, dann mache ich es eben allein.« Sie wirkte jetzt hysterisch.

»Ich bitte Sie, Rhaen«, entgegnete Pertar Almoth und hob beschwichtigend die Arme. »Ich helfe Ihnen ja, aber lassen Sie uns wenigstens vorher darüber reden.«

»Was gibt es da noch zu reden?«, ereiferte sich die ehemalige SolAb-Agentin. »Sie haben dieses Vieh doch gesehen. Ist Ihnen nicht klar, was schon ein einzelnes dieser Wesen in Pallin anrichten könnte? Das darf ich nicht zulassen. Das *werde* ich nicht zulassen!«

»Einverstanden«, sagte der Terraner. »Wir gehen zur Space-Jet zurück, schleusen aus und schießen die INANNA flugunfähig. Dann rufen wir die QUESTRON und …«

»Bleiben Sie mir vom Leib, Pert!«

Während der USO-Spezialist gesprochen hatte, war er langsam auf Rhaen Tolsom zugegangen. Diese hatte den kleinen Handstrahler aus dem Gürtelholster gezogen und zielte direkt auf Pertar Almoths Brust.

»Behandeln Sie mich nicht wie ein kleines Kind«, zischte sie. Mit wachsender Besorgnis registrierte der Terraner einen dünnen Speichelfaden, der aus Rhaens rechtem Wundwinkel hing und den diese offenbar gar nicht bemerkte.

»Und glauben Sie bloß nicht, ich würde nicht abdrücken.«

»Verdammt, Rhaen! Was ist denn bloß los mit Ihnen? Seien Sie doch vernünftig.«

»Verschwinden Sie«, forderte die Frau ihr Gegenüber jetzt auf und fuchtelte demonstrativ mit dem Thermogewehr. »Der Hangar ist nicht einmal zwei Minuten von hier entfernt. Steigen Sie in Ihre Space-Jet und verschwinden Sie. Ich komme schon zurecht.«

»Nicht ohne Sie, Rhaen«, schüttelte Pertar Almoth den Kopf. »Der Lordadmiral macht mich ...«

Rhaen schoss, und der ultraheiße Energiestrahl strich kaum mehr als eine Handbreit an der Wange des Terraners vorbei.

»Bitte, Pert«, sagte sie leise. »Gehen Sie einfach. Sie können hier nichts mehr tun.«

Langsam wich der USO-Spezialist zurück. Als er sich etwa zehn Meter von Rhaen Tolsom entfernt hatte, wandte diese sich um und rannte davon. Pertar Almoth seufzte und drehte sich gleichfalls um 180 Grad.

»Steh auf, Correy«, sagte er, »Wir müssen ...«

Er verstummte und starrte betreten auf die leere Nische in der Wand. Auch Correy Rabb war verschwunden.

Kapitel 23

Atlan

Das Anwesen der Akharims stand dem der Tolsoms in nichts nach. Es lag kaum mehr als fünf Flugminuten vom Stadtkern entfernt in einem der dicht bewaldeten Außenbezirke Pallins. Nachdem man unseren Gleiter per Funk auf die Parkterrasse gelotst hatte, geleitete uns ein in eine bunte Phantasieuniform gekleideter Diener in den Beratungssaal, der eher an eine Kathedrale denn an einen Konferenzraum erinnerte.

Aramus Akharim oder besser seine Angestellten hatten ganze Arbeit geleistet. Die kreisförmig angeordneten Sitzreihen und das im Zentrum der Konstruktion ruhende Podest mit den Plätzen für den Hohekanzler und dessen Berater, waren den Originalen im Großen Forum nahezu perfekt nachempfunden. Eine der Seitenwände des Saals bestand aus einer einzigen fugenlosen Glasfläche, die einen grandiosen Ausblick auf den wenige Kilometer weiter beginnenden Dschungel und die dahinter aufragenden Berge gewährte. Die Sonne schickte sich soeben an, am Horizont unterzugehen und erzeugte dabei ein Farbenspiel, wie selbst ich es bislang nur auf wenigen anderen Planeten gesehen hatte.

Enerich Tolsom hatte darum gebeten, dass ich mich neben ihn auf einen extra bereitgestellten Sessel setzte. Rulan Karkeron und sein Team zogen sich unauffällig zurück und beobachteten die weitere Entwicklung aus dem Hintergrund. Da die Sitzung der Clankammer als öffentlich deklariert worden war, schwirrten rund zwei Dutzend Schwebekameras durch die schwülwarme Luft und schickten ihre Bilder an die Sendezentralen der Trivid-Anbieter. Roboter trugen Tabletts mit kleinen Erfrischungen und Getränken durch die umeinanderwimmelnden Gäste. Der Hohekanzler schüttelte ein paar Hände, stellte mich diversen Familienoberhäuptern vor und erreichte wenige Minuten vor dem offiziellen Beginn der Sitzung das Podest. Ich konnte mir vorstellen, dass ihm sein Bein, das in einem stützenden Heilkorsett steckte, Schmerzen bereitete, doch nach außen ließ er sich nichts anmerken.

Nach und nach nahmen die letzten Clanherren ihre Plätze ein. In schwarze Kombinationen gekleidete Sicherheitsbeamte sorgten dafür, dass all jene den Saal verließen, die während der Versammlung nichts darin zu suchen hatten. Schließlich kam Aramus Akharim zu uns herüber, um uns noch einmal persönlich zu begrüßen. In seiner Begleitung befand sich ein schlaksiger junger Mann mit blonden, unfrisiert wirkenden Haaren und kindlichem Gesicht, der einen überaus schüchternen Eindruck hinterließ und permanent an seinen blassen Lippen zupfte.

»Pecoot«, lächelte Enerich Tolsom und streckte dem Jungen die Hand entgegen. »Verdirbt dir dein Vater wieder die Semesterferien, indem er dich auf die langweiligen Debatten der Clankammer schleppt? Wie auch immer: Es freut mich sehr, dich zu sehen. Wie läuft es an der Akademie?«

»Gut, Hohekanzler«, erwiderte Pecoot, bei dem es sich allem Anschein nach um den Sohn von Aramus Akharim handelte. »Die Zwischenprüfungen in Robotik und positronischer Algebra habe ich bereits hinter mir, und im nächsten Sommer …«

»Ich vermisse Ihre Tochter, Hohekanzler«, unterbrach Aramus Akharim seinen Sprössling grob. »Eigentlich hatte ich erwartet, dass Rhaen an einer so wichtigen Zusammenkunft wie der heutigen teilnehmen würde.«

Enerich Tolsom lächelte Pecoot freundlich an und gab ihm einen Klaps auf den rechten Arm. Erst dann wandte er sich dessen Vater zu.

»Rhaen ist leider verhindert«, sagte er unverbindlich. »Selbstverständlich wäre sie gerne gekommen. Sofern sie es einrichten kann, wird sie sicher später noch zu uns stoßen.«

In diesem Moment hallten drei helle Glockenschläge durch den Saal. Aramus Akharim verabschiedete sich und eilte, seinen Sohn im Schlepptau, zu einem noch freien Platz in einer der unteren Sitzreihen.

»Ein cleverer Junge, dieser Pecoot«, raunte mir der Hohekanzler zu, während auch wir uns setzten. »Versteht mehr von Positroniken als jeder andere auf Reddeye. Ich versuche Aramus davon zu überzeugen, dass er ihn für ein paar Jahre nach Terra gehen lässt. Dort würde er nicht nur von einer entsprechenden Ausbildung, sondern vor allem von der Entfernung zu seinem Vater profitieren.«

Ich behielt Pecoot Akharim in den nächsten Minuten unauffällig im Auge. Der Junge hockte wie ein Häufchen Elend neben dem Vizekanzler. Immer wieder ging die linke Hand nervös zum Mund. Selbst ein Blinder hätte gesehen, dass sich Pecoot alles andere als wohl in seiner Haut fühlte. Ich kannte solche und ähnliche Vater-Sohn-Beziehungen zur Genüge – nicht zuletzt durch meine Erfahrungen mit dem arkonidischen Hochadel. Väter, die ihren männlichen Nachwuchs mit aller Gewalt in ihre Fußstapfen zwingen wollten, vergaßen nur allzu gern, dass ihre Söhne früher oder später eine eigene Persönlichkeit entwickelten und dass diese nicht zwangsläufig ihren Vorstellungen entsprechen musste.

Enerich Tolsom eröffnete die Versammlung mit einigen einleitenden Worten. Dann stellte er noch einmal die aktuelle Situation dar, erläuterte ausführlich die Maßnahmen, die er gezwungen gewesen war zu ergreifen, und bat die anwesenden Clanherren um Nachsicht für die Tatsache, dass er sie zu einigen seiner Entscheidungen nicht in der gebotenen Art und Weise konsultiert hatte. Dabei ließ er nichts aus und informierte die Clanherren auch über die im Sonnenorbit wartende QUESTRON.

Einmal mehr musste ich Rhaens Vater meine Hochachtung zollen. Enerich Tolsom war ein begnadeter Redner. Hinzu kam, dass er seine Ansprache nicht hatte vorbereiten können, sondern sie aus dem Stegreif hielt. Dafür war sie jedoch nicht nur sprachlich elegant, sondern folgte vor allem einer klaren Linie. Dennoch fiel der Applaus, den er dafür erhielt, eher verhalten aus.

»Aramus hat die Zeit gut genutzt und viele der Clanherren bereits auf seine Seite gezogen«, raunte mir Enerich Tolsom zu, nachdem er seine Ansprache beendet hatte. Ich nickte nur.

»Vielen Dank, Hohekanzler!« Aramus Akharim hatte sich von seinem Platz erhoben und verneigte sich knapp in Richtung seines Widersachers. »Niemand in diesem Saal bezweifelt, dass Ihre Motive ehrenhaft waren und die Gründe für Ihr Handeln außerhalb üblicher Konventionen lagen. Dennoch besitzen wir einen Clankodex, für den unsere Väter und Vorväter Schweiß, Blut und Tränen vergossen haben.«

Eine Reihe von Abgeordneten klopfte mit den Fingerknöcheln auf die Holzumrandungen ihrer Sitze und signalisierte damit ihre Zustimmung.

»Sie sagen, dass niemand weiß, welche Motive jene leiten, die in den letzten Stunden überall in Pallin Sprengsätze gezündet und nach derzeitigem Stand achtzehn unserer Mitbürgerinnen und Mitbürger auf verabscheuungswürdige Art und Weise ermordet haben. Aber ist das wirklich die ganze Wahrheit? Müssen wir nach den Berichten des Lordadmirals nicht fürchten, dass wir es hier mit einer fremden Macht zu tun haben, einer Macht, die die Mitglieder der Libra-Bewegung nur ausnutzt, um Verwirrung zu stiften und unsere Welt in eine Lage zu bringen, in der ihr gar nichts mehr anderes übrig bleibt, als Außenstehende um Hilfe zu bitten? Und ist es diesbezüglich nicht eine geradezu beispiellose Fügung eines gnädigen Schicksals, dass just in dieser schweren Zeit der Krise nicht nur ein Kampfkreuzer der USO im Sonnenorbit kreist, sondern sich gleichzeitig auch noch der Oberbefehlshaber der mächtigsten unabhängigen Militärorganisation der Milchstraße auf Reddeye aufhält?«

»Ich bitte Sie, Aramus«, sagte Enerich Tolsom beherrscht. »Selbst Sie werden nicht so weit gehen und behaupten wollen, dass die USO hinter dem steckt, was hier geschieht.«

»Selbstverständlich nicht«, lächelte der Clanherr der Akharim-Familie. »Möglicherweise ist auch Lordadmiral Atlan nur eine Marionette in einem perfiden Spiel fremder Mächte. Allerdings sollten wir uns fragen, welche Lehren wir aus alledem ziehen. Ich bin nicht blauäugig genug, um zu glauben, dass unser Planet nicht früher oder später in den Fokus eines der großen politischen Blöcke rückt. Was dann, Hohekanzler? Sie wollen uns weismachen, dass wir in einem solchen Fall nur überleben können, wenn wir am Rockzipfel Perry Rhodans und seines Solaren Imperiums hängen. Ich – und mit mir viele andere, denen das Wohl Reddeyes am Herzen liegt – sind anderer Ansicht. Unsere Strategie heißt Neutralität. Wir sind für niemanden eine Gefahr. Unsere Ressourcen sind nicht annähernd kostbar oder ausreichend genug, um eine Invasion zu rechtfertigen. Wir haben keine Meinung zur politischen Großwetterlage in der Milchstraße, und wir brauchen keine Kriegsschiffe, um unsere Ideologie in die Galaxis hinauszutragen, weil wir uns selbst genug sind. In Ihren und den Augen des Lordadmirals mag eine solche Einstellung als provinziell und rückständig gelten, Hohekanzler, doch es ist mehr, als viele andere Völker haben, und zumindest ich bin stolz darauf.«

Diesmal fielen die Ovationen deutlich stärker aus. Einige Clanherren erhoben sich und spendeten demonstrativ im Stehen Beifall. Ich sah Enerich Tolsom fragend an. Er senkte zum Einverständnis den Kopf. Ich stand auf und trat in die Mitte des Podests. Der Applaus ebbte nur langsam ab, und ich nutzte die Zeit, um die Versammelten zu mustern. Die meisten gaben sich wenig Mühe, ihre Ablehnung zu verbergen. Für sie war ich ein Fremder, ein Symbol jenes Wahnsinns, den machthungrige Imperatoren und Staatsoberhäupter seit Jahrhunderten in der Milchstraße inszenierten und mit dem niemand hier im Saal etwas zu tun haben wollte. Ich konnte diesen Standpunkt sehr gut nachvollziehen.

»Ich bitte die Clankammer um die Erlaubnis, zu ihr sprechen zu dürfen«, sagte ich laut. Augenblicklich herrschte eine geradezu eisige Stille. Es war Aramus Akharim, der als Erster wieder das Wort ergriff.

»Der Hohekanzler kann Ihnen diese Erlaubnis jederzeit auch ohne die Zustimmung der Kammer erteilen, Lordadmiral«, sagte er kühl. »Er führt den Vorsitz und ist somit befugt.«

»Genau deshalb möchte ich nicht die Erlaubnis des Hohekanzlers, sondern die Erlaubnis aller Clanherren«, erwiderte ich. »Ich bitte Sie alle um nicht mehr als zehn Minuten Ihrer Zeit. Sie haben mich, die USO und deren Beweggründe angeklagt. Geben Sie mir nun die Gelegenheit, zu den Vorwürfen Stellung zu nehmen.«

»Das ist nur recht und billig, Sir«, sagte Aramus Akharim. »Ich denke, ich spreche für alle hier, wenn ich Ihnen Ihre zehn Minuten zugestehe.«

Aus den Reihen der Clanherren kam ein zustimmendes Gemurmel.

»Danke, Vizekanzler.« Ich atmete tief ein und wieder aus. »Ich bin nicht hier, um Ihnen zu sagen, was Sie tun oder was Sie nicht tun sollen«, begann ich. »Ich bin auch nicht hier, weil ich zu wissen glaube, was das Beste für Ihre Welt ist. Ich bin hier, weil mich eine Freundin um Hilfe gebeten hat, und wenn das geschieht, verhalte ich mich nicht anders als jeder von Ihnen: Ich versuche zu helfen.

Es ist nicht meine Absicht, Ihnen zu schmeicheln, doch die wenigen Stunden, die ich auf Reddeye verbringen durfte, haben mir klar gemacht, dass Sie sich hier ein kleines Paradies geschaffen haben. Sie haben das alles ganz allein und ohne Hilfe von außen aufgebaut. Sie haben schier unüberwindbare Hindernisse aus dem Weg geräumt und sich gegen immense Widerstände durchgesetzt. Das verdient höchsten Respekt und Bewunderung. Begehen Sie jedoch nicht den Fehler zu glauben, dass Sie und Ihre Vorväter die Einzigen waren, die einem unbarmherzigen Schicksal getrotzt und entgegen aller Wahrscheinlichkeiten nahezu Übermenschliches geleistet haben.

Die Geschichte dieser Galaxis mag reich an Konflikten sein, an schrecklichen Kriegen und militärischen Auseinandersetzungen, die Milliarden Opfer gekostet haben. Sie hat aber auch ihre Helden hervorgebracht, die Frauen und Männer, die den Frieden und das Miteinander der Völker höher schätzten als das eigene Leben. Ich habe zehntausend Jahren auf der Stammwelt der Terraner, *Ihrer* Stammwelt, der Erde, verbracht und während dieser Zeit einige dieser Helden kennengelernt. Soll ich Ihnen sagen, was ihnen allen gemeinsam war?«

Ich machte eine bewusste Pause und ließ meine Worte einsinken. Offenbar war es mir gelungen, zumindest das Interesse der Clanherren zu wecken, denn es gab keine Zwischenrufe.

»Verständnis«, sprach ich schließlich weiter. »Verständnis für das, was nur zu oft unser Denken und Fühlen bestimmt, was uns ausmacht, was uns zu nicht für möglich gehaltenen Großtaten befähigt, uns jedoch gleichzeitig auch zu verhängnisvollen Fehleinschätzungen verleitet und uns in furchtbare

Niederlagen treibt. Ich spreche von Egoismus, Starrsinn, Intoleranz. Und von Angst.

Die wirklich großen Frauen und Männer der Geschichte wussten zu jeder Zeit um diese Schwächen, aber sie haben sie nicht bekämpft, sondern akzeptiert und in Stärken verwandelt. Der berühmte arkonidische Philosoph Moraht-Them hat einmal gesagt, dass der Starke am mächtigsten erscheint, wenn er allein ist, dass jedoch der Schwache seine Kraft aus der Akzeptanz der Umstände schöpft, die er nicht ändern kann. Ich glaube, was er gemeint hat, war, dass wir zwar nicht aufhören sollen, an unseren Schwächen zu arbeiten, dass wir jedoch nicht erwarten dürfen, sie jemals wirklich zu überwinden. Unsere Schwächen gehören zu uns, ebenso wie unsere Stärken. Erst in ihrem Zusammenspiel formen sie ein Ganzes.

Sie wollen sich nicht festlegen. Sie wollen sich nicht an eine einzelne Macht binden und Ihre Neutralität wahren. Das ist eine gute, eine kluge Strategie, wenn sich alle Beteiligten an die Regeln halten, die es auch in einem Krieg gibt. Doch wichtiger als Regeln ist das Gewissen. Es bestimmt das Ausmaß, mit dem wir uns auch dann an diese Regeln gebunden fühlen, wenn die Verzweiflung größer ist als die Vernunft. Regeln sind von Menschen gemacht und können von Menschen gebrochen werden.

Sie brauchen nicht mich, um zu sehen, was in der Milchstraße vor sich geht, und ich werde die Lage nicht beschönigen. Die USO kämpft an zu vielen Fronten, um auf Dauer siegreich sein zu können. Möchten Sie wissen, warum ich trotzdem nicht aufgebe? Warum ich mich immer wieder in diesen Sumpf aus Missgunst, Bosheit, Gier und Verbrechen stürze? Weil ich – wie man mir übrigens oft genug zu Recht vorgeworfen hat – ein Idealist bin. Weil ich an das Gute in jedem einzelnen intelligenten Lebewesen dieser Galaxis glaube.

Ich sehe einige von Ihnen mitleidig lächeln, aber bedauern Sie mich nicht zu früh. Ich habe mir meinen Idealismus bewahrt, obwohl ich weitaus älter bin als jeder andere hier im Saal, ja sogar älter als die meisten Bewohner der Milchstraße. Sie sollten sich zumindest fragen, warum das so ist.

Und deshalb kann ich Ihnen nur raten: Seien Sie stark! Seien Sie stolz! Seien Sie stark genug, um Hilfe anzunehmen, wenn sie gebraucht wird. Seien Sie stolz genug, um Ihre Freiheit und Unabhängigkeit auf ein solides Fundament zu stellen, das den Sturm, der durch die Galaxis tobt, überstehen kann.

Ich biete Ihnen hiermit die Hilfe der USO an. Ohne Bedingungen, ohne Konditionen. Ich gebe Ihnen mein persönliches Ehrenwort als Arkonide und Lordadmiral, dass diese Hilfe ohne jede Erwartung von Gegenleistung erfolgt. Meine Leute und ich werden uns augenblicklich zurückziehen, wenn Sie uns dazu auffordern.

Mehr habe ich nicht zu sagen. Ich danke Ihnen, dass Sie mir die Gelegenheit gegeben haben, vor diesem Gremium zu sprechen, und werde Sie jetzt allein lassen. Beraten Sie sich. Und treffen Sie dann eine Entscheidung. Wie immer sie ausfällt: Ich werde sie akzeptieren.«

Mit den letzten Worten, drehte ich mich um und ging gemessenen Schrittes in Richtung Ausgang. Niemand sagte etwas. Niemand hustete oder räusperte sich. Die breite Doppeltür, die aus dem Versammlungssaal herausführte, öffnete sich automatisch, als ich sie fast erreicht hatte, und schloss sich wieder hinter mir.

Gar nicht schlecht für einen ausrangierten Arkonidenadmiral, lobte der Extrasinn.

Danke, gab ich mental zurück.

Hinter mir hörte ich Schritte. Ich drehte mich um und sah Rulan Karkeron auf mich zueilen. Sein verkniffenes Gesicht ließ nicht vermuten, dass er gute Nachrichten hatte.

»Wir haben einen Funkspruch von der INANNA aufgefangen, Sir«, begann er übergangslos. »Sie sollten sich das anhören.«

»Von Korporal Almoth?«, fragte ich.

»Nein«, erwiderte der Oxtorner. »Von Miss Tolsom.«

Kapitel 24

Atlan

»Die Qualität ist ziemlich bescheiden, Sir«, warnte mich Varen Thorik vor. »Ich habe die Aufzeichnung zwar positronisch gesäubert, aber irgendetwas da draußen stört ganz erheblich den Funkverkehr. Das ist wohl auch der Grund, warum keiner von uns Kontakt mit Pertar bekommt.«

»Ich verstehe, Sergeant«, sagte ich. »Lassen Sie hören.«

Einer der Bediensteten hatte uns auf meine Bitte hin in einen kleinen Nebenraum geführt, wie sie rund um den Versammlungssaal wohl zu Dutzenden zur Verfügung standen. Eine schnelle Überprüfung durch Daniel Pherson und Osmooth Alerin ergab, dass wir nicht bespitzelt wurden. Varen Thorik drückte eine Sensorfläche auf ihrem Armbandkom, und in meinem Helmempfänger erklang heftiges Rauschen. Ich schloss die Augen, um mich besser auf die Aufzeichnung konzentrieren zu können.

Dann hörte ich die ersten, undeutlichen und zerstückelten Worte, gesprochen von einer Frauenstimme, die mir nur allzu vertraut war.

» … ier … IN … NA … aen Tolsom … icht. Ich … eiß nicht, ob … jemand hören … ann. … ut … ir leid. … ehe keine … dere …öglichkeit. … die … wige Seele …oris … thans … mein Zeuge. … NANNA … arf … eye … mals erreichen. … aen … som Ende.«

Ich hörte mir die Aufnahme dreimal hintereinander an, dann hatte ich genug.

»Das ist alles?«, fragte ich.

»Ja, Sir«, bestätigte die Arkonidin. »Keine weiteren Funksprüche, und weder Korporal Almoth noch Rhaen Tolsom reagieren auf unsere Anrufe.«

»Captain Karkeron«, sagte ich. »Wir haben keine Zeit mehr, auf die offizielle Entscheidung der Clankammer zu warten. Rufen Sie die QUESTRON. Oberstleutnant Kanli soll uns eine Space-Jet schicken. Wir treffen uns mit ihm außerhalb des Systems. Ich werde Hohekanzler Tolsom zuvor über die letzten Entwicklungen informieren.«

»Verstanden, Sir«, bestätigte der Oxtorner. »Ich bitte allerdings um die Erlaubnis, vorerst auf Reddeye bleiben zu dürfen.«

»Verraten Sie mir den Grund für diese Bitte?«, erkundigte ich mich.

»Der Grund ist die Auswertung der Ortungen, die ich und mein Team mit unseren bioaktiven Funktionsmodulen während der Kampfhandlungen im Dschungel angestellt haben, Sir«, sagte Rulan Karkeron. »Demnach ist es sehr wahrscheinlich, dass sich unter dem aufgelassenen Lager der Libra-Mitglieder eine ausgedehnte subplanetare Anlage verbirgt. Extrem gut abgeschirmt und getarnt, aber zweifellos vorhanden.«

»Das erklärt unter anderem, warum es Goletta Marl, Elion Tolsom und der Rest der Bande so eilig hatten, ihr Versteck zu verlassen«, nickte ich nachdenklich. »Sie wollten jegliche Aufmerksamkeit und damit vor allem eine eingehendere Untersuchung ihres Verstecks vermeiden.«

»Das denke ich auch, Sir«, erwiderte der Oxtorner. »Die hiesigen Ordnungskräfte haben sich aufgrund des auf den ersten Blick primitiven und leergeräumten Lagers gar nicht erst die Mühe gemacht, genauer nachzusehen. Für sie ist Libra nach wie vor eine schlecht organisierte und im Grunde harmlose Truppe von Spinnern und Wirrköpfen. Aber selbst wenn sie intensiver geforscht hätten: Die verwendete Abschirmung entspricht neuestem galaktischem Standard. Mit den Geräten, die von der lokalen Polizei verwendet werden, sind die Katakomben nicht zu entdecken.«

»Na schön, Captain«, sagte ich. »Ich bin einverstanden. Sehen Sie nach und erstatten Sie umgehend Bericht. Brauchen Sie Mitglieder Ihres Teams zur Unterstützung?«

»Das ist nicht nötig, Sir«, lehnte Rulan Karkeron ab. »Die Infiltration feindlicher Stützpunkte gehört zu meinen Spezialgebieten, und bei Einsätzen dieser Art arbeite ich am besten allein.«

Während Karkeron und sein Team die Akharim-Residenz verließen, um die nötigen Vorbereitungen für unsere Abreise zu treffen, kehrte ich in den Versammlungssaal zurück, wo die Debatte in vollem Gange war. Ein mir nicht namentlich bekannter Clanherr ließ sich soeben über einige seiner Meinung nach nicht ausreichend legitimierte USO-Einsätze auf anderen Kolonialplaneten aus, die angeblich das Leben Dutzender von Siedlern gekostet hatten. Ich hatte die Namen dieser Welten noch nie zuvor gehört. Vermutlich war der Mann einigen der zahlreichen Propagandameldungen aufgesessen, die vor allem der Geheimdienst des Imperiums Dabrifa überall in der Galaxis verbreitete, um die USO und das Solare Imperium zu diskreditieren. Gerade die unbedeutenderen und ansonsten wenig beachteten Kolonien nahmen solche Geschichten oft für bare Münze, weil sie gar nicht die Möglichkeiten besaßen, deren Wahrheitsgehalt nachzuprüfen.

Da ich keine unnötige Aufmerksamkeit erregen wollte, winkte ich Errehart von Hartwich zu mir heran, der die Diskussion vom Kontrollpult einer Trivid-Station aus verfolgte, und bat ihn, Enerich Tolsom bei nächster Gelegenheit über die neuen Entwicklungen zu unterrichten. Dann folgte ich Rulan Karkeron und seinen Leuten.

Auf der fernen, mehr als sechsundzwanzigtausend Lichtjahre entfernten Erde, neigte sich der 17. Februar 3113 seinem Ende entgegen, und auch auf Reddeye tauchte die untergehende rote Sonne die Gipfel des Al Bhangazzi-Massivs in ein geisterhaftes Licht. Der Rauch über Pallin hatte sich fast vollständig verzogen. Nur über dem Großen Forum hingen noch Reste jener riesigen Wolke aus Staub und Dreck, die der Einsturz des Gebäudes verursacht hatte. Ich blickte nachdenklich über das Lichtermeer der Hauptstadt. Alles wirkte so ruhig und friedlich, gerade so, als hätte es die Bombenanschläge und die Todesopfer niemals gegeben.

»Die QU-SJ-3 ist bereits im Anflug, Sir«, meldete Rulan Karkeron. »Sie sollte in wenigen Minuten eintreffen.«

Ich hob den Kopf und musterte den farbenprächtigen Himmel. Durch den längeren Weg, den das Licht aufgrund des tiefen Sonnenstands durch die Atmosphäre zurücklegen musste, erschien das Rot noch intensiver als sonst. Vereinzelte Sterne blinzelten in die beginnende Nacht.

»Sehen Sie sich das an, Captain«, sagte ich versonnen. »Angesichts dieser Schönheit könnte man fast meinen, dass all die Probleme, die wir in dieser Galaxis wälzen, nichts weiter sind als eine Frage der Perspektive, nicht wahr?«

»Ja, Sir«, erwiderte der Oxtorner knapp. Ich lächelte.

»Sie sind anderer Meinung?«

»Nein, Sir. Ich halte lediglich nicht viel von philosophischen Erörterungen.«

»Sie sind ein Mann der Tat«, nickte ich. »Sie reden nicht gern; Sie handeln lieber.«

»So ist es, Sir«, bestätigte Karkeron. Für einige Sekunden herrschte Stille.

»Warum, glauben Sie, ist die Milchstraße so, wie sie ist, Captain?«, fragte ich dann.

»Sir?« Rulan Karkeron sah mich verwundert an.

»Nun«, sagte ich. »Sie halten tagtäglich Ihren Kopf für andere hin. Sie werden sich doch bestimmt schon Gedanken darüber gemacht haben, warum Sie das tun, oder?«

»Weil ich es für richtig halte, Lordadmiral.«

»Vergessen Sie für den Augenblick den Lordadmiral, Rulan«, erwiderte ich. »Ich will nicht wissen, warum Sie sich der USO angeschlossen haben oder ob Sie an die Charta unserer Organisation glauben. Wofür kämpfen Sie? Wofür riskieren Sie Ihr Leben?«

»Ich … ich bin mir nicht ganz sicher, Sir.« Der Oxtorner kratzte sich die spiegelblanke Glatze. »Aber wahrscheinlich tue ich es aus den selben Gründen, aus denen Sie sich Ihren Idealismus bewahren. Sie waren ziemlich überzeugend da drinnen …«, er deutete auf die hell erleuchtete Akharim-Residenz, »… und deshalb bin ich sicher, dass Sie wirklich gemeint haben, was Sie sagten. Auch ich glaube an das Gute im Menschen, und wenn diese Galaxis eines Tages im Chaos versinkt und sich herausstellen sollte, dass wir beide nur zwei unverbesserliche Optimisten waren, die die bittere Wahrheit nicht sehen wollten, dann haben wir es zumindest versucht.«

Über den Berggipfeln erschien ein winziger Punkt, der schnell größer wurde. Mein Funkempfänger sprach an, und Leutnant Abel Staut kündigte die bevorstehende Landung der QU-SJ-3 an. Der Erste Offizier der QUESTRON hatte es sich offenbar nicht nehmen lassen, mich persönlich abzuholen. Ich trat an Rulan Karkeron heran und streckte ihm die Rechte entgegen.

»Viel Glück, Captain«, sagte ich laut.

»Danke, Sir«, erwiderte der Oxtorner.

Fünf Minuten später waren sowohl er als auch ich unterwegs.

Oberstleutnant Taha Kanli begrüßte mich mit einem knappen Kopfnicken. Die QUESTRON hatte unmittelbar nach dem Einschleusen meiner Space-Jet Fahrt aufgenommen. Der Kursvektor folgte einer imaginären Achse zwischen dem roten Unterriesen und dem zweiten Planeten des Systems, einer riesigen Gaskugel, die den ungewöhnlichen Namen Frenzis trug. Auf dem Panoramaschirm wurde Reddeye langsam kleiner.

»Wo ist die INANNA?«, fragte ich.

Taha Kanli hatte die Arme auf dem Rücken verschränkt und den Blick starr geradeaus gerichtet. Sein sonst so aufgeräumt und gemütlich wirkendes Gesicht hatte einen verkniffenen Ausdruck angenommen.

»Es tut mir leid, Sir«, sagte er, »aber ich habe sehr schlechte Nachrichten.«

Die Anspannung in der Zentrale war plötzlich beinahe mit den Händen zu greifen. Abel Staut hatte sich sofort nach unserer Ankunft an ein Kontrollpult gesetzt und schien mit unaufschiebbar wichtigen Dingen beschäftigt zu sein. Tira Midarka kam mir untypisch abwesend vor und warf mir immer wieder verstohlene Blicke zu. Auch der Rest der diensthabenden Offiziere ging praktisch auf Zehenspitzen.

»Was ist hier los, Oberstleutnant?«, fragte ich scharf. Der Kommandant zuckte zusammen, vermied es jedoch nach wie vor, mich anzusehen.

»Die INANNA ...«, begann er, unterbrach sich, suchte nach Worten und setzte erneut an. »Wir hatten die INANNA um 21.14 Uhr Standardzeit erstmals in der Peilung, Sir. Sie fiel 4,7 Lichtjahre von Reddeye entfernt aus dem Linearraum und nahm Kurs auf das Systemzentrum. Funkanrufe unsererseits blieben unbeantwortet. Um 21.18 Uhr befahl ich eine Annäherung auf Sichtweite. Korporal Dokkat programmierte eine Kurzetappe mit einem Überlichtfaktor von zwei Millionen und einer Dauer von einer Minute und zwanzig Sekunden ...«

»Oberstleutnant Kanli«, sagte ich so ruhig wie möglich. »Wissen Sie, was meine Geduld und Ihre weitere Karriere als USO-Offizier im Moment gemeinsam haben? Sie stehen beide kurz vor ihrem Ende.«

»Entschuldigen Sie, Sir«, brachte der Kommandant des Schlachtkreuzers heraus. »Um 21.23 Uhr führte die INANNA ein weiteres Linearmanöver durch. Zu diesem Zeitpunkt befand sich die QUESTRON bereits im direkten Zielanflug auf das Schiff, einen uralten Containerfrachter. Wir haben die Ergebnisse unserer Ortungen mehrfach überprüft, Sir, und ich bedauere, Ihnen mitteilen zu müssen, dass die INANNA … in die rote Sonne gestürzt ist. Ich … ich bin untröstlich.«

Für einen Moment verschwamm die Welt vor meinen Augen, und als das Bild wieder klar wurde, hatte ich das seltsame Gefühl, aus der Realität herausgetreten zu sein. Mir war, als hätte ich einen Schritt zur Seite gemacht, und während für mich die Zeit wie gewohnt weiterlief, wäre sie für den Rest des Universums stehen geblieben.

Ich betrachtete die schwarzen, glatt gekämmten Haare des Oberstleutnants, die fast wie ein Spiegel aussahen, ein pechschwarzer Spiegel, der das Licht jedoch nicht reflektierte, sondern in sich hineinsaugte.

»Sir?«, sagte der Spiegel. »Kann ich Ihnen helfen, Sir?« Ich spürte den unwiderstehlichen Drang, laut loszulachen.

Komm wieder runter, mahnte der Extrasinn. *Noch weißt du nicht, was wirklich passiert ist.*

Wie so oft hatte der Logiksektor recht.

»Nein, Oberstleutnant«, sagte ich leise. »Sie können mir nicht helfen. Aber ich möchte die Ortungsergebnisse sehen.«

»Natürlich, Sir.« Taha Kanli gab seiner Funk- und Ortungschefin ein Zeichen, und diese projizierte die relevanten Daten auf den Hauptschirm. Offenbar hatte der Kommandant der

QUESTRON mit einem entsprechenden Wunsch meinerseits gerechnet und bereits alles vorbereiten lassen.

Ich enttäusche dich ungern, flüsterte der Extrasinn, nachdem ich die Bilder und Zahlenkolonnen studiert hatte, *aber die Werte sind eindeutig. Die INANNA ist direkt im Außenbereich der Korona in den Normalraum zurückgekehrt. Selbst bei geringstmöglicher Eintauchgeschwindigkeit ...*

Hör auf damit, unterbrach ich mein zweites Ich mental. *Empfangene Ortungsimpulse werden von der Positronik hochgerechnet. Je größer die Entfernung zum georteten Objekt, desto kleiner die Fehlertoleranz. Die INANNA könnte knapp an der Sonne vorbeigeflogen sein ...*

Dann müsste die QUESTRON sie weiterhin erfasst haben, flüsterte der Logiksektor. *Stattdessen ist das Echo des Schiffs von einem Augenblick auf den anderen spurlos verschwunden.*

»Ich will, dass Sie den Sektor großräumig absuchen, Oberstleutnant«, sagte ich fest. »Setzen Sie alles ein, was Sie an Bord haben.«

»Sir, wir haben das gesamte Gebiet bereits zweimal durchkämmt. Da draußen ist nichts, was ...«

»Dann durchkämmen Sie es ein drittes und meinetwegen auch noch ein viertes Mal«, fiel ich dem Kommandanten barsch ins Wort.

»Jawohl, Sir«, stieß Taha Kanli hervor.

In der folgenden halben Stunde stand ich einfach nur da und starrte den Panoramaschirm an, so als könne er mir die Antworten auf all die Fragen geben, die mir durch den Kopf schwirrten. Was hatte es mit Rhaens letztem Funkspruch auf sich? Bedeutete er das, was auf der Hand lag? *Die INANNA darf Reddeye niemals erreichen!* Das war der Kernsatz der verstümmelten Funkbotschaft gewesen, für deren Rekonstruktion es keiner Positronik beduft hatte. Hatte meine ehemalige Partnerin den Frachter tatsächlich absichtlich in die Sonne gesteuert, um die mit ihm verbundene Gefahr für ihre Heimat ein für allemal zu eliminieren? Was, bei allen Göttern Arkons, hatte Rhaen auf dem Raumer entdeckt, das eine derartige Tat rechtfertigte?

»Ortungsanalyse der Sektoren eins bis zwanzig abgeschlossen«, hörte ich Tira Midarka sagen. »Beginne Justierung für Sektoren einundzwanzig bis vierzig. Volle Kapazität der Passiv- und Aktivsysteme. Übereinstimmung mit den Vergleichswerten liegt bei nahezu hundert Prozent.«

Ich ging die kurze Strecke zum Funk- und Ortungsstand hinüber. Auf den Bildschirmen über dem hufeisenförmigen Kontrollpult leuchteten die Grünanzeigen. Das bedeutete, dass die Taststrahlen, die die Projektoren der QUESTRON mit Überlichtgeschwindigkeit in den Weltraum hinausschickten, auf keinen Fremdkörper trafen und nicht reflektiert wurden. Da draußen war nichts, was nicht auch dort hätte sein sollen.

Für einen Unsterblichen gehörten Tod und Verlust zu den wenigen Konstanten im Leben, doch man gewöhnte sich niemals daran; man stumpfte nicht ab. Im Gegenteil. Manchmal erschien es mir, als wäre jeder Abschied schwerer und bedrückender als der vorangegangene, als wäre die Seele ein Gefäß, in dem sich der Schmerz und die Trauer ansammelten, bis es eines Tages überlief. Vielleicht war das der Grund dafür, dass die Natur die Lebensspanne eines Menschen begrenzte. Jede Konfrontation mit dem Tod machte uns den Wert des Lebens ein kleines Stück bewusster. Sie steigerte dadurch jedoch auch die Angst vor dem eigenen Ende, und wenn der Schatten irgendwann größer war als das Licht, das ihn erzeugte, war es möglicherweise das Beste, die Lampe auszuknipsen.

»Kommandant!« Die Stimme Tira Midarkas riss mich aus meinen Grübeleien.

»Was gibt es, Leutnant?«, fragte Taha Kanli.

»Ich … ich bin mir nicht sicher«, erwiderte die Terranerin. »Eventuell nichts weiter als eine durch den großen Sonnenfleck hervorgerufene Störung. Ich habe die Empfindlichkeit der Filter erhöht und einen selbstgebastelten positronischen Index laufen lassen. Ich schwöre, da war für ein paar Sekunden ein Echo und … jetzt ist es wieder weg.«

Ich starrte wie elektrisiert auf den entsprechenden Bildschirm. Ich hatte es auch gesehen. Der rote Punkt war genau dort erschienen, wo man die INANNA zum letzten Mal geortet hatte, war einen kurzen Augenblick sichtbar gewesen und dann wieder verschwunden.

»Bringen Sie uns näher heran«, forderte ich. »Bringen Sie die QUESTRON in die Korona und wiederholen sie dort die Messungen.«

»Sie haben den Lordadmiral gehört, Korporal Dokkat«, sagte Taha Kanli.

Der Schlachtkreuzer beschleunigte auf halbe Lichtgeschwindigkeit. Mit einer kurzen Linearetappe steuerte der Ekhonide das Schiff bis auf wenige Astronomische Einheiten an den roten Unterriesen heran. Tira Midarka arbeitete fieberhaft an ihren Instrumenten.

»Das gibt es doch nicht«, stieß sie plötzlich hervor.

»Haben Sie etwas entdeckt?«, fragte ich und beugte mich zu ihr herunter.

»Allerdings, Sir«, bestätigte sie. »Sehen Sie selbst.«

Auf dem Panoramaschirm erschien die düstere Oberfläche der Sonne. Ihr rotes Licht schwappte wie eine Springflut in die Zentrale. Ich kniff die Augen zusammen. Der kreisförmige Schatten war kaum zu erkennen, wirkte auf den ersten Blick wie eine optische Verunreinigung. Erst als Tira Midarka die Vergrößerung zuschaltete, zeichnete sich das Objekt klar und deutlich in der Bilderfassung ab.

»Eine Space-Jet«, flüsterte ich.

»Die QU-SJ-2, um genau zu sein«, sagte die Funk- und Ortungschefin. »Ich habe soeben die Kennung abgerufen. Das ist die Jet, mit der Rhaen Tolsom und Pertar Almoth zur INANNA geflogen sind.«

»Warum haben wir sie nicht früher geortet?«, wollte ich wissen, obwohl ich die Antwort kannte.

»Die Antiortungsschirme sind aktiviert, und der Großteil der Energieerzeuger ist abgeschaltet«, erklärte die Terranerin. »Die Nähe zur Sonne tut das Übrige. Ohne meinen kleinen Index hätten wir das Schätzchen niemals aufgespürt. Die Sonnengravitation hätte es früher oder später Richtung Kern gezogen und …«

Die Frau verstummte jäh, als ihr bewusst wurde, was sie da sagte.

»Gute Arbeit, Tira«, sagte ich und legte ihr eine Hand auf die Schulter. Sie drehte den Kopf und sah mich an.

»Ich war nicht auf eine Belobigung aus, Sir«, entgegnete sie ernst.

»Das weiß ich. Verdient haben Sie sie trotzdem.«

Taha Kanli hatte währenddessen bereits gehandelt. Die QUESTRON erfasste die QU-SJ-2 mit einem Traktorstrahl und zog sie in einen der großen Ringwulsthangars.

»Isolieren Sie den gesamten Bereich, Oberstleutnant »Bevor wir nicht wissen, wer oder was an Bord der Jet ist, betritt niemand den Hangar.«

»Die Kampfroboter werden gerade programmiert, Sir«, meldete der Kommandant.

Gleichzeitig erschienen die ersten Bilder der Space-Jet auf dem Hauptschirm. Das Diskusschiff wies keinerlei sichtbare äußere Beschädigungen auf. Auch die einlaufenden Messdaten zeigten keine Abweichungen von der Norm. Strahlungsemission, Hüllentemperatur, Energieniveau und gut zwei Dutzend weitere Kennwerte bewegten sich ausnahmslos in den üblichen Toleranzen.

In diesem Augenblick betraten drei Kampfroboter des Typs TARA den Hangar. Die über zwei Meter großen Maschinen waren eine terranische Neuentwicklung und würden über kurz oder lang die alten Gladiator-Modelle ablösen. Seit einigen Jahren fanden sie auch auf einigen USO-Einsatzschiffen Verwendung. Beim Design war man dabei erstmals von der bislang favorisierten und von den Arkoniden über Jahrtausende hinweg kultivierten humanoiden Form abgewichen. Den Rumpf bildete ein sich nach oben verjüngender Kegel, der auf einem energetischen Prallkissen schwebte. Sämtliche Basissysteme waren redundant angelegt und an jeweils zwei möglichst weit voneinander entfernt befindlichen Positionen verbaut worden. Vier elastische Multifunktionsarme, die sowohl mit Waffen als auch mit Werkzeugen bestückt waren, sowie eine zwanzig Zentimeter durchmessende Ortungskugel am oberen Ende des Kegels machten den TARA zu einem flexibel einsetzbaren Roboter, der sich schon in einer Reihe von Situationen bewährt hatte.

Zwei der Maschinen blieben zunächst zurück, während sich die dritte langsam der unteren Polschleuse näherte. Das Schott öffnete sich anstandslos, als der TARA den entsprechenden Kode funkte. Die Kameras des Roboters produzierten gestochen scharfe Bilder, als dieser durch den inaktiven Antigravschacht in die Höhe glitt und den Durchgang zur Zentrale passierte.

Ich erkannte die Gestalt, die plötzlich von der Seite auf den TARA zusprang und laut schreiend mit bloßen Fäusten auf dessen bläulich schimmernde Terkonithülle einzuschlagen begann, sofort. Der Anblick Rhaens traf mich bis ins Mark. Die Kombination der ehemaligen SolAb-Agentin war an mehreren Stellen zerrissen und wies deutliche Brandspuren auf. Sie wehrte sich, als ginge es um ihr Leben, als sie der Roboter mit seinen Greifarmen sanft umschlang und zu beruhigen versuchte. Dabei stieß sie unentwegt diese hohen, spitzen Schreie aus, die auf absurde Weise nichtmenschlich klangen und mir einen Schauer nach dem anderen über den Rücken trieben. Erst die Injektion eines Beruhigungsmittels ließ den Körper der Frau erschlaffen. Jetzt sah ich auch die verkrustete Wunde am Bauch. Eingetrocknetes Blut hatte dort einen großen braunen Fleck auf der Kombination hinterlassen.

»In die Medostation«, rief ich. »Sofort.« Der Kampfroboter setzte sich umgehend in Bewegung.

»Leutnant Vajai? Haben Sie mitgehört?« Taha Kanli hatte per Interkom Verbindung mit der Medizinischen Abteilung des Kreuzers aufgenommen. Ich kannte Maria Vajai, die terranische Bordärztin der QUESTRON, von den Offiziersbesprechungen. Die schlanke Frau mit den langen blonden Haaren und der altmodischen Brille auf der Nase war bei der Besatzung äußerst beliebt.

»Wir stehen bereit«, drang die raue Stimme der Medikerin aus den Lautsprechern.

»Stellen Sie diese Jet auf den Kopf, Oberstleutnant«, ordnete ich an. »Nehmen Sie sie meinetwegen auseinander und untersuchen Sie jede Schraube einzeln, aber ich will wissen, was da drin passiert ist.«

»Verstanden, Sir«, bestätigte der Kommandant.

»Ich bin in der Medostation«, sagte ich bereits im Laufen. »Berichten Sie mir sofort, wenn es etwas Neues gibt. Auch die kleinste Kleinigkeit. Und sorgen Sie dafür, dass Hohekanzler Tolsom über alles informiert wird. Er soll wissen, dass seine Tochter lebt und dass wir uns um sie kümmern. Ist das klar?«

»Klar, Sir«, erwiderte Taha Kanli, doch da hatte sich das Zentralschott bereits hinter mir geschlossen.

Kapitel 25

Atlan

»Bleiben Sie mir vom Leib, Lordadmiral!«

Maria Vajai schaute nicht auf, als ich die Medostation betrat. Rhaen Tolsom ruhte bereits auf einer der breiten Behandlungsliegen.

Auf ihrer Stirn klebte eine Diagnosesonde. Die Medizinerin hatte sich über die Bauchwunde gebeugt. In der einen Hand hielt sie ein aktiviertes Laserskalpell, in der anderen einen Druckinjektor.

»Ich sage Ihnen Bescheid, sobald ich etwas weiß«, fuhr die resolute Frau fort. »Bis dahin stören Sie mich nicht und halten Sie den Mund.«

Das Gesicht des ihr zur Seite stehenden jungen Mannes, eines medizinischen Assistenten im Rang eines Kadetten, wechselte innerhalb von Sekunden die Farbe und erinnerte mich plötzlich an frisch gekochten terranischen Hummer. Er starrte mich in einer Mischung aus Ehrfurcht und Panik an und erwartete vermutlich, dass ich ob des respektlosen Benehmens seiner Chefin mit einer scharfen Zurechtweisung reagieren würde. Stattdessen trat ich stumm an die Behandlungsliege heran und musterte Rhaen besorgt.

Die Frau lag in tiefer Bewusstlosigkeit, wenngleich die von der Diagnosesonde gemessene elektrische Aktivität des Gehirns auf ungewöhnlich intensive Traumphasen hindeutete. Alle anderen Vitalwerte bewegten sich zwar am obersten Limit dessen, was medizinisch zu vertreten war, es bestand jedoch wenigstens keine akute Lebensgefahr.

»Hilf mir mal, Melvin«, sagte Maria Vajai. »Wir müssen sie in den Kohärenz-Tomografen schaffen. Mit Photonenemission komme ich nicht weiter.«

Gemeinsam mit ihrem Assistenten schob die Bordärztin die Liege mit der reglosen Rhaen Tolsom zu einem silbernen Kasten hinüber, an dessen Innenseite Hunderte von kaum mehr als zwei Zentimeter großen Scheiben angebracht waren. Ich folgte dem ungleichen Paar auf dem Fuß. Von meinen Besuchen auf Tahun wusste ich, dass ein Kohärenz-Tomograf ausschließlich mit Licht arbeitete und auf Basis der Korrelation unterschiedlicher Wellenlängen ein Tiefenbild jedweder fester Materie erzeugte. Im Gegensatz zu den altmodischen Verfahren mit Magnetfeldern, Ultraschall oder Radionukliden wurde die zu untersuchende Person dabei keinerlei körperlicher Belastung ausgesetzt.

»Würden Sie mir einen Gefallen tun, Lordadmiral?«

Maria Vajai hatte sich mit ihren vollen 170 Zentimeter Körpergröße vor mir aufgebaut.

»Die Untersuchung dauert noch mindestens eine halbe Stunde. Vorher werden Sie von mir nichts anderes über den Zustand Ihrer Freundin hören als die Versicherung, dass ihr Leben derzeit nicht bedroht ist. Warum helfen Sie also nicht sowohl mir als auch sich selbst und kümmern sich bis dahin um all die zahlreichen Probleme, um die sich ein Lordadmiral der USO kümmern muss. Ich verspreche Ihnen, mich bei Ihnen zu melden, sobald ich etwas weiß.«

»Ihre große Klappe wird Sie eines Tages in Schwierigkeiten bringen, Miss Vajai«, sagte ich freundlich.

»Das hat sie bereits, Sir«, erwiderte die Bordärztin lapidar. »Warum wohl, glauben Sie, bin ich 113 Jahre alt und noch immer Leutnant?«

Ich nickte, drehte mich um und verließ die Medostation. Auf halbem Weg zur Zentrale kam mir Abel Staut entgegen.

»Wir haben die Speicher der QU-SJ-2 ausgelesen, Sir«, rief er sofort, als er mich sah. »Die INANNA war ein unregistrierter Frachtraumer mit einer Mindestbesatzung von vier Crewmitgliedern. Oberstleutnant Kanli hat sich erlaubt, die USO-Datenbanken auf Quinto-Center anzuzapfen und sich dabei auf Ihre Legitimation berufen. Es existieren keinerlei Einträge über den Transporter. Allerdings …«, der Erste Offizier zögerte kurz, sprach dann aber weiter, »waren zweitausend terranische Kolonisten an Bord.«

»Was?«

»Zweitausend terranische Kolonisten, Sir«, wiederholte Abel Staut. »Wir haben einige verstümmelte Berichte von Pertar Almoth entdeckt. Er muss sie in regelmäßigen Abständen an die Positronik der Jet gefunkt haben. Aus den Fragmenten lässt sich herauslesen, dass es in der INANNA zu Kampfhandlungen gekommen ist.«

»Und außer Miss Tolsom haben Sie niemanden sonst in der Jet gefunden?«, fragte ich.

»Nein, Sir«, erwiderte der Imarter.

Mein Armbandkom machte sich mit einem leisen Piepston bemerkbar. Es war Taha Kanli, der sich aus der Zentrale meldete.

»Hohekanzler Tolsom verlangt dringend, mit Ihnen zu sprechen, Sir«, sagte der Kommandant der QUESTRON.

»Ich bin bereits auf dem Weg«, entgegnete ich. »Schalten Sie das Gespräch auf den Hauptschirm.«

Kaum eine halbe Minute später betrat ich gemeinsam mit Abel Staut die Zentrale. Das Gesicht Enerich Tolsoms blickte mir überdimensional von der Panoramagalerie entgegen. Der Mann machte keinen besonders glücklichen Eindruck.

»Hohekanzler!«, rief ich. »Ihrer Miene nach zu schließen, bringen Sie keine guten Nachrichten.«

»So ist es«, sagte der Angesprochene düster. »Die Abstimmung hat eine knappe Mehrheit gegen ein allgemeines Hilfsersuchen ergeben. Aramus Akharim hat außerdem einen offiziellen Protest gegen die Einmischung der USO in die inneren Angelegenheiten der autonomen Kolonie Reddeye formuliert, der noch in der kommenden Stunde von der Clankammer ratifiziert werden wird. Spätestens morgen berichten sämtliche Trivid-Sender der Milchstraße darüber.«

»Können Sie das nicht verhindern?«

»Ich werde es natürlich versuchen, aber viel Hoffnung habe ich nicht. Ich …«

Er unterbrach sich und drehte den Kopf zur Seite, als jemand außerhalb des Bilderfassungsbereichs etwas zu ihm sagte. Ich konnte erkennen, wie sich die Züge Enerich Tolsoms verhärteten und er die Lippen zusammenpresste. Für einen Atemzug schloss er die Augen.

»Sie sollten sich das ansehen, Lordadmiral«, brachte er dann mit erstickter Stimme hervor und trat zur Seite. Im Hintergrund des Raumes, in dem sich der Hohekanzler aufhielt, stand ein riesiger Bildschirm, auf dem das Programm eines Nachrichtensenders lief. In diesem Moment wurden die laufenden Berichte, die sich nach wie vor um den Anschlag auf das Große Forum drehten, unterbrochen und eine Sondersendung angekündigt. Eine junge Frau mit sorgfältig frisierten schwarzen Haaren und knapp geschnittenem Kostüm erschien. Sie hielt einen dünnen Stapel Folien in der Hand und stand vor einer Leinwand, welche die Tolsom-Residenz zeigte. Offenbar waren es aktuelle Bilder, denn die Stelle, an der vor einigen Stunden der Gleiter in das Hauptgebäude gestürzt war, war deutlich auszumachen.

»Meine sehr verehrten Damen und Herren«, sagte die Schwarzhaarige. »Soeben wurden uns erschreckende, ja geradezu schockierende Informationen über die Tolsom-Familie zugespielt. Offenbar hat sich Rhaen Tolsom, die Tochter des Hohekanzlers, des Massenmordes schuldig gemacht.«

Die Frau legte eine effektvolle Pause ein und präsentierte dazu den passenden betroffenen Gesichtsausdruck.

»Wie aus gut unterrichteten Kreisen verlautete, befand sich Rhaen Tolsom noch vor wenigen Stunden an Bord eines Transporters mit zweitausend terranischen Kolonisten, die auf Reddeye eine neue Heimat zu finden hofften. Rhaen Tolsom hatte offenbar andere Pläne, denn sie sorgte dafür, dass das Raumschiff mit allen Passagieren in unsere Heimatsonne stürzte. Sie selbst rettete sich mit einer von der USO zur Verfügung gestellten Space-Jet und steht derzeit unter dem persönlichen Schutz von Lordadmiral Atlan, jenem Mann, der noch vor kurzem vor der Clankammer stand und unser Volk um Verständnis und Vertrauen bat.«

Herzlichen Glückwunsch, gratulierte der Extrasinn zynisch. *Perry Rhodan wird begeistert sein.*

Ich stand da wie vom Donner gerührt. Die Schwarzhaarige sprach indessen weiter, doch ich hörte nicht mehr auf das, was sie sagte. Es war im Prinzip auch egal, denn der Schaden, den sie dadurch anrichtete, ließ sich kaum noch vergrößern. Wie, zum Teufel, waren die Medien an diese Informationen gelangt? Die Angaben über die INANNA mochten von Goletta Marl, Elion Tolsom oder anderen eingeweihten Libra-Mitgliedern stammen, die sich für die Vernichtung des Frachters revanchieren wollten, doch dass wir Rhaen gefunden hatten und sie sich bei mir auf der QUESTRON aufhielt, wussten nur wenige. Wir hatten einen Maulwurf in unseren Reihen!

Natürlich habt ihr einen Maulwurf, flüsterte meine zweites Ich. *Aber der ist jetzt dein geringstes Problem. Wenn du ein politisches Desaster verhindern willst, musst du sofort handeln.*

»Hohekanzler«, sagte ich. »Wir müssen herausfinden, wer hinter alldem steckt. Ich kann inzwischen nicht einmal mehr ausschließen, dass Ihre Tochter absichtlich auf die INANNA gelockt worden ist, um ihr eine Falle zu stellen. Irgendjemand spielt hier ein verdammt schmutziges Spiel. Versuchen Sie, die Sache abzuschwächen und ihre Konsequenzen zumindest vorübergehend lokal zu begrenzen. Schieben Sie meinetwegen die Schuld auf mich und die USO. Aber verschaffen Sie mir Zeit. Ich verspreche Ihnen, dass ich mich um Rhaen kümmere.«

»Das weiß ich, Lordadmiral«, erwiderte Enerich Tolsom. »Seien Sie unbesorgt. Noch hat das, was ich sage, auf Reddeye einiges an Gewicht. Sie bekommen Ihre Zeit.«

Mit den letzten Worten unterbrach er die Verbindung. Ich beneidete ihn nicht um das, was in den kommenden Stunden auf ihn wartete. Innerhalb kürzester Zeit waren sowohl sein Sohn als auch seine Tochter in äußerst bedrohliche Situationen geraten. Angesichts der damit verbundenen psychischen Belastung legte Enerich Tolsom eine bewundernswerte Haltung an den Tag.

»Oberstleutnant Kanli, Sie begleiten mich in die Medostation«, befahl ich. »Auch wenn mir Hohekanzler Tolsom Zeit verschafft: Die Zeit für Leutnant Vajai ist abgelaufen.«

»Jawohl, Sir«, sagte der Kommandant der QUESTRON. Gemeinsam verließen wir die Zentrale.

»Was haben Sie für uns, Maria?«, fragte ich geradeheraus.

Die Bordärztin zog die Brauen in die Höhe und musterte Taha Kanli und mich mit abwägenden Blicken. Dann nickte sie, winkte uns heran und führte uns zu einer kleinen Kontrollkonsole mit integriertem Bildschirm. Im Hintergrund sah ich Rhaen, die noch immer regungslos auf der Behandlungsliege lag. Der Assistent war bei ihr und hielt sie unter Beobachtung.

»Miss Tolsom wurde ganz offensichtlich von einer Art biologischer Waffe in die linke Bauchhälfte knapp unter der letzten Rippe getroffen«, begann Maria Vajai. »Ich habe in der Bauchhöhle Rückstände einer organischen Trägersubstanz entdeckt, die aus äußerst robusten, allerdings teilungsunfähigen Zellen besteht. Vermutlich lag sie als eine Art Schutzhülle um den eigentlichen Kern des Geschosses. Nach dem Eindringen in den Körper des Opfers löste sich die Schutzschicht auf und gab diesen Kern frei.

Der jedoch stellt mich vor Rätsel, die ich mit den an Bord der QUESTRON vorhandenen Instrumenten nicht vollständig lösen kann. Ich habe sowohl Hinweise auf ein äußerst aggressives Retrovirus entdeckt, das seine genetische Substanz an die Körperzellen der Patientin weitergibt, als auch Anzeichen für eine deutliche Zunahme des Gewebevolumens.«

»Ein Tumor?«, fragte ich alarmiert.

»In gewissem Sinne ja, Sir«, bestätigte die Bordärztin. »Allerdings ist die Geschwulst semimaligner Art. Miss Tolsom hat einen etwa golfballgroßen Zellverbund in ihrer linken Lunge ausgebildet, der das umliegende Gewebe zwar infiltriert, jedoch nicht zerstört hat. Auch scheint es keinen Durchbruch in Blut- oder Lymphgefäße zu geben, also keine Bildung von Metastasen. Ich habe nanochirurgisch eine Probe entnommen.«

Die Terranerin drückte ein paar Tasten auf ihrem Kontrollpult, und auf dem Bildschirm erschien das Abbild einer wurzelartigen Struktur. Einige ihrer Äste waren grün eingefärbt.

»Das ist eine Aufnahme des achten Lungensegments. Es scheint so, als handle es sich bei dem Fremdkörper um ein Konglomerat komprimierter Nervenzellen. Von diesem führen mehrere Nanofäden über die Arterien in zwei der Herzkammern sowie in den Temporallappen des Großhirns. Dort sitzen bekanntlich der primäre auditorische Cortex, Teile des Sprachzentrums und wichtige Areale für Gedächtnis und Erinnerung.«

»Und das … *Ding* in ihrer Lunge ist eine Folge des Treffers mit dieser biologischen Waffe?«, wollte ich wissen.

»Höchstwahrscheinlich«, antwortete die Terranerin. »Wenn Miss Tolsom diese Wucherung schon vor ihrem Aufenthalt auf der INANNA gehabt hat, hätte sie das merken müssen. Sie ist viel zu groß, um keine körperlichen Beschwerden zu verursachen.«

»Können Sie sie operativ entfernen?«, erkundigte ich mich.

»Während der bereits erwähnten Probennahme haben sich die Vitalwerte der Patientin urplötzlich massiv verschlechtert, kehrten jedoch wieder in den Normalbereich zurück, als ich die Nanosonde abzog. Insofern müssen wir davon ausgehen, dass der Zellverbund parasitäre Eigenschaften besitzt und sich gegen jedweden Kontakt wehrt, was immerhin den Virencharakter erklären würde. Ich befürchte allerdings, dass ein chirurgischer Eingriff den Tod von Miss Tolsom bedeuten würde.«

»Was, wenn wir sie nach Tahun fliegen?«, fragte ich. »Mit den dortigen Möglichkeiten …«

»Ich will die Kompetenz der Kollegen auf Tahun keineswegs untergraben, Sir«, unterbrach mich Maria Vajai kopfschüttelnd, »aber ich bin leider noch nicht fertig.«

Ihre Finger flogen erneut über die Tastatur des Kontrollpults. Die diesmalige Aufnahme erkannte ich sofort als Querschnitt eines Gehirns. An fünf Stellen im Bereich des Großhirns waren kleine, weiße Flecken zu sehen. Zur Verdeutlichung hatte sie die Bordärztin der QUESTRON farbig unterlegt.

»Diese Gebilde«, erläuterte Maria Vajai, »sind gewissermaßen Ableger des in der Lunge lokalisierten Hauptknotens.«

»Aber Sie haben doch gerade gesagt, dass es keine Metastasen gibt«, warf ich ungeduldig ein.

»Das sind auch keine Metastasen, Sir«, ließ sich die Frau nicht beirren. »Ich habe sie *Leitzellen* getauft. Ich kann auf Basis des aktuellen Kenntnisstands nur Vermutungen anstellen, aber es sieht so aus, als hätte der Lungenknoten gezielt Retroviren ausgeschickt, die als kleine Baumeister fungierten. Die Leitzellen bestehen bis zu neunzig Prozent aus körpereigenem Gewebe. Die Viren haben ihr Erbgut am Zielort einfach in die umliegenden Zellstrukturen eingebracht und diese als Fabriken missbraucht.«

»Und wozu das alles?« Taha Kanli stellte die Frage, bevor ich es tun konnte.

»Offensichtlich wollte man Miss Tolsom nicht töten. Weshalb hat man sie also mit diesen ... *Leitzellen* infiziert?«

»Ich weiß es nicht, Kommandant«, «, sagte Maria Vajai. »Wir haben versucht, die Patientin ruhigzustellen Das ist allerdings nicht gelungen. Wir können zwar ihre Körperfunktionen beeinflussen, doch die Hirnaktivität steigt stetig an. Insbesondere das Gedächtniszentrum ist betroffen. Hier liegen die Wellenamplituden zum Teil über dem Fünffachen des normalerweise Üblichen. Sollte diese Entwicklung anhalten, wird das Hirn früher oder später schwere Schädigungen davontragen.«

»Wenn ich Sie richtig verstehe, zapft also irgendetwas die *Erinnerungen* Rhaens an?«

Immer wieder wanderte mein Blick zu der Behandlungsliege herüber. Es machte mich wahnsinnig, dass ich meiner einstigen Partnerin nicht helfen konnte.

»Möglich«, zuckte Maria Vajai mit den Schultern. »Es tut mir leid, Sir, aber das ist nicht mit letzter Gewissheit zu sagen. Genau so gut könnten die Erinnerungen auch blockiert werden, und der Verstand wehrt sich dagegen. Fakt ist, dass wir Miss Tolsom werden aufwecken müssen, und ich fürchte, dass wird keine besonders angenehme Sache.«

»Ich verstehe nicht ...«, sagte ich.

»Die Leitzellen wirken sich auf die Psyche der Patientin aus«, erläuterte die Bordärztin. »Sie verändern das biochemische Gleichgewicht im Gehirn. Welche Konsequenzen das hat, kann ich Ihnen nicht sagen. Dazu wären zeitaufwendige und komplizierte Untersuchungen notwendig. Allerdings muss ich Sie warnen, Lordadmiral. Die Rhaen Tolsom, die Sie kennen, gibt es womöglich nicht mehr.«

Zu dritt gingen wir zur Behandlungsliege hinüber. Maria Vajai gab ihrem Assistenten ein Zeichen, und dieser verabreichte der ehemaligen SolAb-Agentin eine Injektion. Sekunden später schlug Rhaen die Augen auf und sah sich verwirrt um. Als sie mich erkannte, klärte sich ihr glasiger Blick.

»Atlan«, hauchte sie kaum verständlich. »Was …?«

Ich trat an die Liege heran und nahm ihre Hand.

»Mach dir keine Sorgen, Rhaen«, sagte ich und lächelte. »Es ist alles in Ordnung. Was ist das Letzte, an das du dich erinnern kannst?«

»Ich …«, setzte sie an, stockte dann aber. Ihre Augen weiteten sich, so als würde sie plötzlich etwas sehen, das ihr furchtbare Angst einjagte. Sie riss sich von mir los, schlug beide Hände vor das Gesicht und begann hemmungslos zu schluchzen. Ich fasste sie an den Schultern, wollte sie an mich heranziehen, doch sie befreite sich erneut, sprang von der Liege und wich ein paar Schritte zurück. Verstört huschte ihr Blick zwischen den in der Medostation Anwesenden hin und her. Dann veränderte sich ihr Verhalten erneut, und in ihre Züge stahlen sich Wut und Verzweiflung.

»Was wollt ihr von mir?«, schrie sie mit sich überschlagender Stimme. »Verschwindet! Lasst mich in Ruhe! Ich habe euch nichts getan!«

»Rhaen …«, sagte ich zu ihr und hob beschwichtigend beide Arme.

»Du!«, fauchte sie und deutete anklagend mit dem Zeigefinger auf mich. »Du bist der Schlimmste von allen. Du willst …«

Im nächsten Moment brach sie wie vom Blitz getroffen zusammen und wälzte sich in konvulsivischen Zuckungen auf dem Boden. Schaum trat aus ihrem Mund. Maria Vajai und ihr Assistent reagierten sofort.

»Neo-Benzodin«, rief die Medizinerin. »Genau zehn Mikrogramm.«

Der Kadett setzte den Druckinjektor an und drückte den Auslöser. Mit einem leisen Zischen entlud sich das Medikament in die Halsschlagader. Rhaens Körper zuckte wie unter Stromschlägen.

»Keine Wirkung!«

»Methoxy-III. Zwanzig Mikrogramm.«

»Sollten wir nicht zuerst …«, wandte der Assistent ein, doch Maria Vajai ließ ihn nicht ausreden.

»Das ist hier kein medizinisches Seminar, Kadett«, fuhr sie ihn an. »Tun Sie, was ich Ihnen sage!«

»Jawohl, Sir!«

Mein fotografisches Gedächtnis verriet mir, dass es sich bei Methoxy-III um ein von den Aras entwickeltes synthetisches Opiat mit morphinähnlichen Eigenschaften handelte. Es war das stärkste in der Humanmedizin zugelassene Schmerzmittel und besaß einige äußerst unangenehme Nebenwirkungen. Immerhin schien es zu funktionieren, und ich half dem Kadetten, die erschlaffte Rhaen wieder auf die Behandlungsliege zu heben.

»Ich hatte so etwas befürchtet«, schüttelte Maria Vajai den Kopf. »Das EEG deutet auf eine zumindest latente dissoziative Störung hin.«

»Schizophrenie?«, fragte Taha Kanli.

»Nein«, antwortete die Bordärztin. »Persönlichkeitsspaltung und Schizophrenie sind zwei grundverschiedene psychische Krankheitsbilder, auch wenn sie von zahlreichen Laien noch immer gleichgesetzt werden. Die Schizophrenie bezeichnet nichts weiter als eine Übersteigerung oder Einschränkung der alltäglichen Wahrnehmung. Persönlichkeits- oder eben dissoziative Identitätsstörungen sind dagegen massive Veränderungen im Erleben der Wirklichkeit. Bestimmte Erinnerungen werden geblockt oder auch parzelliert und in eine Auswahl von verschiedenen Persönlichkeitsmustern ausgegliedert, die abwechselnd die Kontrolle über das Verhalten des Patienten übernehmen und im Regelfall nichts voneinander wissen.«

»Was können wir tun?«, fragte ich.

»Ich muss weitere Tests durchführen«, erwiderte die Terranerin. »Rhaen Tolsom leidet nicht an einer der Standardformen der Krankheit. Ihr Bewusstsein ist bildlich gesprochen zersplittert, und dieser Prozess wurde völlig untypisch durch einen physischen Reiz ausgelöst. Wenn ich sie mit den üblichen Therapien traktiere, erreiche ich womöglich genau das Gegenteil dessen, was ich erreichen will, und ihr Zustand verschlimmert sich.«

»Tun Sie, was nötig ist«, sagte ich leise. »Wenn Sie etwas brauchen – egal, was – wenden Sie sich an mich oder Oberstleutnant Kanli.«

»Ja, Sir«, nickte die Ärztin.

Der Interkom summte. Auf dem kleinen Bildschirm an der Wand erschien das Gesicht Abel Stauts.

»Wir haben soeben eine Aufforderung der Clankammer von Reddeye empfangen, Sir«, berichtete der Erste Offizier. »Darin fordert man die sofortige Auslieferung der Bürgerin Rhaen Tolsom. Gegen sie liegt ein offizieller Haftbefehl wegen Mordes in mindestens zweitausend Fällen vor. Die Polizeibehörden erwarten eine bedingungslose Überstellung der Gefangenen in spätestens einer Stunde.«

»Großartig«, sagte ich. »Genau das, was wir noch gebraucht haben.«

Kapitel 26

Atlan

»Wir könnten behaupten, dass Miss Tolsom aufgrund ihres Gesundheitszustands nicht transportfähig ist«, sagte Taha Kanli. »Streng genommen wäre das noch nicht einmal gelogen.«

Ich schüttelte den Kopf. Ich hatte mich gemeinsam mit dem Oberstleutnant und dem Ersten Offizier in einen der kleinen Besprechungsräume zurückgezogen und eine Standleitung nach Quinto-Center aufbauen lassen. Am anderen Ende der Verbindung waren Decaree Farou und

Mesut Tornip zugeschaltet. Die Konsultation eines USO-Diplomaten erschien mir angesichts der prekären politischen Situation eine gute Idee zu sein, und da Tornip und ich uns bereits kannten, hatte ich Decaree gebeten, den Mann hinzuzuziehen.

»Vizekanzler Akharim würde sofort darauf bestehen, Rhaen von seinen eigenen medizinischen Experten begutachten zu lassen«, sagte ich. »Spätestens dann würde sich unsere Aussage als unhaltbar herausstellen und unseren ohnehin lädierten Ruf weiter beschädigen. Mr. Tornip, wie sieht die rechtliche Lage aus?«

Der schlanke Terraner räusperte sich umständlich.

»Zunächst einmal«, sagte er dann, »ist Rhaen Tolsom eine Bürgerin der unabhängigen Kolonie Reddeye. Damit untersteht sie normalerweise auch deren Gerichtsbarkeit. Wir können allerdings eine Auslieferung verzögern, indem wir darauf hinweisen, dass die Beschuldigte für die Solare Abwehr tätig war und somit Geheimnisträgerin ist. Laut intergalaktischem

Völkerrecht darf sie deshalb nur in einem vernehmungsfähigen Zustand ausgeliefert werden und hat bei allen Verhören Anspruch auf den Beistand eines von der SolAb beauftragten Anwalts.«

»Nichtsdestotrotz«, warf Decaree ein, »ist das alles sehr fadenscheinig und leicht zu durchschauen. Es hilft der Sache leider nicht, dass deine persönliche Beziehung zu Rhaen inzwischen allgemein bekannt ist, Atlan. Man wird behaupten, dass du eine Killerin schützt, weil sie dir nahe steht.«

»Es gibt allerdings noch eine Alternative«, fuhr Mesut Tornip fort. »Sie ist riskant und könnte sich als juristische Splitterbombe erweisen. Dafür würde sie Miss Tolsom aber vorerst aus der Schusslinie nehmen.«

»Ich höre«, sagte ich.

»Wir, das heißt das Solare Imperium, klagen sie selber an.«

»Erklären Sie mir das«, forderte ich.

Der USO-Diplomat atmete tief durch und nestelte an seiner antiken Hornbrille. Aus seiner Personalakte wusste ich, dass er der einzige Sohn des berühmten Lance Tornips war. Sein Vater galt milchstraßenweit als Anwaltslegende und genialer Verhandlungsführer. Er stand einer ebenso erfolgreichen wie teuren Kanzlei auf Olymp vor. Im Jahr 3088 hatte er die damals aufsehenerregende Fusion der *Goblat Corp.* und der *Eternal Bliss Inc.*, zweier terranischer Großunternehmen im Bereich des Raumschiffbaus durchgezogen und sich dabei eine Menge Respekt verschafft. Mesut hatte sein Leben lang immer im Schatten des berühmten Vaters gestanden, und alles, was er anfing, schien schiefzugehen. Schließlich hatte er sich zur USO gemeldet, wo sein Organisationstalent und seine hohe Intelligenz erkannt und gefördert worden waren.

»Das angebliche Verbrechen fand auf einem unregistrierten Raumschiff statt«, sagte Mesut Tornip, »also praktisch auf rechtlich neutralem Gebiet. Damit stellt sich schon einmal die grundlegende Frage der juristischen Zuständigkeit. Wir könnten argumentieren, dass Miss Tolsom den … nun, sagen wir *Tatort* mit Hilfe einer Space-Jet der USO erreicht hat. Da die USO selbst keine eigene Judikative besitzt – zumindest keine strafrechtlich relevante – ist das Solare Imperium die nächsthöhere Gerichtsbarkeit und könnte sich auf Paragraf 243 der Völkerrechtscharta berufen.«

»Seien Sie mir nicht böse, Mr. Tornip«, stieß ich mit einem Seufzer hervor, »aber im Moment verstehe ich nur jedes zweite Wort.«

»Mir ist Ihre eher gering ausgeprägte Begeisterungsfähigkeit im Hinblick auf juristische und diplomatische Problemstellungen durchaus bekannt, Sir«, sprach der auf Olymp geborene Terraner weiter. »Paragraf 243 bezieht sich auf das sogenannte *begründete Interesse*. Da sich aus Miss Tolsoms Handlungen respektive ihrer Verurteilung massive Schadenersatzforderungen gegen die USO und das Solare Imperium ergeben könnten, haben wir das Recht, eine Untersuchung des Falles in eigener Verantwortung zu fordern. Der Nachteil eines solchen Vorgehens ist, dass eine Verhandlung auf der Erde natürlich ein signifikantes Medienecho erzeugen würde. Außerdem käme eine Prozesseröffnung einer öffentlichen Ohrfeige für Sie selbst gleich, Lordadmiral. Perry Rhodan würde Ihnen damit quasi indirekt eine Rüge erteilen.«

»Wir würden damit aber auch Dabrifa und Konsorten den Wind aus den Segeln nehmen«, fügte Decaree Farou hinzu. »Indem wir auf schnelle und lückenlose Aufklärung drängen, können sie die vermeintliche Affäre nicht mehr politisch ausschlachten.«

»Das hört sich für mich gut an«, sagte ich. »Vor allem hätten wir dadurch die Zeit, die wir brauchen, um herauszufinden, was wirklich passiert ist. Mit einer schlechten Presse werde ich fertig.«

»Du schließt also gänzlich aus, dass deine … dass Rhaen Tolsom die INANNA absichtlich in die Sonne geflogen hat?« Decaree fühlte sich sichtlich unwohl. Bevor ich ihre Frage beantworten konnte, fuhr sie fort: »Sei mir bitte nicht böse, Atlan, aber ich … wir alle müssen auch diese Möglichkeit in unsere Betrachtungen einbeziehen. Wir wissen nicht, was an Bord des Frachters geschehen ist. Vielleicht war Rhaen durch den Einfluss dieser Leitzellen in ihrem Gehirn verwirrt und wusste nicht, was sie tat. Vielleicht hat sie auch einfach abwägen müssen und ist zu dem Schluss gekommen, dass die Gefahr, die die INANNA repräsentiert hat, zu groß war, um eine Landung auf Reddeye oder auch einem anderen Planeten riskieren zu können. Bevor wir sie dazu nicht befragt haben, wird es ohnehin keine Anklage, geschweige denn eine Verhandlung geben.«

»Dennoch brauchen wir eine Strategie, wie wir mit der Situation umgehen und welche Informationen wir nach außen geben.« Mesut Tornip kratzte sich am Hinterkopf. »Einige unsere besten Juristen arbeiten bereits an entsprechenden Verlautbarungen. Vielleicht sollten wir Miss Tolsom nach Quinto-Center verlegen …«

»… und damit die USO noch tiefer, als ohnehin schon geschehen, in diese Sache verwickeln«, unterbrach Decaree den Diplomaten. »Das halte ich für keine besonders gute Idee.«

»Ich werde mit Aramus Akharim sprechen«, beendete ich die Debatte energisch. »Der Mann ist stolz, aber nicht dumm. Ich kann mir nicht vorstellen, dass er nicht einlenkt, wenn ich ihm handfeste technische und wirtschaftliche Unterstützung der USO für seine Heimatwelt anbiete. Enerich Tolsom wird sich als Hohekanzler womöglich nicht mehr lange halten können, und dieser Akharim ist sein designierter Nachfolger. Es würde seinem Ansehen sicherlich nicht schaden, wenn er den Beginn seiner Amtszeit mit ein paar Wohltaten für sein Volk aufwerten kann.«

Mesut Tornip murmelte etwas Unverständliches und verzog das Gesicht, als hätte er in eine Zitrone gebissen.

»Sie wollen etwas sagen, Mr. Tornip.«

»Das ist Glasperlenpolitik, Sir.« Der USO-Diplomat sah mich unverhohlen an. »So etwas geht sehr oft nach hinten los. Wenn dieser Akharim Ihr Angebot in den falschen Hals bekommt, richten Sie damit nicht wiedergutzumachenden Schaden an. Unterschätzen Sie niemals den Stolz, den die Regierungschefs autonomer Kolonien entwickeln.«

»Ich teile Ihre Bedenken«, gab ich zu, »aber wir sollten die Möglichkeit einer indirekten Bestechung zumindest ausloten. Mir ist klar, dass wir uns dabei in eine rechtliche Grauzone begeben, und mir ist auch nicht wohl dabei, aber die Galaxis besteht schon lange nicht mehr nur aus Schwarz und Weiß.«

Der Piepston meines Armbandkoms klang in der einsetzenden Stille unnatürlich laut. Ich aktivierte die Verbindung.

»Leutnant Vajai hier«, füllte die Stimme der Bordärztin den kleinen Konferenzraum. »Entschuldigen Sie die Störung, Sir, aber Miss Tolsom geht es sehr schlecht. Ihre Hirnaktivität hat ein Ausmaß erreicht, das ich so noch nie gesehen habe. Medikamente sprechen nicht mehr an. Ich habe es mit Interferenzbestrahlung versucht, aber selbst das hat lediglich eine kurzfristige Besserung gebracht. Auch wenn ich es nicht gern zugebe: Ich bin mit meinem Latein am Ende.«

»Wollen Sie damit andeuten, dass …« Ich brachte den Satz nicht zu Ende.

»Ja, Sir«, hörte ich die Medizinerin leise sagen. »Rhaen Tolsom liegt im Sterben.«

Ich starrte mit brennenden Augen auf den Bildschirm, der die Frequenzbänder des Elektroenzephalogramms zeigte. Die elektrischen Potenziale, die von den Sonden in Rhaens Gehirn erfasst wurden, lagen ohne Ausnahme in Bereichen über neunzig Millivolt und bildeten kaum Muster aus. Das hieß nichts weiter, als dass die Neuronen im Kopf der ehemaligen SolAb-Agentin praktisch unentwegt feuerten und ihre Impulse in rasendem Takt abgaben. Insbesondere die Beta- und Gammawellen stachen aus der Masse der Werte heraus. Laut Maria Vajai war das ein Zeichen dafür, dass der Verstand und vor allem das Erinnerungszentrum der Frau auf Hochtouren arbeiteten.

»Wie viel Zeit bleibt ihr noch?«, fragte ich tonlos.

»Schätzungsweise ein paar Stunden, Sir«, sagte die Bordärztin. »Ich kann sie nicht einmal in ein künstliches Koma versetzen. Es scheint so, als hätten die Leitzellen komplett die Kontrolle über alle physiologischen Funktionen ihres Körpers übernommen. Ihr Verstand läuft praktisch wie ein Generator auf zweihundert Prozent Überlast und lässt sich nicht abschalten. Ich habe so etwas noch nie erlebt und auch von keinem vergleichbaren Fall gehört. Die Leitzellen greifen ganz gezielt auf die Erinnerungsmuster der letzten vier bis fünf Stunden zurück und verstärken diese in einer Art mentalen Endlosschleife immer weiter und weiter.«

»Hat sie Schmerzen?«

»Ich weiß es nicht.« Maria Vajai zuckte müde die Schultern. »Ich weiß nicht einmal, ob sie überhaupt etwas wahrnimmt. In ihrem Kopf ist die Hölle los, aber ob sie etwas davon mitbekommt, kann ich nicht sagen. Ich weiß nur, dass sie diesen Wahnsinn nicht mehr lange aushält.«

»Was können wir tun?«, wollte ich wissen. »Es muss doch eine Möglichkeit geben, ihr zu helfen.«

»Die gibt es«, nickte die Medizinerin. »Aber sie ist … riskant. Und da untertreibe ich schamlos.«

»Riskanter, als nichts zu tun?«, fragte ich.

»Nein, Sir, aber …«

»Dann erübrigt sich jede weitere Diskussion. Was haben Sie vor?«

»Wir könnten ihre Erinnerungen an die letzten Stunden per induzierter Hypnosuggestion unterdrücken«, sagte Maria Vajai. »Da Medikamente, wie schon gesagt, nicht wirken, müssen wir das neuronale Netz direkt auf der Molekularebene manipulieren. Das geschieht über eine Injektion programmierter Nanopartikel, die über eine Positronik koordiniert werden. Wenn wir Erfolg haben, sollte es uns gelingen, den Leitzellen sozusagen die Basis für ihre Aktivität zu entziehen und sie so gewissermaßen trockenzulegen.«

»Ich verstehe«, entgegnete ich nachdenklich. »Die Schwierigkeit dabei ist, genau die Erinnerungen zu identifizieren, die wir unterdrücken wollen.«

»Genau, Sir. Wie Sie wissen, ist unser Gedächtnis kein festgelegter Ort im Gehirn, sondern stellt praktisch eine Zusatzleistung vieler unterschiedlicher Hirnareale dar. Informationen werden nach einem komplexen System durch biochemisch-physiologische Veränderungen in den Verbindungen der Nervenzellen abgelegt. Wir versuchen hier praktisch mit einer Transformkanone einen Diamanten zu schleifen. Wenn wir bei den Koordinaten nur um einen Pikometer falsch liegen, laufen wir Gefahr, Erinnerungen zu verfälschen oder für immer zu zerstören, die gar nichts mit unserem Problem zu tun haben.«

»Fangen Sie an«, sagte ich. »Ich übernehme die Verantwortung.«

»Verstanden, Sir.«

Während Maria Vajai in die Tiefen der Medostation enteilte, um alle nötigen Vorbereitungen zu treffen, betrachtete ich das blasse Gesicht meiner einstigen Partnerin. Warum hatte ich mir mit meiner Ankunft auf Reddeye auch so viel Zeit gelassen? Anstatt sofort auf Rhaens Ruf zu reagieren und mit einer

Space-Jet in Pallin zu landen, hatte ich abgewartet, über eine Woche lang.

Selbstvorwürfe helfen weder dir noch deiner Freundin weiter, machte sich der Extrasinn bemerkbar. *Konzentriere dich lieber darauf, den oder die Verantwortlichen für das alles zu finden. Wir wissen noch immer nicht, was die INANNA transportiert hat und welche Pläne diejenigen verfolgen, die sie nach Reddeye geschickt haben.*

Aber wir haben keinen Ansatzpunkt, gab ich mental zurück. *Die INANNA gibt es nicht mehr, und Rhaens Erinnerungen müssen wir zu ihrem eigenen Schutz unterdrücken.*

Vergiss nicht Rulan Karkeron, wandte der Logiksektor ein. *Die Wahrscheinlichkeit, dass er in der geheimen subplanetaren Anlage neue Hinweise findet, ist sehr hoch.*

Ich kann nur hoffen, dass er dabei nicht entdeckt wird, dachte ich.

Das wäre allerdings eine Katastrophe. Es wird schwer genug werden, die Situation, so wie sie sich derzeit darstellt, wieder zu entspannen. Wenn in dieser aufgeheizten Atmosphäre auch noch ein USO-Agent in geheimer Mission gefasst wird, könnte das der Tropfen sein, der das Fass zum Überlaufen bringt.

In Rhaens Gesicht zuckte es. Auf ihrer Stirn pochte eine dünne Ader in unregelmäßigem Rhythmus, und hinter den geschlossenen Lidern waren die schnellen Bewegungen der Augenmuskeln zu erkennen. Ich legte ihr eine Hand an die rechte Wange. Die Haut fühlte sich kalt und feucht an.

Auch wenn mich der Logiksektor als sentimentalen Narren beschimpfen mochte: Diese Frau war keine Massenmörderin. Davon war ich ohne Einschränkungen überzeugt. Wenn sie tatsächlich für den Sturz der INANNA in die rote Sonne verantwortlich war, dann gab es dafür eine Erklärung, und diese Erklärung würde ich finden.

Es ist ein Schritt in die richtige Richtung, wenn sich der Narr selbst als solcher erkennt, wisperte mein zweites Ich.

Halt die Klappe, gab ich gedanklich zurück.

Erneut meldete sich mein Armbandkom mit unüberhörbarem Piepsen und unterbrach meinen stillen Dialog mit dem Extrasinn.

»Leutnant Staut, Sir«, hörte ich den Ersten Offizier der QUESTRON sagen. »Ich habe hier ein dringendes Hyperfunkgespräch auf dem Relais-Alphakanal für Sie.«

Ich seufzte leise.

»Lassen Sie mich raten«, sagte ich. »Von der Erde.«

»Ja, Sir«, bestätigte der Imarter. »Der Großadministrator des Solaren Imperiums wünscht Sie zu sprechen.«

Kapitel 27

Atlan

»Schlechte Nachrichten verbreiten sich schnell.«

Ich hockte in meiner kleinen Kabine nahe der Zentrale des Schlachtkreuzers und musterte das dreidimensionale Abbild Perry Rhodans. Der Terraner hielt sich in seinen Privaträumen in Imperium-Alpha, dem Nervenzentrum des Solaren Imperiums auf Terra, auf. Im Hintergrund erkannte ich den protzigen Schreibtisch aus arkonidischem Avunta-Holz, den ich ihm vor einigen Jahren zu seinem 1170. Geburtstag geschenkt hatte und der noch aus meiner Zeit als Imperator von Arkon stammte.

»Daran hat sich seit Jahrtausenden nichts geändert«, sagte Perry. »Bis vor wenigen Stunden war ich noch der Überzeugung, dass der Lordadmiral der USO eine politische Goodwill-Tour durch ausgewählte Kolonialreiche absolviert, um neue Freunde und Verbündete zu finden. Nun muss ich feststellen, dass es ihm stattdessen innerhalb nur weniger Tage gelungen ist, einen diplomatischen Zwischenfall erster Güte zu produzieren und mich damit in eine Situation zu manövrieren, für die der Begriff *unangenehm* noch geschmeichelt ist.«

»Es freut mich, dass du dir deinen Sarkasmus bewahrt hast«, brummte ich. »Bevor du mir den Kopf abschlägst, könntest du mich allerdings noch anhören.«

»Warum nicht?«, grinste der Terraner. »Du warst schon immer gut im Geschichtenerzählen.«

In den folgenden zwanzig Minuten brachte ich Perry Rhodan auf den aktuellen Stand. Ich berichtete ihm von meiner

Ankunft auf Reddeye, den Anschlägen, der schwierigen politischen Lage, dem Kampf im Dschungel, der INANNA und ihrer angeblich gefährlichen Fracht und nicht zuletzt von meinem Verdacht, dass all das nur das Vorspiel zu weitaus bedeutsameren und bedrohlicheren Entwicklungen gewesen war.

»Hier gehen Dinge vor, denen wir unsere uneingeschränkte Aufmerksamkeit schenken sollten, Perry«, schloss ich. »Die Libra-Mitglieder werden von einer fremden Macht benutzt und beeinflusst, und ich habe nicht den Hauch einer Ahnung, welche Ziele diese Macht verfolgt. Ich wäre dir deshalb sehr dankbar, wenn du mir einen der Mutanten schicken könntest.«

Perry Rhodan rieb sich müde die Augen. Ich sah ihm an, dass er dringend ein Bett brauchte. Auch als Zellaktivatorträger musste man den natürlichen Bedürfnissen seines Körpers früher oder später nachgeben. Zwar waren sowohl der Terraner als auch ich in der Lage, viele Tage ohne Schlaf auszukommen, doch irgendwann halfen auch die regenerierenden Impulse des technischen Wunders nicht mehr, das wir um den Hals trugen.

»Es tut mir leid, mein Freund«, bedauerte Perry, »aber die wenigen Mutanten, die wir noch haben, sind ohne Ausnahme im Einsatz.«

Natürlich spielte er damit auf die Second-Genesis-Krise an, in deren Verlauf im Jahr 2907 alle Mutanten, deren Parafähigkeiten auf Genschädigungen ihrer Eltern beruhten, von einer mysteriösen Krankheit befallen worden waren. Die Ursache war bis heute ungeklärt. Zwei Jahre später hatte sich der Zustand der Erkrankten dramatisch verschlechtert. Die acht Betroffenen, die man auf dem Saturnmond Mimas behandelt hatte, waren mit Hilfe des USO-Majors Nos Vigeland aus der dortigen Klinik entkommen. Perry und ich hatten die Flüchtenden mit der CREST XII verfolgt und schließlich auf der terranischen Siedlungswelt Ragulot gestellt. Im Zuge der folgenden Auseinandersetzungen waren die Mutanten ausnahmslos gestorben. Abgesehen davon, dass wir damals eine Reihe guter Freunde verloren hatten, waren die Vorfälle auch ein schwerer Schlag für unsere Bemühungen gewesen, die zahlreichen Krisenherde der Milchstraße unter Kontrolle zu halten. Die Mutanten hatten mit ihren überragenden Paragaben in vielen kritischen Situationen den entscheidenden Unterschied ausgemacht.

»Fellmer, Ras und Goratschin sind in der Eastside unterwegs«, fuhr Perry fort. »Und was Gucky derzeit treibt, möchte ich dir über eine Relaisverbindung lieber nicht sagen.«

»Um einen Alphakanal abzuhören, müsste man einen erheblichen Aufwand treiben«, sagte ich.

»Und einige sind bereit, genau das zu tun, alter Mann«, erwiderte der Terraner. »Wie auch immer: Unsere vier Musketiere sind unabkömmlich. Ich habe mir allerdings erlaubt, die GUANGZHOU, einen brandneuen Schlachtkreuzer der SOLAR-Klasse, in Marsch zu setzen.«

»Ich hoffe, er fliegt nicht mit flammenden Triebwerken direkt ins Reddeye-System ein«, stieß ich hervor. »Ein weiteres Schlachtschiff vor Ort hätte mir gerade noch gefehlt.«

»Im Gegensatz zu dir besitze ich durchaus so etwas wie Fingerspitzengefühl, Admiral«, lächelte Perry Rhodan. »Die GUANGZHOU wird in einem nicht weit von Reddeye entfernten Sonnensystem auf dich und deine etwaigen Befehle warten. Die genauen Koordinaten sind bereits an die Positronik der QUESTRON übermittelt worden. Ich würde dich lediglich darum bitten, nicht gleich einen galaktischen Krieg anzufangen.«

»Schon gut«, winkte ich ab. »Spar dir die Spitzen.«

Der Terraner seufzte. Und als ich schwieg, schüttelte er den Kopf.

»Du weißt, dass du mir nichts vormachen kannst«, sagte er. »Wie viel bedeutet dir diese Rhaen, und wie sehr wird dein Urteilsvermögen dadurch beeinflusst?«

»Rhaen ist eine Freundin«, erwiderte ich gereizt. »Nicht mehr und nicht weniger. Ich habe nicht zehntausend Jahre auf einer Barbarenwelt überlebt, weil ich beim Anblick einer schönen Frau den Verstand abschalte.«

»Die Tatsache, dass deine Freundin mit dem Tode ringt, lässt dich trotzdem nicht kalt«, sagte Perry. »Verstehe das bitte nicht als Kritik, Atlan, aber wir können uns in dieser Sache keine weiteren Komplikationen mehr leisten. Selbst im Solaren Parlament bläst mir inzwischen ein scharfer Wind entgegen. Wenn Reddeye in den Fokus der galaktischen Öffentlichkeit gerät, kommen wir in Erklärungsnot. Du ebenso wie ich. Insofern muss ich wissen, ob du den Anforderungen gewachsen bist und die Angelegenheit mit der nötigen Konsequenz zu Ende führen kannst.«

»Muss ich dich darauf hinweisen, dass du mir gegenüber keinerlei Weisungsbefugnis besitzt?«, fragte ich wütend.

»Nein, musst du nicht. Ich will dir lediglich helfen.«

»Dann hör auf, mir dumme Fragen zu stellen«, forderte ich. »Ausgerechnet du solltest mich nicht unterschätzen. Der Parthan-Träger im Dschungel von Reddeye hat den Begriff *Söldner* erwähnt. Sein Pendant, das wir in den Trümmern des Großen Forums gefunden haben, sprach von einem gewissen *Darakh*. Das ist wenig bis nichts, mit dem wir arbeiten können. Als Suchbegriff ist *Söldner* zu allgemein, und über einen Darakh ist nirgendwo etwas bekannt.«

»Dennoch hast du einen Plan«, warf Perry Rhodan ein.

»Habe ich den nicht immer?«, fragte ich.

»Erspare es mir, dir darauf zu antworten. Sag mir einfach nur, was du brauchst.«

»Es wird dir nicht gefallen«, erwiderte ich.

»Glaubst du etwa, das weiß ich nicht?.« Der Terraner kratzte sich gedankenverloren an der kleinen Narbe auf dem rechten Nasenflügel. »Sag es mir trotzdem.«

»Wie du willst. Ich habe mir Folgendes überlegt …«

Kapitel 28

Rulan Karkeron

Die Datumsanzeige des Armbandchronometers sprang soeben auf den 20. Februar 3113 um. Rulan Karkeron riss die Verpackung eines weiteren Konzentratriegels auf, zog die weiche, graubraune Masse aus der hauchdünnen Folie und biss lustlos hinein. Am liebsten hätte er das Zeug sofort wieder ausgespuckt, und wohl zum tausendsten Mal seit seinem Eintritt in die USO fragte sich der Oxtorner, warum es die Eierköpfe in den Labors nicht schafften, der Einsatzverpflegung einen halbwegs akzeptablen Geschmack zu verleihen.

Maximaler Nährstoffgehalt bei minimalem Gewicht. So hatte einmal ein Wissenschaftler aus Quinto-Center ihm gegenüber die Anforderung an einen Konzentratriegel beschrieben. Das klang toll und schmeckte grauenhaft.

Seit mehr als einem Tag harrte er nun schon in unmittelbarer Nähe des Libra-Stützpunkts aus und beobachtete. Einmal war ein Gleiter der Polizei von Pallin vorbeigekommen, hatte ein paar Runden über dem verlassenen Lager gedreht und war wieder verschwunden. Sonst hatte sich nichts getan. Absolut nichts.

Rulan Karkeron machte das Warten nichts aus. Wie so vieles andere hatte man ihm auch das bei der USO beigebracht. Wenn die jungen Rekruten in die Ausbildungslager einrückten, glaubten die meisten von ihnen, dass ein Spezialist im Einsatz von einem Abenteuer ins nächste stolperte, dass er die meiste Zeit mit gezogener Waffe und in heroischer Pose durch die Gegend lief und die Gegner gleich im Dutzend zur Strecke brachte, so wie man es in diversen billigen Trivid-Streifen immer wieder sehen konnte. Nichts war weiter von der Realität entfernt.

Ein USO-Spezialist verbrachte den Großteil seiner Einsatzzeit mit Beobachten, Sondieren und Analysieren. Das ersparte ihm Überraschungen und sorgte dafür, dass er am Leben blieb. Im aktuellen Fall wusste der Oxtorner inzwischen, dass Libra respektive jene, die sich dieser Organisation bedienten, außergewöhnlich vorsichtig waren und es selbst einen vollen Tag nach der Beendigung der Dschungelkämpfe nicht wagten, das ehemalige Lager zu betreten. Rulan Karkeron hatte den Schutz der Nacht genutzt und die diversen Baracken sowie die große Lagerhalle einer eingehenden Inspektion unterzogen. Dabei hatte er auch den Zugang in den unterirdisch angelegten – und weitaus größeren – Teil des Stützpunkts entdeckt. Der Identkode, den der sterbende Parthan-Träger Rhaen Tolsom im Dschungel überlassen hatte, funktionierte einwandfrei und öffnete ein schmales Schott im Boden der Halle. Der darunter liegende Schacht führte über eine Leiter etwa dreißig Meter nach unten und mündete dann in einen langen, hohen Gang.

Weiter war Rulan Karkeron nicht vorgedrungen. Beobachten, Sondieren, Analysieren. Das war die Devise. Den Ortungen zufolge erstreckte sich der subplanetare Komplex mindestens einen Kilometer nach allen Seiten. Wie weit er in die Tiefe reichte, wusste der Oxtorner nicht genau. Auch seinen Implantaten waren Grenzen gesetzt. Zudem wollte er die Energiereserven so weit wie möglich schonen.

Der Urwald um ihn herum war seltsam still. Es war nicht das erste Mal, dass er sich im Dschungel eines fremden Planeten aufhielt, doch so ruhig wie auf Reddeye hatte er ihn noch nie erlebt. Urwälder galten gemeinhin als die ursprünglichste Form aller Waldökosysteme. Sie waren frei von jedwedem menschlichen Einfluss und in ihrer natürlichen Dynamik ungebremst. Normalerweise tummelten sich dort Zehn- wenn nicht gar Hunderttausende von Tier- und Insektenarten, doch hier schien das anders zu sein. Der Lordadmiral vermutete, dass das mit der Nähe der Verbotenen Zone zu tun hatte, doch um sicher zu sein, hätte es umfangreicher Tests und Untersuchungen bedurft.

Rulan Karkeron wusste nicht, ob es die Stille war, die ihn an Pertar Almoth denken ließ. Auf jeden Fall erschien das Bild des schlanken Waffenspezialisten immer wieder vor seinem geistiges Auge. Es gehörte zu den traurigen Pflichten eines Offiziers, die ihm unterstellten Frauen und Männer auch dann in einen Einsatz zu schicken, wenn die Möglichkeit bestand, dass einige von ihnen nicht mehr lebend daraus zurückkehren würden. Nach den Ereignissen auf Denar hatte der Oxtorner eine Weile geglaubt, diese Pflicht nicht mehr länger erfüllen zu können, doch dann war ihm klar geworden, dass die Schuldgefühle, die ihn plagten, ein Teil jener Verantwortung waren, die er mit jedem neuen Kommando zu schultern hatte. Das bedeutete nicht, dass er diese Gefühle beiseite schieben und verdrängen durfte, aber er musste sie als Bestandteil seiner Arbeit akzeptieren und lernen, mit ihnen umzugehen.

Pertar war ein guter Junge gewesen. Leider hatte ihm Denar mehr zugesetzt als den anderen Teammitgliedern. Er hatte länger gebraucht, um sich wieder zu fangen und sein Leben in den Griff zu bekommen. Jetzt war er tot, und er, Rulan Karkeron, hatte ihn auf die letzte Reise geschickt. Zusammen mit einer gewissen Rhaen Tolsom, die noch lebte, die *als Einzige* noch lebte.

Der Oxtorner war schon immer der Meinung gewesen, dass es so etwas wie Gerechtigkeit im Universum nicht gab. Es gab nur den Zufall, und der war nichts weiter als ein selbstgerechter und rücksichtsloser Dreckskerl. Er kümmerte sich nicht darum, wer ihm im Weg stand; er rannte ihn einfach um. Rulan vertraute dem Lordadmiral, und er war sich sicher, dass der Arkonide herausfinden würde, warum Pertar Almoth hatte sterben müssen. Falls es jedoch am Ende Zweifel geben sollte, ungeklärte Fragen oder widersprüchliche Fakten, würde Rulan Karkeron weder rasten noch ruhen, bis diese ausgeräumt und beantwortet waren. Zwar schämte er sich für den in ihm bohrenden Argwohn, doch wenn er auf Titan Pertars Frau und seinen beiden Töchtern gegenübertrat, wollte er vorbereitet und in der Lage sein, ihnen alles zu sagen, was sie wissen mussten.

Rulan hatte die Nachrichten aus Pallin kontinuierlich verfolgt. Der Lordadmiral stand unter enormem politischem Druck. Gleiches galt für den Hohekanzler, der nur deshalb noch im Amt war, weil er sich mit Aramus Akharim im Angesicht der noch immer akuten Krise auf eine Art vorübergehenden Waffenstillstand verständigt hatte. Nichtsdestotrotz standen die schweren Anschuldigungen gegen Rhaen Tolsom im Raum und wurden von den Medien nur zu bereitwillig aufgegriffen und mit teilweise wilden Spekulationen unterfüttert.

Gegen Mittag des 19. Februar hatte Atlan im Namen der USO eine offizielle Verlautbarung abgegeben. Demnach musste sich Rhaen Tolsom einer sehr komplizierten und sehr risikoreichen Operation unterziehen und konnte somit nicht – wie von Vizekanzler Akharim immer wieder gefordert – in eine Klinik in Pallin überführt werden. Außerdem, so hatte der Lordadmiral wissen lassen, prüfe man eine Anklage vor dem Solaren Gerichtshof in Terrania. Es waren eine Reihe von Paragrafen und juristischer Fachvokabeln gefolgt, die Rulan Karkeron nicht verstanden hatte und, wenn er ehrlich war, auch gar nicht hatte verstehen wollen.

Als die rote Sonne ihre ersten Strahlen zaghaft über das feuchte Blätterdach der Riesenbäume schickte, beschloss der Oxtorner, dass er lange genug beobachtet, sondiert und analysiert hatte. Lordadmiral Atlan erwartete Ergebnisse, und je früher er sie ihm liefern konnte, desto besser. Da sein erster Vorstoß nun bereits mehrere Stunden zurücklag und weder das Öffnen der Luke mit Hilfe des Identkodes noch sein Eindringen in den Schacht irgendeine erkennbare Reaktion ausgelöst hatte, durfte er wohl mit hinreichender Gewissheit davon ausgehen, dass ihn auch diesmal niemand bemerken würde. Er aktivierte das Deflektorfeld seines Kampfanzugs und machte sich auf den Weg.

Der sich an den Schacht anschließende Korridor lief nach beiden Seiten rund fünfzig Meter geradeaus und bog dann im rechten Winkel ab. Rulan Karkeron entschied sich willkürlich für eine Richtung. Dabei orientierte er sich ausschließlich anhand der Ortungsergebnisse, denn die Station lag in völliger Dunkelheit. Die Mikropositronik seiner Schutzmontur konstruierte aus den einlaufenden Peildaten ein dreidimensionales Abbild der Umgebung und projizierte es auf das Innere seiner Helmscheibe. Eine knappe Minute später erreichte der USO-Spezialist einen runden Verteiler, von dem aus deutlich breitere und nach unten geneigte Gänge abzweigten. Ein gewaltiges Lamellenschott in der Decke verbarg einen gut getarnten Antigravschacht, durch den der unbekannte Gegner vermutlich einst Ausrüstung und Material zum Ausbau des Stützpunkts herangeschafft hatte.

Mehr als eine Stunde verging. Über mehrere Luken und Schächte drang der Oxtorner immer tiefer in die subplanetare Anlage vor. Dabei stieß er auf unbewohnte Quartiere, weitere und ebenfalls leere Lagerräume sowie ein wahres Labyrinth aus Gängen und kleinen Räumen, die sich wie ein Netz über mehrere Stockwerke verteilten. Alles deutete darauf hin, dass er es hier mit einem Stützpunkt zu tun hatte, der problemlos einige tausend Menschen hätte aufnehmen können. Hatte man ihn möglicherweise für die zweitausend angeblichen Siedler errichtet, die an Bord der INANNA gewesen sein sollten? Und wenn ja: Welche Aufgabe hatte man für die Neuankömmlinge vorgesehen gehabt?

Rulan Karkeron war bereits kurz davor, aufzugeben und wieder an die Oberfläche zurückzukehren, als er eine Energieortung empfing, schwach nur, aber eindeutig zu lokalisieren. Sie kam aus einem Bereich, der noch einmal rund fünfzig Meter tiefer lag als seine aktuelle Position. Er nahm sich eine weitere Stunde Zeit, um sich Meter für Meter an die Quelle der Emissionen heranzuarbeiten, und entdeckte schließlich eine winzige Kontrollzentrale, die kaum mehr als zwei Personen Platz bot, jedoch unbesetzt war. Lediglich drei der neun zu einem Quadrat angeordneten Bildschirme waren in Betrieb.

Der USO-Spezialist kontrollierte noch einmal die Ortungsanzeigen. Dann ließ er sich in einen der beiden Sessel sinken. Das Sitzmöbel war unüberhörbar nicht für Oxtorner konstruiert, denn es knarrte ob des immensen Gewichts des Umweltangepassten gefährlich laut. Fünf Minuten später glaubte Rulan Karkeron die Konsole vor sich als eine banale Speicherpositronik identifiziert zu haben. Die an sich simple Maschine tat nichts weiter, als Daten aus allen Bereichen des Stützpunkts zu empfangen, zu gruppieren und nach bestimmten Kriterien abzulegen.

»Dann wollen wir doch mal sehen, was du mir zu bieten hast«, murmelte der Oxtorner. Mit zwei schnellen Griffen entfernte er die Verkleidung der Konsole. Positroniken waren im Grunde alle nach dem gleichen Muster aufgebaut. Die Architektur einer modernen Rechenmaschine ergab sich aus den Anforderungen an Effizienz und Platzbedarf sowie der Notwendigkeit eines möglichst geringen Reparaturaufwands im Falle einer Störung weitgehend von selbst. Deshalb konstruierten die meisten Völker der Milchstraße ihre Computer nach dem Modulprinzip. Einzelne Arbeitsschritte wurden zu Funktionseinheiten zusammengefasst und als Modul angefertigt, das in die entsprechenden Steckplätze einer Steuerplatine passte. Fiel eine der Einheiten aus, konnte sie relativ schnell und kostengünstig durch eine neue ersetzt werden.

Rulan Karkeron verband den Konsolenrechner per Kabel mit der Positronik seines Anzugs. Der speziell programmierte Computer der USO-Montur hielt in seinen Speichern einige nützliche Programme bereit, mit denen man voluminöse Datenbestände schnell analysieren und auf Schlüsselinformationen überprüfen konnte. Wie nicht anders zu erwarten, waren die meisten der Datensätze kodiert und nicht ohne weiteres lesbar, doch auch für solche Fälle hatten die eifrigen Wissenschaftler auf Quinto-Center passende Hilfsmittel zur Verfügung gestellt.

Als die ersten Textzeilen und Grafiken auf seiner Helmscheibe erschienen, hielt der Oxtorner unwillkürlich den Atem an. Er konnte sich noch sehr gut an den kleinen Streifzug durch die Historie Reddeyes erinnern, den ihnen Rhaen Tolsoms kurz nach der Ankunft auf der Kolonialwelt gewährt hatte. Dort war es unter anderem um eine Gruppe Reddeyer gegangen, die vor fast siebenhundert Jahren mit dem einzigen damals verfügbaren Raumschiff vor der Bedrohung durch die Nergeische Verformung geflohen und spurlos verschwunden waren. Diese später nur noch als *Verräter* bezeichneten Menschen waren laut den Angaben in einer der verschlüsselten Dateien auf einem Planeten namens Ereshkigal gelandet. Aber war Ereshkigal – die Höllenwelt – denn nicht nur eine Legende, ein fiktiver Ort, an dem sich Schatten, Geister, Monster und ähnliche Produkte einer überbordenden Vorstellungskraft tummelten?

Der USO-Spezialist ließ eine Kopie der Datei erstellen und wollte die Suche nach weiteren Hinweisen gerade fortsetzen, als ein grauenhafter Schrei ertönte. Er erinnerte den Oxtorner entfernt an das Brüllen eines Okrills, klang jedoch schriller, lauter, aggressiver.

Rulan Karkeron trennte die Verbindung zur Positronik und brachte sein Thermogewehr in Anschlag. Im selben Moment erwachte der geheime Stützpunkt zum Leben. Das Licht ging an, und ein durchdringender, an- und abschwellender Brummton erklang.

Karkeron stieß einen Fluch aus. Hatte er mit seinen Schnüffeleien etwa Alarm ausgelöst? So schnell er konnte, hetzte er den Weg zurück, den er gekommen war. Noch im Laufen aktivierte er das Funkgerät und schickte sämtliche Daten, die er aus der Speicherpositronik des Stützpunkts kopiert hatte, per Rafferimpuls an die Adresse der QUESTRON. Er sendete mit maximaler Energie und hoffte, dass die Impulsstärke ausreichte, um die Nachricht ans Ziel zu bringen. Was immer auch mit ihm geschah: Die erbeuteten Informationen waren zu wichtig, als dass er jetzt noch Rücksicht nehmen konnte. Wenn eine Welt mit dem Namen Ereshkigal tatsächlich existierte, dann musste der Lordadmiral davon erfahren. Was hatte der Parthan-Träger im Dschungel doch gleich gesagt? *Die Schatten der Höllenwelt. Sie kommen. Die Legende. Ereshkigal. Es ist alles wahr. Wir haben das Tor geöffnet, und nun lässt es sich nicht mehr schließen.*

Er hatte das damals für das sinnlose Gestammel eines defekten Roboters gehalten, doch nun war er sich dessen nicht mehr so sicher.

Rulan Karkeron erreichte eine der leeren Lagerhallen und orientierte sich kurz. Er ahnte die Bewegung mehr, als dass er sie sah. Der fast drei Meter hohe und mindestens halb so breite Schatten schoss an ihm vorbei und kollidierte mit der gegenüberliegenden Wand. In der Luft lag plötzlich ein strenger Geruch nach Moder und feuchter Erde. Der Oxtorner riss die Waffe nach oben, aber da war der unbekannte Riese schon wieder heran. Ein brutaler Stoß traf das Thermogewehr und schlug es ihm aus den Händen.

Der Gegner war unglaublich schnell, Rulan Karkeron allerdings brauchte nicht lange, um sich von seiner Überraschung zu erholen. Es gab wenige Lebewesen im bekannten Teil der Milchstraße, die der Agilität und der Körperkraft eines Umweltangepassten vom Planeten Oxtorne gewachsen waren. Unter dem nächsten Hieb des Fremden tauchte der USO-Spezialist im letzten Moment hinweg. Noch im Fallen zog er die Knie an und stieß die Füße mit aller Kraft nach vorn. Ihm war, als hätte er gegen einen Terkonitblock getreten. Ein scharfer Schmerz fuhr durch Beine, Hüfte und Rücken, doch er bekam nicht die Zeit, sich darum zu kümmern. Ein neuerlicher Schlag schleuderte ihn quer durch die Halle und gegen ein Metallregal, das mit lautem Getöse zusammenstürzte.

Der Lärm verwirrte die Kreatur offenbar, denn für wenige Sekunden wurde sie langsamer, und Rulan Karkeron erhaschte einen Blick auf ihr monströses Äußeres. Er sah einen mächtigen, von Aufwölbungen und Beulen übersäten Rumpf, fleischige Arme und Beine mit armdicken Muskelsträngen und hektisch pulsierenden Venen. Auf dem kaum erkennbaren Hals saß ein haarloser, rötlich glänzender Schädel mit winzigen Ohren und einem unter nässenden Hautfalten verborgenen Gesicht. Die pechschwarzen, pupillenlosen Augen lagen unter einer mächtigen Knochenplatte, die wie der Schirm einer Mütze nach vorn ragte. Das Geschöpf schien geradewegs aus einem Alptraum entsprungen zu sein. Es riss ein zahnloses, kreisrundes Maul von der Größe einer terranischen Melone auf und stieß jenen grauenvollen Schrei aus, den Rulan Karkeron bereits kannte.

Der Oxtorner befreite sich von den Resten des Regals und spähte nach seiner Waffe. Er konnte sie nirgends entdecken. Die Kreatur setzte zum Sprung an. Gedankenschnell griff Rulan Karkeron nach einer seiner verbliebenen Blendgranaten, machte sie mit einem Daumendruck scharf und schleuderte sie dem Angreifer entgegen. Der grelle Lichtblitz verwandelte die Welt für eine Sekunde in ein Chaos aus blendender Helligkeit und Schmerzen. Der USO-Spezialist spürte, wie etwas Großes und Schweres gegen ihn prallte. Diesmal schrien er und das Monster gemeinsam. Rulan Karkeron drohte, das Bewusstsein zu verlieren. Instinktiv rollte er sich zur Seite, überschlug sich mehrfach, bis er von der Hallenwand gebremst wurde.

Stöhnend kam der Oxtorner auf die Beine. Vor seinen Augen tanzten bunte Sterne. Dennoch konnte er die Kreatur erkennen, die etwa dort stand, wo er soeben noch gelegen hatte, und mit beiden Armen orientierungslos um sich schlug.

Weg hier, schoss es durch seinen Kopf. *Verschwinde, bevor dieses Ding wieder zu sich kommt.*

Schleppend setzte er einen Fuß vor den anderen. Jede Bewegung kostete ihn Überwindung, doch nach einer Weile fiel die Betäubung von ihm ab, und er nahm Tempo auf. Irgendwo hinter ihm schrie das Monster. Es klang zornig, herausfordernd, angriffslustig.

Und zum ersten Mal, seit Rulan Karkeron einen unbedeutenden, im Kugelsternhaufen M 13 gelegenen Mond namens Denar verlassen hatte, fühlte er so etwas wie Angst.

ENDE

Und es geht weiter:
ATLAN
Das Erwachen
Achim Mehnert
Zweiter Teil der Höllenwelt-Trilogie
Das Erwachen
ISBN 978-3-89064-198-0
Fantasy Productions GmbH
Postfach 4013, 40687 Erkrath
www.fanpro.com
FANPRO

ATLAN
Kreta-Zyklus
Hans Kneifel
ATLAN
Lotse im Sandmeer
Hans Kneifel
ATLAN
Insel der Winde
Hans Kneifel
Historisch-phantastischer Roman
ATLAN
Das schwarze Schiff
Hans Kneifel
Historisch-phantastischer Roman
Lotse im Sandmeer • ISBN 978-3-89064-188-1
Insel der Winde • ISBN 978-3-89064-195-9
Das schwarze Schiff • ISBN 978-3-89064-196-6
Fantasy Productions GmbH
Postfach 4013, 40687 Erkrath, www.fanpro.com
FANPRO

Einen Atlan-Roman verpasst?
ATLAN
Schalten Sie doch einfach ein ABO!
ATLAN
Sprung ins Jenseits
Achim Mehnert
Monolith-Zyklus 6
Einfach per E-Mail an:
abo@fanpro.com
FANPRO
FANTASY PRODUCTIONS
Verlags- und Medienvertriebs GmbH
Ziegeleiweg 26 • 40699 Erkrath • www.fanpro.com

Perry Rhodan
PLOPHOS
DER ABGESCHLOSSENE ZYKLUS IN 4 BÄNDEN
Band 1
Feinde der Menschheit
ISBN 3-8118-5549-2
Band 2
Soldaten für Kahalo
ISBN 3-8118-5550-6
ERSTMALS IM BUCHHANDEL ERHÄLTLICH!
Band 3
Panik im Sonnensystem
ISBN 3-8118-5552-2
Band 4
Planet der letzten Hoffnung
ISBN 3-8118-5553-0
Jeder Band
ca. 400 Seiten
Format 13,5 x 21 cm
Paperback
JEDER BAND NUR
€ 9,90
sfr 19,-

Bei Fanpro erschienen unter anderem folgende Titel:

ATLAN		ISBN 978-3-89064-	
Totentaucher	Wim Vandemaan	Lepso 1	486-8
Die acht Namenlosen	Christian Montillon	Lepso 2	487-5
Befreiung in Camouflage	Michael M. Thurner	Lepso 3	488-2
Die Psi-Kämpferin	Achim Mehnert	Rudyn 1	171-3
Das Sphärenrad	Rüdiger Schäfer	Rudyn 2	172-0
Acht Tage Ewigkeit	Michael H. Buchholz	Rudyn 2	173-7
Das Relikt der Macht	Hans Kneifel	Illochim 1	174-4
Im Bann der Gatusain	Achim Mehnert	Illochim 2	175-1
Der Traum des Navigators	Rüdiger Schäfer	Illochim 3	176-8
Rico	Arndt Ellmer	Roman	177-5
Planet der Silberherren	Uwe Anton	Monolith 1	178-2
Todeszone Zartiryt	Rüdiger Schäfer	Monolith 2	179-9
Echo der Verlorenen	Hans Kneifel	Monolith 3	184-3
Der Silbermann	Marc A. Herren	Monolith 4	185-0
Ceres am Abgrund	Manfred H. Rückert	Monolith 5	186-7
Sprung ins Jenseits	Achim Mehnert	Monolith 6	187-4
Rhaens Ruf	Rüdiger Schäfer	Höllenwelt 1	197-3

ATLAN X		ISBN 978-3-89064-	
Lotse im Sandmeer	Hans Kneifel	Kreta 1	188-1
Insel der Winde	Hans Kneifel	Kreta 2	195-9
Das schwarze Schiff	Hans Kneifel	Kreta 3	196-6

SHADOWRUN		ISBN 978-3-89064-	
Chromscherben	M. A. Stackpole	Anth.	550-6
Shadowrun – Die 6. Welt	Hrsg. T. Hamelmann	Reader	540-7
Wiener Blei	Leo Lukas	41. Roman	555-1
Nachtstreife	Björn Lippold	46. Roman	558-2
Auf dem Sprung	Harri Aßmann	49. Roman	567-4
Töne der Unendlichkeit	Harri Aßmann	50. Roman	569-8
Elementares Wissen	Harri Aßmann	52. Roman	570-4
Die Anfänger	Ivan Nedic	54. Roman	572-8
ASH	Lara Möller	57. Roman	574-2
Pesadillas	Maike Hallmann	58. Roman	575-9
Vertigo	Maike Hallmann	59. Roman	581-0
Hand am Hort	Sebastian Schaefer	60. Roman	583-4
Flynns Weg	Lara Möller	61. Roman	585-8
Shelley	André Wiesler	62. Roman	580-3
Matrixfeuer	Hrsg. Beck / Hallmann	63. Anth.	587-2
Born to Run	Stephen Kenson	64. Roman	564-3

Im Namen des Herrn	André Wiesler	65. Roman	594-0
Quickshot	Lara Möller	66. Roman	595-7
Giftmischer	Stephen Kenson	67. Roman	565-0
Wiedergänger	Maike Hallmann	68. Roman	593-3
Feuerzauber	André Wiesler	69. Roman	519-3
Im Fadenkreuz	Petra Prinz	70. Roman	543-8
Kettenhund	Alexander Wichert	71. Roman	548-3
Fallen Angels	Stephen Kenson	72. Roman	549-0
GmbH	Christian Riesslegger	73. Roman	463-9
Machtgelüste	Jason M. Hardy	74. Roman	484-4
Cash Flow	Christian Riesslegger	75. Roman	483-7
Böses Erwachen	André Wiesler	76. Roman	473-8
Der Schattenlehrling	Boris Koch	77. Roman	482-0
Aftershocks	J. Raabe / J. Helfers	78. Roman	485-1
Fatimas Tränen	Alex Wichert	79. Roman	513-1
Für eine Handvoll Daten	Stephen Dedman	80. Roman	571-1
Flammenmeer	Jan-Tobias Kitzel	81. Roman	497-4
Digitaler Albtraum	Thorsten Hunsicker	82. Roman	123-2

CLASSIC BATTLETECH		ISBN 978-3-89064-	
Schrapnell	Hrsg. M. Immig	Anth.	551-3
Wahnsinn & Methode	Michael Diel	1. Roman	592-6
Clangründer: Abkehr	Randall N. Bills	2. Roman	596-4
Das Schwert und der Dolch	Ardath Mayhar	3. Roman	425-7
Über dem Gesetz	Michael Diel	4. Roman	517-9
Clangründer: Traum	Randall N. Bills	5. Roman	597-1
Die Albatros-Akte	Reinhold H. Mai	6. Roman	526-1
Warrior: En Garde	Michael A. Stackpole	7. Roman	545-2
Warrior: Riposte	Michael A. Stackpole	8. Roman	546-9
Warrior: Coupé	Michael A. Stackpole	9. Roman	547-6
Früchte voll Bitterkeit	Ritter & Schreiber	10. Roman	458-5
Katze unter Bären	Arous Brocken	11. Roman	490-5
Clanwächter	Arous Brocken	12. Roman	491-2
In Ungnade	Chris Hartford	13. Roman	475-2
Mission Kiamba	Arous Brocken	14. Roman	493-6
En Passant	Michael Diel	15. Roman	479-0
Duo Infernale	Carolina Möbis	16. Roman	498-1
Karma	Bernard Craw	17. Roman	454-7
Royal Flush	Carolina Möbis	18. Roman	620-6

DAS SCHWARZE AUGE		ISBN 978-3-89064-	
Magische Zeiten	Hrsg. Momo Evers	Reader	516-2
Dämmerung	Ulrich Kiesow	55. Roman	459-2
Das Greifenopfer	Thomas Finn	62. Roman	544-5
Das Dämonenschiff	Harald Evers	74. Roman	568-1
Kompanie der Verdammten	Manuel Krainer	75. Roman	562-9
Der Tag des Zorns	Daniela Knor	76. Roman	573-5
Der Schandfleck	Andre Helfers	77. Roman	582-7
Den Göttern versprochen	Charlotte Engmann	78. Roman	579-7
Unsterblicher Traum	Patricia Renau	79. Roman	588-9
Blaues Licht	Daniela Knor	80. Roman	589-6
Spielsteine der Götter	Heike Wolf	81. Roman	591-9
Rabengeflüster	Wichert/Jäcke/Wolf	82. Roman	515-5
Thronräuber	Alexander Lohmann	83. Roman	512-4
Todeswanderer	Yvonne Gees	84. Roman	518-6
Roter Fluss	Daniela Knor	85. Roman	514-8
Todgeweiht	Markus Tillmanns	86. Roman	523-0
Dunkle Tiefen	Daniela Knor	87. Roman	538-4
Maraskengift	Markus Tillmanns	88. Roman	457-8
Unter Aves' Schwingen	Hrsg. Momo Evers	89. Band	460-8
Goldener Wolf	Linda Budinger	90. Roman	542-1
Sieben Winde	Matthias A.W. Ott	91. Roman	461-5
Der Zugvogel	André Fomferek	92. Roman	468-4
Haldinger-Saga I: Glut	Daniela Knor	93. Roman	472-1
Der Hofmagier	Ludwig / Wachholz	94. Roman	476-9
Der Feuertänzer	Ludwig / Wachholz	95. Roman	489-9
Hohenhag	Dietmar Preuß	96. Roman	494-3
Satinavs Auge	Tobias Radloff	97. Roman	495-0
In den Nebeln Havenas	Daniel Jödemann	98. Roman	496-7
Answin I: Macht	Michelle Schwefel	99. Roman	499-8
Über den Dächern Gareths	Stefan Schweikert	100. Roman	226-0
Gewittertage	Jana M. Eilers	101. Roman	225-3
Die rote Bache	Dietmar Preuß	102. Roman	455-4
Das Zepter des Horas	Mützlitz/Kopp	103. Roman	236-9
Khunchomer Pfeffer	Demirtel/Findeisen	104. Roman	237-6
Die letzte Kaiserin	Daniel Jödemann	105. Roman	244-4
Todesstille	Bernard Craw	106. Roman	246-8
Löwin und Mantikor	J. Hahn und K. Kaeb	107. Roman	249-9
Toras von Havena	Christian Labesius	108. Roman	168-3
Haldinger-Saga II: Sturm	Daniela Knor	109. Roman	245-1
Der erste Kaiser	Daniel Jödemann	110. Roman	247-5
Eiswolf	Linda Budinger	111. Roman	248-2
Der Kreis der Sechs	Michael Masberg	112. Roman	169-0

Der Kristall von Al'Zul:

Land ohne Gesetz	Anton Weste	Al'Zul 1	231-4
Stadt der Geister	Martina Nöth	Al'Zul 2	232-1
Wald der Verlorenen	Linda Budinger	Al'Zul 3	233-8
Am Finsterquell	Gernot Vallendar	Al'Zul 4	234-5
Aufs Schafott	Florian Don-Schauen	Al'Zul 5	235-4

HARDCOVER		ISBN 978-3-89064-	
Sturm über Windhaven	Martin & Tuttle	Roman	531-5
Die Flamme erlischt	George R. R. Martin	Roman	530-8
Dead Man River	George R. R. Martin	Roman	529-2
Die »Eis und Feuer«-Saga:			
Eisenthron	George R. R. Martin	1. Roman	532-2
Königsfehde	George R. R. Martin	2. Roman	533-9
Schwertgewitter	George R. R. Martin	3. Roman	534-6
Krähenfest	George R. R. Martin	4. Roman	535-3

WEITERE TITEL		ISBN 978-3-89064-	
Tor der tausend Sonnen	Hanns Kneifel	Roman	602-2
Cugel in der Unterwelt	Michael Shea	Roman	470-7
Cugels Irrfahrten	Jack Vance	Roman	462-2
Das Voynich-Rätsel	Florian F. Marzin	Roman	541-4
Vor Adam	Jack London	Roman	524-7
Am Anfang war das Feuer	J. H. Rosny	Roman	525-4
Der große Heliumkrieg	M.A. Stackpole u. A.	Anth.	563-6
Lexikon der Fantasy-Literatur	Hrsg. Alpers u. A.		566-7
Galaktische Odyssee	Hanns Kneifel	Roman	603-9

Dies ist eine Bibliographie und kein Verzeichnis
lieferbarer Titel. Es ist leider nicht möglich,
alle Titel vorrätig zu halten.
Sollten Sie Fragen haben,
kontaktieren Sie uns bitte unter

Fantasy Productions GmbH
Postfach 4013, 40687 Erkrath
www.fanpro.com

FANPRO